Nicoletta Giampietro
Niemand weiß, dass du hier bist

Nicoletta Giampietro

Niemand weiß, dass du hier bist

Roman

PIPER

Mehr über unsere Autoren und Bücher:
www.piper.de/literatur

MIX
Papier aus verantwortungsvollen Quellen
FSC® C014496

ISBN 978-3-492-05918-3
Originalausgabe

Satz: Fotosatz Amann, Memmingen
Gesetzt aus der Bembo
Druck und Bindung: GGP Media GmbH, Pößneck
Printed in the EU

Für meine Eltern, José-Marie Bougan Giampietro
und Guido Giampietro

Im Andenken an Ferruccio Valech

Teil 1

1

Ich war seit einer Woche in Siena, als statt Mamma das Telegramm eintraf. Es war der 8. August 1942.

Ich hatte noch nie ein Telegramm bekommen, nicht einmal eins gesehen, aber ich wusste, um was es sich handelte. Ein Telegramm war schnell, knapp geschrieben und teuer, und es überbrachte wichtige Nachrichten. Meist schlechte.

Mir hätte von Anfang an klar sein müssen, dass etwas nicht stimmte. Zu Hause in Tripolis hatten wir den schönsten Strand der Welt vor der Haustür, wieso sollten wir in den Urlaub nach Siena fahren, wo es kein Meer gibt? Tatsächlich nagte tief in mir ein leiser Verdacht. Aber ich verdrängte alle Zweifel und fragte nicht weiter nach. Ich hatte Angst vor der Antwort.

Die Antwort steckte nun in dem kleinen, gelben Umschlag, den Zia Chiara vom Boten der Regie Poste Italiane in Empfang nahm.

»Ist es von Mamma?«, fragte ich.

Zia Chiara nickte, drehte sich wortlos um und eilte, ohne das Licht anzumachen, den Gang hinunter zum Wohnzimmer. Ich blieb dicht hinter ihr. Ich wollte nicht zurückgelassen werden, nicht in diesem dunklen Gang, der sich an mehreren Zimmern vorbeischlängelte. Die alte Wohnung war so verwinkelt und düster, dass ich mich immer noch darin verirrte.

Wir traten ins Wohnzimmer, gefolgt von Cesarina, die mit einem nassen Tuch in den Händen aus der Küche herauswatschelte. Das Wohnzimmer war der einzige Raum, der auf mich nicht wie ein Museumssaal oder ein Burgverlies wirkte.

Es war auch der einzige Raum, in dem die Fensterläden den ganzen Tag geöffnet waren. In den anderen blieben sie geschlossen, um die antiken Möbel und die Wandfresken vor dem Licht zu schützen. Ein Esstisch für zwölf thronte in der Mitte. Zwei Geschirrkommoden standen an der rechten Wand, eine doppelte Fenstertür führte auf die Terrasse aus roten Ziegelsteinen. In der Ecke neben dem Fenster befand sich der Kamin. Und neben dem Kamin, in einem Sessel, der einmal gelb gewesen sein musste, döste Nonno. Als wir hereinkamen, öffnete er die Augen. Zia Chiara überreichte es ihm.

»Von Luisa«, antwortete sie auf seine stumme Frage.

Nonno öffnete den Umschlag mit dem Brieföffner, setzte die Brille auf die Nase und las. Meine Hände zuckten auf und ab. Wie lange brauchte man, um ein Telegramm zu lesen?

Als ich Nonno am Tag meiner Ankunft zum ersten Mal gesehen hatte, konnte ich nur auf seine knochigen Beine starren, die sich unter einer Wolldecke abzeichneten, auf seine schlaffen Wangen, auf das dünne weiße Haar und den Schnurrbart, der bis unter die Mundwinkel hing. Sah so ein Offizier des Großen Krieges aus?

Trotzdem wollte ich ihm zeigen, dass ich ein gut ausgebildeter und kampfbereiter Balilla war. Ich schlug die Hacken zusammen und salutierte. Leider konnte ich mich im letzten Augenblick nicht entscheiden, ob militärisch oder römisch. Meine rechte Hand bewegte sich zur Stirn, schoss nach vorne, schnellte wieder zurück zum Gesicht. Eine heiße Welle von Scham flutete mein Gesicht vom Hals bis zu den Ohren. Nonnos Schnurrbart zitterte, und seine grauen Augen glitzerten mild unter Augenbrauen wie Holzwolle. Er winkte mich zu sich, küsste mich auf beide Wangen und umarmte mich fester, als ich erwartet hatte. Er roch angenehm, nach Rasierwasser und Pfeifentabak.

Nonno legte das Telegramm auf den Schoß und sah uns über den Brillenrand hinweg ernst an.

»Umberto wurde an die Front geschickt.«

»O weh«, rief Cesarina aus und bekreuzigte sich.

Zia Chiara schnappte sich das Telegramm. Ihre Augen flogen über den Text.

»Also doch. Verdammt.«

Ich verstand die Aufregung nicht. Papà war Offizier, Major der Pioniere, natürlich musste er an die Front, es herrschte doch Krieg. Man konnte sich eher darüber wundern, dass es nicht schon früher geschehen war. Die wichtigere Frage war eine andere.

»Und Mamma?«, fragte ich. »Wann kommt sie?«

Zia Chiara gab mir das Telegramm. Der Text war kurz: »Umberto eingezogen. Ägyptische Front. Gespräche laufen. Brief folgt.«

An die ägyptische Front! Mein Herz schlug einen Purzelbaum. Papà würde mit Rommel kämpfen!

Rommel, der Wüstenfuchs! Er war der Befehlshaber der deutschen Truppen in Nordafrika. Einen derart wagemutigen General gab es in der ganzen italienischen Armee nicht. Fast hätten wir Libyen an die Engländer verloren. Dann, im März 41, kam Rommel mit dem Afrikakorps, wie der Gibli, der Wüstenwind, und fegte den Feind weg.

Cesarina rollte sich das Küchentuch um die Hände.

»Wie kann das sein? Er ist doch kriegsunfähig!«

»Kriegsuntauglich«, verbesserte Zia Chiara. Zia Chiara war Grundschullehrerin. Auch in den Sommerferien. »Tja, inzwischen nehmen sie wohl auch Lahme und Einäugige.«

»Papà ist nicht lahm«, schrie ich sie an. »Und schon gar nicht untauglich.«

Zia Chiara zuckte und zog die Augenbrauen zusammen.

»Das heißt nicht, dass er nichts taugt«, sagte sie, als würde sie etwas erklären, was jedes halbwegs begabte Kleinkind verstehen müsste. »Wir wissen alle, dass er ein hervorragender Ingenieur und ein mutiger Offizier ist. Aber für den Dienst an der Waffe müssen Soldaten gesund und körperlich unversehrt sein. Und das ist er nicht.«

»Doch! Man merkt fast nichts, er kann ganz normal arbeiten und dem Vaterland dienen.«

»Es gibt viele Arten, dem Vaterland zu dienen, Lorenzo«, sagte Nonno. »Nicht alle Soldaten und Offiziere kämpfen an der Front. Ein Krieg erfordert eine große Organisation, und die geschieht im Hintergrund, im Stab, im Kriegsministerium. Dafür braucht man besonders gute Männer, Männer, die die richtigen Entscheidungen treffen. Dort wäre Papà sinnvoller eingesetzt.«

Das konnte Papà ganz bestimmt nicht wollen. Es wäre kein richtiger Krieg!

»Warum wurde er dann eingezogen?«, fragte Cesarina, während sie das Küchentuch zu einer immer festeren Wurst wrang.

Nonnos warnender Blick an Zia Chiara war so kurz, dass ich nicht sicher war, ihn überhaupt gesehen zu haben.

»Unsere Truppen haben große Verluste erlitten«, sagte er. »Sie brauchen jetzt besonders gute Offiziere für die Operation in Nordafrika. Das wird der Grund sein.«

»Aber dieser Herr vom Ministerium hatte doch versprochen, sich darum zu kümmern«, sagte Cesarina.

Zia Chiara schnaubte.

»Meinst du Eugenio Bruni? Der will sich die Hände nicht schmutzig machen.«

Deshalb war Mamma also in Rom geblieben und hatte mich allein nach Siena weitergeschickt. Sie wollte mich nicht dabeihaben, wenn sie sich mit Onkel Eugenio verbündete, um Papà nach Italien zu holen! Onkel Eugenio war Mammas Großcousin und bezeichnete sich als Faschist der ersten Stunde, weil er schon vor der faschistischen Revolution Mitglied der Partei gewesen war. Inzwischen hatte er einen wichtigen Posten in der Regierung. Das behauptete er jedenfalls. Und gerade er sollte Mamma helfen, Papà von seiner patriotischen

Pflicht fernzuhalten? So was konnten sich nur Weiber ausdenken.

Meine Gedanken überschlugen sich. Hätte Mammas Plan geklappt, wären wir nach Rom umgezogen. Wir hätten Tripolis verlassen. Unsere schöne, helle Wohnung mit den haushohen Palmen davor. Den schönsten Strand am Mittelmeer. Meine Schule, alle meine Freunde, die noch dort waren. Aber vor allem Hakim.

Alles war so schnell gegangen, dass ich gar keine Möglichkeit hatte, über die Ereignisse nachzudenken, geschweige denn, sie zu begreifen. Erst am Abend vor der Abreise hatte Mamma mir eröffnet, dass wir die Sommerferien bei Nonno und Zia Chiara verbringen würden. Ich hatte nicht einmal die Zeit gehabt, mich von Hakim zu verabschieden.

Zia Chiara ging auf und ab wie ein Tiger im Käfig.

»Dieser Krieg ist purer Wahnsinn! Wir hätten uns raushalten können, aber nein, Mussolini musste unbedingt mit Hitler Krieg spielen.«

»Chiara! Bitte«, zischte Nonno. Sein Blick schoss zwischen ihr und mir hin und her. Aber Zia Chiara war in Fahrt gekommen.

»Was denn bitte? Wir waren von Anfang an erbärmlich ausgerüstet und miserabel vorbereitet! Abessinien haben wir verloren. Wir verzetteln uns in Griechenland, in Albanien und jetzt auch noch in Russland, von unserem Abenteuer in Ägypten ganz zu schweigen. Ohne die Deutschen hätten uns die Engländer längst aus Libyen rausgeworfen. Sie haben zehn unserer Divisionen vernichtet, und wie viele italienische Soldaten dabei getötet wurden, weiß niemand genau, weil wir nicht einmal in der Lage sind, sie zu zählen!«

Es war verboten, so zu sprechen. Es war … Verrat!

Cesarina hielt sich mit aufgerissenen Augen an ihrem Küchentuch fest. Nonno schlug mit der flachen Hand auf die Armlehne.

»Schweig! In diesem Haus werden unsere Truppen respektiert.«

Zia Chiaras Wangen leuchteten rot, und ihre feinen Nasenflügel flatterten im hektischen Rhythmus ihrer Atmung. Plötzlich, und zu meiner großen Verwirrung, füllten sich ihre grünen Augen mit Tränen. Sie senkte den Kopf.

»Entschuldige, Babbo«, flüsterte sie. »Ich wollte nicht respektlos sein. Nicht dir gegenüber.«

Nonno seufzte, während der Zorn aus seinem Blick verflog.

»Lass uns Luisas Brief abwarten. Dann werden wir mehr wissen und alles besser verstehen«, sagte er müde.

»Wir können sie fragen, wenn sie mich abholt«, sagte ich.

»Dich abholt?«

»Ja. Wenn wir nach Hause fahren.«

Nonno und Zia Chiara sahen sich an.

»Lorenzo, was haben dir deine Eltern erzählt?«, fragte Zia Chiara.

Ich wollte forsch klingen, aber meine Stimme kiekste.

»Dass wir die Sommerferien bei euch verbringen.«

Zia Chiara schlug die Hände über dem Kopf zusammen.

»Ich fasse es nicht.«

»Chiara …«, flüsterte Nonno.

»Was heißt hier ›Chiara‹? Sie schicken uns den Jungen und erklären ihm nichts? Tut mir leid, ich finde das nicht gut. Und ich verstehe es auch nicht. Er hat das Recht, informiert zu werden.«

Ich war über ihren Ausbruch noch so schockiert, dass meine Hände zitterten, aber in diesem Augenblick hätte ich sie umarmen können.

Papà liebte sie innig. Er bekam immer einen sanftmütigen Blick, wenn er von seiner kleinen Schwester erzählte, und in diesem Moment fiel mir auf, wie ähnlich sie ihm sah. Sie hatte das gleiche schmale Gesicht, das gleiche Lächeln mit den gleichen geraden Zähnen, sogar den gleichen forschen Gang. Sie war nur viel heller, mit einer Haut wie Mandelmilch und kurzen, rotblonden Locken, auf denen eine marineblaue Baskenmütze saß, wenn sie auf die Straße ging. Und sie hatte noch mehr Sommersprossen als ich.

»Vielleicht wollten sie Lorenzo nicht verunsichern, solange die Dinge nicht geklärt sind«, sagte Nonno.

»*Was* hätten sie mir sagen sollen?«, fragte ich. Aber ich ahnte es schon.

Als wir nach vierundzwanzig Stunden auf dem Schiff und weiteren vierzehn Stunden im Zug endlich in Rom angekommen waren, hatte Mamma gesagt, dass sie für einige wichtige Termine in Rom bleiben müsse. Sie versprach, bald nachzukommen, und schickte mich mit dem Zug nach Siena. Allein. Mit einem Koffer, der viel zu groß für einen Sommerurlaub war.

Nonno nahm meine Hände zwischen seine.

»Für den Fall, dass dein Vater nicht nach Rom versetzt wurde, war abgesprochen, dass du hier in Siena bleibst. In Sicherheit. Tripolis ist zu gefährlich geworden.«

Ich wollte schreien. Aber ich konnte nur krächzen.

»Wie lange?«

Nonno hätte vielleicht gesagt: Bis die Engländer weg aus Nordafrika sind, oder: Bis es ruhiger ist. Aber nicht Zia Chiara.

»Bis der Krieg zu Ende ist«, sagte sie gnadenlos.

Und das war noch lange nicht in Sicht. Das befürchtete inzwischen sogar ich.

Seit Stunden lag ich unter dem zu warmen Laken und starrte an die Zimmerdecke, die sich drei Meter über mir wölbte. Trotz der Sperrstunde diskutierten drei Männern vor der *Bar del Ponte* über Fußball. Ihre Stimmen, durch die hohen Häuser verstärkt wie durch ein Sprachrohr, prallten gegen die Wände meines Zimmers. Doch ich verstand kein Wort. Meine Gedanken waren noch lauter als sie.

Meine Mutter wollte aus Libyen weggehen.

Gerade jetzt, wo wir die Chance hatten, Ägypten zu erobern und die Engländer für immer aus Nordafrika zu vertreiben? Wie feige war das? Libyen gehörte zu Italien! Es war seit 1912 unsere Kolonie. Jemand musste bleiben und sie verteidigen.

Mein Freund Fabio und ich hatten nur Verachtung für die Familien übrig, die Libyen verlassen hatten. Mehr als die Hälfte meiner Schulkameraden waren in den letzten Monaten von heute auf morgen verschwunden. Dann, zwei Tage vor unserer Abreise, als ich Fabio abholen wollte, stand ich vor verschlossener Tür. Die Fensterläden waren zu. Niemand antwortete auf mein Klingeln.

Jetzt waren auch wir weg, ohne uns zu verabschieden, wie Diebe. Und Mamma war zu feige gewesen, es mir zu sagen. Natürlich hätte ich mich gewehrt! Ich wäre weggelaufen und hätte mich bei Hakim versteckt, im Dorf der Askari, wo ich ihn besucht hatte, als Mamma bei einer Freundin war und es nicht merken konnte. Damals hatte seine Frau Aischa eine Tonschüssel mit einem Berg blonden Couscous und einer feuerscharfen Soße zwischen uns gestellt. Hakim und ich hockten auf dem Boden und aßen mit den Händen, während sie sich um das Baby kümmerte, das in einer Holzkiste krähte. Aischa war sechzehn Jahre alt und hatte Augen wie Holzkohlen. Aber Mamma sah es nicht gern, dass ich Hakim besuchte. Es verderbe meine guten Manieren, wenn ich mich wie ein kleiner Araber benahm.

Was machte Hakim jetzt? Ich kniff die Augen zu, um die Tränen zu unterdrücken.

Ich war mit ihm am Hafen gewesen, als die ersten deutschen Truppen vor eineinhalb Jahren in Tripolis ankamen. Die deutschen Soldaten hatten kleine Näschen und Gesichter, die in der Sonne rot wurden und sich schälten.

»Wie du«, neckte mich Hakim.

Aber sie waren groß und wirkten verbissener, gefährlicher,

vor allem disziplinierter als unsere Männer. Sie sangen einstimmig furchterregende Lieder und marschierten in perfekten Reihen, als wären sie an Eisenstangen gebunden.

Und sie hatten Rommel. Jeder Junge träumte davon, unter ihm zu dienen. Und jetzt würde mein Vater an seiner Seite kämpfen.

Zwei Jahre vor Kriegsbeginn, in einem Dorf im Süden Libyens, wo er den Bau einer Bewässerungsanlage betreute, hatte sich Papà mit Hirnhautentzündung angesteckt. Als er wieder gesund wurde, war er auf dem linken Auge fast blind. Aber das hinderte ihn nicht daran, seiner Arbeit als Militäringenieur nachzukommen. Jeder sagte, wie gut er darin war. Ein Offizier wie er war ein kostbarer Gewinn für unsere gemeinsame Armee. Nichts würde sie bremsen.

Ich stand wieder auf, kniete mich vors Bett und faltete die Hände zum Gebet. Ich rezitierte still ein Paternoster und ein Ave-Maria, dann öffnete ich die Augen und schaute zu der mit Fresken bemalten Decke, ohne sie zu sehen.

»Herr, schütze unseren Duce Benito Mussolini und unsere tapferen Soldaten und führe sie zum Sieg. Bitte schütze Papà, hilf ihm, ein Held zu werden, und lass ihn gesund wieder nach Hause kommen. Schütze Mamma, Nonno und Cesarina. Ah ja, und auch Zia Chiara. Und bitte auch Hakim, auch wenn er nicht an dich, sondern an Allah glaubt.« Ich zögerte, dann flüsterte ich: »Bitte mach, dass Mamma mich abholt und mich zurück nach Tripolis bringt. Amen.«

Auf der Straße war es ruhig geworden, nur das Mondlicht sickerte durch die Schlitze der Fensterläden. Meine Augen fielen zu. Und flogen wieder auf.

Wusste Papà, dass Mamma ihn nach Rom holen wollte?

Was verstand eine Frau schon von Krieg und militärischer Pflicht? Es lag in ihrer Natur, ihren Mann vor Gefahr und Tod bewahren zu wollen. Aber Papà konnte etwas so Ehrloses nicht wollen. Oder doch?

Nach den Kriegsberichten im Radio sprachen meine Eltern manchmal leise miteinander und verstummten, wenn ich mich näherte. Sie klangen besorgt. Sogar mutlos.

Glaubten sie etwa nicht mehr an den Sieg?

Ich jedenfalls glaubte daran. Seit dem Tag vor zwei Jahren, als der Duce den Eintritt Italiens in den Krieg gegen die Franzosen und die Engländer angekündigt hatte. Am 10. Juni 1940. Ich hatte gerade die zweite Klasse beendet. Es war ein heißer Nachmittag, und die Luft knisterte wie das Radio. Unsere Nachbarn waren zu Besuch. Die Damen saßen auf der Couch und im Sessel vor dem Radio, einem Ungetüm aus verziertem dunklem Holz. Die Männer standen drum herum mit geradem Rücken und rausgestreckter Brust. Papà war in Uniform. Wir Kinder hüpften umher vor Aufregung, immer wieder von unseren Müttern ermahnt. Haarige Fliegen summten um unsere verschwitzten Köpfe.

Die Übertragung aus Rom war schlecht, und ich verstand kein Wort. Ich hörte aber, wie die riesige Menschenmenge immer wieder brüllte: »Duce! Duce!« Dann drehte Papà das Radio auf volle Lautstärke.

»Italienisches Volk«, knarzte Mussolinis Stimme. »Zu den Waffen! Beweise deine Hartnäckigkeit, deinen Mut, dein Herz!«

Die Menschenmenge auf der Piazza Venezia brach in tosenden Jubel aus. Die Erwachsenen jauchzten und klatschten, und wir machten Luftsprünge, als hätten wir Federn unter den Füßen. Der Duce hatte uns den Sieg versprochen. »Vinceremo«, brüllte er fast jeden Tag im Radio. Es wurde zu unserem Kampfschrei.

Mamma und Zia Chiara hatten keine Ahnung vom Krieg. Jetzt, mit den Deutschen zusammen, unter der Führung Rommels und meines Vaters, würden wir siegen. Wir würden die Engländer ins Meer zurückwerfen. Papà würde ein Held sein.

2

Die Sonne drang durch die angelehnten Fensterläden und kitzelte meine Nase. Ich öffnete die Augen. Doch nicht die Sonne hatte mich geweckt, sondern schnelle Schritte auf dem Flur. Jeden Morgen verließ Zia Chiara das Haus mit ihrer schweren, abgewetzten Aktentasche, von der sie sich kaum trennte, und war stundenlang weg.

Der Wecker zeigte fünf nach halb acht. Es waren Ferien, was machte sie so früh? Bis jetzt hatte es mich nicht interessiert, aber ihre ungeheuerlichen Äußerungen vom Vortag machten mich misstrauisch. Eine gute Faschistin sagte solche Dinge nicht.

Die Straße war schon wach. In der *Bar del Ponte* schnaufte die Kaffeemaschine, und die Espressotassen klapperten. Ein vorbeifahrendes Fahrrad klingelte schrill, und jemand schimpfte ihm hinterher. Das Scheppern eines eisernen Rollladens übertönte für einen Moment alle anderen Geräusche. Ich hörte Wasser aufs Pflaster klatschen, dann das Schaben eines Reisigbesens, als die Krämerin die Straße vor ihrem Laden nass fegte. Es roch nach schlechtem Ersatzkaffee und feuchten Pflastersteinen.

Zia Chiara sagte nie, wohin sie ging. Als ich sie einmal fragte, antwortete sie nur mit dem Stirnrunzeln einer Lehrerin, die nicht belästigt werden will. Ich sollte mich nicht einmischen. Warum?

Ich ignorierte die Waschschüssel auf dem gusseisernen Gestell, die Cesarina jeden Tag mit frischem Wasser füllte, zog mich hastig an, setzte die Brille auf die Nase und rannte aus dem Zimmer.

Im Flur vor den anderen Schlafzimmern zögerte ich. Mein Zimmer war am weitesten vom Wohnbereich entfernt, von der Küche, von der Haustür, einfach von allem. Dazwischen lag eine verwinkelte, finstere Strecke, die ich Niemandsland nannte und die an der Kapelle vorbeiführte.

Die Kapelle war der kleinste und schmalste Raum. Sie bot gerade genug Platz für einen kleinen Steinaltar und vier Stühle. An den Seitenwänden hingen Zeichnungen vom Kreuzweg und ein Ölgemälde von Jesus. Sie duftete nach Staub und Weihrauch und hätte mir richtig gut gefallen, wäre der Zar nicht gewesen.

Der Zar schaute von einem Gemälde, das die komplette Wand über dem Altar bedeckte. Er trug ein schwarzes Gewand, das ihm bis zu den Füßen reichte, mit einem goldenen Band vom Kragen bis zum Saum, und eine Krone aus Gold und rotem Samt mit einem Kreuz obendrauf. Er sah genauso aus wie Zar Iwan der Schreckliche.

Nonno behauptete, er stelle Jesus am Kreuz dar, aber ich glaubte ihm nicht. Auf allen Bildern, die ich kannte, war Jesus ein schöner Mann mit langen Locken und blauen Augen voller Liebe. Der Zar hatte einen Bart wie ein Wegelagerer und Augen wie der Teufel. Sie starrten mich an, ohne Gnade, und verfolgten mich, egal, wo ich mich hinstellte.

Die Tür der Kapelle ging schlecht zu, ein Spalt blieb immer offen. Wenn ich daran vorbeiging, spürte ich, wie die Augen des Zaren nach mir spähten. Und mit ihm die Wesen der Finsternis, die er hervorlockte.

Zia Chiara machte die Wohnungstür auf und wieder zu, dann lief sie die Treppe hinunter. Ich rannte an der Kapelle vorbei.

Als ich den Kopf durch das Haustor steckte, bog Zia Chiara gerade in die Gasse gegenüber ein, die den lustigen Namen Cane e Gatto trug. Ich wartete, bis ihre Schritte leiser wurden, und folgte ihr.

Die Straße war so eng, dass die Sonnenstrahlen an den oberen Etagen der Häuser hängen blieben. Die Luft war kühl und klamm, wie in einem Keller. Es roch fremd. Tripolis roch nach heißen Steinen und Staub, nach Müll und sonnengetrockneten Kräutern, nach Steppe und nach Meer. Hier roch alles alt, die Pflastersteine, die Häuser, sogar der Unrat in den Ecken. Es roch nach Zeit, nach unendlich viel Zeit. Ich fühlte auf einmal, wie weit ich von zu Hause weg war.

Ich konnte mich nicht an Siena erinnern. Früher, als wir noch in Neapel lebten, kamen wir oft hierher. Dann, als ich drei Jahre alt war, wurde Papà nach Tripolis versetzt, und Mamma und ich gingen mit.

Papà hatte mir erzählt, dass Siena wie eine riesige Ritterburg war, mit jahrhundertealten Palazzi, Türmen und einer Mauer, die die ganze Stadt umschloss. Ich hatte mir eine Zauberwelt vorgestellt, mit Rittern in glänzenden Rüstungen und Burgfräuleins mit spitzen Schleierhüten. Doch die Straßen hier waren mit Pferdeäpfeln und Ochsenfladen verdreckt, und die Menschen trugen graue Klamotten, die ihnen zu groß geworden waren. Die Steine waren so alt und so dicht gemauert, dass die Geister der Menschen, die über Jahrhunderte hier gestorben waren, nicht entfliehen konnten. Ich spürte sie überall.

Zia Chiara lief in ihrem Stechschritt schon weit vor mir. Ich musste mich beeilen, um sie nicht aus den Augen zu verlieren. Am Ende einer langen, engen Gasse verschwand sie in einem Eingang. Das Haus sah aus wie die anderen, mit altem, gelblichem Putz, der breite Flecken der Ziegelsteinmauer bloßlegte, und einem schweren Holztor. Als ich eintrat, hörte ich, wie weiter oben vorsichtig eine Tür geschlossen wurde.

Und jetzt? Was hatte ich mir vorgestellt? Ganz allein im Namen des Duce die Wohnung zu stürmen?

Irgendwo im Treppenhaus brannte eine schwache Glühbirne. Ich war neugierig. Auf Zehenspitzen lief ich die Treppe hinauf zur dritten Etage. Es gab zwei Türen. Hinter der ersten wohnte eine Familie Bianchi. Auf dem Schild der zweiten Tür stand der Name Cabibbe. Der Name sagte mir etwas. Wo hatte ich ihn nur gehört?

Plötzlich war die Stimme einer Frau hinter der Tür zu hören. Und die meiner Tante. So leise wie möglich lief ich wieder nach unten und rannte hinaus auf die Straße. Zia Chiara würde bestimmt zurück nach Hause gehen, also lief ich in die andere Richtung auf eine sonnenüberflutete Piazza. Ich blinzelte, von der plötzlichen Helligkeit geblendet. Es war ein riesiger, halbrunder Platz, umgeben von alten Palazzi. Der Boden aus roten Pflastersteinen war merkwürdig nach unten gewölbt, und acht Streifen aus weißen Steinen verliefen von der Mitte der flachen Seite bis zum Rand, wo das türkisfarbene Wasser eines Marmorbrunnens in der Sonne leuchtete. Ein scharfer, schmaler Schatten schnitt den Platz schräg in zwei Hälften, bis zum Brunnen und darüber hinaus.

Ein dunkelroter Turm, schlank und gerade wie ein Bleistift, ragte so hoch in den Himmel, als wollte er die Wolken aufspießen. Er war noch höher als das Minarett der großen Moschee von Tripolis! Einige Krähen umflogen schreiend die weiße Krone, in deren Spitze eine Glocke hing.

»Lorenzo! Was machst du hier?«

Zia Chiara stand mit strengem Gesicht vor mir. Ich musste mir etwas einfallen lassen.

»Soll ich bis zum Ende des Krieges zu Hause hocken?«, sagte ich mit gespielter Empörung. »Ich bin schon zwölf!«

Ich durfte nicht allein auf die Straße. Das hatte Nonno festgelegt, weil Cesarina bei der Vorstellung beinahe einen Herzinfarkt bekommen hatte.

Zia Chiara sah mich an, als könnte sie in meinen Schädel hineinschauen.

»Du bist mir gefolgt«, sagte sie.

Sie musterte mich. Diese Augenfarbe kannte ich sonst nur von Katzen.

»Warum?«

Es klang nicht wie eine Frage, sondern wie ein Befehl. Ich hatte keine vernünftige Antwort. Ich ärgerte mich. *Sie* hatte doch etwas zu verbergen, nicht ich! Unwillkürlich schaute ich auf die ausgebeulte Aktentasche.

»Er heißt Torre del Mangia.«

»Wie bitte?«, fragte ich verdattert.

»Der Turm. Und der prächtige Palazzo, zu dem er gehört, ist der Palazzo Pubblico, das Rathaus.« Sie machte eine Kreisbewegung mit dem Arm. »Wir stehen auf der Piazza del Campo.«

Ich sah sie mit großen Augen an. Ich verstand diesen abrupten Wechsel nicht.

»Komm mit.« Sie machte sich mit resoluten Schritten auf den Weg. Ich trabte ihr hinterher.

»Wohin gehen wir?«

»Ich zeige dir die Stadt, damit du dich auch zurechtfindest.«

Ich blieb vor Überraschung stehen.

»Heißt das, ich habe kein Ausgehverbot mehr?«

»So ist es. Ich fand es sowieso Quatsch. Cesarina und Nonno sind mit Kindern eben etwas aus der Übung. Das macht sie übervorsichtig.«

»Wir müssen noch ein paar Lebensmittel einkaufen«, sagte Zia Chiara fast drei Stunden später. Unbeeindruckt von der brütenden Hitze war sie wie ein Eichhörnchen durch die Stadt gesaust. Dabei hatte sie mich mit einer solchen Fülle von Informationen überschüttet, dass mein Gehirn kurz vor der Verflüssigung stand. Drei Viertel davon hatte ich schon wieder vergessen.

Der Lebensmittelladen befand sich im Haus neben unserem. Wir schoben den Fliegenvorhang aus geflochtenem Stroh beiseite und traten ein. Es war angenehm kühl, und es roch wunderbar nach geräucherter Wurst, altem Käse und Gewürzen, nach Seife und Keksen.

Wahrscheinlich hatten die Waren über die Jahre ihre Duftmarke hinterlassen, denn zu sehen war kaum etwas davon. In den Regalen gähnten große Lücken zwischen Kartons und Verpackungen mit Pasta, Reis, Milchpulver und Waschmittel. In der Theke lagen traurig nur eine ergraute Salami, ein magerer Schinkenknochen, einige Packungen Schmelzkäse und noch weniger Tüten Ersatzkaffee. Davor halb leere Leinensäcke mit Bohnen, Kichererbsen und Mehl. Weißes Mehl war nicht dabei.

»Signorina Guerrini«, rief die Krämerin. »Welche Ehre. Guten Tag.«

»Guten Tag, Signora Tacconi«, antwortete Zia Chiara trocken.

Signora Tacconi hatte Hängebacken und eine Knollennase, auf deren Spitze eine Halbbrille aus Horn balancierte. Ihre Haare waren in einem engen, schwarzen Dutt gefangen, und über Bauch und Busen spannte sich eine weiße Schürze so groß wie eine Tischdecke. Als sie mich entdeckte, klatschte sie in die Hände.

»Na, wen haben wir denn da? Den kleinen Lorenzuccio?«, säuselte sie. »Du bist ein richtig großer Junge geworden! Das letzte Mal, dass ich dich gesehen habe, konntest du gerade laufen.« Sie wandte sich Zia Chiara zu, als sei ich des Sprechens nicht mächtig. »Wie alt ist der kleine Schatz, neun?«

»Ich bin zwölf«, sagte ich empört.

Signora Tacconi machte runde Augen.

»Schon zwölf? Du musst aber mehr Pasta essen, mein Junge, wenn du so groß und stark wie mein Franco werden willst. Franco, komm her!«

Ich würde mehr essen, wenn Sie uns was Besseres verkaufen würden, hätte ich ihr am liebsten gesagt.

Ein Junge schlurfte widerwillig herbei. Er war einen Kopf größer als ich und hatte den Brustkorb eines Ringers, einen Bürstenschnitt wie ein Soldat und runde rosige Backen. Seine dunkelbraunen Augen musterten mich durch dichte Wimpern. Signora Tacconi drückte ihn an sich.

»Ist er nicht eine Pracht? Zwölf Jahre, aber man hat ihn schon für einen Avanguardista gehalten.«

Angeberin. Um zu den Avanguardisti zu gehören, hätte er mindestens vierzehn sein müssen. Mit zwölf war er noch ein Balilla. Genau wie ich.

»Wie schön«, sagte Zia Chiara. Sie kramte die Lebensmittelkarten aus ihrer Tasche hervor.

»Ilaria, kommst du bitte? Wir haben Kundschaft«, rief Signora Tacconi ins Hinterzimmer. Sie wandte sich wieder zu uns. »Sie hilft mir während der Schulferien.«

In diesem Augenblick wurde jeder Gedanke aus meinem Gehirn gefegt. Es war, als würde das Licht um mich herum verblassen, um sich auf ein Gesicht wie aus Porzellan zu verdichten. Ein zierliches Mädchen trat in den Laden und schritt mit der Eleganz eines Rehs auf den Ladentisch zu.

»Guten Tag, Signorina Guerrini.«

Sie hatte ein feines Näschen, ganz anders als die robusten Zinken, mit denen hier fast jeder bestückt war. Ihr Haar drapierte sich um die Schultern wie ein Samtvorhang und glänzte dunkelbraun.

»Hallo, Ilaria, schön, dich wiederzusehen«, sagte Zia Chiara. »Wie läuft es auf dem Gymnasium?«

»Ganz gut, danke«, antwortete Ilaria. »Außer in Mathe. Es ist viel schwieriger als in der Mittelschule.«

»Du kannst jederzeit zu mir kommen, wenn du nicht weiterweißt.«

Ich stand noch in der Mitte des Ladens, mit baumelnden Armen und hängendem Unterkiefer. Wie dämlich musste ich aussehen? Zia Chiara zog mich nach vorn.

»Das ist Lorenzo, mein Neffe. Er wird eine Weile bei uns wohnen.« Sie sah mich an: »Ilaria war in der Grundschule meine Schülerin.«

Ilaria lächelte mich an. In ihren Augen tanzte ein goldener Schimmer. Ich senkte den Blick und erspähte dabei eine zarte Wölbung unter ihrer Bluse. Mein Herz machte einen Kopfsprung.

Was war mit mir los?

Inzwischen hatte Zia Chiara mit dem Einkauf begonnen. Während Signora Tacconi mit der Waage hantierte, die Preise aufschrieb, die Marken aus den Karten heraustrennte und ununterbrochen plapperte, holte Ilaria die Sachen aus den Regalen und füllte Papiertüten. Ich konnte meine Augen nicht von ihr abwenden.

»Lorenzo«, rief Zia Chiara.

Ich fuhr zusammen. »Öh … Was?«

»Signora Tacconi sagt, es wäre schön, wenn ihr beiden miteinander spielt. Ich habe vorgeschlagen, dass Franco morgen Nachmittag zu uns kommt.«

Ich riss den Blick von Ilaria los und sah Franco an. Er knabberte an einer Scheibe Mortadella und maß mich durch Schlitzaugen. Es gab weit und breit keine Mortadella im Laden.

Ich drückte den rechten Flügel unseres Eingangstors auf und hielt es mit dem Rücken offen, um Zia Chiara reinzulassen.

Der Entrone des Hauses war sehr groß, früher hatte angeblich eine ganze Pferdekutsche darin Platz gefunden. Das Tor aus dunklem Eichenholz war dick wie mein Arm, und an beiden Flügeln hingen schwarze Torklopfer aus Gusseisen. Drinnen war es dämmerig, denn die Wände waren aus dunkelroten Ziegeln. Von der Decke hing eine hässliche Laterne aus gelbem Glas. Eine mannshohe weiße Säule zierte das Geländer der steinernen Treppe. Darauf hockte ein weißer Löwe aus Stein, der unter seiner Pranke das Familienwappen festhielt. Unsere Familie war, wie mir Nonno erklärt hatte, seit dem Mittelalter adelig. Sie war einmal sehr reich gewesen, bis ein Ururonkel das Familienvermögen in schlechte Geschäfte gesteckt und vernichtet hatte. Nur dieses Haus war gerettet worden. Nonno und Chiara hatten sich in die große Wohnung auf der zweiten Etage zurückgezogen und den Rest vermietet.

Ich ging auf die Treppe zu, aber Zia Chiara hielt mich zurück. Sie setzte die Taschen auf dem Boden ab, lief an der Säule vorbei und schloss das Tor auf, das sich am hinteren Ende des Entrone befand.

»Das ist die Rimessa«, erklärte sie. »Sie war früher für eine Kutsche gedacht, aber jetzt benutzen wir sie als Lagerraum.«

Hinter der Tür standen alte Möbel, Kisten und Körbe, Stapel von Zeitschriften, leere Bilderrahmen, Werkzeug und vieles mehr. Über allem lag eine feine Staubschicht.

Zia Chiara holte hinter dem größten Schrank einen Tretroller hervor. Da, wo der rote Lack abgeblättert war, waren Rostflecken entstanden. Zia Chiara wischte mit einem Lappen den Staub ab.

»Er gehörte deinem Vater«, sagte sie. »Eigentlich bist du ein bisschen zu alt für einen Roller. Aber er wird dich unabhängiger machen. Und mit etwas Farbe sieht er aus wie neu.«

Erst als wir die Treppe hinaufliefen, wurde mir bewusst, wie geschickt mich Zia Chiara abgelenkt hatte. Aber wenn sie dachte, ich hätte es vergessen, täuschte sie sich. Und die Wahrheit steckte in ihrer mysteriösen Ledertasche, da war ich mir sicher.

Zia Chiara setzte die Mütze ab und stellte die Tasche neben dem Schirmständer ab. Wie unvorsichtig. Ich brauchte nur eine ungestörte Minute, um ihren Inhalt zu untersuchen. Sobald sie mit etwas anderem beschäftigt war …

Ich hatte gerade die Tür zugemacht, als jemand klopfte. Es war ein Nachhilfeschüler. Zia Chiara führte ihn in ihr Büro direkt neben dem Eingang.

Ohne mich eines Blickes zu würdigen, griff sie nach ihrer Tasche und verschwand hinter der Tür.

3

»Wie siehst du denn aus?«, schrie Cesarina auf, als ich den Cucinone betrat.

Der Cucinone war groß wie ein Saal. Ein gemauerter Herd nahm die Hälfte der einen Wand ein, die andere Hälfte belegte ein riesiges steinernes Waschbecken mit einem altmodischen Wasserhahn aus Messing, der direkt aus der Wand ragte. Hier wurde nur noch die Wäsche gewaschen. Und gebadet, in einer emaillierten Blechwanne.

Cesarina zog mich zum Waschbecken.

»Ist schon gut«, protestierte ich, »ich wollte mir gerade die Hände waschen.«

»Die Hände! Man sollte dich komplett einweichen. Schau dich an! Wo bist du gewesen?«

»In der Rimessa. Ich hab den Roller abgeschmirgelt. Es ist nur Staub.«

»Mff. Ein Glück, dass heute Badetag ist.«

In Tripolis hatten wir ein richtiges Badezimmer mit fließendem Wasser. In Siena gab es nur im Cucinone und im Klo fließendes Wasser, das natürlich eisig kalt war. Kein Wunder, dass nur am Samstagabend gebadet wurde. Aber es war noch nicht einmal Mittag.

»Wolltest du schon das Bad bereiten?«, fragte ich, während ich Hände, Arme und Gesicht schrubbte.

»Nein, ich muss Wäsche waschen. Bei dieser Hitze braucht ihr alle saubere Hemden und Blusen. Vor allem du. Morgen ist Gottesdienst. Gib mir dein Hemd, Popino.«

Cesarina war kaum größer als ich, rund und weich, mit üppigen Hüften und Busen. Alles an ihr war grau: die hochgeknöpfte Bluse, der weite Rock, der ihr fast bis zu den Knöcheln reichte und ihr die Form einer Glocke verlieh, der lose Dutt am Hinterkopf, die wässrigen Augen, die mich aus einem Nest von weichen Falten anhimmelten. Am Tag meiner Ankunft hatte sie mich an ihre Brust gedrückt, die nach Kernseife und Tomatensoße duftete, fest und voller Zuneigung. Ich hatte sie sofort geliebt.

Cesarina füllte drei Metallkübel mit Wasser, drückte mir einen in die Hände und nahm die zwei anderen. Zusammen trugen wir sie in die Küche. Nur in der Küche wurde der Herd befeuert, um Kohle zu sparen.

Ich musste den Kübel mit beiden Händen tragen. Nach nur wenigen Schritten zog es zwischen meinen Schulterblättern, und meine Arme zitterten so sehr, dass bei jedem Schritt etwas Wasser herausschwappte. Cesarina trug die beiden anderen wie Bierkrüge, ohne einen Tropfen zu vergießen. Ich hievte meinen Kübel auf den Herd.

»Wie kannst du so stark sein, Cesarina?«

Sie kam mir doch so alt vor mit ihrem krummen Rücken. Sie setzte sich seufzend auf den Holzstuhl und zupfte an meiner Nase.

»Harte Arbeit macht stark. Und ich habe mein ganzes langes Leben hart gearbeitet, seit ich eine Cittina von sechs Jahren war.«

Cittini hießen die kleinen Kinder in Siena, das hatte ich inzwischen gelernt. Die Sienesen hatten viele lustige Wörter, die es nirgendwo sonst gab, und sprachen merkwürdig gehechelt, alle K-Laute sprachen sie wie Hs aus.

»Mit sechs Jahren?«, wunderte ich mich.

»Da wurde ich schon mit den Schafen in die Berge geschickt.«

»Ganz allein?«

»Ganz allein. Im Winter musste ich vor Sonnenaufgang raus. Wehe, ich brachte sie nicht alle heil nach Hause. Da hätte es Prügel gesetzt.« Sie stand wieder auf. »Das Wasser kocht.«

Sie erlaubte mir nicht, das kochende Wasser zu tragen. Sie trug die drei Kübel selbst in den Cucinone, kippte das heiße Wasser in den Blechbottich, der im Waschbecken bereit stand, goss etwas kaltes Wasser dazu und steckte das Waschbrett hinein. Cesarina spülte die Wäsche aus, steckte sie ins heiße Wasser und begann, sie Stück für Stück mit Kernseife einzureiben. Schnell und routiniert rieb und bürstete sie, bis sie weiß vor Schaum war. Ihre Hände wurden weinrot. Nach einer Weile fragte ich:

»Hat es dir damals Spaß gemacht, die Schafe zu hüten?«

Sie schüttelte langsam den Kopf.

»Ich wäre lieber in die Schule gegangen.«

Ich hatte sie nie mit einem Buch oder einer Zeitung gesehen. Konnte sie überhaupt lesen und schreiben? Ich traute mich nicht zu fragen.

Es war schwer, sich Cesarina als sechsjähriges Kind vorzustellen. Ich malte mir aus, allein mit einer Schafherde in den dunklen Bergen zu sein. Die eisige Winterluft auf meinen nackten Beinen, die Steine unter den Füßen, den Stock, mit dem ich den Weg suchte und die Tiere vor mir hertrieb. Ich hörte ihr Blöken und roch den schweren Duft ihrer Wolle. Und fühlte, wie die Schatten der Nacht ihre gekrallten Finger nach mir streckten.

»Lorenzo! Bist du eingeschlafen?«

Ich fuhr zusammen. »Entschuldigung.«

»Gib mir dein Hemd, habe ich gesagt.«

Ich zog das Hemd aus. Sie legte es ins Wasser.

»Morgen kommt Franco zum Spielen«, sagte ich.

»Wer ist das?«

»Der Sohn von Signora Tacconi.«

Sie unterbrach ihre Arbeit und machte ein Gesicht, als hätte sie an meinen Socken gerochen.

»Seit wann spielst du mit Krämerkindern?«

Ich zuckte mit den Schultern.

»Es war Signora Tacconis Idee, und Zia Chiara hat Ja gesagt.«

Cesarina schrubbte mein Hemd, als wollte sie damit das Waschbrett glatt reiben.

»Verflixter Krieg«, grummelte sie und warf das Hemd in den Spülbottich. »Bringt die gute alte Ordnung ganz durcheinander.«

Sie spülte die Wäsche mit klarem Wasser, wrang sie aus und legte sie in einen großen Weidenkorb, den wir zusammen auf die Dachterrasse trugen.

Bis zum Dach waren es viele Stufen, und Cesarina pfiff wie ein Teekessel, als wir die Terrassentür erreichten. Aus der Tasche ihrer Schürze holte sie einen eisernen Ring, an dem mehrere schwarze Schlüssel hingen.

Die Treppe führte einige Stufen weiter zu einer kleinen Holztür.

»Was ist da oben?«, fragte ich.

»Nur ein kleiner Dachboden.«

»Darf ich gucken?«

Sie öffnete den Ring und gab mir den kleinsten Schlüssel. Ich rannte die letzten Stufen hinauf und öffnete vorsichtig die Tür. Die staubige, aufgeheizte Luft nahm mir fast den Atem.

Es war ein Kämmerchen von vielleicht zweieinhalb mal zwei Metern, direkt unter den Stützbalken und den Dachziegeln. Das Dach bildete eine steile Schräge bis zum Boden. Eine kleine Fenstergaube war darin eingebaut worden. Staubkörnchen tanzten in der hellen Lichtsäule, die durch das Fenster schräg auf den Boden fiel, obwohl das Glas vor Staub und Vogeldreck ganz matt war. Einige Holzkisten und Kartons stapelten sich unter einer dichten, hellgrauen Staubdecke. Hinter den Kisten steckte eine alte Matratze.

Als ich eintrat, hinterließen meine Schuhe deutliche Abdrücke. Ich benutzte ein Stück Holz, um den Vorhang aus Spinnweben zu beseitigen, und öffnete das Fenster. Frische Luft strömte mir entgegen. Das Dach des Nachbarhauses lag weniger als einen Meter unter mir, tiefrot und heiß in der Mittagssonne, sanft geneigt und unwiderstehlich. Ich quetschte mich nach draußen und ließ mich langsam hinuntergleiten.

Ich wagte zwei vorsichtige Schritte. Die Dachziegel klapperten leise, aber sie waren trocken und rau und gaben mir guten Halt. An manchen Stellen waren sie mit gelben Flechten bewachsen, die in der Sonne wie riesige Butterblumen leuchteten. Ich kletterte auf den Dachfirst und setzte mich rittlings darauf.

Unter mir erstreckten sich die Dächer der Stadt, ineinander verschachtelt wie Bausteine eines gigantischen Baukastens. Ich war überrascht, wie klein die Welt war, von oben gesehen. In der Ferne streckte sich der Torre del Mangia mit seiner strahlend weißen Spitze in den Himmel. Etwas weiter hinten ragten die Kuppel und der schwarz-weiß gestreifte Kirchturm des Doms zwischen den Dächern hervor.

Ich schirmte meine Augen mit der Hand ab. Ein Ochsenkarren und ein Militärlastwagen, die durch eins der Stadttore fuhren, wirkten wie Miniaturen einer Modelleisenbahn. Das Tor hieß Porta Romana, hatte mir Zia Chiara erklärt, weil es sich nach Süden, Richtung Rom öffnete. Dahinter erstreckte sich bis zum Horizont ein Meer von gelbgrünen Hügeln. Zypressen und kleine Wäldchen warfen dunkelgrüne Tupfer auf die abgeernteten Felder. Eine meterhohe Mauer umschloss die ganze Stadt.

Ich war gefangen in einer Stadt, die selbst eingemauert war.

Ich hörte ein leises Geräusch. Am anderen Ende des Dachfirsts saß eine rote Katze. Sie schaute mich mit moosgrünen

Augen an und bewegte die Schwanzspitze wie einen Finger hin und her. Ich streckte ihr die Hand entgegen.

»Micio, komm her!«

Die Katze drehte das linke Ohr nach unten und schaute mich an, ohne zu blinzeln. Aber sie kam nicht.

Ich kramte in meiner Hosentasche ein halb vertrocknetes Stück Fett aus meinem Taschentuch hervor. Zum Mittagessen hatte es Fleisch gegeben, für jeden eine Scheibe, dünn, grau und zäh wie ein Gürtel, mit einer faden Soße aus wenig Öl und viel Wasser. Cesarina hatte mir das Stück mit dem meisten Fett gegeben. Sie hatte es gut gemeint, aber ich hasste es, ich musste würgen davon. Ich hatte es in mein Taschentuch gespuckt, als sie gerade nicht guckte.

»Hast du Hunger?«

Die Katze richtete beide Ohren nach vorne. Ich rutschte ihr etwas entgegen und streckte die Hand nach ihr aus.

»Komm, es ist lecker.«

Sie machte einen Schritt auf mich zu. Ihr Schwanz stand kerzengerade, nur seine Spitze zitterte vor Aufregung. Die Versuchung war groß. Das Misstrauen noch größer.

»Komm, trau dich doch«, flüsterte ich.

Ich schob mich noch ein bisschen vor und setzte das Stück Fett auf einen Firstziegel, dann rutschte ich wieder zurück. Ohne den Blick von mir abzuwenden, bewegte sich die Katze vorsichtig darauf zu. Mit jedem Schritt machte sie sich flacher, bis sie für die letzten Zentimeter auf dem Bauch robbte. Die feinen Schlitze ihrer Pupillen weiteten sich, bis sie ganz rund waren. Ich bewegte keinen Muskel. Blitzschnell schnappte sie sich die Beute und rannte das Dach hinunter. Kurz vor der Regenrinne blieb sie stehen und schwenkte den Kopf hin und her, um den zähen Brocken zu kauen. Dann sprang sie aufs Nachbardach und verschwand.

Als ich mich durch das Fenster zurück auf den Dachboden zwängte, fiel der Schlüssel zu Boden. Ich hob ihn auf, schob ihn wieder in die Hosentasche und stellte mit Staunen fest, dass dort schon ein Schlüssel steckte. Es gab also einen zweiten Schlüssel, der irgendwo versteckt am Fensterrahmen gehangen hatte. Er sah genauso aus wie der, den mir Cesarina gegeben hatte. Ich probierte ihn aus. Er passte.

»Hast du gut abgeschlossen?«, fragte Cesarina, als ich ihr ihren Schlüssel zurückgab. Ich nickte.

»Tolle Aussicht da oben.«

»Du bist nicht aufs Dach gestiegen, will ich hoffen?«

»Nein«, antwortete ich viel zu schnell. Um sie abzulenken, fügte ich hinzu: »Ich habe eine rote Katze gesehen.«

»Tatsächlich? Es muss eine der letzten sein.«

»Wieso?«

Sie hängte eine Bluse von Zia Chiara auf die Leine, steckte eine Wäscheklammer darauf und streckte mir die Hand entgegen, damit ich ihr eine zweite reichte.

»Die meisten Katzen sind als Dachhasen im Topf gelandet.«

Kein Wunder, dass die Katze misstrauisch war.

»Man kann doch Katzen nicht essen!«

»Gib mir die Klammer, mir schläft gleich der Arm ein. Natürlich kann man Katzen essen. Sie schmecken sogar gut. Und in der Not …«

Ich reichte ihr eine Wäscheklammer nach der anderen, während sie die restliche Wäsche aufhängte. Wie viel Not hatte Cesarina als Kind erfahren, in ihren ärmlichen Bergen?

»Das war wahrscheinlich ein Kater«, sagte sie.

»Was?«, fragte ich, aus meinen Gedanken herausgerissen.

»Deine Katze. Rote Katzen sind meistens männlich.« Sie hob den leeren Korb auf. »So, und jetzt schnell nach unten. Ich muss kochen, und du musst baden.« Sie rümpfte die Nase: »Du riechst wie ein abgehangener Fasan.«

Samstags aßen wir später zu Abend, denn das Baden nahm ziemlich viel Zeit in Anspruch, und vor dem Essen wurde in der Kapelle der Rosenkranz gebetet, wie jeden Abend. Ohne den Rosenkranz aufgesagt zu haben, kochte Cesarina nicht. Ich setzte mich immer so weit wie möglich vom Zar entfernt auf den letzten Stuhl. Dann begannen wir laut zu rezitieren, jeder mit seiner eigenen Perlenkette in den Händen, fünf Ave-Maria, ein Paternoster, ein Credo und bei der nächsten Perle noch mal von vorn, die ganze Kette durch. Eine mordslangweilige Prozedur. Der Zar schaute mich streng an, aber das diabolische Leuchten in seinen Augen war erloschen, wenn wir alle zusammen in der Kapelle saßen.

Nach dem Abendessen schaltete Nonno das Radio an, das auf einem niedrigen Tisch neben seinem Sessel stand. Ich setzte mich auf den Boden vor das Radio und wartete auf die Kriegsmeldungen, meine einzige Verbindung zu Papà.

Auf dem Mittelmeer um Malta tobte eine große Seeschlacht um die Versorgungswege für Nordafrika. Unsere Truppen durften nicht von der Heimat abgeschnitten werden. Der Sprecher sprach vom bevorstehenden Sieg. Es konnte auch nicht anders sein.

Anschließend kam eine Musiksendung, die mich nicht interessierte. Ich ging auf den Balkon, um Mammas Brief, der endlich angekommen war, zum vierten Mal, und diesmal in Ruhe, zu lesen.

»Mein liebster Lorenzo, ich hoffe, es geht dir gut bei Nonno, Zia Chiara und Cesarina, und ich gehe davon aus, dass du immer höflich und respektvoll zu allen bist. Ich wollte längst bei euch sein, aber leider dauert alles länger als geplant. Nonno und Zia Chiara werden dir inzwischen erklärt haben, dass Papà und ich beschlossen haben, Tripolis für die Dauer des Krieges zu verlassen. Es ist zu gefährlich geworden, dort zu bleiben. Ich weiß, wie schwer es für dich ist, und ich hätte

es dir lieber selbst erklärt, aber es ist wichtig, dass ich noch eine Weile in Rom bleibe. Onkel Eugenio konnte nicht rechtzeitig verhindern, dass dein Vater eingezogen wurde, aber er hat versprochen, sich dafür einzusetzen, dass er bald versetzt wird. Dafür müssen wir noch einige Gespräche mit den zuständigen Leuten führen.
Ich habe Nachrichten von Papà bekommen. Es geht ihm gut, und er ist zuversichtlich, dass die nächste Offensive in Nordafrika erfolgreich sein wird.
Ich versuche, so bald wie möglich zu euch nach Siena zu kommen. Bis dahin sei ein braver und gehorsamer Junge. Und vergiss nicht, deinen Papà und die Soldaten, die uns tapfer und ehrenvoll verteidigen, in deine Abendgebete einzuschließen. Ich umarme dich ganz fest, mein lieber Schatz.«

Ich hielt den Brief an meine Nase und atmete tief ein, aber ich roch nur Papier, trockene Tinte und die grobe Kernseife, mit der ich mir vor dem Essen die Hände gewaschen hatte. Mammas Duft war verflogen.

In unserer Wohnung in Tripolis hatten meine Eltern einen Salottino arabo, mit Möbeln und Objekten, die sie auf dem Souk von Tripolis gekauft hatten. Sitzkissen aus Leder, Duftlampen, reich verzierte Silberschalen und vieles mehr. Ich begleitete Mamma gern, wenn sie auf die Suche nach neuen Schätzen ging. Dabei trug sie Kleider, die verschmutzt werden durften, aber sie legte Wert darauf, auch auf dem Markt elegant und korrekt auszusehen. Wir Italiener sollten nie unsere Vorbildfunktion vergessen, meinte sie.

Wir fuhren in einer der vielen halb offenen Pferdekutschen mit faltbarem Dach, die von allen als Taxi benutzt wurden. Der Kutscher verbeugte sich und bedankte sich in gebrochenem Italienisch für das gute Trinkgeld, und wir betraten den Souk zu Fuß. Trockene Grasmatten waren auf Holzgerüsten über den engen Gässchen befestigt und spendeten Schatten.

Viele Männer trugen wallende, helle Djellabas und sogar Turbane. Die wenigen Frauen hielten ihre dunklen Gewänder mit einer Hand vor dem Gesicht zusammen und schauten mit nur einem Auge durch den kleinen Schlitz.

Kleinste Läden drängten sich dicht an dicht, bis in die letzte Ecke überfüllt mit märchenhaften Waren, und meine Augen wussten nicht, wo sie zuerst haltmachen sollten. Bei den bunten Tüchern und Kaftanen aus Seide, den Babuschen aus Bast und Samt, den kunstvoll verzierten Lederwaren, den auf Hochglanz polierten Teekesseln aus Kupfer, den Girlanden von goldenen Armbändern. Auf groben Holztischen türmten sich Gewürze in allen Schattierungen von gelb, rot, braun, grün und schwarz, wie die Dünen einer vielfarbigen Wüste. Ihre Düfte verwoben sich in der Luft, prickelten in meiner Nase, legten sich mit einer herben Note auf meine Lippen. Die Rufe der Händler, das grelle Feilschen in ratterndem Arabisch, das Hämmern des Silberschmieds, der in seiner dämmerigen Bude Pünktchen für Pünktchen filigrane Muster auf seine Silberware meißelte. Es war eine laute, verstörende Zauberwelt. Mamma hielt mich fest an der Hand, auch als ich schon viel zu groß dafür war, aus Angst, mich im Gedränge zu verlieren.

Bevor wir nach Hause gingen, bekam ich einen Ringkrapfen. Danach roch meine rechte Hand stundenlang nach Öl. Die linke duftete nach Mammas Hand.

Ich faltete den Brief zusammen und steckte ihn zurück in den Umschlag. Die Schwalben übten ihre Sturzflüge an der Kirche Santo Spirito, feuerrot im Sonnenuntergang. Sie war ein wuchtiger Quader aus Ziegelsteinen, mit einem kurzen, aber sehr breiten, runden Glockenturm. Drei Jungen spielten vor dem steinernen Brunnen auf dem Kirchenvorplatz Fußball.

Ich verstand nicht, warum Mamma ihre Zeit mit Onkel Eugenio verschwendete. Die Sache war doch von Anfang an ein Rohrkrepierer. Ich mochte ihn nicht. Sein Atem stank nach Zigarre, und er machte sich immer über meine dünnen Arme und Beine lustig.

Wenn er da war, wurde Papàs Gesicht starr wie Stein, und Onkel Eugenio schnaufte laut durch die Nase und bekam ganz dicke Adern am Hals. Sie konnten sich nicht ausstehen, das merkte jeder. Nur Mamma nicht.

Plötzlich wurde das Gespräch im Wohnzimmer lauter.

»Ich verstehe einfach nicht, dass sie sich wegen ein paar Möbeln in Gefahr bringt«, sagte Zia Chiara. »Sie hat ein Kind, in Gottes Namen!«

»Es geht nicht um die Möbel«, sagte Nonno. »Der Umzug ist nur ein Vorwand. Es geht um Umberto. Sie hofft immer noch, ihn da rauszuholen.«

Ihn ... was? Was ging hier eigentlich vor?

»Und wie hat sie sich das vorgestellt? Will sie auf Kamelrücken zur Front reiten und Bastico sagen: ›Verzeihung, Herr General, ich nehme mal eben meinen Mann mit nach Hause?‹ Das ist doch Wahnsinn!«

Ich stürzte ins Wohnzimmer.

»Was ist Wahnsinn? Wo ist Mamma?«

Nonno und Zia Chiara sahen mich erschrocken an. Sie hatten vergessen, dass ich noch da war.

»Komm her, Lorenzo«, sagte Nonno. Er zog mich zu sich und legte mir den Arm um die Schulter. »Heute Morgen kam ein Telegramm von deiner Mutter. Sie hat in Rom nichts erreicht und ist zurück nach Tripolis gefahren.«

»Wie, nach Tripolis? In ihrem Brief sagt sie – «

»Den Brief hat sie vor einer Woche aus Rom abgeschickt. Ihr Schiff hat gestern Neapel verlassen.«

Ich starrte in seine wässrigen blauen Augen. Es dauerte eine ganze Weile, bis diese Nachricht zu mir durchdrang. Mamma war also doch nach Libyen zurückgekehrt. Ohne mich. Und zwischen Sizilien, Malta und Nordafrika war die Hölle losgebrochen, wir hatten es gerade im Radio gehört. Meine Kehle verknotete sich. Meine Lippen arbeiteten mehrmals stumm, bevor es mir gelang zu krächzen:

»Ist sie angekommen?«

Nonno drückte mich noch fester.

»Wir wissen es nicht.«

Ich sagte nichts. Es gab nichts zu sagen. Ich war an einen sicheren Ort gebracht und zurückgelassen worden.

Aber Kriege sind unberechenbar. Und sichere Orte auch.

4

Franco hatte seine Sonntagskleidung anbehalten, eine dunkelblaue, kurze Hose und ein Jackett aus dem gleichen, viel zu warmen Stoff. Der Hemdkragen hatte einen Schweißrand, und die Kniestrümpfe waren wie Ziehharmonikas um seine Knöchel gesackt. Er hielt eine Papiertüte in der Hand.

»Mamma schickt Ihnen drei Eier, Signorina Guerrini.«

»Das ist aber sehr nett von ihr«, sagte Zia Chiara, die mit mir zur Eingangstür gelaufen war, mit einem Leuchten in den Augen. »Sag ihr bitte ganz herzlichen Dank von uns allen.«

Nur drei Eier. Cesarina zählte für Signora Tacconi nicht.

Zia Chiara schloss die Tür und schickte uns in mein Zimmer. Ich ging voraus. Franco schaute sich um, während wir den Schranksaal, das Niemandsland und den Flur vor dem grünen Salon durchquerten.

»Sag mal, wie groß ist es denn bei euch?«

Sein Mund stand offen, als er mein Zimmer betrat. Die Wände waren über und über mit hellblauen Rauten bemalt, und die gewölbte Decke war so hoch, dass ich manchmal fast erwartete, dass sich Wolken darunter formten. Sie war mit Malereien verziert, die einer Kirche oder eines Palasts würdig waren. Ranken, Blumen, Vögel und in der Mitte eine blonde Frau mit Lilien in den Händen. Das Metallbett, der Nachttisch, der Schrank, der Schreibtisch und der Stuhl waren Antiquitäten.

»Du bist wohl ein echter kleiner Prinz?« Seine Augen blitzten bösartig auf. »Tsh! Ein Palast wie Dornröschen, aber nix zu beißen! Ihr Guerrini seid jetzt nicht mehr so stolz, was? So. Wo sind deine Spielsachen?«

»Ich habe keine hier.«

»Lügner.« Er schob mich beiseite und machte sich an der Kommode zu schaffen. »Wusste ich's doch«, rief er, als er die unterste Schublade öffnete. Er nahm die Eisenbahn heraus.

Ich hatte sie kurz vor der Abreise zum Geburtstag bekommen, und Mamma hatte sie zusammen mit kleineren Spielsachen für mich in den großen Koffer gepackt. Es war eine wunderschöne englische Miniatureisenbahn mit Schienen, Dampflokomotive, einem Kohlen- und drei Passagierwagen. Sie lagen in ihren Pressformen aus Pappmaschee in der schwarzgelben Schachtel, in die ich sie nach dem Spielen immer wieder sorgfältig einsortierte.

Ich zuckte zusammen, als Franco die Schachtel einfach umkippte und alles auf den Boden schüttete. Er schnappte sich die Lokomotive und den Kohlenwagen und versuchte vergeblich, sie mit seinen Wurstfingern aneinanderzukoppeln.

»Blödes Feine-Leute-Spielzeug«, knurrte er.

Frustriert schlug er die zwei Teile gegeneinander. Ich riss sie ihm aus den Händen.

»Du machst sie kaputt!«

Ich sah fassungslos auf die abgebrochene Kupplung der Lok und sammelte alle Teile zusammen, um sie vor seiner Gewalt zu retten, doch Franco hatte das Interesse verloren. Er ging zurück zur Kommode und zertrat dabei den Deckel der Schachtel. Er warf meine Spielzeugautos nacheinander aus der Schublade, dann drehte er sich mit dem Flugzeug in der Hand zu mir um.

»Hey, das ist klasse!«

Es war ein Modell von dem Torpedoflugzeug, mit dem Italo Balbo seine Atlantiküberquerung geflogen war. Balbo war Gouverneur von Libyen und ein echtes Fliegerass gewesen. Leider war er schon zu Kriegsbeginn abgeschossen worden. Aus Versehen, von unseren eigenen Leuten.

Franco ließ das Flugzeug mit lauten Geräuschen durch das Zimmer fliegen und trat dabei auf die Autos.

»Alles Babykram«, sagte er, als meine gesamten Spielsachen und sogar ein Teil meiner Kleidung auf dem Boden zerstreut lagen. »Ich hab was viel Besseres.«

Er steckte das Flugzeug in die Tasche und marschierte aus dem Zimmer. Ich lief hinterher.

»Gib mir das wieder!«

»Hol's dir doch.«

Er rannte den ganzen Weg zurück zum Eingang, riss die Tür auf und stürzte die Treppe hinunter.

»Franco!«

Ich folgte ihm auf die Straße und sah ihn vor dem Hauseingang neben dem Lebensmittelladen stehen. Er winkte mit dem Flugzeug und grinste. Scher dich zum Teufel, dachte ich und drehte mich um, um zurückzugehen. Ich hatte nicht vor, das Flugzeug vor seinen Eltern einzufordern.

»Principino! Warte«, rief Franco. Ich ignorierte ihn. Doch er lief mir nach und hielt mich am Arm fest.

»Komm, sei keine Memme, ich will dir nur was zeigen.«

»Gib mir mein Flugzeug wieder!«

»Gleich. Komm erst mal mit. Es wird dir gefallen.«

Ich hätte misstrauisch sein sollen. Doch die Neugier war stärker.

Ich folgte Franco zum hinteren Ende des Ladeneingangs, der schmaler und noch dunkler war als unserer. Hinter der Steintreppe verbarg sich eine kleine Holztür, die im Dunkeln kaum von der Wand zu unterscheiden war. Ein schwerer, angerosteter Eisenschlüssel knirschte im Schloss, die Tür quietschte in den Angeln, und kalte, abgestandene Luft schlug uns entgegen. Ich machte einen Schritt zurück.

»Komm schon«, sagte Franco.

Er schob mich hinein und machte die Tür hinter uns zu. Es

war stockfinster. Angst wallte in meinem Bauch auf. Er wollte mich in einem finsteren Loch einschließen. Ich hörte Franco die Wand abtasten, dann ging eine zweite Tür knarzend auf. Franco zog mich hinter sich her.

Noch bevor er die Glühbirne anknipste, wusste ich, was sich hier verbarg. Der Duft von Schinken, Salami und Pecorino war so betörend, dass ich schwankte. An den Wänden bogen sich grobe Holzregale unter dem Gewicht von Säcken und Beuteln mit Mehl, Zucker, Bohnen, Kichererbsen, Trockenfrüchten und sogar Kaffee. Käselaibe stapelten sich neben Pyramiden von Konservenbüchsen. Auf dem Boden standen Milchkannen aus Blech und bauchige Olivenölflaschen. Von der Decke baumelten zwischen Salamis und Girlanden von Würsten eine fassförmige Mortadella und zwei riesige Schinken, die an einer Seite noch die Haut mit dem Fell trugen.

Franco betrachtete meinen Gesichtsausdruck und schmunzelte.

»Hast du Hunger?«

Er holte ein Messer aus der Schublade des Tischs in der Mitte des Raums, angelte sich eine halbe Salami und schnitt zwei Scheiben ab. Er biss in eine und bot mir die zweite an. Ich wich zurück, argwöhnisch.

»Hier, nimm.«

Er drückte mir die Salamischeibe in die Hand. Sie war fast fingerdick, mit dunklem Fleisch und Fettaugen wie Perlen. Ich biss ein Stück ab und stöhnte vor Wonne. Sogar die Schärfe der Pfefferkörner fand ich herrlich.

»Lecker, oder?«, sagte Franco.

Ich nickte, zu sehr mit Kauen beschäftigt, um sprechen zu können. Ich schaute mich um. So viel Essen auf einem Haufen hatte ich seit Jahren nicht mehr gesehen.

»Wem gehört das alles?«, fragte ich, als ich geschluckt hatte.

»Meinem Vater. Vorräte für den Laden.«

»Und du darfst dich einfach so bedienen?«

Franco schnitt zwei Scheiben von einem angebrochenen Pecorino ab und gab mir eine.

»Klar.«

Ich glaubte ihm kein Wort. Kinder durften nicht ohne Erlaubnis essen. Er ging ein ziemlich hohes Risiko ein. Für mich? Nachdem er mein Zimmer verwüstet hatte?

»So was gibt's bei euch nicht oft, Principino, oder?«

Langsam ging er mir auf die Nerven.

»Hör auf, mich so zu nennen!«

»Wieso?« Er rieb sich mit dem Zeigefinger unter der Nase. »Ihr seid doch adelig, oder?«

Ich wusste nicht, was es bedeutete, adelig zu sein. Sicher nicht, dass wir reich waren.

Trotzdem musste es etwas Besonderes sein. Sonst würde Franco nicht so ein Aufheben darum machen. Ich sah ihn durch halb geschlossene Augenlider an.

»Stört dich das, Krämerkind?«

Seine Nasenflügel blähten sich auf. Er machte einen Schritt auf mich zu.

»Du … ihr seid alle nur hochnäsige Antifaschisten!«

Ich warf mich auf ihn und schubste ihn so hart, dass er nach hinten umfiel. Das hatte er nicht erwartet, er starrte mich an.

»Nimm das zurück«, schrie ich.

Aber ich war erschüttert. Antifaschisten, wir? Meinte er Zia Chiara? Ich war also nicht der Einzige, der sie verdächtigte!

»Die Guerrini sind gute Faschisten! Und echte Patrioten! Mein Opa wurde im Großen Krieg in der Piaveschlacht verwundet. Mein Vater ist an der Front, im Gegensatz zu deinem. Und ich bin ein Balilla und dem Duce und dem König treu bis in den Tod!«

Franco stand wieder auf. Ich fürchtete, er würde auf mich losgehen. Er war ein ganzes Stück größer und robuster als ich und würde sich kein zweites Mal überraschen lassen. Doch sein Zorn war schon verflogen.

»Ist ja gut, reg dich ab.« Er klopfte sich den Staub von der Hose. »Wo kommst du eigentlich her?«

»Aus Tripolis.«

»Du bist ein Flüchtling.«

»Quatsch. Ich bin im Urlaub.«

Er lachte auf. »Im Urlaub, natürlich.«

»Doch! Sobald wir die Engländer ins Meer zurückgeworfen haben, gehe ich nach Hause. Meine Mutter ist ja noch da. Und überhaupt, du brauchst dich nicht so aufzublasen. Tripolis ist viel größer als Siena. So groß, dass sogar der Duce zu Besuch gekommen ist. Und ich habe ihn gesehen!«

»Wann?«, fragte Franco voller Ehrfurcht.

»Ist lange her, ich war erst acht. Aber ich war dabei! Unsere Balilla-Einheit ist vor ihm marsch-«

»Still!«

Franco hatte mir plötzlich die Hand auf den Mund gedrückt. Ich hörte gedämpfte Stimmen.

»Mist! Mein Vater!«

In Windeseile hängte er die Salami wieder auf, setzte den Käse mit der angeschnittenen Seite nach hinten ins Regal und fegte mit der Hand die Krümel vom Tisch.

»Raus. Schnell«, flüsterte er.

Ich flüchtete aus der Vorratskammer. Franco machte das Licht aus und schloss die Tür hinter uns ab. Im schwachen Licht, das durch die angelehnte Tür zum Eingang drang, sah ich, wie er den Schlüssel in eine Lücke zwischen zwei Backsteinen steckte. In diesem Augenblick ging die Tür auf. Franco packte mich am Arm und zog mich in den dunklen Gang. Kalte Kellerluft kroch aus dem Gang hinter uns.

Eine massige Gestalt zeichnete sich in der Türöffnung ab.

»Ist hier wer?«, rief eine tiefe Stimme. Jemand trat leicht hinkend herein und rüttelte an der Tür der Vorratskammer. »Maria muss schon wieder vergessen haben abzuschließen. Komm rein, Ugo.«

Eine zweite, noch kräftigere Gestalt folgte ihm.

»Wer ist das?«, flüsterte ich Franco ins Ohr.

»Mein Onkel«, flüsterte er zurück. »Halt die Klappe.«

Francos Vater schloss die Tür auf. Beide Männer traten in den Vorratsraum und lehnten die Tür an. Franco stand auf.

»Schnell raus jetzt!«

Auf Zehenspitzen schlichen wir auf den Ausgang zu. Wir waren keine zwei Meter von der Rettung entfernt, als die Tür wieder aufging. Franco schob mich zurück in die Dunkelheit. Sein Vater trug unsere Salami unterm Arm. Er schloss das Lager wieder ab und steckte den Schlüssel in sein Versteck. Dann hielt er Francos Onkel die Tür zum Hauseingang auf und folgte ihm hinaus. Die Tür fiel hinter ihnen zu. Der Schlüssel drehte sich im Schloss.

Außer einem blassen, fadendünnen Lichtstreifen unter der Tür war es dunkel. Ich hörte das Plick-Plick von Wassertropfen und das Trippeln winziger Krallen auf dem Steinboden. Die Dunkelheit wurde zu einer physischen Gestalt, die auf meine Brust drückte und mir die Luft abschnürte. Ich rannte auf die Tür zu.

»Hilfe! Macht auf!«

Doch Franco hielt mich zurück, bevor ich auf die Tür schlagen konnte.

»Bist du verrückt? Hast du eine Vorstellung, was sie mit uns machen, wenn sie uns erwischen?«

Ich blieb stehen.

»Hast du nicht gesagt, du darfst dich bedienen?«, fragte ich, aber Franco ging nicht darauf ein.

Mit der Stille kam die Angst zurück. Ich atmete schneller und merkte, dass meine Unterlippe bebte. Ich räusperte mich, aber meine Stimme klang trotzdem piepsig.

»Was machen wir jetzt?«

»Keine Panik. Ich habe vorgesorgt.«

Ich hörte es kratzen, zwei-, dreimal, und plötzlich blitzte eine Flamme auf. Franco ging zur Tür, zog eine Kerze aus einer dunklen Ecke, und die Finsternis wich zurück.

»Ich habe sie hier versteckt für den Fall, dass ich eingeschlossen werde. Gut mitgedacht, oder?«

Das überraschte mich tatsächlich. Ich war aber nicht sicher, ob er auch zu Ende denken konnte.

»Hast du einen Ersatzschlüssel?«

»Nein. Den hat mein Vater versteckt. Aber es gibt einen anderen Weg.«

»Welchen?«

»Komm mit.«

Der leicht abfallende Gang endete an einer steinernen Treppe, die steil unter die Erde tauchte. Franco stieg hinab. Meine Eingeweide sackten mir in die Schuhe. Es war viel schlimmer als das Niemandsland. Es war sogar schlimmer als der Zar. Wahrscheinlich wohnten seine dämonischen Diener hier unten.

Die Flamme von Francos Kerze tänzelte die Treppe hinunter und wurde immer kleiner. Allein zurückbleiben wollte ich auch nicht.

»Franco! Warte!«

Ich holte ihn in einem großen Kellerraum ein, der mit verstaubtem Gerümpel vollgestellt war.

»Wohin gehen wir?«, fragte ich.

»Wirst schon sehen.«

Wollte er mir einen Streich spielen? Er kannte sich in seinem Keller aus, er konnte die Kerze auspusten und mich hier zurücklassen. Im Dunkeln.

Ich packte ihn am Arm und zwang ihn, stehen zu bleiben.

»Was spielst du hier für ein Spielchen? Ich habe dir nichts getan. Bring mich wieder raus!«

Er grinste: »Du hast Angst, was?«

Ich presste die Lippen zusammen. Ich wollte ihm nicht die Freude machen, es zuzugeben.

»Sag mir endlich, wo wir hingehen!«

»Zu dir nach Hause.«

»Wie bitte?«

»Es gibt einen unterirdischen Gang zu eurem Keller. Aber wir müssen erst noch etwas tiefer nach unten. Komm.«

Über eine Wendeltreppe erreichten wir einen niedrigen in den Fels gehauenen Tunnel. Es roch nach feuchtem Stein und Mäusepisse. Rechts und links öffneten sich Abzweigungen wie schwarze Mäuler. Das Wasser, das durch Decke und Wände sickerte, hatte diese über die Jahrhunderte mit bizarren steinernen Verzierungen überzogen. Im tanzenden Kerzenlicht färbten sie sich gelblich und wanden sich wie Schlangen. Ich stellte mir vor, wie man in fünfzig Jahren unsere mumifizierten Leichen finden würde. Inzwischen erschienen mir ein paar Ohrfeigen eine durchaus annehmbare Alternative.

»Bist du sicher, dass du den Weg kennst?«

»Ja, ich war schon mal hier.«

»Allein?«, fragte ich misstrauisch.

Er schien zu überlegen, wie viel er mir verraten konnte.

»Nein, nicht allein«, sagte er nach einer Weile. »Mit meinem Bruder. Giovanni. Das mit der Kerze war eigentlich seine Idee. Wir sind oft heimlich in die Kammer gegangen, als er noch da war. Essen klauen macht viel mehr Spaß, als bei Mamma zu betteln.« Plötzlich packte er mich mit seiner freien Hand am Kragen. »Und du darfst es niemandem verraten, kapiert? Es ist ein Geheimnis. Ich schlag dir alle Zähne aus und mach mir eine Kette daraus, wenn du auch nur ein Wort sagst.«

»Wem soll ich das schon sagen? Lass mich los, du reißt mir die Knöpfe ab!«

»Deiner Tante zum Beispiel? Oder eurer komischen Dienerin.«

»Cesarina ist nicht komisch! Und ich bin nicht verrückt. Sie lässt mich nie wieder aus dem Haus, wenn sie erfährt, dass ich hier unten war.«

»Und du hast die Vorratskammer nie gesehen. Schwör es!«

»Welche Vorratskammer?«

Franco sah mich verdattert an.

»Die Vorr...«, dann verstand er. »Ach so! Schwör es!«

Ich küsste meine gekreuzten Zeigefinger und spuckte auf den Boden. »Ich schwöre es.«

Er boxte mir auf die Schulter.

»Du hast doch mehr Mumm, als ich erwartet hatte. Ich dachte, du würdest flennen wie ein Mädchen.« Er deutete auf eine fast unsichtbare Ritze in der Wand, auf Kniehöhe. »T wie Tacconi. Mein Bruder hat den Weg markiert, damit wir uns nicht verlaufen. Und er hat noch mehr Kerzen versteckt, für alle Fälle. Hier.« Er fand einen Kerzenstummel auf einem hervorstehenden Ziegelstein, zündete ihn an und übergab ihn mir. Er sah mich bedrohlich an. »Vergiss nicht: Es ist ein Geheimnis.«

»Ich werde schweigen wie ein Grab. Wo ist denn dein Bruder?«

Er blähte die Brust auf.

»Im Krieg! Er kämpft in Albanien, für den Duce.«

»Im Krieg?«, staunte ich. »Wie alt ist er denn?«

»Sechzehn. Er hat sich freiwillig gemeldet.«

»Und deine Eltern haben es erlaubt?«

»Er hat die Unterschrift meines Vaters gefälscht. Ein Kinderspiel. Und das werde ich auch tun, sobald ich fünfzehn bin.«

»Bis dahin haben wir den Krieg längst gewonnen.«

Franco machte eine verärgerte Geste.

»Das sagt mein Vater auch. Aber ich habe von einem Vierzehnjährigen gehört, der angenommen wurde.«

»Glaub ich niemals. Wie soll das denn gehen?«

»Er sah angeblich viel älter aus. Ich habe ganz gute Karten, ich sehe auch älter aus.«

Ich würde zwanzig werden, bevor ich wie sechzehn aussah. Ich seufzte.

»Ich möchte in der Wüste kämpfen, wie mein Vater.«

»Dein Vater ist an der Front? Im Ernst? Ich dachte vorhin, du willst nur angeben.«

»Nein, es stimmt!«

»Mein Onkel sagt, dass er ein Kneifer ist und dass seine Freunde in Rom dafür sorgen, dass er nicht an die Front muss.«

Meine Wangen wurden heiß vor Zorn. Aber auch vor Scham.

»Dein Onkel ist ein Schwätzer! Wieso ist er nicht an der Front? Und dein Vater? Sag!«

Franco zuckte mit der Schulter.

»Mein Onkel ist zu alt. Mein Vater hat ein steifes Bein.«

»Mein Vater hat ein fast blindes Auge und kämpft trotzdem für das Vaterland! In Ägypten, mit Rommel!«

»In Ägypten? Das ist ja krass! Da möchte ich auch hin. Mann! Rommel!«

Nun lag sogar Bewunderung in seinem Blick. Ich war nicht mehr der kleine Prinz, den er beeindrucken und demütigen wollte.

»Weißt du was?«, sagte ich. »Ich schreibe meinem Vater. Vielleicht findet er einen Platz für uns unten in Nordafrika. Wir können uns nützlich machen, bis wir alt genug zum Kämpfen sind. Was meinst du?«

»Gute Idee, Principino.«

Wir liefen weiter.

»Wie hat dein Bruder den Durchgang gefunden?«, fragte ich.

»Er ist einfach auf Entdeckungstour gegangen. Giovanni ist unglaublich mutig«, sagte Franco stolz. »Er hat mir gesagt, dass es diese Gänge seit dem Mittelalter gibt. Manche sollen sogar aus der Stadt rausführen, aber als er sie gesucht hat, hat er sich verlaufen und den Weg nach Hause erst nach Stunden wiedergefunden. Danach hat er sich nicht mehr getraut. Es gibt auch richtige Abgründe. Guck dir dieses Loch da an.« Er deutete auf einen Schacht, der hinter einem niedrigen Steingeländer wie das Maul eines Monsters klaffte. »Ich wette, es reicht bis zum Tor der Hölle.«

Ich blieb stehen, als wäre ich gegen eine Wand gelaufen. Er ahnte nicht, wie nah er an der Wahrheit lag. Ich schnappte nach Luft.

»Was ist denn mit dir los?«, fragte Franco. »Mach den Mund zu, du siehst aus wie ein Fisch.«

»Wir müssen sofort raus! Der Schwarze Tod!«

»Was?«

»Die Pest! Im Mittelalter! Mein Vater hat es mir erzählt. Fast alle sind gestorben. Abertausende von Toten! Bis keiner mehr da war, um sie zu begraben. Die Leichen waren überall, auf den Straßen, auf den Plätzen, in allen Häusern. Die letzten Überlebenden haben sich in ihren Häusern verkrochen und haben ihre Toten in die unterirdischen Gänge gebracht und in Schächte wie diesen geworfen.«

Francos Augen wurden riesig.

»Meinst du … da unten …«

»… liegen Hunderte von Leichen! Niemand hat sie je herausgeholt, um sie christlich zu bestatten. Sie sind noch da!« Ich stellte mir Berge von grauen Skeletten vor, an denen nur noch modrige Stofffetzen hingen, übereinandergestapelt, von dicken, schwarzen Ratten abgenagt. »Und mit ihnen die Pest. Der Keim stirbt nie!«

Franco, der sich über den Rand hinausgelehnt hatte, sprang mit einem Schrei auf. Die Kerze fiel ihm aus der Hand in den Schacht. Eine Sekunde lang erglänzten die feuchten Steinwände, dann erlosch die Flamme. Genau in diesem Augenblick, vielleicht von der Kerze verscheucht, kroch eine große graue Ratte aus dem Schacht heraus und flitzte zwischen seinen Beinen in die Dunkelheit.

Wir stießen einen panischen Schrei aus. Franco riss die zweite Kerze an sich, schirmte sie mit der anderen Hand ab und rannte.

Ich hörte kurze, gequälte Atemstöße. Waren wir das? Oder war es das Keuchen der Pesttoten, die hinter uns her waren? Ich lief noch schneller, während im wild flackernden Licht der Kerze Schattengestalten an den Steinwänden tanzten.

Wir erreichten eine grob behauene Wendeltreppe und nahmen zwei Stufen auf einmal. Mein Herz hämmerte gegen mein Brustbein, als wir endlich oben ankamen.

»Das ist unsere Rimessa«, rief ich, und eine Welle von Erleichterung spülte die Pestdämonen zurück in ihre finstere Welt.

Mein abgeschmirgelter Roller stand da. Wir bahnten uns einen Weg durch das Gerümpel bis zur Tür. Bevor ich mich fragen konnte, wie wir sie aufschließen würden, wurde sie aufgerissen. Harte Wurstfinger packten mich am Ohr.

»Hier seid ihr, ihr Bengel«, keifte Signora Tacconi. »Wir haben euch überall gesucht.«

Ich hörte Cesarinas Pantoffeln auf der Treppe klappern. Signora Tacconi ließ mich sofort los, aber Franco hielt sie mit eisernem Griff fest.

»Ich habe sie gefunden, Cesarina! Sie waren tatsächlich in der Rimessa«, rief sie. Sie zog noch fester an Francos Ohr, das schon tiefrot war, und beugte sich über sein Gesicht, bis ihre dicke Nase es fast berührte. »Was hattest du da unten zu suchen, du Lümmel?«

»Aua! Aua! Ich hab nichts getan! Aua! Mamma, du reißt mir das Ohr ab!«

Sie ließ ihn los und musterte ihn. Ihre Hängebacken gingen vor Aufregung auf und ab.

»Du bist völlig verdreckt! Das war dein bester Anzug, du Satansbraten! Mit dir rechnen wir zu Hause ab.«

Sie packte ihn am Arm und zerrte ihn zum Ausgang. Franco drehte sich ein letztes Mal nach mir um und zwinkerte. Ich blieb allein mit Cesarina zurück. Mehrere graue Strähnen hatten sich aus ihrem Dutt gelöst und standen wie eine Teufelskrone von ihrem Kopf ab. In ihrem Gesicht hatten sich rote Flecken ausgebreitet. Sie schien beinahe zu platzen. Sie beäugte mich von Kopf bis Fuß.

»Du siehst aus wie ein Straßenkind! Was ist bloß in euch gefahren, in der Rimessa zu spielen? Wie seid ihr da überhaupt reingekommen?«

»Ich … ich …«, stotterte ich, während ich fieberhaft überlegte, was ich antworten sollte. Ich konnte ihr unmöglich die Wahrheit erzählen.

Doch Cesarina fragte nicht weiter. Bestimmt ahnte sie was, zog es aber vor, es nicht zu genau wissen zu wollen. Sie schloss die Tür wieder ab und schubste mich die Treppe hinauf.

»Igitt, du bist schmutziger als eine Hühnerstange! Wie soll ich das wieder sauber kriegen? Nee, nee, das hat man davon, wenn man sich mit dem Volk einlässt. Dieser Franco ist überhaupt kein Umgang für dich. Und nass bist du auch noch. Du wirst dir den Tod holen …«

Cesarina brummte und nörgelte ununterbrochen, bis ich gewaschen und umgezogen war und mein Zimmer wieder aufgeräumt hatte. Ich hörte ihr gar nicht zu. Für Cesarina verkörperte Franco den Untergang meiner feinen Erziehung, aber ich fand ihn klasse.

Erst viel später, als ich längst im Bett lag, fiel mir ein, dass er mir das Flugzeug nicht zurückgegeben hatte.

5

Cesarina hatte Nonno und Zia Chiara nichts erzählt, aber meine Eskapade mit Franco geriet sowieso in Vergessenheit, als uns am nächsten Tag ein Telegramm von Mamma mitteilte, dass sie sicher in Tripolis angekommen war. Das Lächeln kehrte zurück.

An einem solchen Tag musste man Glück haben. Nach dem Mittagessen, während Nonno und Zia Chiara wieder einmal energisch über Mammas Entscheidung diskutierten, zurück nach Tripolis zu fahren, tat ich so, als müsste ich zur Toilette, und schlich mich in Zia Chiaras Büro. Ich wollte ihre geheimen Papiere finden. Ich wollte endlich Klarheit haben.

Die Tür war nur angelehnt und protestierte knarzend, als ich sie aufschob. Es war dämmerig, aber die Sonne malte scharfe, helle Streifen an die Wand, wo sie durch die halb offenen Fensterläden eindrang.

Auf einem blass getretenen Teppich stand in der Mitte des Raums ein alter Schreibtisch. Darauf lagen das Lehrbuch der dritten Grundschulklasse und, ordentlich gestapelt und wie mit dem Lineal geordnet, die Hefte der Schülerinnen. Die Tasche war nicht da. Ich traute mich nicht, etwas zu berühren, aber schaute noch näher, ob sich vielleicht ein Blatt, ein Brief, eine Namensliste, irgendetwas unter den Büchern verbarg. Plötzlich rumpelte ein Lastwagen unten auf der Straße so laut, dass ich mich erschrocken aufrichtete. Und da sah ich die Tasche auf dem Boden, an ein Tischbein gelehnt.

»Suchst du was?«

Ich wirbelte herum. Der Lastwagen hatte Zia Chiaras

Schritte übertönt. Ich wurde schon wieder ertappt. »Etwas … zu lesen«, stammelte ich. »Ich habe mein Buch ausgelesen.«

Es klang schon in meinen Ohren wenig überzeugend.

»Aha«, sagte Zia Chiara, und ihr Mundwinkel kringelte sich nach oben. Sie öffnete eine der Vitrinen und nahm ein ziemlich dickes Buch heraus. »Salgari. *Die Tiger von Mompracem.* Kennst du es schon?«

Ich schüttelte den Kopf. Sie reichte mir das Buch. Ich nahm es und wollte schon aus dem Zimmer rennen.

»Warte«, rief sie. »Da du dich offensichtlich langweilst und so gern liest, habe ich eine Aufgabe für dich.«

Sie verdonnerte mich dazu, Nonno vorzulesen. Für ihn war es zu anstrengend geworden, selbst zu lesen, sogar mit Brille.

»Früher hatte ich Augen wie ein Falke«, seufzte er. »Aber jetzt …«

Ich tat mein Bestes. Aber die Zeitungsartikel waren schwierig. Ich stolperte über unbekannte Wörter, wurde immer leiser, und Nonno verstand kein Wort. Mit Nonnos Büchern war es nicht besser. Sie waren furchtbar langweilig und hatten zu lange Sätze, die ich falsch betonte, weil ich sie nicht verstand. Nonno dann auch nicht. Im besten Fall schlief er ein. Es war frustrierend für uns beide.

Manchmal konnte ich ihn überreden, vom Großen Krieg zu erzählen, von der letzten Schlacht am Piave, bei Vittorio Veneto, wo unsere Soldaten die Österreicher besiegten und Nonno verwundet wurde. Dann vergaß ich eine Weile, dass ich in einer sterbenslangweilig friedlichen Stadt verharren musste, und träumte davon, in der letzten, siegreichen Schlacht des neuen Kriegs meinen Beitrag zu leisten. Aber Nonno wollte viel lieber über mich und die Schule reden. Er fragte nach meinen Lieblingsfächern und trug Gedichte von Pascoli und Carducci vor, bis er zwischen zwei Versen einschlief.

Nachmittags, wenn Nonno und Cesarina ein Nickerchen hielten und Zia Chiara mit ihren Nachhilfeschülern beschäftigt war, schlich ich mich aus der Wohnung und lief die Treppe hinauf auf den kleinen Dachboden.

Aus der Abstellkammer neben dem Cucinone hatte ich mir Besen, Kehrschaufel und Putzlappen ausgeliehen, die dicke Staubschicht weggefegt und sogar das Fenster geputzt, was zwei Anläufe in Anspruch genommen hatte und viel zu viel Seife. Als sie die übrig gebliebene Seife sah, murrte Cesarina eine Viertelstunde lang über Signora Tacconi, die Seife verkaufte, die beim Trocknen schrumpfte. Jetzt hatte ich ein kleines Geheimzimmer nur für mich, mit viel Licht und einem unglaublichen Ausblick. Den Ersatzschlüssel versteckte ich in einem Schlitz zwischen einer Stufe und dem Treppengeländer.

Am frühen Nachmittag war der kleine Raum wie ein Backofen und roch nach den heißen Dachziegeln und den uralten, warmen Holzbalken. Der Schweiß prickelte auf meiner Kopfhaut. Ich öffnete das Fenster und ließ die Brise hereinströmen, die zwar heiß war, aber nicht so stickig wie die Luft im Dachboden. Es dauerte nie lang, bis der rote Kater vom Nachbardach herübersprang und mit hocherhobenem Schwanz auf mich zutrippelte.

Er hatte schnell gelernt, dass ich ihm immer eine Kleinigkeit mitbrachte. Ich kletterte aufs Dach, ging in die Hocke und hielt ihm einen Fitzel Fleisch oder eine Käserinde hin, die ich beim Mittagessen in die Tasche gesteckt hatte. Er kam vorsichtig näher und streckte den Nacken, um daran zu schnuppern.

»Komm, Khalil, trau dich doch, du Angsthase.«

Es dauerte zwei Wochen, bis er sich in meine Nähe wagte. Ich zwang mich, geduldig zu sein und ihm so viel Zeit zu lassen, wie er brauchte. Khalil heißt *guter Freund* auf Arabisch, und ich wollte, dass er mein Freund wurde. Doch wenn ich versuchte, ihn zu berühren, wich er zurück und sah mich mit seinen unglaublich grünen Augen böse an.

Das Licht zerfiel zu einem milchigen Dunst, der über den Dächern flirrte und alle Konturen verwischte. Die Luft roch nach gebackenen Steinen und ausgedörrten Büschen. Es war ein vertrauter Geruch, den ich aus Libyen gut kannte. Ich spürte die Sonne auf den halb geschlossenen Augenlidern und fühlte mich weit weg von Siena, auf dem flachen weißen Terrassendach unseres Hauses in Libyen.

Tripolis leuchtete blendend hell in der Sonne. Unter uns lärmte die Via Roma, die Prachtstraße der Stadt, schräg gegenüber streckte die Moschee ihr weißes Minarett wie einen Zeigefinger in den Himmel. Der Wüstenwind schaukelte die Palmen, die zwischen den Häusern wuchsen. Sie waren so hoch, dass sie selbst das vierstöckige Haus überragten. Papà streckte die Hand nach oben, griff nach einem Palmwedel und schüttelte kräftig daran. Die reifen Datteln purzelten herunter und rollten auf die weißen Kacheln. Wir hoben sie auf und legten sie in einen Korb, den wir extra mitgebracht hatten.

»Such dir die schönste aus«, sagte Papà.

Sie war lang wie mein Daumen und dick wie eine Pflaume. Ihre glänzende, dunkelbraune Haut spannte sich unter dem Druck des reifen Fruchtfleischs. Papà schnitt sie mit seinem Taschenmesser auf, entfernte den Stein und gab sie mir. Sie schmolz auf meiner Zunge, zuckrig und weich. Er lächelte und streichelte meine Nasenspitze.

Am Montag, den 5. Oktober, fing die Schule wieder an. Auch für mich. Bis zuletzt hatte ich gehofft, Mamma würde doch noch kommen und mich zurück nach Tripolis bringen, zurück in mein vertrautes Leben und zu meiner Schule.

»Deine Mutter wird dich nicht abholen, Lorenzo«, hatte mir Nonno gesagt. »Das Mittelmeer ist zu gefährlich geworden. Es sind schon viele Schiffe mit Flüchtlingen an Bord versenkt worden.«

Ein Brief bestätigte es. Sie würde in Tripolis bleiben, bis die Überfahrt wieder sicher war.

Zu meinem Verdruss hatte Cesarina darauf bestanden, mich an meinem ersten Schultag zu begleiten. Wie einen Erstklässler. Ich schämte mich zu Tode. Vor allem, als Franco auf der Straße auf uns zu rannte. Ich hatte ihn seit unserem unterirdischen Abenteuer nicht mehr gesehen. Er sah blendend aus in der Uniform der Balilla Moschettieri. Sie roch noch ganz neu, und die ersten Falten an den Ärmeln des schwarzen Hemds waren so scharf wie geknicktes Papier. Den ersten Schultag feierte man in Uniform.

Nur ich nicht. Meine Uniform war in Tripolis geblieben.

Franco blieb mit offenem Mund stehen, als er meinen dunkelblauen Kittel mit dem breiten, weißen Kragen sah.

»Bist du noch in der Grundschule?«

»Wie du siehst«, grummelte ich.

»Hast wohl 'ne Ehrenrunde gedreht, was?«

»Quatsch. Ich bin später eingeschult worden.«

»Wieso?«

Ich zuckte mit den Schultern. Ich wollte ihm nicht sagen, dass ich tatsächlich die erste Klasse wiederholt hatte. Es hatte lange gedauert, bis man merkte, dass ich nicht langsam und dumm, sondern kurzsichtig war, und ich eine Brille bekam. Aber da hatte ich das eine Jahr schon verloren, und so kam es, dass ich mit zwölf Jahren in die fünfte Klasse der Grundschule musste.

Cesarina zog mich am Arm.

»Wir kommen zu spät«, drängte sie.

Ich riss meinen Arm los, gereizt, doch ich folgte ihr.

»Wir sehen uns am Samstag«, rief Franco fröhlich und rannte Richtung Mittelschule. Ich blickte ihm neidisch hinterher.

Der erste Schultag begann auch hier mit einem Gottesdienst. Die viel zu kleine Kirche in der Nähe der Schule quoll über von Eltern in Sonntagskleidung, nervösen Lehrern und aufgeregten Schülern in Uniform, schwarz-grün die Jungen, schwarz-weiß die Mädchen. Nach zwei Regentagen schien die Sonne, und die ganze Stadt dampfte in der unerwarteten Hitze. Die Väter tupften sich die Stirn mit großen Taschentüchern ab, und die Mütter fächelten sich mit den Gebetbüchern Luft zu.

Nach dem Gottesdienst marschierten alle Klassen wie militärische Einheiten zum Friedhof, um die Gefallenen des Großen Krieges zu ehren. Der Rektor hielt eine unendlich lange Rede, in der es um die Helden des Krieges, das italienische Imperium und die Tapferkeit unserer Soldaten ging. Er spornte uns an, hart zu arbeiten, um Italien und den Faschismus zu immer höherer Glorie zu führen.

Der Vormittag war schon fortgeschritten, als wir zur Schule zurückkehrten. Ein dreistöckiger Quader im Stil des vergangenen Jahrhunderts. Lehrer, Schüler und Eltern versammelten sich auf dem Hof. Die Schüler reihten sich nach Klassen auf, Jungen und Mädchen streng getrennt. Ich erblickte Zia Chiara mit ihrer Mädchenklasse. Ich stand etwas abseits, bei den Eltern, denn ich wusste nicht, zu welcher Gruppe ich gehörte. Zia Chiara hatte mir gesagt, ich sollte in die Klasse von Signor Bianchi. Sie hatte ihn als älteren Mann mit rundem Bauch und kurzem grauem Bart beschrieben, aber ich konnte ihn nirgendwo entdecken.

Nach dem feierlichen Fahnengruß erklärte der Rektor das Schuljahr für eröffnet, und die Klassen folgten ihren Lehrern in geordneten Reihen in die Klassenräume. Ich musste mit Cesarina ins Sekretariat und versuchte dabei, mich unsichtbar zu machen. Es war schon schlimm genug, der Neue zu sein, nun musste ich auch noch mit einem Kindermädchen erscheinen.

Im Sekretariat erfuhr ich, dass Signor Bianchi in den Ruhestand gegangen und durch einen Signor Grezzi ersetzt worden war. Ich rannte die Treppe hinauf zu meinem Klassezimmer auf der dritten Etage und klopfte leise an.

»Herein«, rief eine hohe Männerstimme.

Ich drückte die Türklinke nach unten und trat ein.

»Bitte entschuldigen Sie, Herr Lehrer, ich –«, begann ich, doch ich wurde jäh unterbrochen.

»Raus«, kreischte eine hohe Stimme. »Raus! Und komm anständig wieder herein.«

Ich trat sofort wieder auf den Gang und schloss die Tür, so schnell, dass ich keine Chance hatte, den Lehrer zu sehen. Ich hatte keinen blassen Schimmer, was ich verbrochen hatte. Ich klopfte erneut und trat ein zweites Mal ein.

»Hast du nicht verstanden, du Esel? Du sollst anständig hereinkommen! Raus«, brüllte der Lehrer erneut.

Ich entdeckte ihn neben seinem Pult. Er war so unvorstellbar mager, dass mein Blick fast an ihm vorbeistreifte. Sein staubgrauer Anzug wirkte, als sei er hohl. Nichts wölbte das weite Jackett, als hinge es über einem Kleiderbügel, und nur die letzten Fingerglieder lugten aus den Ärmeln heraus. Dafür stach aus dem zu weiten Hemdkragen ein überlanger Hals, der von einem spitzen Adamsapfel geknickt wurde. Seine geisterhaft blasse, haarlose Haut spannte sich über scharfe Gesichtsknochen. Nur ein schwarzer, rechteckiger Oberlippenbart zeichnete sich unter der Schnabelnase ab. Die Augen waren so dunkel wie der Bürstenschnitt und funkelten vor Empörung. Er erinnerte mich an einen Geier.

Ich war völlig verwirrt. Was wollte der Mann von mir? Ich spielte mit dem Gedanken, wieder nach Hause zu gehen, da der Lehrer offensichtlich geistig gestört war, als ein Junge mir, ohne das Gesicht zu bewegen, zuflüsterte:

»Du sollst römisch grüßen.«

Ich ging hinaus, zog die Tür zu, klopfte, machte die Tür wieder auf, trat ein und streckte mit Kraft den rechten Arm schräg nach oben. Zur Sicherheit schrie ich:

»Viva il Duce!«

Signor Grezzi nickte steif. Ich brachte ihm den Zettel, den

man mir im Sekretariat gegeben hatte. Er schickte mich mit einer Kinnbewegung zu einem leeren Stuhl in der vorletzten Bank neben den Fenstern. Es gab drei Reihen von jeweils sechs Doppelbänken, die fast komplett mit Jungen in Balilla-Uniform besetzt waren. An der Wand über dem Lehrerpult hingen, rechts und links vom Kruzifix, die Porträts Mussolinis und des Königs. Darunter eine kleine Tafel aus Bronze zu Ehren des Unbekannten Soldaten und der Bollettino della Vittoria, der Siegesbericht vom 4. November 1918. Die Schiefertafel stand in einer Ecke, und zwei übergroße Landkarten bedeckten fast vollständig die rechte Wand. Eine zeigte Italien, die andere, in zwei Teilen, die afrikanischen Kolonien Libyen im Norden, Abessinien am Horn von Afrika.

Über dreißig Augenpaare folgten mir, während ich zu meinem Platz lief. Signor Grezzi las den Zettel und runzelte die Stirn.

»Guerrini?«

»Signorina Guerrini ist meine Tante«, sagte ich, bevor ich mich setzte.

Seine Augen verengten sich in einem Ausdruck von Misstrauen. Ich erschrak. Verdächtigte er sie auch? Aber Signor Grezzi sprach schon zur ganzen Klasse.

»Es ist meine oberste Pflicht, gute Faschisten aus euch zu machen. Und das fängt mit einem ordentlichen römischen Gruß an. Und mit einem Gebet. Aufstehen!«

Wir leierten schnell ein Paternoster herunter und baten um den Segen für den König. Ich dachte, wir könnten uns wieder setzen, doch Signor Grezzi richtete sich auf und sprach mit seiner durchdringend näselnden Stimme.

»Herr, segne unseren Duce und unterstütze mit der Kraft deiner rechten Hand den Mann, den du in deiner Vorsehung berufen hast, unser Vaterland zu führen, und dem wir bereit sind, bis in den Tod zu folgen. Amen. A noi!«

Es war unheimlich. Und doch mitreißend. Mit diesen letzten Worten streckte er die Hand zum römischen Gruß nach oben. Meine neuen Klassenkameraden und ich grüßten wie ein Mann zurück.

Es folgte eine Stunde über die Errungenschaften des Faschismus. Ich entspannte mich, denn damit kannte ich mich gut aus, und meldete mich oft. Auch Signor Grezzi wurde freundlicher. Er erzählte vom glorreichen Erbe der Römer, das uns als begnadetes Volk unter den Völkern auszeichnete.

»Die Römer haben die ganze damals bekannte Welt erobert und aus der Barbarei gehoben. Aufgrund seines Erbes hat Italien die historische *Pflicht*, den anderen Völkern die Zivilisation zu bringen!«

Er hatte das Wort *Pflicht* herausgeschrien. Wir richteten uns in unseren Bänken auf, als würden wir vor einem Offizier strammstehen. Wir lauschten, ohne einen Muskel zu bewegen, stolz darauf, Italiener zu sein.

Seine Wangen glühten, als er uns von der Trockenlegung der Pontinischen Sümpfe südlich von Rom erzählte.

»Jahrhundertelang haben Könige und Päpste versucht, diese malariaverseuchte Ebene trockenzulegen, und sind kläglich gescheitert«, sagte er, während er durch die Bänke lief und jedem einzelnen Schüler eindringlich in die Augen schaute. »Bis unser Duce diese titanische Aufgabe in die Hand nahm. In weniger als zehn Jahren wurde das Wasser verdrängt, und achthundertvierzig Quadratkilometer neues Ackerland für Zehntausende von bettelarmen Bauern aus den armen Regionen Norditaliens wurden geschaffen. Die Malaria wurde besiegt, neue, moderne, faschistische Städte wurden gegründet. Wer kennt sie?«

»Littoria! Sabaudia! Pontinia«, riefen wir durcheinander.

Signor Grezzi schlug mit seinem Lineal auf eine Bank. Wir waren sofort still. Sein Blick war furchteinflößend. Er erinnerte mich an jemanden, aber ich wusste nicht genau, an wen. Mit eisiger Stimme sagte er, dass wir uns melden sollten, bevor wir sprachen. Dann ging er zurück an sein Pult und zog aus seiner schwarzen Ledertasche ein dünnes Holzspießchen. Er hielt es hoch.

»Wer kann das zerbrechen?«, fragte er.

Zögerlich gingen alle Hände hoch, keiner von uns verstand, was er wollte. Signor Grezzis Blick wanderte von Gesicht zu Gesicht und blieb an mir hängen. Mit einer Geste bestellte er mich an die Tafel und gab mir das Spießchen. Es war dünner als ein Zahnstocher und brach sofort.

»War das schwer?«, fragte er.

»Nein«, antwortete ich etwas verwirrt.

Mit einem Grinsen holte er aus seiner Tasche eine Handvoll Spießchen. Er zählte dreiunddreißig, bündelte sie mit einem Gummiband und übergab sie mir. Meine Finger gingen nicht einmal ganz herum.

»Zerbrich sie«, befahl er.

Ich setzte meine ganze Kraft ein, drückte sie über mein Knie. Nicht einmal ein Knacksen. Signor Grezzi nahm sie mir wieder ab und schickte mich zurück an meinen Platz.

»Jedes Stöckchen für sich ist schwach und bricht sehr leicht. Aber wenn man sie bündelt, kann man sie nicht mehr brechen. Auch ich nicht.« Sein Gesicht wurde rot vor Anstrengung, doch die Spießchen blieben ganz. Er legte sie ab. Blitzschnell packte er einen Stock, der bis dahin unbemerkt neben dem Pult gelegen hatte, und zerbrach ihn über dem Knie. In der Stille wirkte das Knacken wie ein Gewehrschuss.

»Zusammen sind die schwachen Stöckchen stark, sogar stärker als ein Stock von gleichem Umfang«, dozierte Signor Grezzi. Er lief wieder langsam zwischen den Bänken auf und ab und blieb in der Mitte des Klassenraums stehen.

»Was Guerrini und ich euch demonstriert haben, ist nichts weniger als das Wesen des Faschismus.« Er machte eine dramatische Pause. Wir alle hingen an seinen Lippen. »Das Wort Faschismus kommt von ›fascio‹. Deshalb ist das Symbol des Faschismus ein Bündel von dünnen, eng zusammengeschnürten Stangen. Diese Stangen stellen die einzelnen Italiener dar. Ich habe genau dreiunddreißig Stöckchen verbunden, eines für jeden von euch. Gemeinsam, vom Duce und vom faschistischen Glauben vereinigt, sind die Italiener unbesiegbar.«

6

»Tut mir leid, dass du warten musstest, es gab noch eine Besprechung im Lehrerzimmer«, sagte Zia Chiara, als wir uns nach dem Unterricht am Schultor trafen. Ihre Wangen waren gerötet und ihre Lippen zu schmalen, blassen Strichen zusammengepresst.

»Ist was?«, fragte ich.

Sie wehrte mit der Hand ab.

»Wie war dein erster Schultag?«, fragte sie.

»Gut. Signor Grezzi ist toll!«

»Tatsächlich?«

Sie klang überrascht, und in ihrem Ton lag auch ein Hauch von Spott, der mir nicht gefiel. Doch bevor ich fragen konnte, erblickte ich Franco am anderen Ende der Straße. Ich rannte ihm entgegen.

»Hallo, Principino«, rief er fröhlich. »Wen hast du erwischt?«

Nach kurzem Stutzen verstand ich, dass er den Lehrer meinte, und sagte es ihm. Sein Gesicht erhellte sich.

»Grezzi? Genial!«

»Finde ich auch. Er ist ein bisschen unheimlich und sieht aus wie ein Aasgeier, aber er ist schon klasse. Hattest du ihn auch?«

»Nur als Vertretungslehrer, er war noch nicht fest an der Schule. Aber ich hätte ihn gern für immer gehabt. Der verplempert keine Zeit mit blöden Gedichten und Grammatik. Bei ihm lernt man richtiges Zeug. Du Glückspilz! Kommst du zur Balilla-Versammlung am Samstag?«

»Klar!« Ich verzog das Gesicht. »Was ist mit der Uniform?«

»Du kannst meine alte haben. Ich hab eine neue, ich bin ja ganz schön gewachsen.«

Ich hätte ihn vor Dankbarkeit umarmen können. Zia Chiara hätte mir bestimmt eine besorgt, aber das Geld war knapp, und ich wollte sie nicht damit belasten.

Beim Mittagessen hätte ich gern von meinem ersten Schultag berichtet, aber Zia Chiara kam mir zuvor.

»Nardini ist weg«, sagte sie mit finsterem Gesicht. »Und Bianchi auch.«

»Waren sie schon im Rentenalter?«, fragte Nonno.

»Wer ist Nardini?«, fragte ich.

»Natürlich nicht. Und ich weiß, dass sie weiter unterrichten wollten.« Sie sah mich an. »Signor Nardini war unser früherer Rektor.«

»Wer hat ihn ersetzt?«, fragte Nonno.

»Brogi. Er hat Nardini immer wieder kritisiert, hinter seinem Rücken natürlich. Er hat oft durchblicken lassen, dass er den Posten wollte. Es ist eine politische Entscheidung. Nardini war den Behörden nicht faschistisch genug, und Bianchi war nicht einmal in der Partei.«

»Sind Lehrer nicht verpflichtet, Parteimitglieder zu sein?«, fragte Nonno.

Cesarina kam aus der Küche und stellte die Pastaschüssel auf den Tisch.

»Schon, aber Nardini hat ihn gedeckt«, erklärte Zia Chiara. »Er hat alle gedeckt, die vernünftigen Unterricht halten wollten.«

Cesarina sah sie erschrocken an. Zia Chiara verdrehte die Augen.

»Das ist nichts Subversives, Cesarina! Wir wollen lediglich die Kinder gut auf ihre Prüfungen vorbereiten und ihnen die Dinge beibringen, die wirklich wichtig sind. Dabei haben wir aus Zeitmangel manchen Quatsch vernachlässigt. Wir haben mehr Gewicht auf Kultur als auf faschistische Inhalte gelegt.«

Ich merkte, wie Cesarina und Nonno sich versteiften. Zu Recht. Faschistischer Unterricht vernachlässigte doch nicht die Kultur. Nonnos Augen weiteten sich fast unmerklich in einer stummen Warnung. Zia Chiara presste die Lippen aufeinander und senkte den Kopf.

»Wie war dein erster Schultag, Lorenzo?«, fragte Nonno.

Meine Hochstimmung war in sich zusammengefallen. Ich gab ihnen einen oberflächlichen Bericht. Meine Begeisterung für Signor Grezzi ließ ich mir nicht anmerken. Mir war klar, dass Zia Chiara ihn nicht mochte. Und ihre Äußerungen hatten meine böse Vermutung bestätigt. Sie war Antifaschistin. Und ich würde es beweisen.

Kurz vor vier schlug der Türklopfer. Es musste der nächste Nachhilfeschüler von Zia Chiara sein. Ich öffnete die Tür und blieb wie ein Idiot stehen. Es war Ilaria.

Sie trug ein hellblau geblümtes Kleid und dazu ein enges, weißes Strickjäckchen, das die Rundung ihrer Schultern betonte. Ihre Wangen waren vom Treppenlaufen leicht gerötet, und die Wölbung ihrer Brust bewegte sich auf betörende Weise auf und ab. Sie war so hübsch, dass ich vergaß, mich zu wundern, dass sie überhaupt zu uns kam.

»Na, Zígolo, lässt du mich rein?«, sagte sie mit einem amüsierten Lächeln. Ich trat zur Seite. Sie lachte. »Wusstest du nicht, dass ich komme?«

Ich schüttelte den Kopf, unfähig zu sprechen. Ihre Stimme war etwas tiefer als bei den meisten Mädchen ihres Alters, mit einem Timbre wie ein Seidentuch.

»Ich soll deinem Opa vorlesen.«

Ach ja? Davon wusste ich nichts. Vielleicht fand Zia Chiara, dass meine Strafe lang genug gedauert hatte.

»Dafür gibt mir deine Tante Mathe-Nachhilfe«, fügte Ilaria

hinzu, während wir zum Wohnzimmer gingen. Neben Nonnos Sessel stand schon ein Stuhl bereit, und darauf lag der langweilige Krimi, durch den ich mich bislang gequält hatte. Ilaria begrüßte Nonno mit einem kleinen Knicks, setzte sich und schlug das Buch auf. Ich setzte mich auf einen anderen Stuhl, drückte den Ellbogen auf den Tisch und bettete das Kinn auf meine Hand. Cesarina kam von hinten und zog mich wieder auf die Füße.

»Ich dachte, du findest das Buch langweilig«, flüsterte sie, während sie mich aus dem Wohnzimmer drängte. »Lenk sie nicht ab. Du hast bestimmt Hausaufgaben.«

Sie schob mich den Gang hinunter und ging in die Küche. Nach ein paar Schritten blieb ich stehen. Ich hatte keine Hausaufgaben auf, es war ja der erste Schultag. Ich wartete, bis Cesarina begann, mit Töpfen zu hantieren, dann ging ich zurück.

Die Wohnzimmertür war nicht ganz geschlossen, und durch den Spalt konnte ich Ilaria sehen. Ich setzte mich im kleinen Gang auf den Boden, um sie zu beobachten.

Ich hörte nicht genau, was sie las, aber es war mir egal. Hauptsache, ich hörte ihre Stimme und sah ihr Gesicht.

Fast zu spät bemerkte ich, dass sie das Buch zugeklappt hatte und aufgestanden war. Ich rappelte mich wieder auf und lief auf Zehenspitzen den Gang hinunter.

»Fertig mit den Hausaufgaben?«, fragte sie, als sie an mir vorbeilief. Ich grunzte irgendetwas und folgte ihr bis zum Eingang, dann rannte ich voraus, um ihr die Tür aufzumachen.

»Na dann, ciao, Zígolo. Bis übermorgen.«

Sie hüpfte die Treppe hinunter, und ihr Kleid flatterte dabei wie die Flügel eines Schmetterlings.

Als ich nach dem Abendessen half, das Geschirr abzutrocknen, fragte ich:

»Cesarina, was bedeutet Zígolo?«

»Das ist ein hübscher kleiner Vogel mit goldenem Kopf. Lernt ihr gerade etwas über Vögel in der Schule?«

»Öh … ja«, log ich.
Ein goldener Vogel …

Als Zia Chiara und ich am Samstagmittag von der Schule nach Hause kamen, sah Cesarina aus wie ein Dampfkessel vor der Explosion. Sie stampfte durchs Wohnzimmer, die Wangen purpurrot, und schnaufte durch die Nase. Als sie mich sah, stemmte sie die Fäuste in ihre breiten Hüften.

»Hast du das mit dem Krämerkind ausgeheckt?«

»Was denn?«, fragte ich erschrocken. Hatte sie herausgefunden, wo Franco und ich gewesen waren?

Sie zog aus ihrem Einkaufskorb ein zusammengeschnürtes Kleiderbündel und warf es zornig auf den Küchentisch.

»Das!«

»Meine Uniform!«

»Es sind die abgetragenen Sachen von dem Tacconi-Balg«, schrie sie mit angewidertem Gesichtsausdruck.

»Cesarina«, rief Zia Chiara empört.

Ich schnitt die Schnur mit der Küchenschere durch und faltete die Kleider auseinander. Es war alles da: das schwarze Hemd, die kurze Hose aus militärgrünem Tuch und die gleichfarbigen Kniestrümpfe, der schwarze Fez mit Quaste, das blaue Seidentuch und sogar die Blechspange mit dem Profil Mussolinis, um das Tuch vor der Brust zusammenzubinden. Cesarina schnappte sich die Socken und roch daran.

»Mmhf. Immerhin sauber«, schnaubte sie. Dann wandte sie sich mir zu. »Wir hätten dir die Sachen gekauft, Popino, du brauchst nicht bei den Tacconis zu betteln.«

»Ich habe nicht gebettelt! Franco hat es mir angeboten.«

Bevor Cesarina etwas erwidern konnte, stand Zia Chiara auf.

»Ich finde es sehr gut, Lorenzo. Die Sachen sind in gutem Zustand und wir sparen viel Geld. Ich werde mich bei Gelegenheit bei Signora Tacconi bedanken.«

Cesarina warf die Hände in die Luft und stapfte wütend aus dem Wohnzimmer. Ich hörte sie noch etwas über »Familienehre« grummeln, dann nur noch das Scheppern von Töpfen.

Nach dem Mittagessen rannte ich zum Sabato Fascista, der hinter unserem Haus stattfand. Alle waren angehalten, daran teilzunehmen. Für die Erwachsenen gab es Konferenzen, kulturelle Veranstaltungen, Sport und militärische Übungen. Für die Kinder und Jugendlichen fanden dort die Versammlungen der faschistischen Gioventù Italiana del Littorio statt.

Ich flog die Treppe hinunter, überglücklich, endlich wieder in Uniform zu sein, und stieß auf Franco, der mich abholen kam. Neben ihm stand Ilaria in der Uniform der Giovani Italiane, einem weiten, schwarzen Rock, der bis zu den Waden reichte, und einer weißen Bluse mit schwarzem Halstuch. Was bei den anderen Mädchen unförmig wirkte, sah bei ihr schick aus. Der Rock war eine Spur enger und einen Tick kürzer als vorgeschrieben, und die schwarze Baskenmütze saß keck auf ihren goldschimmernden Kastanienhaaren wie ein Modehütchen aus Paris.

Franco brach in Lachen aus.

»Du siehst aus wie eine Vogelscheuche.«

Sofort glühten meine Ohren. Seine alte Uniform war mir in der Tat ein bisschen zu groß. Die Hose reichte mir bis unter die Knie, und die Manschetten hatte ich einmal umkrempeln müssen, damit meine Hände herausschauten.

»Ich werd schon noch reinwachsen«, sagte ich mit einem verstohlenen Blick auf Ilaria.

Ich richtete den Fez, der mir auf den Hinterkopf gerutscht war, und lief mit ihnen die dreihundert Meter bis zur Piazza Santo Spirito, auf der es von uniformierten Kindern und Jugendlichen wimmelte. Ilaria verschwand in einem schwarzweißen Schwarm kichernder Mädchen, und ich folgte Franco zu den Balilla Moschettieri. Weil die meisten Männer an der Front dienten, war der Übungsleiter für unseren Manipel kein erwachsenes Mitglied der Miliz, wie in Tripolis, sondern ein erst sechzehnjähriger Junge, wie ich später von Franco erfuhr. Er hieß Cassio.

Er trug die Avanguardista-Uniform mit dem schwarzem Hemd und den grüngrauen Knickerbockern. Von der linken Schulter hingen weiße Kordeln, die locker vorne rechts am Hemd fixiert waren. Er überragte Franco nur um einen halben Kopf, aber er sah viel erwachsener aus und strahlte die Kraft und Wendigkeit eines Athleten aus. Er hatte militärisch kurzes, schwarzes Haar und eine männliche Nase. Auf seiner Oberlippe wuchs ein dunkler Flaum, und in seinen dunkelbraunen Augen glitzerte ein verschmitztes Lächeln, auch wenn er ernst war. Wir mochten ihn sofort.

Der Manipel war in drei Gruppen von jeweils elf Jungen und einem Gruppenleiter unterteilt. Mein Gruppenleiter war Franco, wie nicht anders zu erwarten war. Cassio ließ uns antreten. Mit römischem Gruß rief er:

»Camerati! Leistet mit mir den Eid des Balilla. Franco!«

Franco trat vor, stand stramm und schrie:

»Im Namen Gottes und Italiens schwöre ich, den Befehlen des Duce Folge zu leisten und der faschistischen Revolution mit meiner ganzen Kraft und, wenn nötig, mit meinem Blut zu dienen!«

»Schwört ihr das?«, schrie Cassio.

»Wir schwören es«, brüllten wir wie aus einem Mund.

Nach dem Eid ließ er uns in verschiedenen Formationen marschieren, strammstehen und wieder marschieren.

»Halt! Stillgestanden«, befahl er. »Habt ihr vergessen, wie perfekt die Hitlerjugend marschiert ist, als sie uns Ende Juni besucht hat? Genau so will ich es haben! Ich warne euch: Ich werde viel von euch verlangen, und ich mag keine Waschlappen, also braucht ihr nicht bei Mamma zu weinen, wenn es hier härter zugeht. Und jetzt: Stechschritt!«

Wir gaben unser Bestes. Bald rief er uns kopfschüttelnd zu

sich und öffnete die rechteckigen Holzkisten, die er vor der Übung herausgetragen hatte. Er ließ uns einzeln herantreten und händigte uns die kleinen Waffen aus, die extra für die Balilla gebaut waren. Ich strich über den Kolben aus hellem Holz, auf dem die Buchstaben GIL eingraviert waren, für Gioventù Italiana del Littorio. Der Lauf war kühl und glatt, und mein Zeigefinger kribbelte, als ich den Abzug berührte. Aber schießen durften wir nur bei besonderen Gelegenheiten. Und ausschließlich mit Platzpatronen.

Während wir weiterübten, malte ich mir aus, wie sich die Dünen der Sahara am Horizont wölbten. Mein Infanteriebataillon rannte zum Angriff. Die Kriegsméhari der arabischen Einheiten und die beige getarnten Panzer des Afrikakorps ratterten an uns vorbei auf die feindlichen Linien zu und wirbelten dabei Wolken von glitzerndem Staub auf. Die Sonne brannte auf der Haut, und der Sand knirschte zwischen den Zähnen. Die Schreie der Männer, das Brüllen der Dromedare, der herbe Geruch ihres Fells, das Dröhnen der Motoren, das Donnern der Schüsse …

»Lorenzo«, zischte Franco.

Ich war zu schnell geworden und mit ihm zusammengestoßen. Meine Brille fiel auf den Boden. Cassio runzelte missbilligend die Stirn.

»Musst du die unbedingt tragen? Du scheinst damit auch nicht besser zu sehen.«

Cassio sammelte die Waffen wieder ein und befahl uns, uns im Halbkreis auf den Boden zu setzen. Er stellte sich breitbeinig vor uns und verschränkte die Arme, so, wie es Mussolini auch tat.

»Glauben! Gehorchen! Kämpfen!«, rief er mit einer Baritonstimme, die den ganzen Platz erfüllte. Als er weitersprach, war seine Stimme freundlich und warm. »Das Motto des Faschismus. Mussolinis eigene Worte. Aber habt ihr schon mal daran gedacht, was sie wirklich bedeuten?« Er setzte sich zu uns und verschränkte die Beine im Schneidersitz. »Ein Junge, der zwar gehorcht, aber zugleich fragt ›Warum?‹, ist wie ein Bajonett aus weichem Blech. Was sagt Mussolini dazu? Gehorcht, weil ihr gehorchen müsst!«

Diese Worte knallten wie ein Schuss. Wir trauten uns kaum zu atmen.

»Als wahre Italiener behalten wir unseren Glauben auch in der schweren Zeit des Krieges«, fuhr er fort. »Es ist ein harter Kampf, aber wir werden ihn gewinnen. Weil jeder Soldat Italiens, jeder Balilla Italiens bereit ist, seinem Duce zu gehorchen und für ihn zu kämpfen, bis zum letzten Tropfen Blut!«

Wir sprangen auf und brüllten unsere Zustimmung.

Die Zeit verging wie im Flug. Wir sangen *Fischia il Sasso*, die Hymne der Balilla, und andere mitreißende Lieder. Es war fast fünf Uhr, als Franco und ich nach Hause liefen.

»Ich mag Cassio«, sagte ich. »Unser Gruppenleiter in Tripolis war viel älter und langweiliger.«

»Cassio ist einfach genial«, sagte Franco, der vor Begeisterung ganz außer sich war. »Er ist schon richtige Radrennen gefahren! Er muss der schnellste Radfahrer von Siena sein.«

»Echt?«

»Frag, wen du willst. Und er hat sogar schon eine Freundin!«

Erstaunlich genug, erst jetzt fiel mir ein, dass Ilaria nicht da war.

»Wo ist eigentlich deine Schwester?«, fragte ich so beiläufig wie möglich.

»Ilaria? Sie ist nicht meine Schwester, sie ist meine Cousine.«

Eine gute Nachricht. Mit einer Cousine verhielt man sich weniger besitzergreifend als mit einer Schwester.

»Keine Ahnung, wo sie ist«, sagte Franco mit einem Schulterzucken. »Vermutlich bei ihren gackernden Freundinnen. Oder sie ist dageblieben, wegen Cassio.« Er verdrehte die

Augen und verzog das Gesicht. »Sie macht ihm schöne Augen. Aber sie hat keine Chance. Sie ist erst vierzehn. Seine Freundin ist ein ganzes Jahr älter und hat schon richtige Titten.«

Eine Woche nach Schulbeginn bat ich um einen eigenen Hausschlüssel. Zia Chiara ließ einen anfertigen und übergab ihn mir beim Mittagessen. Cesarina flippte aus.

»Wenn er seinen eigenen Schlüssel hat, dann … dann kommt und geht er, wie er will!«

Zia Chiara hob die Augenbrauen. »Und?«

Cesarina stolperte über ihre Wörter.

»Wer weiß, was ihm passieren könnte!«

»Du hast mit sechs Jahren ganz allein die Schafe gehütet«, erwiderte ich. »In den Bergen! Im Winter! Im Dunkeln!«

»Das ist nicht das Gleiche. Ich war nur ein Bauernmädchen. Aber du …«, rief sie in einem Wirbel von gehechelten Hs. »Du bist ein feines Herrenkind!«

Mir blieb der Mund offen stehen. Zia Chiara und Nonno schauten auf ihre Teller. Plötzlich musste ich mit den Tränen kämpfen. Ich stand auf, ging um den Tisch herum und drückte Cesarina mit meiner ganzen Kraft an mich.

»Ich bin kein feines Herrenkind. Ich bin dein Popino«, flüsterte ich. »Und du bist meine liebe Cesarina.«

Ich vergrub das Gesicht in ihrem weichen Busen, der so herrlich nach Kernseife und Gemüsesuppe duftete.

In der Schule lief es nicht schlecht. Signor Grezzi war streng, aber ich mochte ihn, und da ich ein fleißiger Schüler war, kam ich mit ihm gut zurecht. Auch mit meinen Mitschülern verstand ich mich ganz gut, und in den Pausen spielten wir Fußball. Aber einen echten Freund fand ich nicht. Die anderen Jungen kannten sich schon seit dem Kindergarten und gingen nach der Schule in festen Gruppen nach Hause. Sie baten mich nie, mich ihnen anzuschließen. Also fuhr ich mit dem Roller zur Schule, den ich fertig gesäubert, geölt und rot gestrichen hatte. Die Nachmittage verbrachte ich mit Khalil auf dem Dach oder in der Stadt.

Zia Chiara sprach zu Hause nicht mehr über Signor Grezzi, also tat ich es auch nicht. Überhaupt wurde das Thema Schule von allen Familienmitgliedern sorgfältig gemieden. Bis zu einem Abend Mitte Oktober.

Ich war schon im Schlafanzug, als ich feststellte, dass ich mein Buch auf dem Kaminsims hatte liegen lassen. Ich ging zurück zum Wohnzimmer, wo Nonno und Zia Chiara sich leise unterhielten. Auf Höhe der Küche blieb ich stehen. Der Name Grezzi war gefallen.

»Er ist mehr als linientreu«, sagte Zia Chiara. »Er ist ein Fanatiker, er versucht, mit faschistischem Eifer seine Kriegsuntauglichkeit zu kompensieren. Und er ist sehr überzeugend. Letztes Jahr hat er einen Kollegen für einen Monat vertreten. Nach dieser kurzen Zeit waren die Kinder vollkommen radikalisiert. Als der Kollege zurückkam, haben sie sich jeglichem Unterricht verweigert, der nicht hundertprozentig faschistisch war. Einfach gespenstisch. Es passt mir gar nicht, dass Lorenzo in seiner Klasse ist.«

»Um Lorenzo mache ich mir erst einmal keine Sorgen, er ist ein kluger und bedachter Junge«, sagte Nonno. »Ich mache mir mehr Sorgen um dich.«

»Der Mann ist der Rattenfänger von Hameln!«

Ich schnappte nach Luft. Wie konnte Zia Chiara so über Signor Grezzi sprechen? Als sei es ein Makel, ein guter Faschist zu sein. An einem einzigen Vormittag hatte er mir mehr beigebracht als mein alter Lehrer in Monaten! Bei ihm war alles interessant, weil er immer einen Bezug zum wahren Leben und zu unseren großen Werten herstellen konnte. Es war Zia Chiara, die nicht mehr wusste, was wirklich wichtig war.

»In Gottes Namen, Chiara, sei vorsichtig.«

»Mensch, Babbo! Wir verlieren diesen Krieg. Ohne die

Deutschen hätte man uns längst vernichtet. Es muss doch jedem klar sein, dass dieser ganze Wahnsinn seinem Ende entgegenrast!«

»Wenn das Ende naht, werden die Dinge erst recht gefährlich. Das müsstest du längst verstanden haben.«

»Italien ist nicht Deutschland, Babbo.«

»Hoffentlich nicht, Chiara. Hoffentlich nicht.«

Das war genug. In den letzten Wochen war ich so sehr mit mir selbst und der Schule beschäftigt gewesen, dass ich es fast vergessen hatte, aber nun musste ich den Beweis für ihren Verrat finden, bevor sie die Familienehre in den Dreck zog. Jetzt sofort. Solange sie hier beschäftigt war.

7

Ich lief auf nackten Füßen zu Zia Chiaras Arbeitszimmer. Die Tür war nicht abgeschlossen. Wie fahrlässig, dachte ich, und drückte sie vorsichtig auf. Durch die äußeren Läden drang nur etwas Mondlicht, es reichte aber, um die Umrisse der Tasche am Fuße des Schreibtischs auszumachen.

Ich hielt inne und lauschte. Die Straße war ruhig, bis auf den schiefen Gesang zweier Betrunkener irgendwo in der Stadt. Hinter mir war alles still. Cesarina war längst im Bett, und Nonno und Zia Chiara schienen noch im Wohnzimmer zu sein. Ich trat ein.

Ich streckte die Hand nach dem schuppigen Griff der Tasche aus. Sie war schwerer als erwartet. Mein Herz begann zu hämmern. Sollte ich sie mit auf mein Zimmer nehmen, um den Inhalt in Ruhe zu untersuchen? Ich zögerte, alle Sinne geschärft. Nein, lieber hier und jetzt, bevor mich irgendjemand erwischen konnte. Meine Augen hatten sich inzwischen an die Dunkelheit gewöhnt. Ich trat näher ans Fenster, wo das Mondlicht am hellsten war, setzte die Tasche auf den Boden, drückte den Verschluss, schlug die Klappe auf. Mein Blut pumpte so laut in meinen Ohren, dass ich nichts anderes mehr hörte.

Sie war voller Bücher. Zwei Lehrbücher für die Grundschule und Schulbücher für die Mittelschule und das Gymnasium. Mathe, Italienisch, Geschichte, Physik. Einige Hefte waren auch dabei, die Namen der Schüler waren auf den Umschlag geschrieben. Ich drehte Bücher und Hefte um und schüttelte sie, auf der Suche nach etwas Verräterischem. Nichts.

Ich untersuchte die Innenseite der Tasche. In einer kleinen Innentasche steckte ein zusammengefaltetes Blatt Papier. Ich faltete es auseinander, hielt es ins Licht.

Eine Namensliste. Neben den Namen waren Wochentage und Uhrzeiten notiert, bei manchen auch eine Telefonnummer. Es war Zia Chiaras Schrift. Wer waren diese Leute? Einer hieß Cabibbe, bestimmt die Person, die sie in der Nähe von Piazza del Campo besucht hatte, als ich ihr gefolgt war. Plötzlich war Nonnos schweres Schlurfen zu hören. Zia Chiara war dabei, ihn ins Bett zu bringen. Mir lief die Zeit davon. Ich stopfte Bücher und Hefte in die Tasche und zögerte. Die Liste. Zia Chiara würde mich bestimmt verdächtigen, wenn sie sie nicht mehr vorfand. Ich war auch nicht ganz sicher, was ich damit anfangen sollte. Die beiden bogen um die Ecke, Richtung Schlafzimmer. Ich faltete die Liste zusammen und steckte sie zurück an ihren Platz. Ich wusste, dass es sie gab. Das war genug.

Während ich mich auf Zehenspitzen an Nonnos Zimmer vorbeistahl, hörte ich Zia Chiara sprechen.

»Du weißt doch, was mich am meisten bedrückt, nicht wahr?«, sagte sie leise. »Was wird aus ihr werden? Aus ihnen allen?«

Wen meinte sie? Ihre Freunde, die im Schatten lebten, feige und unpatriotisch? Ich verstand meine Tante nicht. Sie war so klug und großherzig, wie konnte sie Antifaschistin sein? Die Frage hielt mich lange wach, aber sie geriet schon am nächsten Morgen in den Hintergrund.

Es war der 28. Oktober, der zwanzigste Jahrestag des Marsches auf Rom. An diesem Tag hatte Mussolini die Macht übernommen und die faschistische Revolution begonnen. Der höchste Feiertag des Jahres.

Um acht standen wir alle stramm auf dem Schulhof, natürlich in Uniform, die Balilla rechts, die Piccole Italiane links, während Signor Grezzi feierlich die Fahne hisste. Er trug die

Camicia Nera, das schwarze Hemd der faschistischen Miliz. Wir leisteten einen perfekt synchronen römischen Gruß. Der Direktor sprach mit stolzgeschwellter Brust:

»Der Duce kam zu uns in einer Zeit, als Italien nach dem Großen Krieg in Elend, Chaos und Gewalt zu versinken drohte. Damals herrschten unter den Italienern Misstrauen und Zweifel. Doch Mussolini glaubte an Italien und wusste, zu welcher Größe die Italiener fähig sind, wenn man sie vereinigt und sie auf den rechten Weg führt. Und er behielt recht! Mit einer kleinen Gruppe treuer Gefährten eroberte er Rom, und in wenigen Jahren gelang es ihm, aus einem gespaltenen und demoralisierten Land ein neues, ruhmreiches Römisches Imperium zu erschaffen.

Ihr, die Jungen und Mädchen der GIL, seid die Zukunft des Faschismus. Mussolini liebt euch. Jeden Einzelnen von euch. Eure Gesundheit und eure Erziehung haben für ihn höchste Priorität. Früher wuchsen viele Kinder in Armut oder gar auf der Straße auf, waren hungrig und krank. Seht euch jetzt an! Seht euch alle Kinder in Italien an! Ist das nicht ein Wunder?«

Am Ende seiner Rede sprach er den Eid an den Duce vor. Wir antworteten aus voller Kehle: »Ich schwöre es!« Mit voller Inbrunst sangen wir die Hymne der Partei: »Giovinezza, giovinezza, primavera di bellezza.«

Das Jahr XX der faschistischen Ära hatte begonnen.

Vom hohen Feiertag motiviert, hatte ich beschlossen, Signor Grezzi in der Sache mit Zia Chiara um Rat zu bitten.

Ich kam nicht dazu.

Wir hatten das Gebet gesprochen und waren gerade dabei, die Mathe-Hefte aufzuschlagen, als wir auf dem Gang Stimmen hörten. Wir schauten uns fragend an, doch Signor Grezzi begann seinen Unterricht, als wäre nichts passiert. Die Stimmen wurden lauter, es war ein handfester Streit im Gange. Mittlerweile war auch das Weinen eines Kindes zu hören. Die Jungen in den hinteren Bänken begannen miteinander zu tuscheln. Signor Grezzi ließ es ihnen durchgehen. Seine Gleichgültigkeit kam mir erst merkwürdig, dann suspekt vor. Er wusste, was los war. Als hätte er meine Gedanken gelesen, sah er mich an. Sein Blick war hart wie Granit. Hatte es etwas mit mir zu tun? Hatte ich etwas Falsches getan? Ich sah mich hilfesuchend um. Viele Blicke meiner Klassenkameraden waren zu meiner Verblüffung genauso hart.

»Das ist niederträchtig, Signor Brogi«, schrie die Frau auf dem Gang.

Betont langsam stand Signor Grezzi auf und öffnete die Tür. Die Schüler verstanden sofort, dass sie als Publikum erwünscht waren. Voller Vorfreude drängten sie auf den Gang.

Zia Chiara und Rektor Brogi standen einander mit gereckten Nacken gegenüber. Signor Brogi war ein rundlicher Mann mit grauem Anzug und käsigem Gesicht. Einige lange, graue Haarsträhnen klebten auf seinem Schädel in dem Versuch, die Glatze zu verdecken. In seinen Augen herrschte der gleiche erbarmungslose Blick, den ich bei Signor Grezzi gesehen hatte. Hinter ihm stand, mit schmalen Lippen und einem grauen Dutt wie ein Kieselstein, Signorina Conti, seine Sekretärin.

Zia Chiara hielt ein kleines Mädchen an der Hand. Sein Kittel war gerissen. Seine dunkelbraunen Zöpfe hatten sich teilweise gelöst und hingen strähnig herunter. Es hielt das Gesicht in der Armbeuge versteckt, und seine Schultern wurden von heftigen Schluchzern geschüttelt.

Zia Chiaras Wangen glühten, und ihre zerzausten Haare sahen aus, als würde ihr Kopf in Flammen stehen.

»Annas Familie ist seit Jahrzehnten respektiert und hoch angesehen hier in Siena! Ihr Vater hat im Großen Krieg gedient!«

Signor Brogi verschränkte die Arme vor der Brust.

»Signorina Guerrini, das spielt keine Rolle, und das wissen Sie ganz genau. Ich wende nur das Gesetz an.«

»Das ist ein unmenschliches Gesetz, und das wissen *Sie* auch ganz genau«, schrie Zia Chiara.

»Es steht Ihnen nicht zu, darüber zu urteilen! Es ist ein königliches Gesetz und bereits seit vier Jahren in Kraft.«

Zia Chiara verdrehte wütend die Augen.

»Dieses Gesetz ist Italiens unwürdig! Damit wollte Mussolini nur Hitler nacheifern!«

Die Sekretärin schlug sich mit beiden Händen auf den Mund. Signor Brogi erbleichte und zuckte, als hätte ihn eine Ohrfeige getroffen. Dann schoss die Röte wie eine Welle vom Hemdkragen herauf über seinen glänzenden Schädel.

»Signorina, Sie vergessen sich! Im Übrigen wissen wir genau, was Sie in Ihrer Freizeit tun. Aber jetzt haben Sie eine Grenze überschritten. In mein Büro. Sofort!« Er wandte sich dem Hausmeister zu, der, vom Aufruhr alarmiert, angerannt kam. »Grani, bringen Sie das Kind zur Pforte.«

Der Hausmeister packte Anna unsanft am Oberarm. Sie winselte und sah Zia Chiara mit riesigen Augen an, zu erschrocken zum Weinen. Zia Chiara entriss sie dem Griff des Hausmeisters und drückte sie an sich.

»Das werde *ich* tun! Und ich werde warten, bis ihre Eltern sie abholen. Sie haben sie doch benachrichtigt?«

Signor Brogi presste die Lippen zusammen.

»Ich verstehe. Sie sollten sich schämen! *Ich* werde das Kind nach Hause bringen.«

Sie packte Anna an der Hand und ging mit energischem Schritt auf die Treppe zu. Signor Brogi, dessen Gesicht inzwischen violett geworden war, ballte die Fäuste und brüllte:

»Wenn Sie das Schulgelände verlassen, brauchen Sie nicht mehr zurückzukommen, Signorina Guerrini!«

Zia Chiara lief mit stockgeradem Rücken weiter.

»Das habe ich auch nicht vor«, sagte sie, ohne sich umzudrehen.

Meine Klassenkameraden tuschelten aufgeregt, während wir

in unsere Klasse zurückkehrten. Einer rammte mir den Ellbogen in die Seite und grinste schadenfroh.

»Das war doch deine Tante, oder?«

Ich setzte mich an meinen Platz, den Rücken steif, die Hände flach auf der Bank, die Augen starr nach vorne gerichtet. Meine Tante hatte den Schulleiter angeschrien. Sie hatte seinen Befehl ignoriert. Sie hatte den Duce beleidigt.

Signor Grezzi klatschte zweimal in die Hände. Geräusche und Getuschel verstummten sofort. Er streckte den Nacken, wie um sich größer machen, und zum ersten Mal fiel mir auf, wie klein er für einen Mann war. Er war nicht größer als Franco.

»Nun, das war eine recht unerfreuliche Szene. Wer kann uns erklären, was passiert ist?«

Meine Klassenkameraden sahen sich gegenseitig an, doch keiner traute sich, zu sprechen.

»Warum muss dieses Mädchen die Schule verlassen?«

Mehrere Hände erhoben sich. Er ignorierte sie.

»Guerrini?«

Ich bewegte mich nicht. Ich sah ihn nicht an. Mein Kiefer arbeitete, aber ich konnte nicht sprechen.

»Ich warte«, sagte Signor Grezzi. Seine Stimme klang unbarmherzig.

Ich starrte auf das Kruzifix, das wie ein Pluszeichen zwischen den Porträts von König und Duce an der Wand prangte. Doch ich konnte nichts sehen. Ich sah nur Annas Augen. Tränennass, dunkelbraun, glänzend wie frische Datteln.

»Steh auf«, kläffte Signor Grezzi.

Ich gehorchte, aber blieb stumm und schaute ihn nicht an.

Das Lineal knallte vor mir auf die Bank. Unwillkürlich hob ich die Arme. Signor Grezzis strichdünne Lippen deuteten ein befriedigtes Lächeln an.

»Deine subversive Tante wird die Strafe bekommen, die sie verdient. Und du bekommst einen Klassenbucheintrag. Setzen!«

Er ging zu seinem Tisch zurück, stieg auf das Podest und sah uns, ohne zu sprechen, an. Seine Gesichtszüge waren wie mit dem Messer geschnitten.

»Gestern«, deklamierte er nach einer Weile, »war der zwanzigste Jahrestag unserer Revolution, unserer faschistischen Gesellschaft, um die uns die ganze Welt beneidet.« Er verschränkte die Arme und sah jeden Einzelnen von uns an. »Wir wollen nun unser Wissen über den Begriff ›Rasse‹ auffrischen. Wir Italiener gehören dem mediterranen Typ der arischen, also der Herrenrasse an. Geformt und modelliert von den Römern, ist sie die glorreichste von allen und hat die größten Entdecker und Eroberer der Geschichte hervorgebracht, Marco Polo, Christoph Kolumbus und Amerigo Vespucci, um nur einige zu nennen. Die Reinheit unserer Rasse muss geschützt werden. Die Trennung der Rassen ist ein wichtiger Kampf um Kultur und Zivilisation. Gehören Juden der italienischen Rasse an?«

»Nein«, rief die ganze Klasse.

Ich wusste das. Ich hatte es in Tripolis in der Schule gelernt. Man hatte uns Bilder gezeigt, auf denen zu sehen war, was Juden ab sofort verboten war. Auf diesen Bildern waren Juden dicke Männer mit Zylindern, dunklem Teint und fleischiger Nase. Sie trugen eine englische Uniform und ein Gewehr. Man sah ihnen an, dass sie hinterlistig und böse waren.

»Wer kann mir jetzt sagen, warum das Mädchen Anna von der Schule entfernt werden musste?«

Viele Hände schossen in die Höhe.

»Weil sie Jüdin ist«, rief jemand.

Anna sah nicht wie die Juden auf den Bildern aus. Sie war hübsch. Sie hatte braune Haare, braune Augen und rosige Wangen wie die anderen Mädchen der Schule.

»Genau. Die Rassengesetze, die 1938 erlassen wurden, sorgen dafür, dass die Juden in jeder Lebenslage von den Italienern getrennt werden. Sie dürfen keine Ämter bekleiden, keine Schule besuchen, weder als Lehrer noch als Schüler, und sie dürfen keine Berufe ausüben, die sie in Kontakt mit Italienern bringen.«

»Wovon leben sie dann?«, fragte Paolo, ein schmächtiger Junge mit glatt rasiertem Kopf, ein klares Zeichen, dass er Läuse gehabt hatte. Signor Grezzi warf ihm einen vernichtenden Blick zu. Der Junge schrumpfte auf seinem Sitz und schwieg. Signor Grezzi wandte sich der ganzen Klasse zu.

»Die Juden sind Feinde des Faschismus. Viele Juden kämpfen in den feindlichen Heeren gegen uns. Juden sind nur ihrer Rasse gegenüber loyal. Juden sind Ausländer!« Seine Augen hafteten an meinen. »Und potenzielle Verräter.«

Und plötzlich verstand ich. Plötzlich wusste ich, was ich in Zia Chiaras ausgebeulter Ledertasche gefunden hatte. Denn mir fiel wieder ein, woher ich den Namen Cabibbe kannte. So hieß unser früherer Hausmeister. Er war entlassen worden, weil er Jude war. Dieser Name, der auf der Liste stand und an der Tür der Wohnung hing, in der Zia Chiara gewesen war, als ich ihr gefolgt war, hatte auch auf einem der Hefte aus der Ledertasche gestanden. Esther Cabibbe, in kindlicher Schrift geschrieben. Jetzt ergab alles einen Sinn. Die Hefte, die vielen Schulbücher für unterschiedliche Klassen, die Wochentage und Tageszeiten neben den Namen auf der Liste.

Es waren keine geheimen antifaschistischen Treffen.

Zia Chiara unterrichtete jüdische Kinder, die nicht mehr in die Schule gehen durften. Das war verboten. Damit half sie den Feinden des Faschismus

Der 29. Oktober 1942 wurde mein letzter Schultag. Zia Chiara beschloss, mich zu Hause selbst auf die Aufnahmeprüfung fürs Gymnasium vorzubereiten. Sie hatte jetzt Zeit für mich.

Rektor Brogi hatte sie fristlos entlassen.

8

Zia Chiaras Arbeitszimmer wurde also mein neues Klassenzimmer.

Länger als zwei Stunden am Tag dauerte der Unterricht nicht, denn Zia Chiara war eine effiziente Lehrerin, und ich lernte schnell. Wir begannen sehr früh, meist noch vor acht Uhr. Danach verließ sie das Haus und kam erst zum Mittagessen zurück. Sie sagte nicht, wohin sie ging.

Aber ich wusste es.

Am folgenden Samstag wartete Franco nicht wie sonst im Eingang, als ich zur Balilla-Versammlung ging. Ich rannte zur Piazza Santo Spirito und fand ihn dort mit den Jungs unseres Manipels. Er wirkte überrascht.

»Du bist doch gekommen!«

»Natürlich, was dachtest du denn?«

Er legte mir einen Arm um die Schultern und hielt mich zurück, damit die anderen uns nicht hören konnten.

»Sag mal, stimmt es, dass man deine Tante als Antifaschistin von der Schule geschmissen hat und dich gleich mit?«

Ich riss mich los und pflanzte mich vor ihm auf.

»So ein Quatsch. Meine Tante hat gekündigt, sie ist nicht rausgeschmissen worden.«

Warum log ich für sie? Ihr Verhalten war unmöglich.

»Doch, wegen einer Jüdin, habe ich gehört.«

»Das war ein kleines Mädchen!«

Er zuckte mit den Schultern. »Und was machst du jetzt?«

»Ich bereite mich zu Hause auf die Prüfung vor.«

»Darf man das?«, fragte er mit großen Augen.

»Offensichtlich.«

»Mensch, hast du ein Glück. Keine Schule mehr.«

Ich lächelte, aber eigentlich war mir nicht danach. Ich war jetzt noch häufiger allein. Und obwohl Signor Grezzi mich vor der Klasse bloßgestellt hatte, vermisste ich seinen Unterricht.

»Hast du deinem Vater geschrieben?«, fragte Franco.

»Ja, aber ich habe noch keine Antwort bekommen. Er hat keine Zeit dafür. Ist mächtig was los da unten.«

Jeden Abend saß ich mit Nonno neben dem Radio und lauschte dem täglichen Kriegsbericht. Die Engländer waren im Juli fast bis Alexandria zurückgedrängt worden. Bei dem kleinen Ort El Alamein war es zum Stillstand gekommen. Aber in den letzten Oktobertagen flammte der Krieg in Ägypten wieder auf. Endlich. Es wurde Zeit, die Engländer aus Nordafrika rauszufegen.

»Ich habe es im Radio gehört«, sagte Franco. »Hoffentlich bleibt für uns noch was zu kämpfen übrig.«

An Allerseelen bat mich Zia Chiara, sie zum Friedhof zu begleiten. Der strahlende Sonnenschein passte weder zum Fest der Toten noch zu meiner düsteren Laune. Widerwillig holte ich meinen Roller aus der Rimessa und folgte ihr.

Seit dem Vorfall in der Schule hatte ich kaum mit ihr gesprochen. Ich war ihr böse. Weil sie mit ihrer Frechheit und ihrem Ungehorsam auch mich beschämt hatte und weil jetzt jeder dachte, wir seien Antifaschisten.

Aber vor allem war ich verwirrt. Annas Augen gingen mir nicht aus dem Kopf. Wie konnte ein kleines Mädchen eine Bedrohung sein? Doch wenn der Duce ein Gesetz gegen die Juden erlassen hatte, musste es einen guten Grund geben, sagte ich mir immer wieder.

Ich rollte schweigend neben Zia Chiara her, die mich ab

und zu verstohlen anschaute. Die Straße, die zur Porta Tufi führte, war aus gelber, festgestampfter Erde. Nur in Siena hat die Erde eine so komische Farbe. Die Straße war lang, fast gerade und abschüssig. Ich konnte nicht widerstehen. Ich drückte mich kräftig ab, lehnte mich über den Lenker und raste den Hang hinunter. Der Wind pfiff in meinen Ohren, der Lenker bebte in meinen Händen, die harten Gummiräder ratterten über den unregelmäßigen Boden. In meinem Bauch wechselten sich Aufregung und Angst in warmen Wellen ab. Als ich durch die Porta fuhr, kam mir plötzlich ein Fahrrad entgegen. Ich trat mit voller Kraft auf die Bremse, riss den Lenker herum und schoss auf eine Steinmauer zu. Ich schloss die Augen und schrie.

Plötzlich umklammerten mich starke Arme und hoben mich hoch. Der Roller schlug gegen die Mauer.

»Junge! Bist du lebensmüde?«, rief der Mann, der mich fest in seinen Armen hielt. Er roch angenehm nach Rasierwasser und Desinfektionsmittel. Er setzte mich ab und sah mich an. Er hatte dichtes, dunkelbraunes Haar und einen kurzen Vollbart. Seine Augen waren hellbraun, und seine Nase war lang und fein. Er sah mich halb streng, halb amüsiert an.

»Wie heißt du denn?«

»Lorenzo.«

»Ich bin Matteo. Wo wolltest du denn so eilig hin?«

»Zum Friedhof.«

Er lachte schallend auf.

»Du bist ganz schön schlagfertig.«

Zia Chiara kam angerannt.

»Was ist passiert? Bist du gestürzt? Hast du dir wehgetan?«

»Keine Sorge, Signora, er ist noch ganz«, sagte der Mann, dessen Lächeln noch breiter wurde. »Ich habe ihn rechtzeitig gebremst.«

»Signorina«, verbesserte Zia Chiara. »Ich bin die Tante. Vielen Dank, dass Sie aufgepasst haben.«

»Reiner Selbstschutz. Er ist auf mich zugeschossen, als ich gerade vom Sanatorium Sclavo kam.«

Zia Chiara machte einen Schritt zurück und zog mich an sich. »Sind Sie krank?«

Matteo lachte.

»Nein. Ich bin Arzt. Und kerngesund. Matteo Castelli.«

»Chiara Guerrini. Lorenzo ist der Sohn meines Bruders.«

Sie streckte ihm die Hand entgegen. Er gab ihr einen Handkuss. Ihre Wangen färbten sich.

»Sie sehen ziemlich jung aus für einen Arzt«, sagte sie scharf. Sie klang leicht verärgert.

Aber Matteo lächelte noch mehr. Seine Zähne hätten für Zahnpasta werben können.

»Ich betrachte es als Kompliment. Ich bin schon neunundzwanzig. Ich bin Assistenzarzt im Krankenhaus Santa Maria della Scala. Genau dahin muss ich jetzt auch zurück. Und wo gehen Sie an diesem schönen Tag hin?«

»Wir wollten zum Friedhof«, sagte Zia Chiara.

Er war sofort ernst.

»Es tut mir leid. Ich dachte, das war ein Scherz. Hatten Sie einen Trauerfall?«

»Zum Glück nicht. Aber heute ist Allerseelen.«

Matteo schien erst jetzt all die Familien zu bemerken, die in Sonntagskleidung und mit Blumen in den Händen durch das Friedhofstor gingen. Es wurden immer mehr. Nach zwei Jahren Krieg hatte Siena viele gefallene Soldaten zu beklagen.

»Stimmt. Das hatte ich vergessen«, sagte Matteo.

Er hob meinen Roller auf, richtete den Lenker und das Schutzblech vom Vorderrad, die leicht verbogen waren, und gab ihn mir.

»Bitte schön, fast wie neu. Sei beim nächsten Mal vorsichtiger. Hier fahren manchmal auch Autos.« Er wandte sich Zia Chiara zu und verabschiedete sich mit einem Kopfnicken.

»Einen schönen Tag, Signorina«, rief er und entfernte sich mit schnellen Schritten.

Der Friedhof war weitläufig und lichtdurchflutet, mit hellen Gebäuden aus roten und weißen Steinen und langen, offenen Arkaden. Es gab Grabsteine in allen Formen und Größen und viele Statuen aus Marmor, sogar einen Engel mit Flügeln.

Die Ahnen unserer Familie lagen nicht unter der Erde, sondern in den Fächern einer langen, hohen Wand eines der offenen Gebäude. Die ganze Wand war mit Marmorplatten bedeckt. Auf den Platten standen Name, Geburts- und Todesdatum in glänzenden Buchstaben aus Messing, und daneben hingen strenge Fotos in kleinen, ovalen Rahmen. Jede Marmorplatte verbarg ein langes, dunkles Fach, in dem der Sarg ruhte. Die oberen Reihen konnte man nur mit einer Rollleiter erreichen, um die Blumen in den metallenen Vasen zu wechseln. Mein Blick wanderte nach oben und an der ganzen Wand entlang. Mir wurde schwindlig. Es war eine gigantische Schubladenkommode voller toter Menschen.

Ich nahm eine der Gießkannen, füllte sie am Wasserhahn und brachte sie Zia Chiara. Sie hatte die verblühten Blumen inzwischen weggeworfen und die frischen, die wir am Eingang gekauft hatten, in mehrere kleine Sträuße geteilt.

»Such einen Blumenstrauß für Nonna aus.«

Ich zeigte auf den größten und buntesten. Ich konnte mich nicht an Nonna erinnern, sie starb, als ich noch klein war.

»Bist du traurig, dass Nonna tot ist, Zia Chiara?«

»Natürlich. Sie war ja meine Mamma. Ich hatte sie sehr lieb. Ich habe sie immer noch lieb.«

»Glaubst du, sie ist bei Gott?«

Sie arrangierte die Blumen in den Vasen und antwortete nicht.

»Zia Chiara?«

»Mmh?«

Seit Tagen wollte ich mit ihr über das Geschehene sprechen und fand keinen Mut dazu. Als ich die Worte endlich über meine Lippen brachte, waren es die falschen.

»Bist du Antifaschistin?«

Ihre Züge wurden so hart, dass ich zurückwich.

»Sei vorsichtig, Lorenzo«, flüsterte sie eindringlich. »Man gerät leichter in Gefahr, als du glaubst.«

Sie steckte die Vasen in die Halterungen zurück, wickelte die Abfälle in das Blumenpapier und warf das Ganze in die Mülltonne. Dann marschierte sie Richtung Ausgang.

Vor der Porta Tufi deutete sie auf eine Steinbank unter den Pinien. Sie schaute lange in die Ferne, bevor sie sprach.

»Ich war jünger als du, als Mussolini an die Macht kam«, begann sie. »Wir waren in Rom, damals arbeitete Nonno noch im Kriegsministerium. Ich erinnere mich gut an die ganzen Fahnen, die an Fenstern und Balkonen im Wind flatterten an dem Tag, als er dem König den Eid leistete. Ein Rausch in Grün, Weiß und Rot, der erste von vielen, die folgen würden. Niemand wollte als antiitalienisch abgestempelt werden, auch wenn damals nicht alle Faschisten waren, auch wir nicht. Viele von uns reagierten zögerlich. Aber ab diesem Moment wurde das Leben tatsächlich besser. Es herrschte endlich Ruhe nach dem Chaos der ersten Nachkriegsjahre. Es gab Arbeit. Die Städte waren sauber. Die Züge auf die Sekunde pünktlich. Die Mafia wurde in ihre Schranken verwiesen. Die Leute wirkten ruhig und zufrieden. Und ich war als junges Mädchen begeistert von unserem neu gewonnenen Stolz als sogenannte Erben der Römer.

In den ersten Jahren schien alles aufwärtszugehen. Die Schule wurde modernisiert, die Altersrente garantiert, die Gesundheit der Menschen bekam Priorität. Hygiene wurde zum Schulfach. Zum ersten Mal in unserer Geschichte kümmerte sich eine Regierung um die körperliche und geistige Gesundheit aller Kinder und schickte auch die ärmsten im Sommer in die Berge und ans Meer. Auch die großen Projekte wie die Trockenlegung der Sümpfe und die Battaglia del Grano halfen im Kampf gegen Hunger, Krankheit und Armut. Italien verwandelte sich in wenigen Jahren in ein modernes Land, und ich war ungeheuer stolz, dabei zu sein. Ich wollte meinen Beitrag zum Italien von morgen leisten. Deswegen bin ich Lehrerin geworden.«

Sie machte eine kurze Pause.

»In kurzer Zeit wurden wir alle zu überzeugten Faschisten. Unsere Welt war voller Mythen und Helden und wehenden Fahnen. Der Höhepunkt kam mit dem Äthiopienkrieg. Damals studierte ich in Florenz. Ich bin mit meiner Freundin Luisa nach Rom gefahren, im Mai 36, um zu sehen, wie Mussolini die Gründung des Imperiums verkündete. Wir standen inmitten einer immensen Menschenmenge, die alle Plätze und Straßen der Innenstadt füllte und vor Begeisterung tobte. Noch nie hatte ich eine so innige nationale Einigkeit erlebt. Die Sanktionen, die uns vom Völkerbund auferlegt worden waren, hatten uns nur noch enger zusammengeschweißt. Warum sollten wir bestraft werden, wenn Frankreich und England halb Afrika besaßen? Es war der Kampf des proletarischen Italiens gegen die reichen Nationen, die uns keine Kolonien gönnen wollten. Sogar die Kommunistische Partei ließ sich anstecken und schrieb den ›Brüdern im Schwarzhemd‹ einen offiziellen Versöhnungsbrief! Es war verrückt. Abertausende haben in der Aktion ›Gold für das Vaterland‹ ihre Eheringe abgegeben. Sogar deine Großmutter, die damals schon sterbenskrank war.«

Sie stützte die Ellbogen auf die Knie und legte den Kopf in die Hände.

»Dann kamen die Rassengesetze. Meine Freundin Eva, die aus den gleichen Gründen wie ich Lehrerin geworden war, verlor ihre Stelle. Unser bester Professor an der Uni wurde geschasst. Immer mehr Dinge fingen an mich zu stören, wie der Personenkult um Mussolini. Man hatte einen außergewöhnlichen Mann mit einer Vision zu einer Gottheit gemacht. Die extrem militaristische Erziehung von euch Kindern ist mir zuwider. Wie kann man einen Krieg wollen? Ich sehe nichts Heroisches darin.«

Bestürzt blickte ich um mich. Wie konnte man so über den Duce sprechen? Doch Zia Chiara, die mich gerade noch gewarnt hatte, schien es selbst vergessen zu haben.

»Anna war das letzte jüdische Kind an unserer Schule. Signor Nardini, unser früherer Direktor, hat ihren Glauben geheim gehalten. Auch ich wusste nichts davon.« Sie schlug sich mit beiden Fäusten auf die Knie. »Was soll dieser Wahnsinn mit den Juden? Bis vor vier Jahren waren sie einfach nur Italiener, die in die Synagoge statt in die Kirche gingen. Kein Mensch hat etwas gegen sie gehabt. Mussolini will doch nur Hitler die Stiefel lecken!«

»Zia Chiara«, zischte ich erschrocken.

Sie merkte, dass sie zu weit gegangen war, und sah sich ebenfalls um, doch zum Glück schenkten uns die Familien keine Beachtung. Sie klang müde, als sie weitersprach.

»Es ist die einzige Antwort, die ich auf deine Frage habe, Lorenzo. Dein Vater ist im Krieg, und deine Mutter ist einer verrückten Hoffnung hinterhergerannt. Sie haben dich bei uns gelassen, und ich weiß nicht, wie wir dich beschützen sollen. Du bist in einer Fantasiewelt voller Pathos und Helden aufgewachsen. Aber es ist nicht die echte Welt. In der echten Welt wirst du deine Kindheit schneller verlieren als deinen nächsten Milchzahn.«

Die Schlacht in El Alamein tobte seit Tagen mit ungeheurer Härte. Ich wunderte mich, dass der Sieg so lange auf sich warten ließ, denn das Radio berichtete täglich über unsere Erfolge und über die schweren Verluste des Feindes.

Dann kam der 5. November.

»Gestern«, knarzte das Radio, »fanden in der Wüste zwischen El Alamein und Fuka von Tagesanbruch bis spät in die Nacht schwere und blutige Kämpfe zwischen unseren Panzer- und Infanterieeinheiten und entsprechenden Einheiten des Feindes statt. Nach außerordentlich heldenhafter Gegenwehr haben sich die Truppen der italienisch-deutschen Armee auf eine neue Linie im Westen zurückgezogen.«

Zia Chiara schlug die Hand auf den Mund.

»Was denn?«, fragte ich alarmiert. »Das ist doch nicht schlimm, oder?«

»Die Schlacht ist verloren«, sagte Nonno.

»Wieso? Das Radio sagt, sie sammeln sich nur neu, dann werden sie wieder angreifen und –«

Zia Chiara unterbrach mich.

»Wenn sie sogar im offiziellen Bericht das Wort ›zurückgezogen‹ in den Mund nehmen, haben wir nicht nur verloren. Wir sind vernichtet worden.«

Der Boden schwankte. Mein Blick schoss zwischen ihren Gesichtern hin und her. Beide sagten dasselbe.

»Nein!«

Ich warf meinen Stuhl auf den Boden und rannte aus dem Wohnzimmer.

»Wirst du jemals lernen, den Mund zu halten, Chiara?«, hörte ich Nonno noch sagen.

Der Brief vom Kriegsministerium erreichte uns erst Ende November.

Nonno hielt ihn lange in den Händen, bevor er die Kraft fand, ihn zu öffnen. Seine Hände waren fest, nur seine Fingerspitzen zitterten fast unmerklich. Sein Gesicht nahm einen grauen Ton an, während seine Augen immer wieder über den kurzen Text flogen. Nur das heisere Ticken der Tischuhr auf der Marmoranrichte war zu hören. Dann legte er das dünne Blatt auf den Schoß und sah mich an.

»Komm her, Junge.«

Sein Rücken war ungewöhnlich gerade, sein Hals lang, und er hatte den gleichen Gesichtsausdruck wie auf seinem Offiziersfoto. Ich gehorchte.

»Du bist ein kleiner Soldat«, sagte er.

Ich stellte mich stramm vor ihm hin. Es war ein Reflex, aber es half gegen die eisige Vorahnung, die in meinen Bauch kroch.

Er sah mir in die Augen und sagte, ohne zu blinzeln:

»Dein Vater gilt als verschollen.«

Ich wäre zusammengeklappt, wären meine Knie nicht so steif gewesen. Aus dem Augenwinkel sah ich Cesarina auf mich zukommen, doch Nonno hob die Hand. Sie blieb stehen und knetete ihr Küchentuch.

»Du weißt, was das bedeutet?«, fragte Nonno.

»Ist er …«, ich musste mich räuspern. »Ist er tot?«

Nonno nahm meine Hand zwischen seine Hände. Sie waren trocken und warm. Das Wohnzimmer verschwamm, ich sah nur noch seine blassgrauen Augen in ihrem tiefen Faltennest.

»Wir wissen es nicht. Nach einer so großen Schlacht herrscht Chaos. Er war nicht mehr bei seiner Einheit, wurde aber weder unter den Gefallenen noch unter den Verwundeten identifiziert. Obwohl er nicht gemeldet wurde, ist es möglich, dass er gefangen genommen wurde.«

Seine ruhige Stimme war wie eine von der Sonne gewärmte Mauer, an die ich mich stützen konnte.

»Aber es ist leider auch möglich, dass er niemals gefunden wird.«

Zia Chiara stand mit versteinertem Gesicht neben dem Fenster. Ihre Augen waren gerötet. Ich wandte den Blick ab und starrte auf die verschnörkelte antike Uhr auf der Kommode. Sie gab das gleiche stumpfe Ticken von sich wie der alte Wecker, der auf der Anrichte in Tripolis als Küchenuhr diente.

Es war ein einfacher Metallwecker mit verbeulten Glocken und blauen Zeigern.

Papà war als Ingenieur auch für zivile Konstruktionen zuständig und deswegen oft unterwegs, manchmal für mehrere Tage. Mamma machte sich immer Sorgen. Die Wüste war gefährlich, und Menschen konnten es auch sein. Nicht alle Libyer waren über die Anwesenheit der Italiener glücklich. An jenem Tag, ich war neun Jahre alt, erwarteten wir ihn am frühen Nachmittag zurück. Doch er kam nicht. Mamma wurde mit jeder Stunde unruhiger, denn er war allein mit dem Auto durch die Wüste gefahren. Hakim war krank. Als es begann, dunkel zu werden, steckte mich ihre Angst an. Wir saßen zusammen vor der kalten Suppe am Küchentisch und warteten. Das einzige Geräusch war das Ticken des Weckers. Es dauerte sehr lange, bis endlich jemand vorbeikam, um zu berichten, was passiert war. Er hatte das defekte Auto stehen lassen müssen und war mehrere Kilometer durch die Wüste gelaufen, bis er ein Dorf erreicht hatte, von dem aus er telefonieren konnte. Aber die blauen Zeiger des Weckers, die sich nicht mehr zu bewegen schienen, hatten sich in meinem Gedächtnis eingeprägt.

Die Zeiger der Kommodenuhr waren vergoldet und bewegten sich weiter.

Hinter mir unterdrückte Cesarina einen Schluchzer. Ich hörte das Flap-Flap ihrer Pantoffeln, als sie in die Küche eilte.

9

Mit einem eisigen Nieselregen, der die Farben Sienas mit bleistiftgrauen Schlieren abstumpfte, nahm der Winter Besitz von der Stadt.

Es wurde kalt in unserer Wohnung. Warm war es nur in der Küche und im Wohnzimmer, wo abends im Kamin ein Feuer brannte. Die anderen Räume hatten keinen Kamin. Ich lernte die Bettwärmer kennen, tellergroße Pfannen aus Kupfer mit gelochtem Deckel und langem Holzstiel. Cesarina füllte sie mit heißen Kohlen und steckte sie in die Betten, in denen ein Holzgerüst die Laken auseinanderhielt, damit sie nicht Feuer fingen. Die Kohlen bedeckte sie sorgfältig mit Asche, um zu verhindern, dass sich Kohlenmonoxid freisetzte. Ich hatte Angst vor den Dingern. Ich konnte mir nicht vorstellen, dass eine hauchdünne Schicht Asche ausreichenden Schutz gegen das Gift bot. Bevor ich mich mit Strümpfen ins Bett legte, löschte ich die Kohlen mit dem Wasser aus der Waschschüssel und lüftete gründlich.

In Zia Chiaras Büro konnten weder der bis zur Farblosigkeit abgetretene Orientteppich noch die von Cesarina vorbereitete gusseiserne Schale mit glühenden Kohlen die Kälte der Tonfliesen von unseren Füßen fernhalten. Ich wurde noch fleißiger. Wenn ich schnell lernte, war Zia Chiara manchmal bereit, den Unterricht früher zu beenden.

Da ich nur dünne Pullover aus Tripolis mitgebracht hatte, gab mir Cesarina zwei alte Wollpullis von Nonno, einen grauen und einen dunkelblauen, die beim Waschen eingelaufen und leicht verfilzt waren. Sie waren unförmig und rochen nach Mottenkugeln, aber sie hielten schön warm. Dazu strickte sie mir dicke Kniestrümpfe, die fürchterlich kratzten. Doch meine Knie blieben nackt, denn nur Männer und Jungen ab vierzehn trugen lange Hosen. Ich war den milden libyschen Winter gewöhnt und fror erbärmlich. Meine Nase begann zu laufen und hörte nicht mehr auf.

Als Weihnachten näher rückte, wurde Cesarina unleidlich.

»Mit dem bisschen, das man auf Lebensmittelkarten bekommt, kann man die Geburt unseres Herrn nicht anständig feiern«, sagte sie.

»Der Herr wird Verständnis dafür haben«, sagte Zia Chiara, ohne die Augen von der Zeitung zu nehmen.

Cesarina brummte verärgert und ging zurück in die Küche. Die Töpfe und Teller schepperten besonders laut im Spülwasser, aber man hörte trotzdem deutliche Fetzen ihres Grummelns: »stur«, »Junge im Wachstum«, »nur Haut und Knochen«, »engstirnig«, »Prinzipienreiterei« und einiges mehr. Nonno und Zia Chiara taten so, als würden sie nichts hören. Erst nach und nach erfuhr ich, was das alles zu bedeuten hatte. Kein Schwarzmarkt. Zia Chiara und Nonno waren strikt dagegen. Nicht etwa, weil sie die Strafen fürchteten. Nein, aus patriotischen Gründen. So etwas tat ein Guerrini nicht.

Ich dachte an die herrliche Vorratskammer der Tacconi, und allein bei der Erinnerung daran lief mir das Wasser im Mund zusammen. Aber ich sagte nichts. Ich hatte inzwischen verstanden, dass diese versteckten Waren nicht legal waren. Cesarina und Zia Chiara wären ausgeflippt, wenn sie davon erfahren hätten. Aus unterschiedlichen Gründen allerdings.

Am 23. Dezember kam Cesarina hochaufgeregt vom Einkaufen nach Hause. Sie schnaufte wie ein Walross, weil sie die Treppe viel zu schnell hochgelaufen war, und grinste über das ganze Gesicht.

»Überraschung«, keuchte sie, als sie in die Küche trabte. Dort zog sie aus ihrem Korb neben den üblichen Einkäufen ein längliches Packpapierbündel, das nach Metzgerei roch. Zia Chiara runzelte die Stirn.

»Was ist das?«

»Ein Kaninchen«, rief Cesarina aus. »Es gab heute eine Verteilung. Ganz legal.« Sie zappelte wie eine Amsel, die den einzigen Wurm im Garten gefunden hat. »Weihnachten ist gerettet!«

Sie packte das Kaninchen auf dem Küchentisch aus und bewaffnete sich mit einem Fleischermesser und einer Schüssel. Ich warf einen Blick darauf. Das Tier war gehäutet und hatte keinen Kopf.

»Bist du sicher, dass es ein Kaninchen ist?«, fragte ich misstrauisch. Ich hatte die Geschichte von den Dachhasen nicht vergessen.

Cesarina zwinkerte und zeigte auf die Pfoten. Sie waren noch dran, mit Fell und Klauen. Eindeutig keine Katzenpfoten.

»Ich habe mir extra eins mit Füßen geben lassen. Es war ein bisschen teurer, aber ich wusste, du würdest fragen. Möchtest du eine? Kaninchenpfoten bringen Glück.«

Auf keinen Fall wollte ich so ein Ding, aber Cesarina hatte das Messer bereits auf das Fußgelenk gesetzt und lächelte mich an. Das Messer rutschte aus. Cesarina schrie, ließ es fallen und griff nach ihrer linken Hand. Dunkles Blut sickerte zwischen ihren Fingern durch. Sie verzog das Gesicht vor Schmerz.

»Lass es auch dir eine Lehre sein. Man sollte immer hingucken, wenn man mit Messern hantiert.«

Es war ein ziemlich tiefer Schnitt am linken Zeigefinger. Sie wusch ihn mit dem Wasser aus der Kanne, wickelte einen Lappen um die Hand und machte sich daran, das Kaninchen auszunehmen.

Zwei Jahre zuvor hatte Papà kurz vor Weihnachten einen lebenden Kapaun geschenkt bekommen. Er war groß und fett, an den Füßen zusammengebunden und starrte mich mit kalten Knopfaugen an. Mamma rührte ihn nicht an.

»Hakim, bitte kümmere du dich darum«, befahl sie.

Hakim packte den Kapaun an den Füßen und machte sich auf den Weg auf die Terrasse. Sobald Mamma mir den Rücken kehrte, folgte ich ihm.

Hakim saß auf einen Schemel und klemmte den Vogel zwischen seinen Knien ein. Ein Messer so lang wie mein Unterarm blitzte in der Sonne auf. Meine Haut prickelte vor wohligem Entsetzen. Der Kapaun kiekste ein letztes Mal, dann rollte sein Kopf über den Terrassenboden. Hakim hielt ihn an den Füßen über eine Schüssel, die sich sprudelnd mit Blut füllte, während der Kapaun weiter heftig mit den Flügeln schlug. Erst als das Blut versiegte, blieben die Flügel offen hängen.

Dass der Vogel sich bewegte, obwohl er keinen Kopf mehr hatte, verblüffte mich und erfüllte mich mit einer tiefen Angst. Wie war das möglich?

Ich sah ihn zwei Tage später üppig angerichtet auf einem Berg von Bratkartoffeln, mit knuspriger goldener Haut, in einer herrlichen Duftwolke. Ich starrte auf das fast weiße Bruststück auf meinem Teller und sah schon seinen Geist nachts an meinen Zehen picken. Aber ich hatte Hunger. Ich aß alles auf. Nach dem Essen fischte ich das Gabelbein aus dem Mülleimer heraus und vergrub es mit einem Gebet an die Jungfrau Maria am Strand.

Vorsichtshalber.

An Heiligabend schickte mich Zia Chiara mit Cesarina zur Christmette, angeblich damit sie im Dunkeln nicht allein zurückkommen musste. Ich spielte das Spiel mit und begleitete sie zur Kirche Santo Spirito.

In einer Seitenkapelle der Kirche stand eine sehr alte Holzstatue der heiligen Katharina von Siena. Nach dem Gottesdienst gab sie mir zwei Kerzen für meine Eltern. Ich zündete sie an einer anderen Kerze an und steckte sie auf den Halter. Cesarina faltete die Hände zusammen und betete still mit geschlossenen Augen. Ich versuchte auch zu beten, aber ich konnte nicht. Ich schämte mich. Ich vermisste meine Eltern so sehr, dass meine Rippen beim Atmen wehtaten, wenn ich an sie dachte, aber ich konnte nicht für sie beten. Ich hatte zu viel Angst.

Als wir die fast leere Kirche verließen, blieb Cesarina noch einmal am Weihwasserbecken stehen und tunkte ihr Taschentuch ein. Ich fragte, was sie da mache, aber sie antwortete nicht.

Zum Abendessen bereitete sie eine üppige Minestrone zu, mit vielen Bohnen und dicken Fettaugen. Dazu gab es frisches Brot, das sie selbst gebacken hatte, toskanisches Weißbrot ohne Salz, mit kräftiger Kruste und luftiger Krume. Es war köstlich.

Draußen war es stockdunkel. Wegen der Verdunkelungspflicht waren die Fenster sorgfältig mit blauem Papier abgeklebt. Im Kamin knisterte und knackte das Feuer und verbreitete eine herrliche Wärme. Nach dem Abendessen legte Nonno den Ceppo di Natale ins Feuer. In diesem Augenblick schlug der eiserne Schlägel stürmisch gegen die Haustür.

»Der Ceppo«, schrie Cesarina.

»Der was?«, fragte ich.

Es ergab keinen Sinn. Der Ceppo lag schon im Feuer.

»Der Ceppo ist da! Versteck dich, Lorenzo!«

Sie packte mich an der Hand und rannte mit mir bis zum Cucinone. Die ganze Zeit herrschte ein höllischer Lärm, als würde jemand ungestüm mit einem Feuerhaken auf einen Kochtopf schlagen.

»Was ist denn hier los?«, fragte ich.

»Der Ceppo ist da! Für böse Kinder gibt's Stockhiebe. Aber vielleicht warst du ja brav …«

Cesarinas Hand war dick verbunden.
»Tut es noch weh?«, fragte ich.
Sie winkte ab. »Es ist nur zum Schutz bei der Arbeit.«
Plötzlich war es wieder still.
»Er ist weg«, flüsterte Cesarina. »Komm.«
Sie führte mich zurück. Auf der Schwelle zum Wohnzimmer blieb ich stehen, sprachlos. Die Deckenlampe war aus. Neben dem Kamin leuchtete im Dämmerlicht des Feuers ein prächtiger Weihnachtsbaum, mit Glaskugeln in allen Größen und Farben, Girlanden aus buntem Papier und Lametta, vergoldeten Tannenzapfen und echten Kerzen. Darunter lagen viele Päckchen in buntem Weihnachtspapier. Nonno und Zia Chiara strahlten mich an.
Die Sehnsucht, die ich den ganzen Abend in einer hinteren Schublade eingesperrt hatte, brach in einem Schwall von Tränen heraus.
»Popino«, rief Cesarina.
Zia Chiara war schneller. Mit einem Sprung war sie bei mir und drückte mich fest an sich. Es war eine trockene, fast harte Umarmung, ganz anders als, Cesarina mich mit ihren weichen Armen und ihren tränennassen Wangen umarmt hätte, aber es war das, was ich brauchte. Ihre Zuneigung, ihre Kraft und ihre Zuversicht flossen in mich hinein und stärkten mich. Als sie mich losließ, konnte ich wieder lächeln und mich freuen.
Der Ceppo hatte mir warme Kleidung mitgebracht: ein graues Flanellhemd und einen dicken hellblauen Pullover, einen marineblauen Wollmantel und eine passende Baskenmütze. Cesarina hatte mir neue Kniestrümpfe gestrickt, noch dicker, aber leider genauso kratzig wie die alten. Dazu bekam ich ein Messerschmitt-Jagdflugzeug aus Blech und das Buch *Il Piccolo Alpino*, die Geschichte eines Jungen, der im Großen Krieg zum Helden wird. Die Tränen kamen wieder.
Zia Chiaras gesamtes letztes Gehalt lag zu meinen Füßen.
Ich packte meine Geschenke langsam aus, um das Papier

nicht zu beschädigen und damit es länger dauerte. Nonno, Zia Chiara und Cesarina waren gespannt wie Schüler, die auf ihre Noten warten. Ihr Glück über meine Freude berührte mich tief. Vielleicht hatten sie das schöne Weihnachtsfest noch mehr gebraucht als ich.

Am ersten Weihnachtstag, nach dem Hochamt in der Kirche Santo Spirito, kam das Kaninchen auf den Tisch. Cesarina hatte es einen Tag lang in Weißwein mariniert, mit Zwiebeln, Salbei und Rosmarin, und dann lange in der Marinade, die sie mit Brühe und etwas Tomatensoße aufgegossen hatte, köcheln lassen. Einen so herrlichen Duft hatte ich seit Tripolis nicht mehr gerochen. Und es schmeckte göttlich. Dazu gab es Rosmarinkartoffeln. Ich war sicher, dass kaum etwas davon auf Lebensmittelkarte zu haben war, aber niemand sprach darüber, also hielt ich meinen Mund.

Als Nachtisch gab es kleine Rauten aus weichem Mandelteig, dick mit Puderzucker bestäubt. Sie zergingen auf der Zunge und schmeckten entfernt vertraut.

»Sie heißen Ricciarelli«, sagte Nonno. »Eine Legende besagt, dass ein Rückkehrer von den Kreuzzügen, Ritter Ricciardetto della Gherardesca, sie aus dem Orient mitgebracht hat.«

Der süße Mandelgeschmack erinnerte mich an die Süßigkeiten, die mir Hakim am Ende des Ramadans immer mitbrachte. Dicke Würfel aus karamellisiertem Zucker und grellgrünen Pistazien, Blätterteigpastetchen und mit Marzipan gefüllte Datteln. Aber am liebsten mochte ich die Khamsa aus Zucker. Sie hatten die Form einer kleinen Hand, der Hand der Fatima, der jüngsten Tochter Mohammeds, und brachten Glück.

Ich hatte gegessen, bis ich fast platzte, und auch Zia Chiara und Nonno hatten richtig zugelangt. Nur Cesarina aß wenig. Ihre Augen glänzten, sie wirkte müde.

Als ich die Teller in die Küche brachte, sah ich ihre Hand. Sie hatte den Verband zum Spülen abgenommen, und ihre verletzte

Hand steckte im heißen, schmutzigen Spülwasser. Sie war geschwollen, der Schnitt war tiefrot und hatte gelbliche Ränder.

»Du solltest damit zum Arzt gehen.«

»Quatsch. Der Arzt ist was für Herrenleute. Das heilige Wasser unseres Herrn wird mich heilen. Ich habe Santa Caterina eine Kerze angezündet. Das wirkt Wunder.«

Am Nachmittag begleitete ich Zia Chiara, die zu einer Freundin fahren wollte, zum Busbahnhof auf der Piazza della Posta. Ihre Reisetasche hatte sie am Lenker meines Rollers aufgehängt.

»Was hast du in der Tasche?«, fragte ich. »Sie wiegt ja eine Tonne!«

›Geht dich das etwas an‹, las ich in ihrem kurzen Blick.

»Frauen brauchen viel Zeug, wenn sie verreisen«, sagte sie.

Das hatte ich bei meiner Mutter schon oft genug mit Befremden festgestellt. Aber Zia Chiara war nicht der Typ für überflüssigen Firlefanz. Kein bisschen. Dass in der Tasche nicht nur Klamotten steckten, war mir völlig klar. Hatte sie nicht schon genug Ärger bekommen?

»Wo willst du eigentlich hin?«, fragte ich.

»Nach Colle Val d'Elsa. Ich habe es dir schon gesagt.«

»Warum?«

Sie blieb stehen und sah mich an.

»Sag mal, arbeitest du für die Geheimpolizei?«

Es klang halb empört, halb belustigt, aber die Warnung war mehr als deutlich. Es ärgerte mich. Sie war diejenige, die sich falsch verhielt, nicht ich!

»Hol mich bitte übermorgen wieder ab«, sagte Zia Chiara, bevor sie in den Bus einstieg. »Und hilf Cesarina ein bisschen, vor allem mit Nonno. Sie scheint müde zu sein.«

Ich gab ihr mein Wort und fuhr mit dem Roller nach Hause.

Im Wohnzimmer schnarchte Nonno leise neben dem laufenden Radio. Cesarina hatte sich hingelegt.

Ich holte die Knochen des Kaninchens aus dem Mülleimer und legte sie auf Zeitungspapier. Cesarina hatte das Fleisch abgeschabt, aber ein bisschen war noch übrig. Mit einem Fleischklopfer brach ich die Knochen, damit Khalil auch das Mark schlecken konnte, wickelte alles zusammen und ging aufs Dach.

Khalil freute sich sehr. Es war ja auch ein wahres Katzenfestmahl. Er nagte und leckte die Knochen sauber, dann rieb er sich ausgiebig an meinen Beinen.

»Gern geschehen, Khalil. Fröhliche Weihnachten.«

Ich hatte mein neues Buch und ein Kissen mitgebracht. Zum ersten Mal sprang er auf meinen Schoß, rollte sich zu einem Ball zusammen und schlief ein.

Die Küche war dunkel und kalt, als ich am folgenden Morgen aufstand. War Cesarina noch im Bett? Ich ging zu ihrem Zimmer und klopfte.

»Cesarina? Cesarina, ist alles in Ordnung?«

Keine Antwort. Ich öffnete die Tür und trat ein.

Die Läden waren noch geschlossen. Der schwere Geruch von Schlaf und Krankheit hing in der Luft. Cesarina lag mit geschlossenen Augen auf dem Rücken.

»Cesarina?«, flüsterte ich leise.

»Ich stehe gleich auf«, hauchte sie.

»Was ist mit dir?«

Ihr Nachthemd war nass geschwitzt. Sie atmete laut und schnell. Die Haare, die ich immer nur zusammengebunden gesehen hatte, hingen ihr in unordentlichen grauen Strähnen bis über die Schultern. Vielleicht war es das, was mich am meisten beunruhigte.

»Bist du krank?«

»Es ist nichts, Popino, nur ein bisschen Fieber. Vielleicht die Grippe. Ich mache dir gleich dein Frühstück.«

»Nein, bleib liegen. Ich komm schon zurecht.«

Ich ging zurück in die Küche, um das Feuer im Herd zu

entfachen. Ich hatte Cesarina sehr oft dabei beobachtet. Es war ein eingemauerter Herd mit eisernen Platten zum Kochen oben und vorne einer kleinen eisernen Tür für die Kohle. Ich kehrte die Asche heraus und führte mit der kurzen Schaufel Holzkohle und ein zusammengeknäultes Stück Zeitung hinein. Aus lauter Angst, mich zu verbrennen, verschwendete ich fünf Streichhölzer. Ich setzte den Wasserkessel und einen Topf Milch auf, dann kümmerte ich mich um Nonno. Ich half ihm beim Aufstehen und Anziehen und stützte ihn bis ins Wohnzimmer. Ich sagte ihm, dass Cesarina die Grippe hatte.

Auf dem Weg zurück in die Küche roch ich schon, was passiert war. Die Milch war übergekocht. Dann eben keine Milch. Die schmeckte eh nicht. Wahrscheinlich wurde sie von Signora Tacconi mit schmutzigem Wasser verdünnt. Ich kochte Tee, schnitt drei krumme Scheiben Brot ab und bestrich sie mit etwas Honig. Es war ja noch Weihnachten. Ich brachte Nonno sein Frühstück.

Cesarina war immer noch nicht aufgestanden.

»Cesarina?«

Sie schien mich nicht zu hören. Ich trat in ihr Zimmer. Ihre Atmung kam in kurzen, flachen Stößen. Ich öffnete das Fenster. Cesarina stöhnte. Ihr Gesicht glänzte vor Schweiß und war unnatürlich rot, ihre Lippen waren rissig. Nur mit Mühe öffnete sie die Augen.

»Lorenzo … bring mir ein Schluck Wasser, bitte …«

Ich rannte in die Küche und kam mit einem großen Glas Wasser zurück. Sie brauchte meine Hilfe, um sich aufzusetzen. Dabei berührte ich aus Versehen ihre verbundene Hand. Sie schrie auf.

»Cesarina! Deine Hand!«

Sie hatte sich im Umfang verdoppelt, und der Verband schnürte sie ab. Finger und Handgelenk waren dunkel angelaufen.

»Dein Verband ist viel zu eng, du musst ihn abmachen.«

»Hilf mir«, krächzte sie.

Ich wollte nicht. Ich blickte mich um, aber es war natürlich niemand da, der mir helfen konnte. Ich atmete tief durch, dann wickelte ich mit spitzen, zittrigen Finger die schmutzige Gaze auf. Ein strenger Geruch stieg mir in die Nase, und ein gelblich fleckiges, gefaltetes Stück Stoff fiel herunter. Cesarinas Hand war dunkelrot, fast violett. Aus dem schwarzen Schnitt sickerte eine trübe Flüssigkeit. Ihre Haut strahlte Hitze aus wie ein Ofen.

Sie brauchte einen Arzt. Sofort.

Ich rannte zu Nonno.

»Ruf den Arzt an«, befahl er, als er hörte, was los war. »Die Nummer steht im Adressbuch.«

Ich fand drei Nummern und rief sie alle an. Niemand meldete sich. Es war ja Weihnachten. Ich kämpfte gegen die Tränen. Was sollte ich tun?

Ich hörte Cesarina schwach rufen und eilte zu ihr zurück.

»Popino«, flüsterte sie, »ich brauche mehr Weihwasser für meine Hand.«

Sie deutete auf das schmutzige Stück Stoff auf dem Boden. Mit Entsetzen erkannte ich das Taschentuch, das sie in der Kirche ins Weihwasser getaucht hatte.

»Du musst ins Krankenhaus!«

Mit Panik in den Augen setzte sie sich auf.

»Nein! Ins Krankenhaus geht man zum Sterben. Nimm ein frisches Taschentuch.« Sie ergriff meine Hand und drückte so fest, dass es wehtat. »Bitte. Du musst mir helfen.«

»Ist gut, Cesarina, ich mach's.«

Erschöpft ließ sie sich wieder aufs Kissen fallen. Ich nahm ein Taschentuch aus der Kommode, damit sie sich beruhigte, und verließ das Zimmer.

Ich wusste, was zu tun war. Ich griff nach meinem neuen Mantel und rannte aus dem Haus.

10

»Lorenzo! Wo willst du denn hin?«, rief Franco, als ich mit meinem Roller auf die Straße schoss.

Er stand mit einem Kumpel vor der *Bar del Ponte*. Ich blieb stehen und erzählte ihm, was passiert war. Er ließ mich nicht ausreden.

»Warte hier. Ich fahr dich mit dem Fahrrad. Mit dem Babytreter bist du ewig unterwegs.«

Zehn Minuten später blieben wir vor einem Backsteinpalast mit Spitzbogenfenstern auf der Piazza del Duomo stehen.

»Das ist das Krankenhaus?«, wunderte ich mich.

Es sah wie einer der Palazzi aus, von denen es in Siena viele gab. In diesem Moment fuhr ein Militärfahrzeug mit rotem Kreuz auf der Deckplane durch das Tor.

»Siehst du doch«, sagte Franco. »Ich warte hier draußen auf dich, sonst wird mein Fahrrad geklaut. Beeil dich.«

Ich ging durch das Tor und war auf einmal verunsichert. Würde er sich an mich erinnern? Würde er überhaupt da sein? Was sollte ich dann tun?

Militärlaster, Tragen mit Verletzten und umherrennende Helfer verstopften die dunkle Einfahrt. Hinter mir wurde laut gehupt. Ich erschrak und sprang zur Seite, um das Auto vorbeizulassen, und stieß hart mit jemandem zusammen.

»Was machst du denn hier?«

Ich erkannte seine Stimme, bevor ich sein Gesicht sah.

»Deine Tante muss sie sofort hierherbringen«, sagte Matteo, als ich ihm von Cesarina erzählt hatte.

»Zia Chiara ist verreist, sie kommt erst morgen wieder. Und Cesarina will nicht ins Krankenhaus. Sie glaubt, dass man im Krankenhaus stirbt. Kannst du nicht kommen? Bitte, Matteo!«

Er zögerte nur kurz.

»Warte, ich bin gleich wieder da.«

Nach wenigen Minuten kam er mit einem Fahrrad und einem kleinen Arztkoffer zurück. Ich setzte mich wieder bei Franco auf den Gepäckträger, und wir rasten nach Hause.

Ich fühlte mich, als hätte ich eine Tracht Prügel bekommen, als ich abstieg. Jede Steinplatte zwischen dem Krankenhaus und der Via Pantaneto hatte sich mit voller Wucht in meinen Hintern gerammt. Ich wollte mich bei Franco bedanken und mich verabschieden, doch er schob sein Fahrrad an mir vorbei in den Eingang.

»Ich gehe mit. Das ist total spannend.«

»Wo warst du denn?«, fragte Nonno, als er mich sah.

Er hatte immer wieder nach mir gerufen und sich große Sorgen gemacht, als niemand antwortete.

»Wir haben einen Arzt für Cesarina geholt, Signor Guerrini«, sagte Franco mit geschwellter Brust.

Ich stellte Matteo vor und führte ihn zu Cesarina.

»Die Entzündung ist schon bedrohlich fortgeschritten. Ich muss die Wunde sofort öffnen und säubern, sonst droht eine Sepsis.«

Er entdeckte das verschmierte Taschentuch auf dem Boden.

»Was ist das?«

Ich erklärte es ihm.

»Ach du meine Güte«, sagte er kopfschüttelnd.

Ich tupfte Cesarina mit ihrem Laken den Schweiß von der Stirn. Sie stöhnte leise. Franco stand in der Tür, mit aufgerissenen Augen und einer Hand vor Nase und Mund.

»Ich muss das Besteck abkochen«, sagte Matteo. »In der

Zwischenzeit besorg mir bitte zwei Stühle und eine extra Lampe.«

Franco ging mit mir mit, froh, das Krankenzimmer verlassen zu können.

»Ich brauche eure Hilfe«, sagte Matteo, als alles bereit stand. »Wascht euch die Hände, sehr gründlich und mit viel Seife, und bringt mir ein paar saubere und gebügelte Küchentücher.«

Er breitete zwei Tücher auf einem Stuhl aus und legte das Besteck und Cesarinas Arm darauf. Dann setzte er sich auf den anderen Stuhl.

»Wie heißt sie mit Nachnamen?«, fragte er mich.

Ich machte große Augen. Ich wusste es nicht. Für mich war sie immer nur Cesarina gewesen.

»Cesarina ist gut, Dottore«, krächzte sie.

Matteo streichelte ihre Wange und lächelte.

»Signora Cesarina, Ihre Hand ist schwer entzündet. Ich werde jetzt zwei kleine Schnitte durchführen und den Eiter herausdrücken. Ich werde die Hand mit einer Spritze betäuben, aber ein bisschen Schmerz werden Sie trotzdem spüren. Ich versuche, so schnell und sanft zu sein wie möglich. Sind Sie bereit?«

Sie nickte und schloss die Augen. Matteo sah uns an.

»Franco, setz dich aufs Bett und halte ihren Oberarm und die Schulter fest. Lorenzo, du hältst die Hand fest.«

Franco schien froh, sich hinsetzen zu können. Cesarina stöhnte, als Matteo die Spritze setzte. Er wartete zwei Minuten, dann nahm er das Skalpell und schnitt. Die Hand zuckte. Ich hielt sie fester und hörte einen gedämpften Schrei. Senffarbener Eiter quoll heraus, begleitet von einem magenumdrehenden Geruch.

»Atmet durch den Mund«, befahl Matteo.

»O Gott«, flüsterte Franco.

Cesarinas Arm bebte unter seinen zitternden Händen. Die

frische Röte, die er sich angeradelt hatte, sackte unter seinen Hemdkragen.

Ich atmete vorsichtig durch den Mund, wie es Matteo empfohlen hatte, und nach wenigen Atemzügen hatte ich die Übelkeit unter Kontrolle. Es war unappetitlich, aber auch unglaublich interessant. Matteo tränkte ein Stück Gaze mit Desinfektionsmittel und wusch die Wunde. Cesarina presste die Decke gegen ihren Mund und biss darauf.

»Ich bin gleich fertig. Das Schlimmste haben Sie hinter sich.« Er schaute auf. »Franco, vielen Dank, du brauchst jetzt den Arm nicht mehr festzuhalten. Geh ruhig raus. Du brauchst frische Luft.«

Franco torkelte aus dem Zimmer.

»Hol bitte ein Glas Wasser für sie, Lorenzo, sie muss trinken.«

Als ich aus der Küche zurückkam, war die Hand fertig verbunden. Cesarina war ganz grau. Matteo half ihr, sich aufzusetzen und zu trinken, und strich ihr die nassen Haarsträhnen aus dem Gesicht.

»Sie sind sehr tapfer gewesen, Signora.«

»Bitte nur Cesarina«, stammelte die arme Cesarina, und ein Hauch von Rosa kehrte auf ihre Wangen zurück.

»Ich komme morgen, um den Verband zu wechseln. Versuchen Sie jetzt zu schlafen.«

Sie schloss die Augen. Matteo zog mich vom Bett weg.

»Ich habe ihr eine Tablette gegen das Fieber gegeben, die Infektion muss sie aus eigener Kraft bekämpfen. Achte darauf, dass sie viel trinkt.« Er legte mir beide Hände auf die Schultern und drückte. »Du bist ein hervorragender Assistent gewesen! Du kannst stolz auf dich sein.«

Wir gingen aus dem Zimmer und fanden Franco im Gang, an die Wand gelehnt. Er suchte misstrauisch nach Spuren von Spott in unseren Augen. Matteo klopfte ihm auf den Rücken.

»Gut gemacht. Als ich so etwas zum ersten Mal gesehen

habe, bin ich wie eine reife Birne umgekippt. Ihr habt großartige Arbeit geleistet.«

Das schien Francos Ehre zu retten, und sein Gesicht entspannte sich. Wir begleiteten Matteo zur Haustür.

»Wenn meine Mutter wüsste, dass ich Cesarina geholfen habe. Sie würde platzen!«

Cesarina döste den ganzen Tag, aber als Matteo wie versprochen am folgenden Nachmittag kam, wurde sie auf einmal munter.

»Dottore! Sie sind wieder da!«

Matteo lächelte. »Natürlich. Ich hatte es ja versprochen. Wie geht es Ihnen?«

»Gut, gut. Aber Sie brauchen mich nicht zu siezen, Dottore.«

Matteo berührte ihre Wange.

»Sie haben noch Fieber. Ich sehe mir jetzt Ihre Hand an.«

Zu meiner großen Freude durfte ich wieder assistieren, als er den Verband wechselte. Die Gaze war dunkelgelb vom abgeflossenen Eiter, aber Schwellung und Rötung waren stark zurückgegangen. »Die Hand sieht schon viel besser aus, aber noch nicht wirklich gut. Und das Fieber ist mir noch zu hoch«, sagte Matteo.

Er holte aus seinem Köfferchen eine Medikamentenampulle. In diesem Augenblick hörten wir Schritte im Gang.

»Sag mal, Lorenzo … Wolltest du mich nicht abholen?«, rief die verärgerte Stimme von Zia Chiara. »Ich habe mir die Schultern fast ausgek–«

Sie blieb im Türrahmen stehen. Matteo lächelte, freudig überrascht.

»Ich freue mich, Sie wiederzusehen, Signorina.«

In wenigen Sätzen erklärte er ihr, was passiert war.

»Aber Signora Cesarina ist leider noch nicht über den Berg. Das hohe Fieber ist kein gutes Zeichen. Ich möchte ihr ein

Sulfonamid spritzen. Es ist ein relativ neues Medikament aus Deutschland, wirksam gegen Infektionen. Eigentlich ist es für die Kriegsverwundeten reserviert. Ich habe diese Ampulle herausgeschmuggelt.«

»Für mich?«, fragte Cesarina bestürzt.

»Ja. Bitte erzählen Sie niemandem davon, ich bekomme sonst Ärger.«

»Bleiben Sie doch zum Abendessen«, sagte Zia Chiara nach der Behandlung. »Meine Freundin in Colle hat mir wunderbaren Schinken und frisches Brot mitgegeben.«

»Ich kann Ihnen die guten Sachen doch nicht wegessen.«

Zia Chiara stemmte die Fäuste in die Seiten.

»So wie ich Sie einschätze, wollen Sie nicht bezahlt werden. Aber wenn Sie auch noch meine Einladung ablehnen, bin ich Ihnen böse.«

»Das willst du nicht, glaube mir, Matteo«, flüsterte ich.

Matteo lachte. »Na gut, ich kapituliere.«

Matteo unterhielt sich lange mit Nonno und Zia Chiara über Musik und Literatur. Er erkundigte sich nach Nonnos Verletzung, und wir erfuhren, dass sein Vater in derselben Schlacht gefallen war. Man kam unweigerlich auf den Krieg zu sprechen, und Matteo erzählte von den Kriegsverwundeten, die immer zahlreicher nach Siena gebracht wurden. Das Krankenhaus Santa Maria della Scala reichte nicht aus, um den Strom von Verletzten aufzunehmen. Andere Gebäude, wie das Institut für Taubstumme, mussten als Lazarett umfunktioniert werden. Matteo sprach mit Begeisterung von seinem Chef, Professor Chiurco.

»Er ist ein hervorragender Arzt und Chirurg. Er hat sehr viel Erfahrung in der Behandlung von Kriegswunden, weil er in mehreren Lazaretten in Ostafrika und Norditalien gewirkt hat. Sie sollten sehen, wie schnell und effizient er arbeitet, immer bemüht, dem Patienten so wenig Schmerzen wie nur möglich zuzufügen. Mit Assistenten und Pflegern ist er streng und verlangt sehr viel. Aber das finde ich gerade gut. Ich bin seinetwegen nach Siena gekommen.«

»Sie sind aus Norditalien, nicht wahr? Man hört es an Ihrem Akzent«, sagte Nonno.

»Ich bin aus Varese. Aber schon seit zwei Jahren hier. In Siena wird vorbildliche Arbeit geleistet. Leider fehlen uns Ärzte und vor allem Pflegepersonal, weil die meisten Männer an der Front sind. Zum Glück gibt es die Crocerossine. Ohne sie würde alles zusammenbrechen, gerade jetzt, mit den vielen Verwundeten von der Ostfront. Aber wir sind immer noch zu wenige.«

»Habt ihr auch Verletzte aus Nordafrika?«, fragte ich mit plötzlicher Hoffnung.

»Nein. Bisher kamen die meisten aus Albanien und Griechenland, und in den letzten Monaten kommen sie zunehmend von der russischen Front.« Er merkte an meinem Gesichtsausdruck, dass etwas nicht stimmte. Er sah Zia Chiara an. »Ist jemand aus Ihrer Familie …«

»Mein Bruder. Lorenzos Vater. Er ist in El Alamein verschollen.«

»Mein Gott. Das tut mir sehr leid.«

Bevor ich denken konnte, wurde ich wütend.

»Wieso tut es dir leid? Er ist doch nicht tot! Man weiß nur nicht, wo er ist. Er versteckt sich, um den Feind anzugreifen, wenn er es nicht mehr erwartet!«

Alle schwiegen. Niemand schimpfte mich wegen meiner Unhöflichkeit. Niemand sah mich an. Es war schrecklich. Ein Riesenkloß wuchs in meiner Kehle, während das Wohnzimmer vor meinen Augen verschwamm.

»Er kann durchaus noch am Leben sein«, sagte Matteo. »Ein Patient von uns hat gestern von seinem verschollenen Bruder einen Brief aus der Gefangenschaft bekommen. So was geschieht nach einer so großen Schlacht häufig.«

»Machen Sie dem Kind keine falschen Hoffnungen«, hauchte Zia Chiara mit gesenktem Kopf.

Ich sprang auf und warf dabei den Stuhl um. Doch Matteo ergriff meine Hand und sprach, bevor ich etwas sagen konnte.

»Hoffnung ist niemals falsch, Signorina, gerade in einer scheinbar hoffnungslosen Lage. Solange es Hoffnung gibt, gibt es Leben.«

»Na, Zígolo?«, begrüßte mich Ilaria, als sie zwei Tage später zum Vorlesen kam, und die Luft schmeckte auf einmal nach Honig. Während der Weihnachtsferien hatte ich sie nicht erwartet.

Cesarina ruhte sich aus, und Zia Chiara war einkaufen, niemand würde mich also aus dem Wohnzimmer verscheuchen. Ich setzte mich mit einem Buch als Vorwand an den Tisch und freute mich darauf, Ilaria eine ganze Stunde lang betrachten zu können, als es erneut klopfte. Genervt schlurfte ich zur Tür. Es war Matteo.

»Komm mit«, sagte er. »Ich brauche dich.«

Cesarina ging es viel besser. Sie war fieberfrei und wäre am liebsten aufgestanden, um ihre Arbeit wieder aufzunehmen.

»Sie müssen sich unbedingt noch schonen«, sagte Matteo streng. »Ich habe etwas für Sie, wenn Sie versprechen, sich an eine Sache zu halten.« Er zog ein weißes, sorgfältig gebügeltes Taschentuch aus seinem Köfferchen. Es war feucht. »Ich habe es für Sie ins Weihwasser des Doms getunkt. Ich schenke es Ihnen.«

Cesarina nahm es mit zitternden Fingern an.

»Unter einer Bedingung«, sagte Matteo mit erhobenem Zeigefinger. »Dass Sie es niemals, hören Sie, niemals auf eine Wunde legen. Nur auf Ihr Herz, wo es viel besser wirkt.« Er zog aus seiner Tasche eine kleine Flasche aus braunem Glas hervor. »Das ist Desinfektionsalkohol. Wenn Sie sich wieder verletzen, auch wenn es nur ein Kratzer ist, säubern Sie die

Wunde unbedingt damit, und nur damit. Versprechen Sie das?«

Cesarina nickte, zu überwältigt, um sich bedanken zu können.

Ich war ziemlich überrascht, als Matteo am Silvesterabend plötzlich mit einer Flasche Spumante in einer Hand und einem traurigen Blumenstrauß in der anderen in der Tür stand.

»Dein Großvater hat mich eingeladen, hast du das vergessen?«

Ich hatte es gar nicht erst mitbekommen. Matteo überreichte Zia Chiara die Blumen mit einer galanten Verbeugung.

»Ich hätte Ihnen gern schönere mitgebracht. Immerhin habe ich überhaupt welche gefunden. Es war nicht leicht.«

»Sie sind wunderschön. Vielen Dank.«

Mit einer für sie sehr untypischen Geste drückte sie den dünnen Strauß an sich.

Wir deckten den Tisch mit der bestickten Tischdecke, dem Festservice und dem Silberbesteck. Eine Vase mit Matteos Blumen, von denen zwei schon den Kopf hängen ließen, kam in die Mitte. Mehr durften wir zum Abendessen nicht beitragen, denn Cesarina verteidigte ihre Küche wie ein Kampfhund.

»Cesarina hat es sich nicht nehmen lassen, für Sie zu kochen, Dottor Castelli«, sagte Nonno mit einem Augenzwinkern.

Als alle am Tisch saßen, brachte Cesarina die große Schüssel auf den Tisch. Es gab Zampone, eine fette und herrliche Kochwurst, die in der Haut eines Schweinebeins zubereitet wurde, an dem die Zehen und Klauen noch dran waren. Und das, obwohl Zia Chiara eingekauft hatte. Dazu gab es einen Berg Linsen.

»Jede Linse steht für eine Münze. Wenn man an Silvester viele Linsen isst, wird man das ganze Jahr Geld haben«, sagte

Cesarina, während sie Unmengen auf Matteos Teller schaufelte. Er versuchte lachend, sie zu bremsen.

»So viel Geld brauche ich doch gar nicht, Signora Cesarina!«

»Von Essen und Geld kann man nie genug haben«, antwortete sie bestimmt und kippte noch eine volle Kelle auf seinen Teller.

Nach dem Essen warteten wir vor dem Kamin auf Mitternacht.

»Ich habe über die Situation im Krankenhaus nachgedacht«, sagte Zia Chiara, »und beschlossen, meinen Beitrag zu leisten. Nach meiner Ausbildung hatte ich einen Lehrgang als Crocerossina angefangen. Ich musste ihn abbrechen, als ich meine erste Stelle bekam, aber ich kann noch ziemlich viel.«

»Ich dachte, Sie arbeiten als Grundschullehrerin«, sagte Matteo überrascht.

»Im Moment nicht. Ich bin beurlaubt.« Sie zögerte, dann fügte sie hinzu: »Ich habe mich, sagen wir mal, unbeliebt gemacht.«

»Sie hat den Rektor angebrüllt«, sagte ich.

»Lorenzo«, rief Zia Chiara.

Nonno gab mir unter dem Tisch einen Tritt. Doch Matteo schien es sehr lustig zu finden.

»Wirklich?«, lachte er. »Das hätte ich gern gesehen.«

»Nun … Wie auch immer, ich habe jetzt genügend Zeit und möchte etwas Sinnvolles damit anfangen. Haben Sie Verwendung für mich?«

Matteo atmete tief ein und aus.

»Das ehrt Sie, Signorina. Aber die Pflege von Kriegsverwundeten ist eine ganz andere Sache als die normale Pflege. Es ist sehr, sehr hart. Man ist Anblicken und Situationen ausgesetzt, die kaum zu ertragen sind.«

Zia Chiara machte eine ungeduldige Handbewegung.

»Männer fragt man auch nicht, ob sie seelisch stark genug

für den Krieg sind. Sie sollen ihre Pflicht tun und basta. Ich bin robuster, als Sie denken. Ich will dem Vaterland dienen. Auf sinnvolle Weise diesmal.«

»Und Lorenzo?«, fragte Nonno.

»Ich werde ihn unterrichten, wenn ich nach Hause komme. Mehr als ein, zwei Stunden am Tag braucht er nicht. Lernen kann er auch allein, nicht wahr, Lorenzo?«

»Kann ich nicht auch im Krankenhaus helfen?«, fragte ich. Ich wollte auch meine vaterländische Pflicht tun, anstatt Gedichte auswendig zu lernen und Probleme tropfender Wasserhähne zu lösen.

»Nein«, sagte Matteo.

»Aber bei Cesarina habe ich es gut gemacht, das hast du selbst gesagt.«

»Kinderarbeit ist gesetzlich verboten«, sagte er in einem Ton, der keine Widerrede zuließ. »Du sollst lernen.«

Ich hatte nichts anderes erwartet, aber ich war trotzdem enttäuscht. Kinder durften nichts fürs Vaterland tun. Nichts, was wirklich zählte. Die Balilla-Übungen waren bloß Spielerei. Es war frustrierend.

»Nun, Dottor Castelli, wollen Sie mich haben oder nicht?«, fragte Zia Chiara.

Matteo lächelte. »Wann wollen Sie anfangen?«

»Morgen, natürlich. Mit dem neuen Jahr.«

In diesem Augenblick läuteten die Glocken. Matteo ließ den Korken knallen und schenkte allen Sekt ein, sogar mir. Er erhob sein Glas.

»Auf 1943. Auf dass das neue Jahr besser werde als das vergangene.«

11

Das neue Jahr fing eisig an. Der Nordwind pfiff wütend durch die Gassen, zerrte an den Mänteln, die immer zu dünn waren, ließ Hüte über die Pflastersteine rollen und zeichnete zackige Eisblumen an die Fenster. Eine beißende Kälte, die für mich neu und erschreckend war, zog in die Wohnung ein und ließ sich nicht mehr vertreiben. Ich schlief jede Nacht mit Pullover und Wollsocken. Ich fuhr die morgendliche Toilette auf null herunter und wusch mich nur noch samstags, beim wöchentlichen Bad, das im eisigen Cucinone vor allem eines war: schnell.

Zia Chiaras Büro war zu kalt für den täglichen Unterricht. Lernen musste ich in der Küche, was Cesarina auf die Nerven ging. Aber es war der einzige Raum, der einigermaßen warm blieb.

Zia Chiara war ohnehin kaum noch zu Hause. Ihr Dienst im Krankenhaus begann vor Sonnenaufgang und endete am späten Nachmittag. Wenn sie nach Hause kam, war sie lange nicht ansprechbar. Es war nicht nur die Müdigkeit.

Wenn sie glaubte, dass ich nicht zuhörte, erzählte sie Nonno vom Leid der Soldaten. Es waren grausige Geschichten von fehlenden Gliedmaßen, zerstörten Gesichtern, infizierten Wunden, qualvollen Todeskämpfen.

»Und die Erfrierungen! Manchmal wickeln wir einen Verband ab, und die Zehen fallen mit ab.«

»Musst du dir das antun?«, fragte Nonno sie.

»Ich habe einen Spruch gehört: ›Für den Triumph des Bösen reicht aus, dass gute Menschen nichts tun.‹ Ja, ich muss.

Ich war so naiv, diesen Wahnsinn zu unterstützen. Vielleicht liegen meine früheren Schüler jetzt auch im Krankenhaus. Oder im Grab. Ich will das Leid lindern, das ich mitverursacht habe.«

Samstags, bei der Balilla-Versammlung, erzählte ich Franco davon. Es war auf gruselige Art aufregend. Sobald wir mit den Übungen fertig waren, setzten wir uns auf den Rand des Fonte dei Pispini in der Mitte der Piazza Santo Spirito, und er löcherte mich, bis ich ihm die letzten Schauergeschichten von Zia Chiara erzählte.

»Das ist ja ekelhaft«, sagte Franco mit glänzenden Augen, als ich ihm die Geschichte mit den Zehen erzählte. »Ich werde auf keinen Fall in Russland kämpfen. Lieber in Afrika, wo einem nicht die Füße abfrieren.«

In meinen Büchern und in meiner Fantasie bekamen Soldaten saubere Schüsse und zogen nach kurzer Behandlung mit einer Binde um die Stirn oder dem Arm in der Schlinge stolz zurück in den Kampf. Aber Zia Chiaras Beschreibungen klangen nicht heldenhaft. Mein eigener Kampfgeist war längst abgeflaut. Aber das konnte ich jetzt nicht zugeben.

»Hast du was von deinem Vater gehört?«, fragte Franco.

»Er gilt seit El Alamein als verschollen.«

»Scheiße! Das wusste ich nicht. Tut mir leid.«

»Ich bin sicher, er ist in Gefangenschaft geraten.«

»Woher willst du das wissen?«

»Man hat ihn nicht gefunden.«

»Das heißt ja nichts«, sagte er, ohne nachzudenken. »Ich habe gehört, es gibt Bomben, da bleiben von den Soldaten nur blutige Krümel übrig.«

Wenige Tage später kam Zia Chiara mit einem Radio unterm Arm nach Hause. Es war das einfache, alte Volksradio, das sie aus der Rimessa geholt hatte.

»Was willst du damit, es ist kaputt«, sagte Cesarina.

Am nächsten Tag brachte Matteo Werkzeug mit und machte es in wenigen Minuten wieder funktionstüchtig.

»Wozu denn?«, fragte ich. »Das andere funktioniert doch.«

»Ich will Radio London hören. Ich will wissen, was wirklich los ist.«

»Man kommt ins Gefängnis, wenn man dabei erwischt wird«, rief Cesarina.

»Sei bitte nicht so theatralisch, Cesarina«, sagte Zia Chiara gereizt. »Was ist bloß mit euch allen los?«

»Kannst du nicht auch mit dem anderen Gerät Radio London hören?«

»Doch. Das machen Nonno und ich auch schon. Aber nur kurz, leise und bei geschlossenem Fenster. Ich will aber in aller Ruhe hören, wenn es mir passt.«

»Cassio sagt, dass Radio London lügt«, sagte ich.

Zia Chiara atmete tief durch.

»Dann will ich eben beide Lügen hören. Die Wahrheit wird irgendwo dazwischen liegen.« Sie kam auf mich zu und drückte mir den Zeigefinger auf die Brust. »Kein Wort darüber, ist das klar? Ich vertraue dir.«

»Ich bin nicht doof, Zia Chiara!«

Das Radio bekam einen Platz in ihrem Zimmer. Es hatte eine gewisse Ironie, dass wir die Nachrichten aus London jetzt mit einem Gerät empfingen, das Radio Balilla hieß.

Zia Chiara war kreidebleich, als sie eine Woche später ins Wohnzimmer kam und berichtete, was Radio London gemeldet hatte. Die Engländer hatten Tripolis bombardiert und besetzt. Die italienischen Soldaten waren kampflos Richtung Tunesien geflüchtet. Es war der 23. Januar.

Mehrere Minuten lang herrschte steinerne Stille.

»Und Luisa?«, piepste Cesarina. Sie hatte das Geschirrtuch so fest um die Hände gewickelt, dass die Finger dunkelrot waren.

Nonno warf mir einen kurzen Blick zu. Nach viel zu langem Zögern sagte er viel zu laut: »Die Engländer werden für Ruhe sorgen und zulassen, dass die Flüchtlinge evakuiert werden. Sie ist bestimmt schon unterwegs.«

Das italienische Radio verschwieg es noch tagelang. Niemand sprach über die Tatsache, dass Italien Libyen verloren hatte und ich mein Zuhause und meine Heimat. Niemand stellte die Frage, die in meinem Kopf schrie: Lebt Mamma noch?

Ich raste die Straße hinunter und achtete weder auf die Fußgänger, die in letzter Sekunde schimpfend aus dem Weg sprangen, noch auf die Kälte, die in meine Ohren und meine auf dem Lenker verkrampften Finger biss. Ich musste mich bewegen. Ich musste die eisige Winterluft an dem Kloß vorbeipressen, der meine Kehle verstopfte.

Vormittags, wenn Zia Chiara im Krankenhaus war und Cesarina mit dem Haushalt beschäftigt war, sollte ich eigentlich lernen. Aber ich hielt es in der kalten, dunklen, trostlosen Wohnung einfach nicht länger aus. An der frischen Luft ließ sich das Chaos in meinem Kopf besser ertragen.

Bald ließ ich die Stadtmauer hinter mir und fuhr die von Pinien gesäumte Straße hinunter, die steil zum Bahnhof führte.

Der Bahnhof von Siena war ein rechteckiges Gebäude mit einer runden Überdachung über dem Vorplatz, Bullaugen statt Fenstern und einem schmalen Uhrenturm, der wie ein platt gedrückter Kirchturm aussah. Die meisten Sienesen fanden ihn zu modern. Mir gefiel er gut. Er war immerhin ganz sauber.

Ich liebte Züge. Ich fuhr an den vielen Militärlastern vorbei, die sich auf dem Bahnhofsvorplatz drängten. Die meisten von ihnen trugen ein großes rotes Kreuz auf den Stoffplanen.

Ein Zug näherte sich gerade mit einem durchdringenden Pfiff. Die schwarze Schnauze der Lokomotive zeichnete sich unter einer Dampfkrone in der Ferne ab. Sie schnaufte langsam heran, als würde sie eine besonders schwere Last ziehen. Ich fühlte den Rausch in meinem Bauch wachsen, während sie immer größer und lauter wurde. Sie war so mächtig, so voller Kraft, so unglaublich aufregend. Mit kreischenden Bremsen fuhr sie an mir vorbei und blieb am Ende des Bahnsteigs stehen. Die Kupplungen zwischen den Güterwagons zischten und spuckten, als der Zug mit einem Ruck zum Stillstand kam. Unwillkürlich machte ich einen Schritt zurück.

»Pass doch auf«, sagte ein Junge.

Er war etwa so alt wie ich, ein bisschen größer, mit dunklen Augen und Wimpern wie ein Mädchen. Er hatte braune Haare, die ihm in weichen Locken auf die Stirn fielen, und ich wunderte mich, dass sein Gruppenführer ihm erlaubte, sie so lang zu tragen. Vor seinen Füßen auf dem Asphalt lag ein Zeichenblock, der wie ein Brot auf die Marmeladenseite gefallen war.

»Tschuldigung«, brummte ich.

Ich hob den Block auf. Der Junge hatte mit wenigen Bleistiftstrichen die Dampflok skizziert. Sie wirkte, als würde sie jeden Augenblick mit einem scharfen Pfiff vom Papier rollen. Ich fühlte einen Nadelstich vor Neid. Kunst war das einzige Fach, in dem ich früher nur mittelmäßige Noten bekommen hatte. Ich gab dem Jungen seinen Block zurück.

»Wolltest du auch die Ankunft der Lazarettzüge sehen?«, fragte er.

Erst jetzt fielen mir die roten Kreuze auf den Güterwagons auf. Die Schiebetüren wurden bereits geöffnet. Eine Tragebahre nach der anderen wurde mit den Verwundeten abgeladen und in das Bahnhofsgebäude gebracht. Ein langsamer Zug, der kein Ende nehmen wollte. Einige trugen dicke Verbände an Kopf, Armen oder Beinen, bei anderen konnte man keine Verwundung erahnen. Vielleicht waren sie am Oberkörper verletzt. Zwei fein bekleidete Damen brachten den

Verletzten Blechbecher mit heißen Getränken. Bis auf die tiefen Seufzer der Dampflok war es bedrückend still.

Bald reichte der Platz im Bahnhofsgebäude nicht mehr aus, und die Tragen wurden am Bahnsteig aufgereiht. Manchmal wirkten die dünnen Militärdecken über den Soldaten verdächtig flach an den Stellen, wo sich ein Arm oder ein Bein hätte wölben sollen.

Ein Verletzter wurde nur wenige Meter neben uns abgesetzt. Seine Unterarme und Hände waren so dick verbunden, dass sie wie übergroße Trommelschlägel aussahen. Die Verbände waren schmutzig und alt und begannen sich aufzulösen. Sein Gesicht hatte die Farbe der Filzdecke. Seine Augen, eingesunken in dunklen Höhlen, waren geschlossen.

Der Junge stand mit hängenden Armen und aufgerissenen Augen neben mir. Ich zog ihn am Ärmel.

»Komm, lass uns lieber gehen.«

Als wir an ihm vorbeigehen wollten, schlug der Verletzte die Augen auf. Er warf den rechten Arm nach außen und hielt uns auf.

»Gib mir zu trinken«, hauchte er.

Der Junge starrte den Verletzten an, als wäre er eine Schlange, die ihn beißen wollte. Der Mann bekam einen Hustenanfall und deutete mit dem verbundenen Arm auf seine Beine.

»Meine Feldflasche«, keuchte er.

Der Junge reagierte nicht. Ich drückte ihm den Roller in die Hände und hob die Decke des Soldaten. Ein säuerlicher Geruch nach schmutziger Kleidung und altem Schweiß stieg mir in die Nase. Eine verbeulte, ovale Flasche aus Blech lag neben seinem Bein. Nur Fetzen des graugrünen Filzbezugs hingen noch daran. Ich nahm sie in die Hand. Sie war zu leicht.

Ich schüttelte sie. »Sie ist leer.«

»Gib mir zu trinken«, bellte der Soldat zwischen brutalen Hustensalven.

Ich sah mich hektisch um. Wo waren die Träger, wo die

freiwilligen Damen? Ich öffnete die Flasche, drehte sie um, damit er sah, dass sie leer war. Er griff mit den verbundenen Händen danach, aber konnte sie nicht festhalten. Sie fiel zu Boden. Seine Augen rollten zurück. Mit einem animalischen Stöhnen begann er, mit den Zähnen am Verband zu reißen. Ich sprang erschrocken zurück. Die verschlissenen Binden rutschten auseinander und entblößten zwei verkohlte Stümpfe. Wir schrien.

Plötzlich packte uns jemand von hinten am Kragen.

»Bambini! Was treibt ihr hier?« Ein Bär von Soldat mit einem riesigen Schnurrbart funkelte uns an. »Das ist nichts für Kinder. Schert euch weg, bevor ich euch Beine mache!«

Wir hörten erst auf zu rennen, als wir die Stadtmauer erreichten. Der Junge stützte sich mit einer Hand am Stamm einer Pinie ab und versuchte, wieder zu Atem zu kommen. Er trug wie ich eine kurze, hellgraue Wolltuchhose und einen marineblauen Wollmantel. Seine Kniestrümpfe sahen genauso kratzig aus wie meine.

»Waren das … seine Finger?«, stammelte er.

Ich nickte.

»Waren sie verbrannt?«

»Erfroren, glaube ich.«

»O Mann.«

Es begann zu regnen. Wir eilten zurück in die Stadt.

»Du gehst auch nicht in die Schule«, sagte er, als wir durch Porta Ovile liefen.

»Wie du siehst. Wie heißt du eigentlich?«

»Daniele. Und du?«

»Lorenzo.«

Der Regen wurde zu Graupel, und der Wind ließ unsere Ohren und Finger eisig werden.

»Ich wohne nicht weit von hier«, sagte Daniele. »Komm mit zu mir, bis es aufhört. Ich zeig dir meine Eisenbahn.«

Er wohnte in der Via Cecco Angiolieri, unweit der Piazza

del Campo. Die Wohnung war kleiner als unsere, dafür wärmer. Es gab mehr Möbel, viele Bilder und Orientteppiche. Aber sie war dunkel. Vor allen Fenstern hingen schwere Vorhänge.

Daniele hatte ein richtiges Kinderzimmer mit Möbeln aus hellem Holz und hellblauen Vorhängen. Die Wände waren weiß gestrichen und regelrecht tapeziert mit seinen Bildern. Die meisten von ihnen Bleistiftzeichnungen. Landschaften und Bäume, einfache Gegenstände, Ansichten von Siena und vor allem Autos, Lastwagen, Flugzeuge und viele Lokomotiven.

»Du bist unglaublich begabt«, sagte ich und konnte den Neid in meiner Stimme nicht verbergen.

»Kannst du nicht zeichnen?«

»Kein bisschen. In Tripolis hatte ich in Kunst eine drei minus. Und das nur, weil die Lehrerin Mitleid mit mir hatte. Sie dachte, meine schlechten Augen wären daran schuld.«

»Du kommst aus Tripolis? Toll. Ich kenne nur Siena. Hast du viel von Libyen gesehen?«

»Ein bisschen. Mein Vater ist Militäringenieur und hat mich oft zu den Baustellen mitgenommen, überall im Land.«

»Hast du die Wüste gesehen? Und Kamele?«

»Klar, oft.«

Er sah mich mit großen, bewundernden Augen an. Es war ein schönes Gefühl.

Ein kleines Regal bog sich unter dem Gewicht von Büchern, die mich sofort anzogen. *Das Dschungelbuch*, die Abenteuer von Sandokan, *Cuore*, die Romane von Jules Verne und Dickens. Ich zog *Il Piccolo Alpino* aus dem Regal.

»Das lese ich gerade. Es ist superspannend«, sagte ich.

»Ich habe es schon dreimal gelesen! Es ist mein Lieblingsbuch.«

Die meisten Jungen, die ich kannte, lasen gar nicht.

»Wo sind deine Eltern?«, fragte er.

»Mein Vater kämpft in Nordafrika Seite an Seite mit Rommel. Er ist Major der Pioniere. Meine Mutter … ist in Rom. Sie arbeitet für die Regierung.« Warum erzählte ich ihm so einen Mumpitz? Hatte ich Angst zu sagen, dass sie mich weggeschickt hatten und wahrscheinlich beide tot waren? »Und deine?«

»Meine Mutter ist einkaufen, denke ich. Es ist schwer, an Lebensmittel zu kommen mit wenig Geld. Mein Vater ist Uhrmacher, er hat einen kleinen Laden in der Via di Calzoleria. Aber wir haben kaum Kunden im Moment.«

Die Eisenbahn war auf einem niedrigen Tisch aufgebaut. Es war eine sehr schöne Märklin mit drei Strecken, Weichen, einem Bahnhof, vielen Güter- und Personenwaggons und zwei Lokomotiven. Wir spielten damit, bauten die Strecke immer wieder um und transportierten Danieles kleine Zinnsoldaten von der russischen Front zum Bahnhof von Siena. Die Zeit verging viel zu schnell, aber ich wollte keinen Ärger mit Cesarina.

»Ich muss nach Hause«, sagte ich.

»Kommst du morgen wieder?«

»Komm du zu mir. Ich habe auch eine Eisenbahn. Ich hole dich um zehn an der Piazza del Campo ab.«

Daniele blieb im Entrone stehen und berührte mit den Fingerspitzen den weißen Löwen aus Ton, der am Fuße der Treppe auf einer Säule thronte und unser Familienwappen mit einer Tatze festhielt.

»Was ist das?«

»Unser Wappen.«

»Seid ihr adlig?«, fragte er verwundert. »Ich wusste nicht, dass wir adlig werden konnten.«

Ich verstand nicht, was er meinte, aber es schien mir auch nicht so wichtig. Wir rannten die Treppe hinauf. Bevor ich den Schlüssel herausholen konnte, öffnete Cesarina die Tür.

Sie hatte auf der Lauer gelegen. Ich hatte ihr gesagt, dass ich einen Freund mitbringen würde.

Sie musterte Daniele von Kopf bis Fuß, aber das schüchterte ihn kein bisschen ein. Er ging mit seinem strahlenden Lächeln auf sie zu und machte einen Diener.

»Guten Tag, Signora. Ich heiße Daniele Neri.«

Cesarina schmolz wie Butter in der Sonne. Sie bugsierte uns in die Küche, wo wir uns aufwärmen und mit einer kleinen Scheibe Brot, dünn mit Honig bestrichen, stärken durften.

Danach gingen wir in mein Zimmer. Ich holte die Eisenbahn aus dem Schrank. Die Schachtel hatte ich sorgfältig mit Klebeband repariert. Meine Lokomotive ließ sich wegen der gebrochenen Kupplung nicht mit den Waggons verbinden. Ich erzählte ihm nicht, wie es passiert war.

»Hast du eine ganz kleine Büroklammer?«, fragte er.

Ich fand eine in Zia Chiaras Büro. Daniele bog daraus einen kleinen Haken und koppelte damit die Lok an den ersten Waggon. Er setzte den Zug auf die Gleise.

»Der Abstand zum Waggon ist ein bisschen zu groß, aber es hält«, sagte er.

Als ich ihn später zur Tür begleitete, war Cesarina dabei, in der Kapelle sauber zu machen. Die Tür stand offen. Daniele schaute hinein. Und sprang zurück.

»Ihr seid Christen!«

»Öh … ja.«

»Aber ich dachte …«

Und da dämmerte es mir. Die Tatsache, dass er nicht in der Schule war. Seine merkwürdige Reaktion, als er unser Wappen gesehen hatte. Seine langen Locken, die kein Übungsleiter der Balilla geduldet hätte.

»Du bist Jude!«

»Ja! Ich dachte, du auch. Warum bist du nicht in der Schule? Du darfst doch.« Daniele prustete. »Ich habe dich für einen Juden gehalten. Du siehst so was von nicht jüdisch aus.«

Ich wusste inzwischen überhaupt nicht mehr, was jüdisch aussehen bedeutete, aber ich lachte mit.

»Ich will dir noch was zeigen«, flüsterte ich, denn Cesarina fegte am anderen Ende des Gangs und lächelte uns zu.

Wir liefen zusammen die Treppe hinauf zu den Dachböden.

»Dreh dich um und mach die Augen zu.« Er gehorchte. Ich holte den Schlüssel aus dem Versteck und schloss auf. »Du kannst jetzt gucken.«

Er folgte mir in mein geheimes Zimmer. Die Wintersonne flutete den kleinen Raum mit einem fahlen goldenen Licht, das den Bodendielen, den Dachbalken und den Holzkisten eine vornehme Patina verlieh, wie in einem alten Gemälde. Es war wärmer als im Treppenhaus, fast angenehm. Daniele schaute sich staunend um.

»Das ist ja klasse! Ist das dein Versteck?« Ich nickte. Er ging auf das Fenster zu. »Man sieht die halbe Stadt von hier oben.«

»Nein, die ganze. Komm mit.«

Ich öffnete das Fenster und stieg hinaus. Daniele folgte mir aufs Nachbardach. Die Luft war kälter und sauberer als in den engen Straßen, wo sich die Feuchtigkeit des Winters und die Gerüche der Menschen stauten. Eine leichte Brise wehte den Duft der Zypressen und der nackten Felder jenseits der Mauer herüber und verwirbelte den Rauch aus Hunderten schmaler, rechteckiger Schornsteine. Der Dom leuchtete besonders hell.

»Ich habe Siena noch nie von oben gesehen«, sagte Daniele ergriffen. »Es muss die schönste Stadt der Welt sein.« Er lachte. »Die Autos und die Menschen sehen so klein aus. Wie bei einer Modelleisenbahn.«

In diesem Augenblick läutete die Glocke von Santo Spirito zwölf Uhr.

»Ich muss gehen, sonst kriege ich Ärger«, sagte er.

Auf dem Weg zurück rutschte er auf den feuchten Dachziegeln aus. Ich konnte ihn gerade noch auffangen.

»Vorsicht, es ist gefährlich hier oben«, sagte ich.

»Darfst du denn hierherkommen?«

Ich lachte auf. »Wenn Cesarina erfährt, dass wir hier sind, dreht sie mich auf links wie einen Handschuh! Sie weiß nicht, dass ich einen eigenen Schlüssel habe.«

Wir drückten uns durch das enge Fenster zurück in die kleine Kammer. »Ich komme zum Lesen hierher. Und zum Nachdenken. Und um Khalil zu sehen.«

»Wer ist das?«

»Ein roter Kater, der auf den Dächern lebt. Aber er scheint heute beschäftigt zu sein. Außer ihm ist niemand mit mir hier oben gewesen. Du bist der Einzige.«

Ich begleitete ihn zum Entrone hinunter.

»Sehen wir uns morgen?«, fragte er beim Abschied.

»Klar!«

Ich freute mich darauf. Sehr sogar. Daniele gab mir das Gefühl, nicht mehr allein zu sein. Viel mehr als Franco.

Am 2. Februar 1943, als wir wie jeden Abend die Nachrichten hörten, wurde bekannt gegeben, dass die Schlacht um Stalingrad, die seit September tobte, zu Ende war. Die deutsche 6. Armee und ihre italienischen Verbündeten waren vernichtet worden. Über eine Million Soldaten hatten ihr Leben verloren.

»Davon werden sich die Deutschen nicht erholen«, sagte Nonno.

In den darauffolgenden Wochen brach eine Flut der Verwundeten über Siena herein. Zia Chiara hatte kaum noch Zeit und Kraft für meinen Unterricht.

Die Tage wurden zu Wochen und die Wochen zu Monaten. Von Mamma und Papà gab es keine Nachrichten. Das Schlimme war, ich konnte nicht über sie sprechen. Wenn ich es versuchte, zeigten Nonno und Zia Chiara eine Zuversicht, die noch falscher klang als das verstimmte Klavier im Arbeitszimmer. Als sei ich ein kleines Kind. Wen wollten sie damit täuschen? Ich wollte doch nur über sie reden, um sie zu spüren, damit sie wenigstens in unseren Worten waren. Aber es ging nicht. Nach wenigen Sätzen schrumpfte Nonno in seinem Sessel zusammen, und Zia Chiaras Gesicht erstarrte. Ihre Angst zu sehen, machte auch meine Hoffnung zunichte. Cesarina hingegen hätte am liebsten stundenlang von Papà erzählt, der für sie wie ein eigenes Kind war. Aber sie fing sofort an zu schniefen und sich die Augen mit dem Küchentuch abzutupfen. Es war unerträglich.

Ich konnte auch nicht für sie beten. Früher, als Mamma noch schrieb und Papà nicht verschollen war, hatte ich jeden Abend mit gefalteten Händen zum lieben Gott gebetet, dass er meine Eltern und den Duce beschützen möge. Mittlerweile war mir klar, dass ich es nicht ernst gemeint hatte. Ich glaubte damals nicht, dass sie wirklich Schutz brauchten. Ich glaubte damals nicht, dass sie nicht zurückkommen könnten.

Nachts, wenn ich im Bett lag, entfesselten meine Gedanken einen Sturm in meinem Kopf. So viele Menschen waren in diesem Krieg bereits gestorben. Obwohl ihre Familien für sie beteten. Was, wenn Gott mich nicht erhörte? Und überhaupt, warum sollte er ausgerechnet meine Gebete erhören und die Gebete anderer Kinder oder Mütter oder Väter nicht?

Gab es Gott überhaupt, wenn so viele starben, obwohl man für sie betete?

Würde Gott meine Eltern sterben lassen, wenn ich nicht mehr an ihn glaubte?

12

Daniele und ich sahen uns fast jeden Tag. Er schaffte es als Einziger, meine trüben Gedanken zu vertreiben. Seine Mutter mochte mich. Sie war klein und rundlich, hatte dichtes, gewelltes braunes Haar und wie Daniele ein Lächeln, das einen Stein zum Schmelzen bringen konnte. Aber sie lächelte selten, und in ihren Augen lauerte ständige Angst.

Auch Danieles Eltern legten großen Wert darauf, dass er trotz Schulverbot fleißig und regelmäßig lernte, also stimmten wir unsere Lernzeiten ab, damit wir gleichzeitig freihatten. Wir blieben selten in einer der Wohnungen, wo die Luft schwer war von den Sorgen und Ängsten der Erwachsenen. Wir trafen uns viel lieber auf den Stufen der Fonte Gaia auf der Piazza del Campo und streunten durch die Altstadt.

Auf der Piazza del Campo konnte man den Krieg vergessen. Die Tische vor den Cafés waren bei schönem Wetter gut besetzt, die Frauen stellten die Einkaufskörbe ab und hielten ein Schwätzchen, die Männer diskutierten lautstark über Fußball, und die Kinder, berauscht von so viel Platz, rannten über die Piazza.

»Früher konnte man hier die Tauben füttern«, erzählte mir Daniele. »Es gab einen alten Mann, der Mais in kleinen Papiertüten für fünf Centesimi verkaufte.«

Die Tauben waren nun verschwunden. Vermutlich in den Kochtöpfen der Sienesen.

Die Piazza del Campo war mit ihrer Muschelform besser als der schönste Spielplatz. Die acht Strahlen aus weißen Pflastersteinen, die vom Wirbel bis zum Rand der Muschel verliefen, funktionierten wir zu Rennpisten für den Roller um. Die Neigung reichte, um richtig schnell zu werden. Wir stellten uns zusammen auf die Tretfläche, der Vordere lenkte, der Hintere bremste. Es ging darum, so spät wie möglich zu bremsen. Der Lenker gewann, wenn der Bremser bremste, bevor er ihm den Befehl dazu gab. Forderte der Lenker zum Bremsen auf, hatte der Bremser gewonnen. Die Fußgänger hassten uns.

Bei schönem Wetter wurde der Torre del Mangia zur Sonnenuhr. Wenn sein Schatten über den ganzen Fonte Gaia geglitten war, war es ungefähr Mittag. Oft saßen wir einfach auf den Stufen des Brunnens und beobachteten die fetten Raben, die krächzend die weiße Spitze des Turms umflogen.

»Wieso hängt da oben eine Glocke?«, fragte ich. »Ich habe sie noch nie läuten hören.«

»Das ist der Campanone. Er läutet nur zum Palio, am 2. Juli und am 16. August. Aber im Moment wird der Palio nicht gehalten, weil wir im Krieg sind.«

Mit wachsender Aufregung erzählte er mir vom Palio, einem Pferderennen, bei dem seit dem Mittelalter die Stadtteile gegeneinander antraten. Es gab siebzehn Contrade mit exotischen Namen wie Giraffe, Drache, Adler, Turm, Panther. Sie hatten wunderschöne, bunte Wappen und Kostüme, mit Silber, Gold und Brokat verziert.

»So viel Aufwand nur für ein Pferderennen?«, fragte ich.

»Es ist nicht irgendein Pferderennen. Die Contrada, in der man geboren wurde, ist wahnsinnig wichtig hier!«

»Wie eine Fußballmannschaft?«

»Viel, viel wichtiger! Es ist schwer zu erklären, man muss hier geboren sein, um es zu verstehen. Es ist verrückt. In den Tagen des Palios ist die Contrada wichtiger als die Familie. Es gibt Ehepaare, die während des Palio nicht miteinander sprechen, wenn sie zu feindlichen Contrade gehören.«

»Wo findet es denn statt?«

»Hier, auf der Piazza del Campo. Siehst du die Ringstraße um die Muschel? Sie wird frei gemacht und mit einer Mischung aus Sand und Erde bedeckt, damit die Pferde Griff unter den Hufen haben. Erst marschieren die Contrade in ihren Kostümen ein, mit Pagen und Pferden und Fahnenschwenkern, die ihre Flaggen zehn Meter in die Luft werfen und wieder fangen. Das Rennen dauert nur ein paar Minuten. Es ist unglaublich spannend, die Pferde müssen dreimal um den Platz rennen, und die Reiter dürfen sich gegenseitig mit einer Gerte schlagen. Viele fallen vom Pferd, es gibt Verletzte, manchmal sogar Tote!«

»Zu welcher Contrada gehörst du?«

»Zur Eule«, sagte er nicht ohne Stolz.

Zia Chiara erzählte mir später, dass unser Haus in der Contrada des Nicchio stand. Das Emblem war eine Jakobsmuschel vor dunkelblauem Hintergrund, mit Sternen, einer goldenen Krone und roten Korallen verziert.

Manchmal gingen Daniele und ich zum Park zwischen der Festung und der Piazza Costanzo Ciano – den jeder La Lizza nannte –, um die Paraden der faschistischen Miliz zu sehen. Francos Onkel war immer dabei mit seinem dicken Bauch, der das Schwarzhemd fast bis zum Platzen spannte. Wir wollten die jungen Rekruten sehen, die dort marschierten, bevor sie an die Front geschickt wurden. Danach spielten wir zwischen den Bäumen, bis ein Mitglied der Miliz angerannt kam und uns laut schimpfend von den Gemüsefeldern vertrieb, die auf den ehemaligen Rasenflächen angelegt worden waren.

Mit Daniele wurde Siena spannend. Er erzählte mir Geschichten von den Condottieri, die im Mittelalter im Dienste der Republik von Siena andere Städte belagerten und einnahmen. Er zeigte mir die Brunnen der Contrade mit ihren Wölfen, Drachen, Schildkröten, Delfinen und Leoparden.

Nur samstags sahen wir uns nicht. Da war der jüdische Feiertag, und ich ging nach wie vor zu den Balilla-Versammlungen. Sie waren mir wichtig, weil ich dort Franco, Cassio und die anderen Jungen traf, doch meine Kriegsbegeisterung war dahin. Die Berichte von Zia Chiara und der wahnsinnige Soldat mit den erfrorenen Fingern verfolgten mich bis in meine Träume.

War ich ein Feigling?

Cassio bemerkte meinen mangelnden Eifer.

»Streng dich an, Balilla! Du bist nicht zum Blumenpflücken hier!«

»Was ist mit dir los?«, fragte Franco frustriert, dass sein Manipel meinetwegen schon wieder nicht der beste war. »Wieso bist du so schlapp?«

Ich hatte ihm nicht von Daniele erzählt. Etwas hatte mich zurückgehalten. Natürlich war die Tatsache, dass Daniele jüdisch war und Franco ein treuer Faschist, an sich schon ein Problem. Aber da war noch mehr. Ich fand Franco auf einmal etwas einfach, etwas derb. Er wollte ständig beweisen, dass er der Stärkere war. Mit ihm lag immer Spannung in der Luft. Mit Daniele brauchte ich mich nicht zu verstellen. Wir interessierten uns für die gleichen Dinge, und wir liebten Bücher.

»Vielleicht habe ich zu wenig gegessen in letzter Zeit«, sagte ich.

Es war eine so schwache Ausrede, dass ich mich schämte, aber mir war nichts Besseres eingefallen.

Anfang April kündigte Cassio an, dass im Sommer ein Übungslager für die Balilla Moschettieri stattfinden würde, auf dem Land, wo wir endlich genug Platz für richtige Militärübungen haben würden. Wir waren nicht verpflichtet, daran teilzunehmen, aber Cassio sah das anders.

»Ich erwarte von meinem Manipel, dass er geschlossen antritt«, sagte er breitbeinig, mit verschränkten Armen und vorgedrücktem Unterkiefer wie Mussolini.

Ich war noch nie im Sommerlager gewesen, weil meine Mutter dagegen war. Aber ich hatte immer davon geträumt.

Zelten, den ganzen Tag draußen sein, auf Bäume klettern, singen am Lagerfeuer. Wir meldeten uns sofort an. Ich würde Zia Chiara schon rumkriegen.

»Wir können uns endlich auf den Krieg in Afrika vorbereiten«, sagte Franco.

»Wir haben Afrika längst verloren, hast du das vergessen?«

»Stimmt nicht! Unsere Soldaten kämpfen heldenhaft in Tunesien. Wir erobern alles zurück!«

Ein paar Tage später wartete Franco im Eingang auf mich und drückte mir ein öliges Päckchen in die Hand. Es enthielt ein großes Stück Pecorino und sechs Oliven.

»Damit du mehr Kraft hast.«

Mein Gewissen verpasste mir einen Tritt, vor allem wegen der Fingerabdrücke auf seiner linken Wange.

»Bist du dabei erwischt worden?«

Er sah mich groß an. Ich deutete auf seine Backe.

»Ach so«, lachte er. »Nee, du, das war wegen der Fünf in Mathe.«

»Hast du wegen einer schlechten Note eine Ohrfeige gekriegt?«, fragte ich fassungslos.

Er zuckte mit der Schulter.

»Mein Vater will, dass ich was Besseres werde, Buchhalter oder so. So 'n Quatsch. Ich werde doch Soldat!«

»Ich bin gut in Mathe. Ich könnte dir helfen.«

»Du bist eine Klasse unter mir.«

»Aber gut in Mathe. Überleg's dir.«

»Lass uns zum Dom gehen«, schlug Daniele an einem regnerischen Frühlingstag vor.

»Was sollen wir da?«

»Ich will dir was zeigen«, sagte Daniele geheimnisvoll.

Der Dom war dämmerig und roch schwach nach Weihrauch. Nur ein paar alte Damen beteten still in den vorderen Reihen. Daniele führte mich zwischen den Bänken hindurch bis zum Querschiff. Der Fußboden des Doms war über und über mit Mosaiken verziert. Daniele blieb vor einem der größten stehen, es war so groß wie mein Zimmer.

»Das Massaker der Unschuldigen«, flüsterte er.

Es stellte den Kindermord von Bethlehem dar, die Tötung aller kleinen Jungen, die Herodes befohlen hatte, um Jesus loszuwerden. Das Bild war so genau, so drastisch dargestellt, dass es wie ein Foto, sogar wie ein Film wirkte. Im flimmernden Licht der Kerzen erwachte das Mosaik zum Leben. Schwer bewaffnete Soldaten warfen sich auf die wehrlosen Frauen, die ihre Kinder an sich drückten und versuchten, sich zu wehren oder zu fliehen. Doch sie hatten keine Chance. Die Soldaten rissen ihnen die Babys aus den Armen, spießten sie mit ihren Schwertern auf, warfen sie auf den Boden, traten sie zu Tode. Ich sah die Soldaten rennen und zuschlagen, ich hörte die Schreie, das Grölen der Männer, das Betteln der Frauen, das Weinen der Kinder. Ich roch das Blut und die Angst, schmeckte den Staub auf meinen Lippen. Ich starrte auf die weißen Körper, die zerstückelt und zertrampelt am Boden lagen.

»Wie kann man so etwas in einer Kirche darstellen«, flüsterte ich.

Daniele hatte Block und Stift aus der Umhängetasche herausgeholt und zeichnete die Szene mit schnellen, sicheren Strichen ab.

»Man stellt in allen Kirchen die Kreuzigung dar«, sagte er, ohne die Augen von seiner Arbeit zu nehmen. »Nicht viel besser, wenn du mich fragst.«

Seine Worte sorgten nicht dafür, dass ich mich besser fühlte. Ich drängte darauf, wieder rauszugehen, ans Licht.

Wir stiegen auf den Facciatone, die riesige, halb fertige Fassade des geplanten und nie fertig gebauten neuen Doms. Ein Rabe beäugte uns vom kniehohen Mäuerchen, das als Geländer zwischen uns und dem Abgrund diente. Daniele setzte sich und begann, den Raben zu zeichnen. Zia Chiara hatte mir bei ihrer Führung im Sommer erzählt, wie die Pest fast alle Bewohner der Stadt dahingerafft und damit den begonnenen Bau der größten Kathedrale der Christenheit für immer gestoppt hatte. Daniele kannte die Geschichte auch.

»Vielleicht hat Gott den Hochmut der Christen bestrafen wollen«, sagte er.

Der Rabe krächzte laut und flog mit langsamen Flügelschlägen davon.

Es war Ende Mai, als Franco meine Hilfe suchte.

Ich rannte an die Tür, als es klopfte, denn es war Dienstag, und ich erwartete Ilaria. Franco kaute am Daumennagel.

»Kannst du mir zehn Minuten helfen? Ich habe morgen eine Mathearbeit. Wenn ich wieder eine Fünf kriege, darf ich nicht ins Sommerlager!«

Wir gingen in mein Zimmer und machten uns an die Arbeit. Es war eine Katastrophe. Seine Mathekenntnisse waren eine einzige Lücke.

»Mensch, Franco! Konntest du nicht eher kommen? Was sollen wir machen, so auf den letzten Drücker?«

Er blieb den ganzen Nachmittag. Mir rauchte der Kopf, als er endlich ging. Ilaria war längst weg. Ich hätte Franco erwürgen können.

Ausnahmsweise gut gefüttert und fein angezogen, den Scheitel wie mit dem Lineal gezogen und die Fingernägel fast blutig gebürstet, machte ich mich mit Zia Chiara auf den Weg zum Gymnasium E. S. Piccolomini, um die Aufnahmeprüfung abzulegen. Cesarina hatte mein besseres weißes Hemd geschrubbt und gestärkt, bis es tatsächlich weiß und glatt und ihre Hände rot und rissig waren. Es war der 15. Juni 1943. Seit über einem halben Jahr war ich nicht mehr in einer Schule gewesen. Meine Fingerspitzen waren trotz der Hitze eisig.

»Du bist gut vorbereitet«, sagte Zia Chiara, als wir vor der

Schule standen. Ein Dutzend Jungen und Mädchen, die wie ich zur Aufnahmeprüfung zugelassen waren, standen mit ihren Müttern schon da. Meine Knie schlugen gegeneinander. »Du wirst problemlos bestehen. Ich hole dich um zwölf Uhr ab.«

Ich folgte den anderen in das Schulgebäude. Unsere Schritte hallten in den langen, leeren Gängen wider. Wir wurden in ein Klassenzimmer geführt und setzten uns.

Die Italienischprüfung bestand aus einem Aufsatz. Sobald man uns das Thema vorgelesen hatte, fiel die Spannung von mir ab: »Welche Errungenschaften des Faschismus bewunderst du am meisten? Begründe deine Antwort.« Kinderleicht. Die anderen Fächer wurden mündlich geprüft. Die fünf Lehrer waren freundlich und wohlwollend und die Fragen so leicht, dass ich mich schämte, so nervös gewesen zu sein.

»Wie ist es gelaufen?«, fragte Zia Chiara, als wir uns vor dem Tor trafen.

»Ein Kinderspiel«, sagte ich blasiert.

Ich war offiziell Gymnasiast.

Auf dem Weg nach Hause kam uns Franco auf der Straße entgegen. Er grinste über das ganze Gesicht.

»Ich bin versetzt! Ich bin versetzt«, schrie er, dass die ganze Straße ihn hören konnte. Er fuchtelte mit einem dünnen, grauen Heft. Seinem Zeugnis.

»Herzlichen Glückwunsch«, sagte Zia Chiara.

»Was hast du in Mathe gekriegt?«, fragte ich.

»Auf dem Zeugnis eine vier. Aber in der Arbeit hatte ich sogar eine drei minus. Die beste Note in zwei Jahren! Ich habe genau das gemacht, was du gesagt hast. Ungefähr jedenfalls. Ist egal. Hauptsache, ich kann ins Sommerlager!«

Am 3. Juli hatte ich Geburtstag. In den Tagen davor zerbrach ich mir den Kopf, ob ich Daniele und Franco einladen sollte, denn irgendetwas sagte mir, es war besser, wenn sie nicht voneinander wussten. Der Zufall kam mir zu Hilfe. Der 3. Juli war ein Samstag, der Tag, an dem Daniele und ich uns grundsätzlich nicht sahen. Die Versammlungen der Balilla fanden während der Sommerferien nicht statt, aber Franco war für eine Woche zu seiner Oma gefahren. Ich atmete auf.

Ich war ein bisschen traurig, meinen Geburtstag ohne meine Freunde zu feiern, aber zum Glück hatte Zia Chiara Matteo eingeladen.

»Es hat einfach göttlich geschmeckt, Signora Cesarina«, seufzte er nach dem Festessen, das Cesarina trotz aller Engpässe gezaubert hatte. Es gab Ribollita, eine dicke Brotsuppe mit viel Gemüse, und Schweinelende mit Bratkartoffeln. Sehr kleine und ziemlich trockene Schweinelenden, aber immerhin.

Cesarina stapelte hastig die Teller übereinander und brachte sie in die Küche. Nonno kicherte.

»Diese Köstlichkeiten sind nicht nur Lorenzos Geburtstag zu verdanken, scheint mir.«

Matteo lächelte. »Ich mag sie. Sie erinnert mich an meine Großmutter, eine bodenständige polnische Bäuerin mit dem Herzen auf dem rechten Fleck.«

»Du hast eine polnische Großmutter?«, staunte ich.

»Ja. Mein Vater kommt aus Polen.«

»Aber du heißt doch Castelli.«

»Mein Vater hat den Namen meiner Mutter angenommen. Es war … einfacher.«

»Warum ist er nach Italien gekommen?«

Zia Chiara warnte mich mit einem Blick. Wieso? Matteo war doch ein Freund, und ich fand seine Geschichte interessant.

»Um Medizin zu studieren«, sagte Matteo.

»Konnte man in Polen nicht Medizin studieren?«

»Lorenzo«, sagte Zia Chiara streng. »Es reicht. Sei nicht unhöflich.«

»Wie läuft die Behandlung unserer Soldaten, Dottor Castelli?«, fragte Nonno.

Matteo schien froh, das Thema wechseln zu können.

»Es kommen immer mehr Verletzte nach Siena. Noch können wir sie ganz gut versorgen, aber wir brauchen bald mehr Platz für sie. Professor Chiurco verhandelt mit den städtischen Behörden, damit noch mehr Gebäude zu Krankenhäusern umfunktioniert werden. Und er will sich dafür einsetzen, dass Siena zur Lazarettstadt erklärt wird, um sie vor Bombenangriffen zu schützen.«

»Was ist eine Lazarettstadt?«, fragte ich.

»Eine Stadt, die sich auf die Behandlung von verwundeten Soldaten spezialisiert hat. Solche Städte dürfen nicht bombardiert werden. Zumindest theoretisch.«

Mehrere Städte in Norditalien waren seit Anfang des Jahres bombardiert worden. Cesarina bekreuzigte sich.

»Siena ist einzigartig auf der Welt«, sagte Nonno. »Sicher würde man eine Stadt, die so reich an Geschichte und Kunstschätzen ist, niemals bombardieren, oder?«

»Da wäre ich mir nicht so sicher«, meinte Matteo.

Das Fenster stand weit offen. Ich schaute auf den breiten, runden Turm der Kirche Santo Spirito, feuerrot im Abendlicht. Der Sommer war da, in seiner ganzen Pracht. Und unter dieser wunderschönen Julisonne überschlugen sich die Ereignisse, die Italien in den Abgrund stürzten.

Teil 2

13

Der Sand am Strand von Tripolis ist hell wie Elfenbein und fein wie Zucker. Im nassen Zustand lässt er sich wie Knetmasse formen. Zwei Jahre zuvor stand Papà an einem Sonntagmorgen früh auf und ging mit mir ans Meer, um vor dem Gottesdienst eine Sandburg zu bauen. Es war noch kühl, und der Strand war fast menschenleer. Wir bauten eine echte mittelalterliche Burg mit dicken Mauern mit Schießscharten, vielen Türmen und einem Bergfried, der so hoch war wie ich. Sie sah aus, als könnte sie jedem Angriff standhalten.

Als wir am Nachmittag zurückkamen, stand unsere Burg in ihrer ganzen blendend weißen Pracht. Doch der Schein trog. Während wir in der Kirche waren, zu Mittag aßen und eine kleine Siesta hielten, hatte die Sonne unbarmherzig auf sie runtergebrannt und sie Körnchen für Körnchen ausgetrocknet. Das, was sie zusammenhielt, hatte sich in Luft aufgelöst. Eine leichte Berührung von mir reichte aus. Ein Turm nach dem anderen stürzte ein, dann fiel die ganze Burg in sich zusammen und zerrieselte zu einem unförmigen Sandhaufen.

Wie meine Sandburg zerfiel nun die Welt, in der ich geboren und aufgewachsen war, meine stolze, heroische, faschistische Welt, die uns alle wie ein Bollwerk schützen und in eine ruhmreiche Zukunft führen sollte, innerhalb von wenigen Wochen zu Staub.

Am 10. Juli landeten die angloamerikanischen Streitkräfte bei Licata, in Sizilien. Es war ein Schock. Die Front lag nun nicht mehr in Afrika oder hinter dem Ural, sondern auf italienischem Boden.

Das Sommerlager der Balilla wurde gestrichen. Die Busse, die uns am 11. Juli dorthin bringen sollten, sowie die wenigen erwachsenen Begleiter wurden an die Front geschickt.

Wenige Tage später, am 19. Juli, wurde Rom bombardiert. Die ewige Stadt. Die Stadt des Papstes. Die Stadt, die dreitausend Jahre Geschichte und Kunst verkörperte. Über dreitausend Menschen fanden den Tod.

Der Krieg hatte Italien eingeholt. Der letzte Funken Vertrauen in den Sieg erlosch.

Der 25. Juli war ein sehr heißer Tag. Wir saßen bis spät in den Abend im Wohnzimmer, bei offenem Fenster, und genossen die Abendbrise, die endlich etwas Abkühlung brachte. Um 22:40 Uhr wurde die Musiksendung im Radio von einer offiziellen Meldung unterbrochen.

»Seine Majestät, der König und Kaiser, hat den Rücktritt Seiner Exzellenz, des Cavaliere Benito Mussolini, vom Amt des Regierungschefs angenommen und Seine Exzellenz Maresciallo Pietro Badoglio zum Regierungschef sowie Premierminister und Staatssekretär ernannt.«

Zia Chiaras Buch fiel mit einem Knall auf den Boden.

Sie lachte und klatschte in die Hände wie ein Kind, das das lang ersehnte Fahrrad bekommen hatte. Nonno atmete mehrmals ein und aus, als wollte er sein Herz zur Ruhe bringen.

»Gott sei Dank«, flüsterte er. »Jetzt können wir endlich zur Vernunft kommen.«

Er erklärte mir, was die Meldung bedeutete. Doch ich hatte es schon geahnt, denn der Reporter hatte den Duce »Cavaliere Benito Mussolini« genannt, als wäre er ein gewöhnlicher Mensch.

Sogar Cesarina, für die Mussolini das höchste Wesen nach Gott und Nonno gewesen war, fragte nur trocken:

»Heißt es, dass bald Frieden ist?«

Ich sah von einem zum anderen und war einfach nur entsetzt.

Mussolini, unser Duce, war abgesetzt worden.

»Du bleibst heute zu Hause«, befahl Zia Chiara am folgenden Morgen. »Es könnte Unruhen geben.«

Ich wartete, bis sie ins Krankenhaus ging, und rannte zu Franco. Er kam mir auf der Straße entgegen. Sein Gesicht war rot, er war ungekämmt, und hatte an seinem Hemd Montag mit Dienstag geknöpft.

»Meine Mutter hat es mir erzählt«, rief er atemlos. »Ich bin gerade erst aufgestanden! Das kann nicht wahr sein! Wo ist der Duce jetzt?«

»Ich weiß es nicht. Ob sie ihn festgenommen haben?«

»Festgenommen? Den Duce? Spinnst du?«

»Meine Tante hat gesagt, es könnte Unruhen geben.«

»Das will ich schwer hoffen! Die Italiener werden so was nicht zulassen!«

Wir rannten zur Piazza del Campo. Wir wollten dabei sein, wenn die Leute auf die Straßen stürzten und lautstark gegen diesen ungeheuren Staatsstreich protestierten.

Wir wurden bitter enttäuscht.

Die Stadt war vollkommen ruhig. Die Leute gingen ihren Geschäften nach, als wäre nichts passiert. Die Läden hatten ganz normal geöffnet, die Frauen kauften Lebensmittel ein, die Kinder spielten, und in den Cafés auf der Piazza del Campo war die Stimmung ausgelassen. Verdächtig ausgelassen. Wir näherten uns unauffällig einer kleinen Gruppe von Männern, die mit einem Glas Wein an der Theke standen.

»... man musste natürlich vorsichtig sein, aber du kennst mich ja, ich habe die ganze Chose nie unterstützt.«

Mein Herz überschlug sich, als ich den Mann erkannte. Es war Signor Brogi, der Rektor der Grundschule. Der Mann, der die kleine Anna rausgeschmissen hatte. Und meine Tante.

»Ich auch nicht, das wisst ihr. Hier in Siena ist doch niemand wirklich Faschist gewesen. Es ist endlich vorbei! Der Krieg ist bald vorbei. Auf Badoglio! Und den König!«

Sie stießen an.

»Auf den König!«

Wir stürzten hinaus. Franco war sehr blass. Ohne ein Wort zu sagen, liefen wir durch die Straßen der Altstadt. Von empörten Faschisten war nicht einmal der Schatten zu sehen. Im Gegenteil, die meisten Gesichter waren auffällig fröhlich. An manchen Fenstern flatterte die italienische Fahne.

Die Leute freuten sich.

Wir schlurften zurück nach Hause. Franco ließ die Tränen auf sein falsch geknöpftes Hemd tropfen, ohne sie abzuwischen.

Mussolini war doch festgenommen worden, wie wir im Laufe des Tages erfuhren.

Der Schock war enorm. Für uns Kinder war Mussolini das lebende Symbol aller Werte, für die wir gelernt hatten zu brennen: Loyalität, Disziplin, Ehre, Vaterland. Er war ein Übervater, den wir geliebt und verehrt hatten wie einen Heiligen. Ihn wie einen gewöhnlichen Verbrecher gefangen zu nehmen, grenzte an Gotteslästerung.

In Siena löste sich das alte Regime in wenigen Tagen auf. Die Abzeichen verschwanden von den Revers, kein einziges schwarzes Hemd war zu sehen. Die Plakate mit den faschistischen Parolen, die fast an jeder Hauswand geklebt hatten, verschwanden über Nacht. Nur wenige Papierfetzen hingen hier und da herunter. Der Fascio und die berühmten Sätze Mussolinis wurden von öffentlichen Gebäuden und Stadttoren weggemeißelt. Die Straßen, die nach wichtigen Persönlichkeiten und Ereignissen des Faschismus benannt worden waren, bekamen neue Marmorschilder mit ihren alten Namen. La Lizza hieß nun wieder La Lizza.

Noch traute man dem Braten nicht ganz. Man sprach nicht darüber. Die Erwachsenen lebten einfach weiter, als wäre nichts passiert.

Aber die Freude war groß, weil alle dachten, dass der Krieg nun bald zu Ende sein würde.

»Mussolini hat den Krieg gewollt«, sagte ein Mann in der *Bar del Ponte*. »Mussolini ist weg, also muss der Krieg schleunigst beendet werden.«

Mussolini hatte den Krieg gewollt? Und was war mit den Tausenden von Menschen, die leidenschaftlich gejubelt hatten, als er den Beitritt Italiens verkündet hatte? Ich hatte sie im Radio gehört, sie waren so laut, dass man Mussolinis Worte kaum verstehen konnte. Der Radioreporter hatte sie als »ozeanische Menschenmenge« beschrieben.

Angeblich waren alle Jugendorganisationen aufgelöst. Franco und ich konnten es nicht glauben, also trafen wir uns am darauffolgenden Samstag zur gewohnten Zeit auf der Piazza Santo Spirito. Cassio war schon da. Nach und nach kam ein Dutzend Jungen dazu. Aber kein einziges Mädchen.

Es wurde ein trauriges Treffen. Wir wussten nicht so recht, was wir sagen sollten, enttäuscht, dass so wenige erschienen waren, unschlüssig, welche Aufgabe wir nun hatten. Außer Cassio und Franco trugen nur zwei Jungen ihre Uniformen. Zia Chiara hatte es mir verboten, und ich verstand warum, als ich sah, wie feindselig sie von den Passanten gemustert wurden.

»Camerati«, sprach uns Cassio an. »Ihr seid keine Balilla mehr. Aber ihr seid reine, tapfere, junge Italiener, und ihr wisst, was wirklich zählt: die Ehre und das Vaterland! Unser Duce ist Opfer eines Komplotts geworden. Aber Italien und der Faschismus sind ein und dasselbe! Verzweifelt nicht. Die Verräter werden für ihre Untat büßen. In dieser schweren Stunde zählt nur eins: Italien!«

Franco und die Jungen in Uniform jubelten. Aber auf den meisten Gesichtern sah ich Verunsicherung und die stumme Frage, ob das Ganze noch einen Sinn ergab.

War alles nur eine Lüge gewesen?

Schon eine Woche später fand kein Treffen mehr statt.

Bei Daniele zu Hause herrschte eine neue Stimmung. Es war hell. Die Vorhänge waren zurückgezogen, und das Sommerlicht verlieh der ganzen Wohnung eine fröhliche Grundfarbe. Und als Signora Neri mich mit ihrem schönen Lächeln empfing, lächelten auch ihre Augen mit.

Es war Sonntag, und Signor Neri war zu Hause. Er saß in einem grünen Samtsessel und legte die Zeitung beiseite, als ich hereinkam. Er hatte eine Halbglatze und einen braun melierten Schnurrbart, der sich beim Sprechen wie eine Raupe in Wellen bewegte. Er stand auf und gab mir die Hand.

»Endlich lerne ich den berühmten Lorenzo kennen.«

Signora Neri bot mir eine Tasse Tee an, obwohl es dafür viel zu warm war. Sie war viel gesprächiger als sonst.

»Wir sind sehr erleichtert, dass das alles ein Ende hat. Das Leben war für uns unerträglich geworden. Unser Laden sollte beschlagnahmt werden. Wovon hätten wir leben sollen?«

»Andererseits ist es schon schade«, meinte Signor Neri. »Der Faschismus war eine großartige Sache, zumindest bis '38. Mussolini hat uns nach vorne katapultiert und aus Italien eine moderne Nation gemacht, die mit allen Großmächten mithalten konnte.« Er schüttelte den Kopf und seufzte. »Die Anbiederung an Deutschland hat alles ruiniert. Sie hat uns in diesen desaströsen Krieg gestürzt und eine Diskriminierung der Juden forciert, die es hier seit Jahrhunderten nicht mehr gegeben hatte. Gott sei Dank ist der Spuk jetzt vorbei.«

Die Familie Neri war nett und patriotisch. Es stimmte nicht, was Signor Grezzi in der Grundschule gesagt hatte, die Juden waren nicht unsere Feinde.

Ich freute mich. Denn das Ende der Rassengesetze hatte noch eine weitere Folge. Daniele war es auch eingefallen.

»Wir können im September zusammen ins Gymnasium!«

Matteo kam inzwischen fast wöchentlich zum Essen, wenn seine langen Dienste es erlaubten. Für mich war es jedes Mal ein Fest. Er hatte die Gabe, Schwermut wie einen Windstoß wegzufegen, was an diesem Abend aber nicht nötig war, denn die Stimmung war fröhlich wie schon lange nicht mehr. Zia Chiara hatte ausnahmsweise Wein besorgt. Sie hob das Glas:

»Ich möchte heute Abend mit Ihnen anstoßen, Dottor Castelli.«

»Auf den Frieden? Ich habe große Zweifel, was das angeht.«

»Nein, auf Sie. Darauf, dass Sie sich nicht mehr zu verstellen brauchen.«

Seine Augen rundeten sich. Er erblasste.

»Wer … woher wissen Sie es?«

»Das war nicht schwer zu erraten.«

Ich sah von einem zum anderen, irritiert.

»Was denn?«

»Ich hatte mich schon gefragt, warum ein gesunder junger Mann wie Sie nicht an der Front ist«, fuhr Zia Chiara fort. »Dann kam die Geschichte von der polnischen Großmutter, vom Vater, der nach Italien kam, um Medizin zu studieren, vom geänderten Nachnamen …«

»Es war ziemlich leichtsinnig von mir«, sagte Matteo.

Ich begann zu verstehen.

»Bist du auch Jude?«, fragte ich verblüfft.

Waren denn die nettesten Menschen in Siena alle jüdisch? Matteo lächelte mich an und nickte.

»In der Tat«, grinste Zia Chiara. »Aber eines passte nicht ins Bild. Wie ist es möglich, dass Sie als Arzt arbeiten dürfen? In einem Krankenhaus? Unter Chiurco, der bekennender Faschist ist?«

»Chiurco kannte mich schon eine Weile, als er erfahren hat, dass ich Jude bin. Er schätzte mich. Und er brauchte mich. Also hat er dafür gesorgt, dass meine Religion geheim gehalten wurde. Ich habe mich gewundert, weil ich wusste, dass er früher antisemitische Schriften verfasst hatte. Aber er hat nur gesagt, das sei Geschwätz von gestern und er könne auf keinen einzigen guten Arzt verzichten.«

Zia Chiara schmunzelte.

»Danke, dass Sie mich nicht verraten haben.«

»Sie sollten mich inzwischen besser kennen.«

»Zia Chiara hat ihre Arbeit verloren, weil sie verhindern wollte, dass ein jüdisches Mädchen von der Schule weggeschickt wurde«, rief ich dazwischen.

Matteo lachte.

»Damit haben Sie sich also ›unbeliebt‹ gemacht. Warum haben Sie es nicht gleich erzählt?«

»Wir leben in einer Diktatur, lieber Dottore Castelli. Man sollte nichts von sich preisgeben, was nicht unbedingt notwendig ist. Manchmal halte sogar ich mich daran.«

»Das ist jetzt zum Glück vorbei«, sagte Nonno. »Wir können endlich zu den großen Werten der Vereinigung Italiens zurückkehren.

»Und zum Frieden«, sagte Cesarina, während sie die Suppenteller stapelte, um sie in die Küche zu bringen.

»Ich glaube nicht, dass er so schnell kommen wird«, meinte Nonno. »Badoglio hat gesagt, die neue Regierung wird Italiens Verpflichtungen respektieren und weiterkämpfen.«

»Es ist Mussolinis Krieg. Italien will ihn nicht.«

»Italien hat ihn aber vor drei Jahren gewollt«, sagte Matteo. »Der Krieg wurde vom König im Namen des italienischen Volkes erklärt. Unser Verbündeter ist Deutschland. Das lässt sich nicht so einfach ändern. Deutschland wird nicht zulassen, dass wir aussteigen. Radio London berichtete gestern, dass gerade in diesen Tagen mehrere deutsche Divisionen nach Italien geschickt werden, darunter auch Panzerdivisionen.«

Er senkte den Blick und seufzte.

»Ich fürchte, was wir wollen oder nicht wollen, wird bald keine Rolle mehr spielen.«

Ich besprach es am nächsten Tag mit Franco. Wir kamen zu dem Schluss, dass wir selbstverständlich weiterkämpfen würden. Das gegebene Wort war heilig, und für Italien stand die Ehre an erster Stelle.

Deshalb traf uns der Verrat des 8. September wie ein Peitschenhieb.

»In Anerkennung der Unmöglichkeit, den ungleichen Kampf gegen die erdrückende gegnerische Macht fortzusetzen, und in dem Bestreben, der italienischen Bevölkerung weiteres und schlimmeres Unglück zu ersparen, hat die italienische Regierung beim Kommandierenden der alliierten angloamerikanischen Truppen um einen Waffenstillstand gebeten. Der Bitte wurde stattgegeben. Dementsprechend müssen allerorts alle Handlungen italienischer Einheiten gegen angloamerikanische Kräfte eingestellt werden. Auf mögliche Angriffe von jedweder anderen Seite haben die italienischen Streitkräfte jedoch zu reagieren.«

Viermal die Stunde wurde die Musik im Radio unterbrochen, damit die aufgezeichnete Stimme des Marschalls Badoglio das Unvorstellbare verkünden konnte.

Italien hatte kapituliert.

Ich saß mit Nonno neben dem Radio und versuchte zu begreifen. War der Krieg nun wirklich zu Ende? Was wurde aus unseren Verpflichtungen gegenüber den Deutschen, die Badoglio vor wenigen Wochen versprochen hatte einzuhalten?

»Hast du nicht gehört, was dieses Wiesel gesagt hat?«, sagte Nonno gereizt, als ich ihn fragte. »Wir dürfen nicht mehr auf die Amerikaner schießen, aber sollen auf ›mögliche Angriffe von jedweder anderen Seite reagieren‹. Was soll diese andere Seite sein, wenn nicht die Deutschen?« Er lachte auf, und in diesem kurzen Lachen lag so viel Bitterkeit, dass sie auf der Zunge zu schmecken war. »Abbiamo voltato gabbana.«

Wir hatten uns wie das Fähnchen im Wind gedreht. Wir hatten den Feind zum Freund und den Verbündeten zum Feind gemacht.

»Ist das nicht Verrat?«, hauchte ich.

»Aus der Sicht der Deutschen auf jeden Fall. Und ehrlich gesagt, kann man es einfach nicht anders nennen.«

Ein Marschall des italienischen Heeres ein Wendehals? Ein Regierungschef, der ganz Italien in Verrat und Unehre stürzte? Nein. Das war undenkbar. Das existierte einfach nicht. Nicht in diesem Universum.

Franco sprühte Zorn aus allen Poren, als ich mit ihm am nächsten Morgen ziellos durch die Straßen lief.

»Elende Schweine! Sie haben alles zerstört! Den Sieg, den Faschismus und jetzt auch die Ehre! Das sind keine wahren Italiener!«

Seine Stimme brach. Ich schaute weg, damit er nicht sah, dass ich seine Tränen bemerkt hatte.

Die Menschen um uns herum lächelten, umarmten sich, klopften den jungen Soldaten auf die Schultern, die jetzt nicht mehr an die Front mussten. Die wenigen, die Sorgen über die Reaktion der Deutschen äußerten, taten es schüchtern und leise.

Dann überschlugen sich die Ereignisse, und Italien stürzte ins Chaos.

Es dauerte nicht lange, bis die schmachvolle Wahrheit ans Licht kam. Marschall Badoglio, die Regierung, das militärische Oberkommando und sogar der König waren bereits auf der Flucht, als der Waffenstillstand im Radio verkündet wurde.

»Er hatte von vornherein die Absicht, sich aus dem Staub zu machen«, sagte Nonno traurig. »Er hat den Generälen ganz bewusst keinen eindeutigen Befehl gegeben, die Deutschen anzugreifen, damit er und der König sicher in die Amerikanische Zone fliehen konnten. Und jetzt hat eine Handvoll deutsche Divisionen unsere gesamte Armee kampflos überwältigt. Was für eine Schande. Italien ist am Ende.«

»Im Krankenhaus habe ich gehört, dass die Armee sich komplett aufgelöst hat«, sagte Zia Chiara. »Tausende von Soldaten sollen schon in deutsche Gefangenschaft geraten sein. Arme Teufel.« Sie lachte, und es klang kalt. »Unsere verehrten deutschen Alliierten sind innerhalb von Stunden zu Feinden und Besatzern mutiert.«

Eine weitere Säule meiner Welt, unsere Armee, auf die ich so stolz war, war in sich zusammengefallen.

Auch Franco wetterte über Badoglio: »Er wollte nur seine schmutzige Haut retten. Er ist nicht nur ein Wortbrecher und Verräter, er ist auch noch ein elender Feigling! Genau wie der König!«

Er spuckte auf den Boden.

Er hatte recht. Was war das für ein König, der sein Volk im Stich ließ? Ich sah ihn vor meinen Augen zum ersten Mal, wie er wirklich war: ein alterndes, verwöhntes Prinzchen, das nur an sich selbst dachte und sich von allen Seiten manipulieren ließ.

Wenige Tage später traf ich Franco freudestrahlend wie seit Wochen nicht mehr.

»Giovanni ist wieder da!«

»Giovanni …?«

»Mein Bruder! Seine Kompanie hat sich aufgelöst, und alle Soldaten sagen ›Tutti a casa! Tutti a casa!‹, also ist er erst mal nach Hause gekommen. Meine Mutter ist ganz aus dem Häuschen, sie macht ein Riesenbohei, weil er ein bisschen dünn ist. Aber so sehen echte Krieger aus! Schmutzig und mit hartem

Gesicht. Er hat sogar Stoppeln! Er hatte gar keinen Bart, als er in den Krieg gezogen ist.«

Ein Windstoß von Hoffnung ließ mein Herz flattern. Wenn die Soldaten nach Hause gingen, würde man vielleicht auch die Flüchtlinge und die Kriegsgefangenen zurückschicken. Wenn meine Eltern noch lebten ... Doch meine Gedanken wurden von den vielen Menschen unterbrochen, die Richtung Porta Pispini rannten.

»Wo wollen die denn alle hin?«

Wir folgten ihnen. Und konnten unseren Augen nicht glauben.

Scharen von Frauen, Männern und Kindern trugen Lebensmittel, Wein, Decken, Laken, Tische und Stühle, sogar Regale, an denen noch die Schrauben hingen, die sie an den Wänden befestigt hatten, alles, was nützlich sein konnte, aus der verlassenen Kaserne heraus. Ein Mann rollte einen Laib Parmesan mit einem Besenstiel, den er hindurchgebohrt hatte, die Straße hinunter. Hinter dem Stadttor sah man ramponierte Militärfahrzeuge, an denen alle Reifen, Spiegel und Sitze fehlten, im Straßengraben liegen.

Wir wandten uns angewidert ab und waren auf dem Weg nach Hause, als ein offenes deutsches Militärauto um die Ecke gefahren kam und neben uns stehen blieb. Ein Offizier in grauer Uniform winkte uns heran.

Sein Kopf überragte die Windschutzscheibe um einiges, und seine Beine waren angezogen wie die einer Heuschrecke, weil der Fußraum des Wagens viel zu klein für ihn war. Er trug seine Mütze sehr gerade, sodass der schwarze Schirm sein Gesicht teilweise verbarg. Ich konnte nur seinen rechteckigen Kiefer sehen, dessen glatt rasierte Haut noch heller war als meine. Er strahlte die Beißkraft einer Dogge aus. Ich konnte mich nicht bewegen. Die Angst vor den Deutschen hatte mich schon angesteckt. Doch Franco lief mit erhobenem rechtem Arm auf das Auto zu.

»Heil Hitler«, brüllte er so laut, dass der Offizier überrascht zusammenzuckte.

Er fragte etwas, das ich nicht hörte. Franco antwortete und deutete mit dem Arm Richtung Altstadt. Der Offizier nickte, legte zwei Finger an die Schirmmütze, dann startete der Fahrer den Motor, und das Auto fuhr davon. Ich trat an Franco heran.

»Spricht er Italienisch?«, flüsterte ich.

Er zuckte mit der Schulter.

»Weiß ich nicht, er hat nur nach der Via Malavolti gefragt.« Seine Augen leuchteten. »Guck mal, was er mir gegeben hat!«

Er hielt eine kleine deutsche Fahne aus Stoff in der Hand, signalrot mit einer weißen Scheibe. Das schwarze Hakenkreuz stach in der Mitte heraus wie eine Spinne aus ihrem Netz.

Ein trockenes Geräusch weckte mich am nächsten Morgen. Jemand warf Kieselsteine gegen die Fensterläden. Schlaftrunken stolperte ich zum Fenster und öffnete es. Es war Franco. Seit wann stand er so früh auf? Es dämmerte gerade erst. Als er mich sah, machte er Luftsprünge und schrie.

»Er ist wieder frei! Er ist wieder frei!«

Ich rieb mir die Augen.

»Was …? Wer …?«

»Der Duce! Die Deutschen haben ihn befreit!«

Ich war schlagartig wach.

»Bist du sicher?«

Mussolini wurde seit Wochen in einer kleinen Pension in den Abruzzen gefangen gehalten.

»Ja! Das Radio berichtet die ganze Zeit!« Er schlug sich mit der Faust auf die Hand. »Jetzt werden wir Italiens Schande tilgen!«

Ich rannte ins Wohnzimmer und schaltete das Radio an. Es stimmte. Ein Kommando von Fallschirmjägern hatte Mussolini befreit, ohne einen Schuss abgeben zu müssen, und nach

Deutschland ausgeflogen, wo er seine Rückkehr an die Macht vorbereitete.

Ich konnte mich mehrere Minuten lang nicht rühren. Aufregung und Verunsicherung, Freude und Misstrauen wechselten sich in mir ab. Wenn der Duce wieder da war, würde alles wieder so werden wie früher? War ich wieder ein Balilla? Und was war mit dem Krieg? Waren die Deutschen jetzt wieder unsere Verbündeten?

»Du bist aber früh auf«, sagte Zia Chiara, als sie mit einer Tasse Ersatzkaffee ins Wohnzimmer kam. Sie hatte sich schon für den Dienst im Krankenhaus fertig gemacht und trug die Uniform und die Haube des Roten Kreuzes.

»Die Deutschen haben Mussolini befreit.«

Sie ließ beinahe den Kaffee fallen.

»Ach du Schande«, sagte sie, nachdem sie den Bericht gehört hatte.

»Was wird jetzt passieren?«

Sie schien mich nicht zu hören. Sie stellte die Tasse auf den Tisch und eilte hinaus.

Das Radio verkündete mit wiederentdeckter Begeisterung, dass die Faschistische Partei offiziell wieder ins Leben gerufen worden war.

Nonno kam ins Wohnzimmer, gestützt von Cesarina.

»Nonno, Mussolini ist wieder da! Italien ist wieder faschistisch! Jetzt können wir unsere Ehre retten!«

Nonno sah mich mit müden, wässrigen Augen an. Er wirkte grau und knochig.

»Lorenzo, der Faschismus ist tot. Er kann nicht wiederbelebt werden, nicht einmal von Mussolini. Er ist kein Duce mehr, er ist bloß eine Marionette der Deutschen.«

Das war eine Ungeheuerlichkeit. Ich drehte mich um und ging. Am frühen Nachmittag klopfte Franco, als wollte er die Tür mit dem Klopfer einschlagen.

»Die Deutschen kommen«, schrie er, als ich aufmachte.

»Wo denn?«

»Sie kommen gleich durch die Porta Romana.« Er grapschte nach meinem Hemd und zog mich hinter sich her. »Schnell! Sonst verpassen wir alles.«

Die ersten Fahrzeuge fuhren gerade durch das Stadttor, als wir keuchend an die Stelle kamen, an der Francos Familie stand. Es waren nicht viele Menschen gekommen, wahrscheinlich nur die Bewohner der Straße, darunter Franco und seine Familie. Sie schwenkten kleine Hakenkreuzfahnen aus Papier.

»Ich habe sie aus Schulheftblättern gebastelt«, sagte Franco. »Die Deutschen sollen wissen, dass nicht alle Italiener Verräter sind.«

Wir drängten uns nach vorn. Autos, Motorräder und Laster, voll beladen mit grau uniformierten Soldaten, rumpelten in einer Wolke von aufgewirbeltem Staub und Benzingestank so nah an uns vorbei, dass mir ihre Hitze auf der Haut brannte und der Staub zwischen den Zähnen knirschte.

Franco fuchtelte mit der Stofffahne des deutschen Offiziers, dass er sich fast den Arm ausrenkte. Die deutschen Soldaten warfen Bonbons im Vorbeifahren und lächelten, doch die tief ins Gesicht gezogenen Stahlhelme verbargen ihre Augen. Man sah nur ihre Zähne.

Ich konnte mich nicht bewegen. Ich war mittendrin, und doch kam mir alles fremd und entfernt vor, als wäre ich im Theater. Einige Kinder warfen sich in den Staub, um die Bonbons aufzuheben. Auch Franco. Einige Erwachsene lächelten und winkten, aber ich sah viele versteinerte Gesichter, die vergeblich versuchten, ihre Furcht zu verbergen. Was vor unseren Augen geschah, war nicht wie die Ankunft von Verbündeten. Es war der Einzug von Besatzern.

Ein Gefühl der Bedrohung breitete sich in meinem Bauch aus. Und plötzlich wusste ich, warum.

Die Rassengesetze würden wieder gelten.

14

Die Tür öffnete sich einen fingerschmalen Spalt, und ein Auge musterte mich.

»Du bist es, Lorenzo«, seufzte Signor Neri mit hörbarer Erleichterung. Er zog mich herein. »Es ist nur Lorenzo, Alba. Du kannst dich wieder beruhigen«, rief er in die Wohnung hinein. Er klang müde.

Signora Neri stand am Ende des Gangs, die Hände fest ineinandergekrallt. Sie kam mir dünn und blass vor, aber vielleicht war es das schwache Licht. Denn überall waren die Vorhänge wieder zugezogen.

»Signor Neri, die Deutschen sind da«, sagte ich. »Sie sind gerade in Siena eingezogen! Ich habe sie gesehen!«

Sie sahen mich bestürzt an, auch Daniele, der aus seinem Zimmer herausgekommen war, als er meine Stimme hörte. Signor Neri seufzte.

»Es war zu erwarten, dass sie sich mit dem Verrat von Badoglio nicht abfinden würden. Aber so schnell …«

»Die Deutschen hassen uns«, raunte Signora Neri. Ihre Augen weiteten sich. »Die Juden, die sie nicht in die Flucht getrieben haben, werden umgesiedelt, in Gettos eingesperrt, vielleicht schlimmer!«

Signor Neri nahm ihre Hand zwischen seine und versuchte, sie zärtlich zu streicheln.

»Alba, wir sind nicht in Deutschland, wir sind in Italien, in Siena. Niemand hier hasst uns.«

Sie riss sich los.

»Unser Laden ist amtlich geschlossen worden. Wir haben fast kein Geld mehr. Und ich habe gehört, dass man uns ab nächstem Monat keine Lebensmittelkarten mehr geben wird!« Plötzlich nahm sie mich wahr. »Es tut mir leid, Lorenzo, ich habe dir nichts angeboten. Hast du Hunger? Durst?«

»Vielen Dank, Signora Neri, ich brauche nichts.«

»Der Duce ist wieder frei.« Plötzlich war ich nicht sicher, ob es eine gute Nachricht war.

»Genau«, sagte Signor Neri, als hätte ich ihm ein starkes Argument geliefert. »Wir bekommen wieder eine faschistische Regierung. Und ich bin immer ein guter Faschist gewesen. Das werden sie anerkennen. Das müssen sie anerkennen.«

Signora Neri vergrub das Gesicht in den Händen. Ihre Haare hingen dünn und stumpf herunter.

»Du bist ein Träumer, Dario. Dein Faschismus ist tot und begraben. Und wir könnten es auch bald sein.«

Signor Neri verdrehte die Augen.

»Jetzt übertreibst du maßlos! Und du machst den Kindern Angst. Daniele, geh mit Lorenzo in dein Zimmer.«

Mehr als froh, mich verdrücken zu können, folgte ich Daniele in sein Zimmer. Er setzte sich aufs Bett und knetete die himmelblaue Tagesdecke.

»Meine Eltern streiten sich viel in den letzten Tagen«, sagte er traurig. »Meine Mutter will nach Amerika, wir haben Verwandte, die uns aufnehmen könnten. Aber mein Vater will nichts davon wissen.«

»Und du? Was willst du?«

Er lächelte, aber seine Augen blieben traurig. »Ich will nicht weg. Ich kenne niemanden in Amerika. Und du bist ja hier.«

Ich ergriff seinen Arm und zog ihn auf die Füße.

»Komm, wir gehen raus. Du wirst hier noch zum Trauerkloß.«

Aber seine Mutter fing uns im Gang ab.

»Wo wollt ihr hin?«

»Nur ein bisschen an die frische Luft«, sagte ich.

Signora Neri ignorierte mich. Sie riss Daniele von der Tür weg und schubste ihn in sein Zimmer.

»Mit deutschen Soldaten auf der Straße gehst du nirgendwohin! Lorenzo, es ist besser, du gehst jetzt nach Hause.«

Sie schob mich durch die Tür und drückte sie zu. Der Schlüssel drehte sich hinter mir zweimal im Schloss.

Als ich zu Hause ankam, fand ich Ilaria im Wohnzimmer mit Nonno. Ich hatte in der Aufregung vergessen, dass sie kommen sollte. Sie grüßte mich mit einer Kopfbewegung und las weiter. Ich setzte mich wie immer an den Tisch. Ich hatte mein Alibibuch nicht dabei, aber es war mir egal.

Nonno nickte schnell ein. Nach einer Weile hörte Ilaria auf vorzulesen, stand auf und kam zu mir rüber. Ihre Haare waren zu einem Pferdeschwanz gebunden, der ihren zarten Nacken freilegte. Meine Augen hefteten sich daran. Er war hell wie frisch gemolkene Milch. Als sie sich zu mir setzte, atmete ich ihren Duft ein und vergaß, ihn wieder auszuatmen.

»Es ist total langweilig«, seufzte sie und schob sich mit einer anmutigen Handbewegung eine Strähne aus der Stirn. »Dein Opa schläft ständig ein. Und wenn ich aufhöre zu lesen, wird er wieder wach und will, dass ich noch mal anfange, weil er die Hälfte verpasst hat. Wir krebsen seit Tagen an diesem Kapitel herum.«

Ich wusste nicht, was ich sagen sollte. Am liebsten hätte ich sie einfach angeschaut. Stundenlang.

»Warum machst du es dann überhaupt?«, fragte ich schnell, als die Stille zu lange zu dauern drohte.

»Ich kriege dafür von deiner Tante Mathenachhilfe, und die brauche ich dringend, wenn ich das Liceo schaffen will. Ich will ja Medizin studieren.«

Ilaria war die Erste der Familie Tacconi, die eine Oberschule besuchte, und Signora Tacconi prahlte gerne damit.

Cesarina hatte es mir erzählt. »Emporkömmlinge«, hatte sie hinterhergeschoben und dabei den Mund verzogen.

»Wir haben doch Ferien«, sagte ich.

»Ich werde Anfang Oktober in Mathe nachgeprüft und muss wie blöd lernen.« Sie seufzte noch mal. »Bei dem schönen Wetter! Wenn ich wenigstens das hier nicht machen müsste. Aber deine Tante will kein Geld, sie will, dass ich deinem Opa vorlese.«

Von einer verrückten Hoffnung ergriffen, sagte ich:

»*Ich* könnte dir in Mathe helfen! Ich bin gut. Ich mache es ganz umsonst!«

Ilaria lachte.

»Du bist ein liebes Kerlchen, Zígolo. Aber ich fürchte, das Niveau der neunten Klasse ist doch zu hoch für dich.«

Ohne Hintergedanken streichelte sie meine Hand. Mein Herz schlug einen Purzelbaum. Als mich ihre Finger berührten, durchfuhr ein Blitz meinen ganzen Körper, von den Fingerspitzen bis, zu meiner grenzenlosen Bestürzung, zu meinem Glied.

Die deutsche Kommandantur mit ihrem Kommandanten, Major von Herff, ließ sich im Palazzo Ciacci in der Via Malavolti nieder. Der Palazzo war bis Ende Juli der Sitz des Partito Nazionale Fascista gewesen. Bald tapezierten neue Plakate die Häuser in der ganzen Stadt. Sie drohten jedem, der die deutschen Soldaten behinderte oder gar angriff, drakonische Strafen an.

Zia Chiara kam wenige Tage später außergewöhnlich früh vom Dienst nach Hause. Matteo begleitete sie. Doch die Stimmung war anders als sonst.

»Ich werde nicht mehr im Krankenhaus arbeiten«, sagte er, als Cesarina die dünne Suppe auf den Tisch brachte.

»Wieso?«, fragte ich alarmiert.

»Mit den Deutschen in der Stadt kann mich Chiurco nicht

mehr schützen. Bestimmt wissen auch andere, dass ich Jude bin. Früher oder später wird mich jemand verpfeifen.«

»Aber seine Frau ist Deutsche«, sagte Zia Chiara, »er spricht selbst gut Deutsch. Sicher kann er etwas …«

Matteo fiel ihr ins Wort.

»In dieser Beziehung ist er gegen die Deutschen machtlos. Er hat mir klar gesagt, dass die Juden von Siena in echter Gefahr sind. Er hat mir geraten, das Land zu verlassen.«

»Heißt das … du gehst weg?«, fragte ich erschrocken.

Es war unvorstellbar, ihn nicht mehr zu sehen. Nicht nur für mich. Alle, Nonno, Zia Chiara und vor allem Cesarina, starrten ihn entsetzt an. Er schüttelte den Kopf.

»Nein. Ich kann nicht weggehen. Die jüdischen Familien, die noch hier sind, sind auf mich angewiesen. Und auch …«

Er unterbrach sich, als hätte er beinahe etwas gesagt, was er nicht sagen durfte.

»Dottor Castelli«, sagte Nonno, als eine Zeit lang niemand sprach, »Sie sollen wissen, dass Sie hier immer willkommen sind, was auch geschieht.«

Matteo neigte den Kopf. »Danke, Colonnello Guerrini.«

Ich wälzte mich in meinem zu warmen Bett und konnte nicht schlafen. Es war einfach zu viel passiert an nur einem Tag. Zu viele Ereignisse, die mich in entgegengesetzte Richtungen zerrten.

Mein großer Held, das lebende Symbol eines starken, stolzen Italiens, einer glorreichen Zukunft, war wieder da. Er konnte alles ungeschehen machen: die Niederlagen, die Trauer, vor allem aber die ungeheure Schande des Verrats.

Aber die deutschen Einheiten, die wie Eroberer durch die Porta Romana geströmt waren, hatten mich wie eine Ohrfeige geweckt. Stimmte es, was Nonno sagte? Dass Mussolini nur noch eine Marionette der Deutschen war?

Zwei Menschen, die ich liebte, waren jetzt in echter Gefahr, einzig und allein, weil sie Juden waren. Wie konnten sie zu einer anderen Rasse gehören, wenn sie genauso aussahen wie jeder Mensch auf der Straße? In meinen Schulbüchern hatten Juden eine dicke Nase, aber weder Matteo noch die Familie Neri noch die kleine Anna hatten eine dicke Nase. Dafür hatten die Tacconi-Brüder und Signora Tacconi eine dicke Nase. Und der Pfarrer von Santo Spirito.

Es war unmöglich, meine Gedanken zu ordnen, denn immer wieder brachte die Erinnerung an Ilaria alles durcheinander.

Ich stand auf und machte das Fenster auf. Vielleicht würde die Nachtluft den Sturm in meinem Kopf und in meinem Körper beruhigen.

Die Nacht war schwarz und still. Die Deutschen hatten eine strenge Sperrstunde verordnet. Die Straßenlaternen waren dunkel und die Fenster mit blauem Papier abgeklebt. Die Sterne glitzerten wie Brillanten in einem mondlosen Himmel.

Ich legte mich wieder hin. Doch Ilaria war noch da. Ich sah ihr Elfenbeingesicht und den goldenen Schimmer in ihren Augen. Ilaria war anders als andere Mädchen, die nur dämlich kicherten und sich über Jungs lustig machten. Sie wirkte so ernst und erwachsen. Und obwohl sie älter war als ich, sprach sie nie herablassend mit mir, sondern respektvoll, als sei ich kein Kind, sondern jemand, der Achtung verdient.

Ich stellte mir vor, die Nase in die warme Stelle an ihrem Nacken unter dem Pferdeschwanz zu vergraben und ihren Duft zu atmen. Und die Hitze ihrer Berührung an meinen Fingerspitzen überflutete meinen ganzen Körper.

Am 23. September 1943 wurde Italien zu einer Republik. Sie wurde von der kleinen Stadt Salò am Gardasee aus von Mussolini regiert. Italien hatte wieder eine faschistische Regierung.

Genauer gesagt nur die nördliche Hälfte Italiens, denn die

Gebiete südlich der Frontlinie, die zwischen Rom und Neapel verlief, waren in den Händen der Amerikaner und Engländer.

Italien war nun zweigeteilt.

Die Faschisten gründeten die Partei neu und nannten sie Fascio Repubblicano. In Siena wurde Prof. Giorgio Alberto Chiurco als Sonderbeauftragter ernannt. Er verstand sich gut mit Major von Herff, und nach kurzer Verhandlung ließ sich die deutsche Garnison außerhalb der Stadtmauer nieder. Die neu gegründete Partei zog wieder im Palazzo Ciacci ein.

Wie Champignons nach dem Regen sprossen auf den Jackenrevers erneut die faschistischen Abzeichen.

Signor Neri schöpfte neue Hoffnung.

»Wir haben jetzt eine richtige Regierung, die für Ordnung und Gesetz steht. Wir sind der deutschen Willkür nicht ausgeliefert.«

Es klang, als wollte er vor allem sich selbst überzeugen.

»Mein Opa sagt, dass Mussolini eine Marionette der Deutschen ist«, sagte ich, obwohl es wahrscheinlich unhöflich war, ihm zu widersprechen.

»Auch die Deutschen sind darauf angewiesen, dass die Stadt ordentlich verwaltet wird und Ordnung herrscht, mein Junge. Immerhin betrachten sie uns nicht mehr als besetztes, sondern wieder als verbündetes Land. Schau, Chiurco hat sogar erreicht, dass die deutsche Garnison ihr Lager außerhalb der Stadt aufgebaut hat. Man sieht keine deutschen Soldaten mehr auf den Straßen, das ist ein klares Zeichen. Ich finde es gut, dass Chiurco zum Kommissar des Fascio ernannt wurde. Er hat zwar antisemitische Schriften verfasst, aber er gilt als vernünftiger und fähiger Mann. Er ist ein Faschist der ersten Stunde«, sprach Signor Neri weiter. »Ein guter Faschist. Und das bin ich ja auch! Das zählt Gott sei Dank wieder. Meinst du nicht auch, Alba?«

Signora Neri sagte nichts. In ihrem Blick kämpfte die Angst

gegen den innigen Wunsch, ihrem Mann zu vertrauen. Er tätschelte ihre Hand.

»Mach dir nicht zu viele Sorgen. Hier in Siena kennen sich doch alle. Wir sind zusammen aufgewachsen, zur Schule gegangen, haben mit der Contrada beim Palio mitgefiebert, viele von uns haben zusammen im Großen Krieg gedient. Wir werden uns gegenseitig nichts tun.«

Seine Worte klangen vernünftig. Auch Matteo hatte eine sehr hohe Meinung von Chiurco.

Erst als ich nach Hause ging, fiel mir wieder ein, dass Chiurco Matteo geraten hatte, das Land zu verlassen.

Franco war völlig aus dem Häuschen, als er mich am nächsten Tag abholte.

»Cassio hat sich freiwillig gemeldet«, rief er. »Ich habe ihn getroffen, er kam gerade von der Kaserne zurück!«

Ich hatte unseren früheren Übungsleiter seit der Balilla-Versammlung nach der Absetzung von Mussolini nicht mehr gesehen.

»Ist er nicht zu jung?«

Seit der Wiederbelebung der faschistischen Regierung wurden die versprengten Soldaten im Radio und auf Plakaten aufgerufen, sich zum Dienst zu melden. Siebzehnjährige wurden angespornt, sich freiwillig zu melden.

»Nein! Er ist gestern siebzehn geworden. Er fährt schon morgen ab. Zur Decima MAS, wie sein Vater. O Mann! Warum bin ich noch nicht siebzehn?«

Die Soldaten der Decima, waren die Helden schlechthin. Denn die Decima MAS war eine der ganz wenigen Einheiten, die sich nach dem Waffenstillstand entschlossen hatte, weiter an der Seite Deutschlands zu kämpfen.

Franco konnte vor Begeisterung, Neid und Frustration kaum stillhalten. »Ich gehe auch hin! Ich will auch meine Pflicht fürs Vaterland tun.«

»Du spinnst, du bist erst dreizehn!«

»Ich bin fast vierzehn. Und ich bin stark gewachsen in den letzten Monaten, das sagt meine Mutter ständig, sie musste schon wieder eine Hose auslassen.«

»Wie? Ist deine Mutter einverstanden?«

»Ich habe sie natürlich nicht gefragt. Ich bin ja nicht lebensmüde. Gehst du mit?«

»Was soll ich denn da? Guck mich doch an.«

»Stimmt. Wie siebzehn siehst du wirklich nicht aus. Aber du kannst mich trotzdem begleiten.«

Es war ein langer Weg, denn die Hauptkaserne lag am anderen Ende von Siena, außerhalb der Stadtmauer.

»Gehst du nicht mit rein?«, fragte Franco, als ich vor der Kaserne stehen blieb.

»Nee, ich muss nach Hause, Matteo kommt zum Abendessen. Viel Glück!«

Die Wahrheit war, ich wollte nicht Zeuge seiner Demütigung sein. Er hätte es mir nicht verziehen.

Auf dem Rückweg erkannte ich von Weitem Matteo. Er stand vor einem Kiosk und kaufte eine Zeitung. Ich rannte auf ihn zu.

»Lorenzo! Du bist weit weg von zu Hause.«

»War gerade mit einem Freund unterwegs. Wohnst du hier?«

»Hier gegenüber. Komm, wir können zusammen gehen.«

Während wir uns auf den Weg machten, hörte ich den nächsten Kunden dem Verkäufer zuflüstern:

»Den sollten Sie nicht bedienen, wenn Sie keinen Ärger mit den Deutschen wollen.«

Ich erstarrte. Der Mann wusste, dass Matteo Jude war. Matteo schien es nicht gehört zu haben. Als ich ihn warnen wollte, wurden wir von Franco eingeholt.

»Sie haben mich genommen«, schrie er, dass die Passanten sich umdrehten. Er blieb vor uns stehen, rot im Gesicht, mit einem Grinsen, das fast über das ganze Gesicht ging.

Das hatte ich nicht erwartet.

»Echt? Sie schicken dich an die Front?«

»Noch nicht. Ich habe erst mal hier in Siena eine wichtige Aufgabe. Keine blöde Schule mehr für mich! Ich soll mich morgen früh bei der Kaserne Santa Chiara melden.« Er tätschelte ein Bündel unter seinem Arm. »In Uniform!«

Matteo brachte immer eine Kleinigkeit mit, wenn er zum Abendessen kam. Keine Blumen mehr, sondern Lebensmittel, ein Päckchen Ersatzkaffee, ein halbes Pfund Schmalz, ein Stück Kernseife. Manchmal sogar eine Flasche Olivenöl oder Wein, Geschenke von dankbaren Patienten. Zia Chiara sagte ihm jedes Mal, dass es nicht nötig sei, aber er bestand darauf.

»Es ist für Cesarina, für die extra Arbeit, die sie meinetwegen hat«, sagte er mit einem Augenzwinkern, worauf Cesarina in der Küche verschwand, um ihre purpurroten Wangen zu verbergen.

An diesem Abend hatte er ein ganzes Einkaufsnetz dabei.

»Ich habe meine letzten Lebensmittelmarken auf den Kopf gehauen.«

»Warum denn das?«, fragte Zia Chiara.

Er lachte, aber sein Lachen klang wie eine Dissonanz, und seine Augen blieben hart und wütend.

»Es gibt ab nächstem Monat keine Lebensmittelkarten mehr für Juden. Also lasst uns Karneval feiern, bevor die Fastenzeit anfängt.«

Später, beim Abendessen, sagte Nonno: »Ihr Professor Chiurco ist Parteisekretär geworden. Was sagen Sie dazu?«

»Es ist ein Glück für Siena. Der Mann hat den Kopf fest auf den Schultern, er ist ein Pragmatiker und ein begnadeter Organisator. Chiurco wird alles in seiner Macht Stehende tun, damit Siena als Lazarettstadt anerkannt wird und von Bombenangriffen verschont bleibt. Außerdem ist er mit einer

Deutschen verheiratet und spricht fließend Deutsch. Niemand könnte besser mit den Deutschen verhandeln als er.«

»Dann wird er dich schützen können, oder?«, sagte ich.

Er zögerte nur kurz. »Nein, Lorenzo.«

»Wieso?«, fragte Zia Chiara. »Es ist ihm doch gelungen, die deutsche Garnison aus der Stadt zu verbannen. Er wird nicht zulassen, dass den wenigen Juden von Siena etwas zustößt.«

»Wir dürfen uns nicht der Illusion hingeben, dass Chiurco und Major von Herff gleichberechtigt verhandeln. Die Repubblica Sociale ist kein souveräner Staat, auch wenn viele es nicht wahrhaben wollen. Italien ist ein besetztes Land. Das Sagen haben hier die Deutschen und nur sie. Chiurco wird für die Menschen in Siena tun, was er kann, aber ihm sind sehr enge Grenzen gesetzt.«

Vor dem Frühstück stahl ich mich aus dem Haus und rannte zur Kaserne Santa Chiara bei der Porta Pispini. Ich wollte wissen, welche Aufgabe Franco als freiwilliger Soldat hatte. Ich machte mir Sorgen. Was, wenn er tatsächlich irgendwohin geschickt wurde, wo es gefährlich war? Wäre es dann Verrat, seiner Mutter Bescheid zu sagen?

Die Kaserne sah aus, als hätten sich ein Wirbelsturm und Attilas Hunnen einen Kampf geliefert. Zerschmetterte Möbel, Glasscherben, Schutt und Abfall aller Art übersäten den Boden der geplünderten Räume. Eine Handvoll Jungen in zusammengewürfelten, viel zu großen Uniformen kämpfte, schwer bewaffnet mit Besen und Kehrschaufeln, gegen das Chaos, das die Bewohner des Viertels hinterlassen hatten.

Das beruhigte mich. Saubermachen war Knochenarbeit, aber daran konnte man nicht sterben. Ich zog mich leise zurück, bevor er mich sah und womöglich aufforderte mitzumachen.

Am ersten Schultag traf ich Franco auf dem Weg zur Schule, wieder in Zivil mit seiner alten Schultasche um die Schulter.

»Bist du nicht mehr beim Militär?«

Er trat gegen einen Stein.

»Ich wollte kämpfen, keine Weiberarbeit machen. Guck dir das an!« Er zeigte mir die tiefroten Wanzenbisse auf seinen Beinen und Unterarmen. »Außerdem hat mein Vater dafür gesorgt, dass ich nach Hause geschickt wurde, damit ich in die Schule gehe. Er und mein Onkel sind in der Miliz.«

»Oje.«

»Ein Scheiß ist das! Mein Vater hat sich in den Kopf gesetzt, dass ich nach der Mittelschule ins wissenschaftliche Gymnasium wechseln soll. Das schaffe ich niemals.«

Der erste Schultag auf dem Gymnasium war auffällig leise. Keine bombastische Zeremonie, keine schwarzen Hemden, keine Kinder in Uniform, keine feurigen Reden. Der Rektor, ein kleiner Herr mit silbernem Haar und müdem Blick, spornte uns an, hart zu arbeiten, und entließ uns schnell in unsere Klassen, bevor der einzige Lehrer mit einem faschistischen Abzeichen am Revers etwas sagen konnte. Im Unterricht sprachen die Lehrer nur über das jeweilige Fach. Das Wort Faschismus wurde nicht ein einziges Mal ausgesprochen.

Ende Oktober wurde Chiurco zum Präfekten von Siena und seiner Region ernannt. Matteo erzählte uns, dass er die politischen Gefangenen, die nach der Gründung der Repubblica Sociale festgenommen worden waren, wieder freiließ, um eine Atmosphäre von Frieden und Zusammenarbeit zu schaffen.

Wenige Tage später kam ein Techniker zu uns nach Hause, um unser Radio mit Plomben zu versehen, damit wir nur die italienischen Sender empfangen konnten. Das Regime wollte damit verhindern, dass man Radio London hören konnte, was ohnehin fast jeder mit geheim gehaltenen oder selbst gebastelten Radios tat. Aber so war das Gesetz. Cesarina war außer sich:

»Fünfzig Lire hat der Unsinn gekostet!«

Die Alternative wäre gewesen, das Radio ganz zu blockieren, aber Radiohören war Nonnos einzige Zerstreuung.

Trotz allem entspannte sich Siena. Die Menschen genossen die letzten Sonnenstrahlen eines langen, lauen Herbstes, gingen spazieren, saßen in den Cafés, in den überfüllten Kinos. Der Krieg schien weit weg, und man vertraute darauf, dass er bald zu Ende sein würde. Doch nichts war zu Ende.

In der Nacht zum 6. November schlugen die Deutschen zu.

15

Ich saß beim Kartoffelschälen mit Cesarina, als die Eingangstür laut zugeschlagen wurde. Wir hörten Zia Chiara durchs Haus rennen, und wenige Sekunden später platzte sie in die Küche. Die sonst blassen Sommersprossen leuchteten rot. Sie rang um Luft, als hätte sie immer vier Stufen auf einmal genommen.

»Ist Dottor Castelli da?«, rief sie mit rauer Stimme.

Matteo und sie siezten sich immer noch, was ich nicht verstand, da sie sich ganz offensichtlich mochten.

»Nein. Sollte er heute kommen?«, fragte Cesarina.

»O Gott, ich muss ihn unbedingt finden!«

»Warum?«, fragte ich.

»Die Deutschen nehmen die Juden fest.«

»Heilige Mutter Gottes«, stöhnte Cesarina.

Ich legte das Schälmesser auf den Tisch.

»Woher weißt du das?«

»Chiurco hat es mir gesagt. Er kommt ab und zu ins Krankenhaus, um die schwersten Fälle zu kontrollieren. Er hat mich zur Seite genommen und es mir zugeflüstert, als niemand zuhörte. Er weiß, dass Dottor Castelli oft bei uns ist. Er sagte, er hat die meisten Familien warnen lassen, aber ihn hat er nicht erreicht.« Sie war den Tränen nahe. »Mein Gott, es wird in den nächsten vierundzwanzig Stunden passieren, und ich habe keine Ahnung, wo er steckt!«

»Aber ich«, sagte ich.

Ich sprang auf und rannte zur Tür, bevor sie mich daran hindern konnten.

Es war fast dunkel, und der Nieselregen machte die Sicht noch trüber. Trotzdem blieb ich eine ganze Weile vor seinem Haus im Schatten versteckt, bevor ich mich hineinzugehen traute, weil ich nicht vom Kioskverkäufer beobachtet werden wollte. Er hatte mich ja zusammen mit Matteo gesehen. Endlich blieb ein Mann vor dem Kiosk stehen, um eine Zeitung zu kaufen. Ich schlich an der Hauswand entlang und schlüpfte durch das Tor.

Wo wohnte er? Ich schaute mir die Briefkästen an, auf der Suche nach einem Hinweis, aber es war so dunkel, dass ich nichts lesen konnte. Ich hörte Schritte auf der Treppe. Bevor ich ein Versteck finden konnte, kam ein älteres Ehepaar herunter.

»Suchst du jemanden?«, fragte der Mann unwirsch.

Ich ging das Risiko ein.

»Dottor Castelli. Wissen Sie, wo er wohnt?«

»Castelli? Nie gehört.«

O Mann, war es das falsche Haus?

»Moment, Carlo, es muss der gut aussehende junge Mann sein, der neulich auf der dritten Etage eingezogen ist.«

»Danke«, sagte ich und rannte an ihnen vorbei die Treppe hinauf.

Ich klopfte vorsichtig. Niemand antwortete. Ich klopfte lauter, mehrmals. Der Lärm kam mir ohrenbetäubend vor. Nichts. Er war nicht da. Vielleicht hatte ihn schon jemand gewarnt, und er würde gar nicht zurückkommen. Aber ich konnte nicht sicher sein und setzte mich auf eine Stufe, um auf ihn zu warten.

Was, wenn die Deutschen kamen und mich hier fanden? Ich sprang auf und rannte die Treppe hinunter. Es war der falsche Platz. Ich musste draußen warten. Ich schlich mich wieder hinaus. Der Zeitungsverkäufer war dabei, seine Ware einzuräumen, und achtete nicht auf mich. Es war so dunkel, dass die Leute auf der Straße nur noch Schatten waren. Doch einen davon erkannte ich an seinem Gang. Ich lief leise auf ihn zu.

»Lorenzo«, rief er überrascht.

»Die Deutschen kommen«, flüsterte ich. »Du musst zu uns. Jetzt!«

»Moment, Moment. Was ist hier los?«, fragte er zu laut.

»Sst! Die Deutschen nehmen die Juden fest! Heute!«

»Wer sagt das?«

»Chiurco! Er hat Zia Chiara gesagt, sie soll dich warnen.«

In diesem Augenblick traten zwei Männer mit dunklen Regenmänteln und Hüten an den Kiosk heran und begannen, mit dem Verkäufer zu sprechen. Matteo hielt mich fest.

»Beweg dich nicht.«

Der Kioskmann zeigte mit dem Finger auf Matteos Haus. Die Männer gingen auf das Tor zu. Ich wollte schon weglaufen, aber Matteos Finger bohrten sich in meinen Arm.

»Nicht rennen«, hauchte er mir ins Ohr.

Langsam, als würden wir einen Spaziergang machen, gingen wir die Straße runter. Ich wusste nicht, wie schwer es sein konnte, langsam zu gehen, wenn jede Muskelfaser danach schreit zu rennen.

»In Rom sind vor zwei Wochen über tausend Juden festgenommen worden«, sagte Matteo, als wir weiter weg waren.

»Was wird mit ihnen passieren?«

»Sie werden nach Deutschland gebracht.«

»Und dann?«

»Ich weiß es nicht.«

Die Straßen leerten sich. Die Deutschen hatten die Sperrstunde auf zwanzig Uhr festgesetzt. Wir mussten uns beeilen, wenn wir nicht auffallen wollten. Erst in der Via Pantaneto begann ich mich besser zu fühlen. Ich drängte darauf, schneller zu gehen. Endlich schlüpften wir in unseren Entrone. Und ich blieb wie aufgespießt stehen.

»Was ist?«, fragte Matteo.

»Ich muss noch jemanden warnen«, sagte ich mit erstickter Stimme und wirbelte herum. Matteo hielt mich fest.

»Halt! Ich lass dich nicht allein durch die dunkle Stadt laufen. Ich komm mit.«

»Nein! Sie suchen dich doch. Geh rauf, Zia Chiara ist schon halb verrückt vor Sorge.«

Unwillkürlich lockerte er seinen Griff. Ich wand mich frei und rannte auf die Straße.

Nach einer gefühlten Ewigkeit erklang die gedämpfte Stimme von Signor Neri hinter der Tür.

»Wer ist da?«

»Ich bin's, Lorenzo! Bitte machen Sie auf!«

Die Tür öffnete sich einen Spalt.

»Was machst du hier um diese Zeit?«, fragte Signor Neri streng. »Es ist zu spät zum Spielen.«

Ich drängte mich hinein und schloss die Tür.

»Die Deutschen wollen die Juden holen! Sie müssen weg! Sofort!«

Signor Neri tätschelte mir den Kopf und lächelte milde.

»Nun beruhige dich, Junge. Wir hatten den Handzettel auch im Briefkasten, aber das ist bloß Propaganda.«

»Nein! Es stimmt! Chiurco hat ...«

»Dottor Chiurco ist informiert. Ich habe mich bei den Behörden erkundigt. Sie haben gesagt, man soll das nicht ernst nehmen.«

Ich starrte ihn stumm an.

»Bitte, Signor Neri, man wird Sie nach Deutschland bringen!«

Signor Neri öffnete die Tür und schob mich sanft hinaus.

»Geh nach Hause, Junge. Es ist schon Sperrstunde. Kinder haben um diese Zeit auf der Straße nichts zu suchen. Und mach dir keine Sorgen, uns wird nichts passieren.«

Die Tür schloss sich hinter mir. Auf dem Flur war es stockdunkel. Ich ballte die Fäuste und hätte am liebsten gegen die Tür geschlagen und getreten. Ich hatte einen Fehler gemacht.

Ich hätte doch Matteo mitnehmen sollen, ihn hätte Signor Neri ernst genommen. Nach einer Weile lief ich die Treppe hinunter und eilte zurück nach Hause. Mir blieb nichts anderes übrig.

Aber Signor Neris Worte hatten mich verunsichert. Hatte er womöglich recht? Dass man Tausende von Menschen nur wegen ihrer Religion verhaften, verschleppen und töten konnte, schien mir auf einmal unwahrscheinlich. Allein der Aufwand, so etwas durchzuführen … Wozu auch? Was hatten die Deutschen davon? Vielleicht waren wir tatsächlich alle hysterisch geworden.

»Gott sei Dank«, sagte Zia Chiara, als ich zu Hause ankam. »Ich sollte dir den Hintern versohlen! Mach so was nie wieder!«

Ich folgte ihr zum kleinen Zimmer neben dem Eingang, das als Abstellkammer diente. Matteo und Cesarina waren dabei, das Gerümpel rauszutragen. Nonno saß auf einem Stuhl daneben.

»Das Zimmer ist für Sie, solange Sie es brauchen«, sagte Nonno. »Es ist klein, aber es hat ein Bett und kein Fenster nach draußen, nur eines zum Treppenhaus, das immer geschlossen bleibt. Niemand wird merken, dass Sie da sind.«

Zia Chiara brachte Kleidung und legte sie aufs Bett.

»Hier sind Sachen zum Wechseln. Sie dürften einigermaßen passen. Sie gehören meinem Bruder.«

»Ich weiß nicht, wie ich Ihnen danken soll. Sie gehen ein immenses Risiko ein.«

»Solange niemand weiß, dass Sie hier sind, sind wir sicher«, sagte Nonno. »Wir können nicht zulassen, dass Sie verschleppt werden.«

Etwas hatte mich geweckt. Ich öffnete die Augen. Durch die nur angelehnten Fensterläden drang ein schwaches Licht, das sich bewegte. Ich hörte gedämpfte Männerstimmen. Was war da unten los? Ich stand auf, öffnete das Fenster so leise wie möglich und schaute nach unten. Das Licht einer Taschenlampe drang durch die Seitentür zum Laden der Tacconi.

»Kommst du?«

Sie flüsterten, aber die enge Seitengasse wirkte wie ein Sprachrohr. Neben der Tür erkannte ich die massige Gestalt von Francos Onkel. Ein zweiter Mann kam leicht humpelnd auf die Straße. Francos Vater.

»Das gefällt mir überhaupt nicht«, grummelte er. »Die Deutschen sollten ihre Drecksarbeit selbst erledigen. Man hört schreckliche Gerüchte über das, was sie mit den Juden machen.«

»Befehl ist Befehl. Jetzt komm endlich.«

Sie stiegen in einen Militärlaster, der auf sie wartete. Der Fahrer zündete den Motor und schaltete die Scheinwerfer an, die wegen der Verdunkelung mit einer Lederklappe beklebt waren, in die man kleine Schlitze geschnitten hatte. Der Wagen fuhr los. Erst jetzt atmete ich die Luft aus, die ich unwillkürlich angehalten hatte.

Es fand tatsächlich statt. Sie würden Daniele verschleppen.

Aber vielleicht war es noch nicht zu spät.

Ich zog mich im Blitztempo an, nahm die Schuhe in die Hand, damit mich niemand hörte, und stürzte die Treppe hinunter.

Die Deutschen nahmen es sehr ernst mit der Verdunkelung. Alle Straßenlaternen waren erloschen, alle Fensterläden geschlossen. Abends schien ein Hauch von Licht durch das blaue Papier, mit dem die Fenster abgeklebt waren. Nicht hell, aber es zeigte, dass noch Menschen in den abgedunkelten Häusern lebten. Nun war es fast drei Uhr, und alle schliefen. Die Straße war nicht dunkel, sie war schwarz. Wie die Augen des Zaren. Ich hielt mich am Tor fest. Die Angst wickelte sich wie eine Schlange um meine Luftröhre.

Zum Glück zerriss der Lärm eines Motors die Stille und meine Starre. Ich hatte eine Aufgabe. Im gleichen Augenblick schimmerte etwas Mondlicht durch eine Wolkenlücke. Ich rannte los. Meine Schritte hallten wie Gewehrschüsse auf den Pflastersteinen, aber ich konnte unmöglich gleichzeitig schnell und leise sein. Schnell war jetzt wichtiger.

Noch nie war mir die Strecke zu Daniele so lang vorgekommen. Es war wie in einem Traum, in dem man rennen will und doch nicht vom Fleck kommt. Der Mond verschwand wieder hinter den Wolken, genau in dem Moment, als ich endlich in der Via Cecco Angiolieri ankam. Zum Glück.

Der Militärlaster war eine dunkle Gestalt mit Scheinwerfern wie Krokodilsaugen. Vor ihm parkte ein deutsches Militärauto, an dessen Motorhaube ein deutscher Offizier gelehnt stand. Ein Streichholz knirschte, und ein Flämmchen erhellte kurz sein eckiges Gesicht und die rabenschwarze Uniform. An der Mütze prangte ein Totenkopf, am linken Oberarm eine rote Armbinde mit Hakenkreuz. Eine Sekunde lang erblickte ich neben ihm die steife Silhouette eines zweiten, sehr großen Offiziers, der die graue Uniform des deutschen Heeres trug.

Jetzt war ich froh, dass es dunkel war. Ich hielt mich an der Ecke zur Via delle Donzelle versteckt, nur wenige Meter entfernt. Sollte ich mich doch noch ins Haus schleichen und Daniele warnen? Vielleicht waren die Tacconi-Brüder in einer anderen Wohnung …

Francos Onkel kam aus dem Haus, gefolgt von der Familie Neri und Francos Vater. Die Brüder waren mit Gewehren bewaffnet. Der SS-Offizier richtete sich auf und zog an seiner Zigarette, die hellrot glomm. Signora Neri klammerte sich mit beiden Händen an Danieles linker Hand fest und weinte still, Signor Neri starrte geradeaus, als wollte er das alles nicht wahrhaben. Daniele trug eine Mappe unter seinem rechten Arm. Sein Blick sprang vom dunklen Laster zu dem Offizier.

Francos Vater öffnete die hintere Plane des Lasters und warf sie aufs Dach. Er schlug die Bordklappe auf und stellte eine Holzkiste als Einstiegshilfe auf den Boden. Signor Neri kletterte hinein. Mehrere Menschen drängten sich schon auf der Ladefläche. Signora Neri zögerte, doch Francos Onkel zog sie grob am Arm und zwang sie einzusteigen. Danach packte er Daniele unter den Armen und warf ihn hinterher. Die Mappe fiel auf den Boden. Francos Vater verschloss die Klappe, zog die Plane herunter und befestigte sie.

»Wo fahren wir als Nächstes hin?«

»Wir sind voll«, sagte der Onkel. »Wir bringen die hier zum Parco della Rimembranza, dann holen wir die Letzten.«

»Verdammt, dafür geht die ganze Nacht drauf.«

Die Türen wurden zugeschlagen. Der SS-Offizier warf die noch brennende Zigarette auf den Boden und stieg ins Auto. Die ebenfalls abgedunkelten Scheinwerfer gingen an und blendeten mich kurz. Als ich wieder sehen konnte, stieg gerade der andere Offizier ein. Das Auto fuhr weg, der Lastwagen folgte ihm.

Parco della Rimembranza. Ich rannte los. Anders als die Autos konnte ich eine Abkürzung durch die engsten Gassen nehmen.

Ich galoppierte über die Steintreppe und den steilen Vicolo di Camporeggio und hatte brutales Seitenstechen, als ich ankam. Die einzige Lichtquelle waren die verdunkelten Scheinwerfer der Lastwagen und Autos. Die schwarze Masse von San Domenico wirkte bedrohlich wie ein kauerndes Raubtier.

Ich versteckte mich in den Büschen. Ich war überrascht, wie viele Menschen schon dastanden, bestimmt über fünfzig. Ich sah nur wenige Deutsche, zwei schwarz bekleidete SS-Leute und noch eine Handvoll in grauer Uniform. Die meisten Wachen waren italienische Milizionäre, die schwer bewaffnet auf und ab gingen und die Gefangenen im Auge behielten.

Oder so taten, als ob. Wenn die Deutschen nicht hinschauten, lösten sich einzelne Schatten von der Gruppe und verschwanden durch die Büsche. Die meisten italienischen Soldaten sahen demonstrativ in die Luft. Einer winkte sie sogar weg.

Ich bekam wieder Hoffnung. Ich musste Daniele und seine Eltern finden und sie irgendwie auf diese unerwartete Gelegenheit aufmerksam machen. Tief gebückt kroch ich auf die Gefangenen zu, als ein deutscher Offizier einen Befehl bellte. Die Milizionäre begannen, die Menschen zu sammeln und zu den Lastwagen zu drängen. Und da sah ich die Neris. Sie standen neben dem Laster, der sie hierhergebracht hatte. Signor Neri sprach mit einem Mann in Zivil. Ich hörte nicht, was er sagte, aber auch die Tacconi-Brüder hörten zu und waren abgelenkt.

Jetzt oder nie. Ich schlich mich näher heran, hob ein Steinchen auf und warf es Daniele an den Rücken. Er drehte sich um. Ich winkte.

Das Gespräch zwischen dem Mann und Signor Neri wurde lauter.

Daniele runzelte die Stirn und bewegte den Kopf, wie um zu fragen, was ich wollte. Ich winkte ihn heran.

Andere Männer wurden von der Diskussion angezogen und redeten auf den Mann ein. Einer von ihnen faltete die Hände zusammen in einer bittenden Geste.

Daniele machte einen Schritt auf mich zu. Ich nickte aufmunternd. Er blieb stehen, drehte sich um. Niemand achtete auf ihn. Er kam näher.

Der Mann im Zivil richtete sich auf. Mit einer herrischen Geste rief er wie ein Schauspieler:

»Es gibt nur zwei Wege: den Weg der Ehre und den Weg der Schande. Ich habe mich für den Weg der Ehre entschieden!«

Signora Neri merkte, dass Daniele sich entfernt hatte. Sie drehte den Kopf nach hinten. Unsere Augen trafen sich. Fast unmerklich nickte sie mir zu.

Ich sprang aus dem Gebüsch, ergriff Danieles Hand und rannte los.

16

Wir waren gerade einmal bis zum Ende des Parks gekommen, als Daniele stolperte und beinahe hinfiel.

»Warte! Ich gehe nicht weiter«, keuchte er.

Ich stützte ihn und versuchte, ihn zum Weiterlaufen zu zwingen.

»Lauf! Sobald sie merken, dass du weg bist, werden die hinter uns her sein.«

Er wehrte sich und blieb stehen.

»Ich muss zu meinen Eltern zurück.«

»Bist du wahnsinnig? Hast du nicht verstanden, was los ist? Die Deutschen verschleppen euch alle nach Deutschland!«

»Meine Mutter hat gesagt, sie wollen nur unsere Papiere kontrollieren.«

»Das hat sie nur gesagt, damit du keine Angst hast.« Ich schaute über ihn hinweg. Jeder Schatten, der sich im Wind bewegte, nahm die Gestalt eines deutschen Soldaten an. »Jetzt komm endlich!«

»Nein. Ich kann meine Eltern nicht alleinlassen.«

Ich unterdrückte nur mit Mühe den Drang, ihn zu schlagen. Ich versuchte, ruhig zu sprechen, während mein Blick über die Büsche und zwischen die Bäume sauste.

»Daniele, deine Mutter weiß, dass du bei mir bist. Sie hat mich gesehen und genickt. Sie will, dass du mit mir gehst.«

Das verunsicherte ihn. Ich packte seine Hand und zog ihn weiter. Nach nur wenigen Schritten blieb er wieder stehen.

»Ich kann nicht. Sie haben Angst, ich habe es ihnen angesehen. Ich kann sie nicht alleinlassen. Sie haben nur mich.«

Er ließ meine Hand los, drehte sich um und rannte zurück.

Ich war so überrascht, dass ich zwei Sekunden brauchte, um zu reagieren. Zwei Sekunden zu lang. Als ich wieder bei der Sammelstelle ankam, stiegen die letzten Menschen in die Lastwagen. Die Soldaten zogen die Plane zu und warfen die Wagenschläge zu. Ein Fahrzeug nach dem anderen fuhr los und verschwand hinter der Kurve. Das Brummen der Motoren wurde leiser und verstummte. Die Stille der Nacht holte sich den verlassenen Park zurück.

Daniele war weg.

Ich weiß nicht, wie lange ich noch dastand, unfähig, mich zu bewegen. Es war, als würde der ganze Sauerstoff durch meine Finger aus dem Körper herausfließen.

Tränen rollten meine Wangen hinunter in den Halsausschnitt. Warum war ich nicht schneller gewesen? Warum hatte ich ihn nicht festgehalten? Warum hatte ich ihn nicht geschlagen und weggezerrt?

Verdammt, warum hatte sein Vater die Warnungen nicht ernst genommen? Wie konnte man nur aus Sturheit und blindem Vertrauen seine Frau und seinen Sohn derart in Gefahr bringen?

Irgendwann drehte ich mich um und ließ meine Füße allein den Weg finden. Es war nicht kalt. Ein milder Wind hatte die letzten Wolken weggeweht, und ein glitzerndes Sternengewölbe erhellte die verdunkelte Stadt. Wie konnte der Himmel so schön sein, während etwas so Schreckliches passierte?

Menschen, die so etwas anordneten und durchführten, waren keine Patrioten, sie waren Feiglinge.

Es war der 6. November 1943. In diesem Moment trennte sich mein Herz vom Faschismus.

Ich war etwa dreißig Meter von zu Hause entfernt, als ich eine Bewegung vor unserem Tor sah. Ich blieb sofort stehen. Es war mitten in der Nacht bei Ausgangssperre. Das konnte nur Ärger bedeuten. Ich drückte mich an die Hauswand und wartete.

Der Schatten bewegte sich erneut, dann trat ein zweiter dazu. Sie standen einfach da, im Dunkeln, und warteten. Ich war ziemlich sicher, dass sie in meine Richtung schauten. Bei der geringsten Bewegung würden sie mich bemerken.

Ich hörte ein leises Kratzen, und eine kleine Flamme erhellte plötzlich das pausbäckige, unrasierte Gesicht von Francos Vater, der sich eine Zigarette anzündete. Sein Bruder schlug sie ihm vom Gesicht und zerdrückte sie auf dem Boden.

»Er wird dich sehen, du Idiot«, flüsterte er.

Extrem langsam, auf Zehenspitzen, ging ich näher ran. Ich wollte hören, was sie sagten.

»Du gehst mir langsam auf die Nerven, Ugo«, zischte Francos Vater. »Ich sag dir, du hast geträumt. Ich gehe jetzt nach Hause. Ich bin müde.«

»Und ich sag dir, ich habe ihn genau gesehen. Es war dieses Guerrini-Balg.«

Die Luft blieb mir im Hals stecken. Sie warteten auf mich.

»Selbst wenn«, sagte Francos Vater. »Die Deutschen sind jetzt auf dem Weg nach Florenz. Wer heute nicht gefunden wurde, hat halt Glück gehabt.«

»Die Deutschen zahlen bis zu 5000 Lire für einen Juden.«

»Die spinnen, die Deutschen. Sie sind dabei, den Krieg zu verlieren, und verplempern Unmengen an Zeit, Geld, Männern und Material für ein paar halb verhungerte Juden. Wie auch immer, ich will nichts mehr damit zu tun haben. Ich habe nichts gegen zusätzliches Geld, aber das geht mir zu weit.«

»Es geht nicht nur um die Juden, du Esel! Die Guerrini sind Antifaschisten! Die rothaarige Hexe ist aus politischen Gründen vom Schuldienst suspendiert worden, und seit Wochen geht so ein komischer Kerl bei ihnen ein und aus. Ich wette, die haben Kontakte zu den Rebellen.«

»Ich wette, er fickt sie nur«, schnaubte Francos Vater.

»Die hat noch nie einen an sich rangelassen. Die mag keine Männer. Nee, da steckt mehr dahinter.«

»Und du glaubst, sie schicken den Jungen ganz allein durch die Nacht? Du hast sie nicht mehr alle!«

»Mann, Beppe, du bist so blöd, dass es schon wehtut. Die waren natürlich auch da. Um die Juden wegzuschmuggeln! Und wenn sie nach Hause kommen, werde ich da sein, um sie zu empfangen.«

»Du meinst, sie marschieren einfach so zurück, mit einem Haufen Juden im Schlepptau? Bist du bescheuert?«

Danach waren sie still. Ich atmete flach und bewegte keinen Muskel.

»Vielleicht hast du recht«, sagte der Onkel nach einer Weile, die mir sehr lang vorkam. »Ich bin auch kaputt. Ich spreche morgen mit dem Kommandanten. Dann werden wir der süßen Guerrini einen kleinen Besuch abstatten.«

Ihre Schritte entfernten sich. Ein Schlüssel knirschte, die Tür öffnete und schloss sich.

Meine ganze Aktion war eklatant gescheitert. Ich hatte Daniele nicht gerettet. Noch schlimmer: Ich hatte Matteo und meine Familie in Gefahr gebracht.

»Zia Chiara! Wach auf!«

Sie setzte sich auf und blinzelte.

»Was … wie spät ist … Wieso bist du angezogen? Was ist passiert?«

»Steh auf, es ist ein Notfall. Ich wecke Matteo.«

Wenige Minuten später trafen wir uns in der Küche. Zia Chiara hatte ihren Morgenmantel übergeworfen, aber Matteo hatte sogar seine Jacke an. Er hatte in Straßenkleidung geschlafen.

»Wie siehst du denn aus?«, rief Zia Chiara aus, als sie meinen nassen Mantel, meine verschlammten Schuhe und meine dreckigen und zerkratzten Beine sah. »Wo in aller Welt warst …«

»Matteo muss weg, er ist hier nicht mehr sicher«, fiel ich ihr ins Wort. »Francos Onkel weiß, dass er hier ist. Er will morgen kommen, um ihn festzunehmen!«

»Woher weißt du das?«, fragte Matteo.

»Er hat mich gesehen! Er glaubt, dass ihr auch da wart, um die Juden zu retten!«

»Dass wir *wo* waren?«, fragte Zia Chiara mit aufgerissenen Augen.

Stockend erzählte ich, was passiert war. Zia Chiara schlug die Hände über dem Kopf zusammen.

»Du bist ihnen hinterhergerannt? Junge, hast du den letzten Rest Verstand verloren?«

»Ich wollte vor ihnen da sein, um Daniele und seine Eltern zu warnen. Ich wollte Daniele rausholen! Und es hätte auch geklappt, wenn er nicht zurückgelaufen wäre!« Meine Stimme brach, und ich konnte die Tränen nicht zurückhalten. »Sie haben ihn mitgenommen. Und seine Eltern und ganz viele andere auch.«

Zia Chiara sank auf einen Stuhl und fuhr sich mit der Hand über das Gesicht.

»Mein Gott. Ich hatte es nicht wirklich für möglich gehalten. Was wird mit ihnen geschehen?«

»Sie werden nach Deutschland gebracht«, sagte Matteo.

»Es gibt schlimme Gerüchte«, flüsterte Zia Chiara.

»Ich glaube, dass sie übertrieben sind. Überlegen Sie mal, es sind Abertausende, aus Italien, Frankreich, ganz Deutschland, Griechenland, Polen. Man kann sie unmöglich alle umbringen.«

Zia Chiara zog den Morgenmantel enger.

»Ich bin froh, dass Sie die Warnung ernst genommen haben.«

Ich hatte noch nicht alles gebeichtet.

»Tacconi weiß, dass Matteo oft hier ist. Er hält euch beide für Antifaschisten.«

»Weiß er, dass er Jude ist?«

»Nein, aber er glaubt, dass ihr beide etwas mit irgendwelchen Rebellen zu tun habt.«

Matteos Augen weiteten sich. Zia Chiara stöhnte.

»Was meint er damit?«, fragte ich. »Welche Rebellen?«

»Partisanen«, antwortete Matteo. »Der Widerstand beginnt sich zu organisieren. Ich werde sofort gehen.«

Zia Chiara sprang wieder auf.

»Nein! Wir verstecken Sie irgendwie.«

»Wo denn? Wenn die Miliz das Haus durchsucht, werden sie jede Schublade umdrehen und mich finden. Und Sie kämen ins Gefängnis. Oder schlimmer. Ich muss sofort hier weg.«

Ich fühlte mich schrecklich. Was hatte ich mir dabei gedacht? Ich hatte mehr als versagt. Ich hatte eine Katastrophe verursacht.

»Es tut mir so leid. Das ist alles meine Schuld«, sagte ich. Ich starrte auf meine Füße. Ich hatte mich noch nie so geschämt. Matteo legte mir die Hände auf die Schultern.

»Schau mich an.« Er wartete, bis sich unsere Blicke trafen. »Gib dir nicht die Schuld für die Verbrechen anderer. Aber in Gottes Namen sei vorsichtig! Die Deutschen und die Faschisten wissen, dass sie einen verlorenen Krieg kämpfen. Das macht sie extrem gefährlich. Auch für einen dreizehnjährigen Jungen.«

»Was werden Sie jetzt tun?«, fragte Zia Chiara.

»Ich kenne noch ein paar Leute, die mir helfen können.«

»Wen?«, fragte ich.

»Das sage ich euch lieber nicht. Ich gehe jetzt, solange es draußen ruhig ist. Räumen Sie das Zimmer wieder um, man sollte nicht sehen, dass jemand darin übernachtet hat.«

»Ich bringe Sie zur Tür«, seufzte sie. Sie streckte mir den Finger entgegen. »Und du gehst jetzt ins Bett. Sofort.«

Ich würde Matteo lange nicht wiedersehen. Vielleicht nie wieder. Meine Kehle schloss sich. Matteo zog mich an sich und umarmte mich.

»Danke, dass du mir geholfen hast«, sagte er mir ins Ohr. Dann ließ er mich wieder los. Zia Chiara warf mir einen strengen Blick zu. Ich ging.

Auf der Höhe der Kapelle blieb ich stehen. Ich hörte sie flüstern.

»... mich bemühen, in Kontakt zu bleiben, aber ich kann nichts versprechen«, sagte Matteo.

»Zu wem gehst du?«

»Es ist besser, du weißt es nicht. Was man nicht weiß, kann man nicht verraten.«

»Ich würde dich niemals verraten.«

»Glaub mir, in ihren Händen würdest du es tun.«

»Bitte versteck dich. Wenigstens für eine Weile.«

»Fürs Erste auf jeden Fall. Aber ich werde mich nicht wie eine Ratte verkriechen und nur warten, bis wir von den Amerikanern ›befreit‹ werden. Und bitte, sei auch du vorsichtig.«

Zia Chiara unterdrückte einen Schluchzer. Dann, zu meiner großen Überraschung, hörte ich, dass sie sich küssten. Schließlich ging die Tür auf und leise wieder zu. Ich ging lautlos in mein Zimmer.

Ich ließ meine schmutzige Kleidung auf den Boden fallen, zog den Schlafanzug an und kroch unter die Decke. Das Bett war kalt. Ich rollte mich zusammen. Der Schlaf übermannte mich wie eine dickflüssige Welle.

Ich hatte den Eindruck, nur zehn Minuten geschlafen zu haben, als Zia Chiara mich weckte. Sie hatte schon ihre Uniform und Haube an.

»Du musst in die Schule. Es würde verdächtig aussehen, wenn du zu Hause bleibst. Beeil dich.«

Ich kroch ächzend aus dem Bett und öffnete die Fensterläden. Das Wetter war wieder trüb. Mir tat jeder Muskel weh. Die Erinnerungen an die vergangene Nacht kehrten zurück, und mit ihr die Schuldgefühle. Ich hatte Daniele verloren. Ich hatte Matteo und Zia Chiara in Gefahr gebracht. Was, wenn die Miliz tatsächlich kam? Würden sie Zia Chiara etwas antun?

Ich zog mich hastig an und ging in die Küche, wo ich mein Frühstück verschlang. Bevor ich in die Schule ging, kontrollierte ich, dass nichts die kurze Anwesenheit von Matteo verriet.

Das Zimmer sah wieder haargenau so aus wie zuvor. Am Vortag waren viele Fußspuren auf dem staubigen Boden gewesen. Jetzt waren die Tonkacheln gefegt und geputzt. Cesarina hatte ganze Arbeit geleistet. Sie hatte beim Frühstück nichts gesagt, aber sie musste Bescheid wissen. Ich packte meine Schultasche und machte mich auf den Weg.

Auf den Unterricht konnte ich mich kaum konzentrieren. Er war mir völlig egal. Was kümmerten mich mathematische Gleichungen oder Gedichte von Pascoli, wenn mein Freund und seine Familie nach Deutschland verschleppt wurden?

»Guerrini! Steckt dein Kopf wieder in den Wolken?«

»Entschuldigung, Professore.«

Ich hätte ihn am liebsten zum Teufel geschickt, ihn und seine Kollegen, die uns noch vor wenigen Monaten Reden über die Wunder des Faschismus gehalten hatten. Aber ich sagte nichts. Ich durfte nicht auffallen, schon gar nicht durch aufsässiges Verhalten.

Nach einem unendlich langen Vormittag schlurfte ich nach Hause. Ich hätte am liebsten geweint. Ich dachte an die Männer, die die Juden aus ihren Wohnungen geholt hatten, um sie den Deutschen zu übergeben. Was hatten sie dabei empfunden? Schadenfreude? Gar Stolz, wie der große Mann in Zivil?

Die Wut loderte in meinem Bauch, als ich mir seine ungeheuren Worte in Erinnerung rief: *Ich habe mich für den Weg der Ehre entschieden.*

Den Weg der Ehre?!

Der Weg der Ehre wäre gewesen, sein Wort zu halten, Seite an Seite mit dem Verbündeten auf dem Schlachtfeld die hoffnungslose Schlacht bis zum bitteren Ende zu kämpfen. Vielleicht zu sterben. Aber das? Was hatte der große Kerl bei dieser Aktion riskiert? Welche Ehre lag darin, hilflose und unschuldige Menschen zu entführen und in Gefangenschaft, vielleicht in den Tod zu schicken?

Manche hatten sich vielleicht geschämt, wie die wenigen, die weggeschaut hatten, als einige Juden in die Nacht flüchteten. Aber sie hatten sich nicht dagegen gewehrt.

Wenn das die neuen Faschisten waren, wollte ich nichts mit ihnen zu tun haben.

Als ich am Laden der Tacconi vorbeiging, schlug mein Herz schneller. Wusste Signora Tacconi Bescheid? Und Franco? Auch er war mein Freund … Aber Signora Tacconi bediente gerade und sah mich nicht, und Franco schien noch nicht aus der Schule zurück zu sein. Ich ging nach Hause.

»Lorenzo …«, flüsterte ein fast unhörbares Stimmchen, als ich den Entrone betrat.

Im Schatten der Säule mit dem Löwen, fast verschmolzen mit der Wand, zitternd wie ein Pappelblatt im Wind, schmutzig und mit riesigen, angsterfüllten Augen, kauerte Daniele.

17

»Wie kannst du hier sein?«

Nur das leise Klappern seiner Zähne antwortete. Seine Lippen waren grau. Sein Mantel war verdreckt, seine kurze Wolltuchhose nass, seine nackten Knie zerkratzt und schlammig. Er starrte mich mit aufgerissenen Augen an. Ich packte seine Hand.

»Ich bring dich nach oben, bevor dich jemand sieht.«

Ich zwang ihn aufzustehen und zog ihn die Treppe hinauf bis zum Dachboden. Ich fummelte den Schlüssel aus dem Versteck, schloss auf und schob Daniele hinein. »Du frierst. Zieh die nassen Sachen aus.«

Ich musste ihm dabei helfen, allein war er dazu nicht in der Lage. Er behielt nur sein Hemd und die Unterhose an. Ich gab ihm meine Wollsocken und legte ihm den Mantel wieder um.

»Ich gehe runter und hole dir trockene Sachen und eine Decke. Und etwas zu essen. Du hast bestimmt Hunger.«

Er nickte, sagte aber immer noch nichts. Ich zögerte.

»Ich komm so schnell wie möglich wieder hoch. Aber es kann schon ein bisschen dauern, bis ich alles habe. Du läufst nicht weg, oder?«

Er schüttelte kaum merklich den Kopf. Ich rannte nach unten.

»Du hast ganz schön getrödelt«, nörgelte Cesarina.

Das Mittagessen stand auf dem Tisch, ich musste selbst erst einmal essen, wenn ich mich nicht verdächtig machen wollte. Unter Cesarinas Nase Essen zu stehlen, war nicht einfach. Ich musste improvisieren. Als sie nicht aufpasste oder in die Küche ging, ließ ich ein paar Nudeln oder ein Stück Fleisch in das Taschentuch auf meinem Schoß fallen. Nonno merkte eh nichts. Es war nicht viel, aber ein bisschen musste auch ich essen. Ich wollte mich vor allem beeilen.

»Schling doch nicht so, Popino«, meckerte Cesarina. Sie nahm die leeren Schüsseln vom Tisch und machte sich auf den Weg in die Küche, aber nach drei Schritten blieb sie stehen und drehte sich zu Nonno um.

»Das Essen reicht für den wachsenden Jungen hinten und vorne nicht, Sor Colonnello.«

»Der Krieg muss ein Ende finden«, antwortete Nonno.

»Wir brauchen nicht so lange zu warten, um ein kleines bisschen besser zu essen.«

Das war ein unerwartetes Glück. Eine Diskussion über Wohl und Übel des Schwarzmarkts würde beide ablenken. Ich stopfte mir die letzten Bissen in den Mund, steckte das Taschentuch in die Hosentasche und brachte meinen Teller in die Küche. Ich griff ein kleines Stück Brot und einen Apfel und schnitt eine Scheibe Pecorino ab, die ganze Zeit mit einem Ohr im Wohnzimmer. Ich war gerade fertig, als ich Cesarina heranschlurfen hörte. Ich stopfte Apfel und Käse in die andere Hosentasche, schob das Brot unter den Pullover und rannte in mein Zimmer.

Ich leerte meine Schultasche und packte sie mit Ersatzkleidung für Daniele voll. Das Essen legte ich oben drauf. Ich hängte mir die Tasche um und ging zurück auf den Flur.

Es war ruhig. Cesarina hatte sich hingelegt. Ich hatte eine knappe Stunde, um Daniele mit dem Nötigsten zu versorgen. Aus dem Vorratsraum hinter dem Cucinone nahm ich zwei Kerzen, Streichhölzer, eine Waschschüssel und ein Stück Kernseife. Aus dem Wäscheschrank holte ich eine dicke Wolldecke. Dann lief ich so leise wie möglich zum Dachboden.

Daniele schlief zusammengerollt auf dem Boden. Dicht an

seiner Brust schnurrte eine feuerrote Fellkugel. Khalil stand sofort auf und schnüffelte mit hoch erhobenem Schwanz an meiner Schultasche. Ich gab ihm ein Fettstückchen, das ich vom Fleisch abgeschnitten hatte. Ihm zuliebe, denn inzwischen aß ich alles, auch Fett. Gerade Fett.

Daniele rührte sich nicht. Er musste völlig erschöpft sein. Ich bedeckte ihn vorsichtig mit der Decke und ging wieder nach unten.

Ich besorgte mir einen Teller und Besteck aus dem guten Service. Es wurde ja nur zu besonderen Gelegenheiten benutzt, die Chancen standen gut, dass Cesarina nicht bemerkte, dass die Sachen fehlten. Ich wickelte sie in ein Bettlaken. Daniele brauchte auch Wasser. Unter der Spüle fand ich zwei leere Weinflaschen, die Cesarina nicht weggeworfen hatte, weil »alles nützlich sein konnte«, und einen Blechbecher.

Daniele wachte auf, als ich hereinkam. Er rieb sich die Augen und sah sich verschlafen um, als wüsste er nicht mehr, wo er war. Er hustete.

»Ich muss aufs Klo«, sagte er mit belegter Stimme.

Daran hatte ich nicht gedacht.

»Bin gleich wieder da.«

Ich ging wieder nach unten. In der Besenkammer fand ich einen verbeulten Eimer, den Cesarina nicht mehr benutzte. Ich nahm noch zwei Zeitungsblätter aus dem Klo.

»Als ich zurück zum Park gelaufen bin, stiegen die Menschen schon in die Lastwagen«, erzählte Daniele. Er hatte sich erleichtert, gewaschen und umgezogen, dann hatte er das bisschen, das ich ihm mitgebracht hatte, verschlungen. Nun saßen wir auf einer Kiste, während Khalil auf der Decke lag und schlief. »Meine Eltern habe ich nicht gesehen, vielleicht waren sie schon eingestiegen. Und die Lastwagen sahen im Dunkeln alle gleich aus. Die ersten fuhren auch schon los. Ich bin von einem zum anderen gerannt und habe sie gerufen. Und dann …«, er schluckte, und seine Augen wurden sehr groß, »dann kam das Gespenst.«

»Das Gespenst?«

»Es war riesig und stand plötzlich vor mir, vom Mondlicht angestrahlt, grau wie Zement. Es hatte Beine wie Stöcke und einen ganz langen, rechteckigen Kopf. Sein Gesicht, seine Haare und sogar seine Wimpern waren so weiß, dass sie leuchteten. Und seine Augen! Sie lagen ganz tief in seinem Schädel und hatten keine Farbe.«

»Das hast du dir eingebildet.«

»Nein! Es hat mit mir gesprochen. Es hat gesagt: ›Geh weg, Junge.‹ Die letzten Lastwagen fuhren gerade ab. Ich bin in Panik geraten. Habe versucht, an ihm vorbeizulaufen, aber es hat sich vor mich gestellt und mich mit seinen gruseligen Augen angestarrt. Dann hat es ganz leise und bedrohlich gesagt: ›Geh!‹ Und dann bin ich weggelaufen. Nach einer Weile bin ich noch mal zurückgekehrt, aber es war niemand mehr da.« Seine Stimme brach. »Die Wagen waren alle weg.«

Er war die ganze Zeit dort gewesen. Und ich hatte ihn nicht gesehen!

»Wieso bist du nicht wieder zu mir gekommen?«

»Ich habe es versucht, aber du warst nicht mehr da! Ich dachte, du wärst nach Hause gegangen.«

»Nein, ich bin auch zurückgelaufen. Aber ich hab dich nicht gesehen!«

»Es war sehr dunkel. Ich hab mich in den Büschen versteckt und gewartet. Ich dachte, meine Eltern werden Bescheid sagen, der Lastwagen wird zurückkommen, um mich zu holen. Aber er kam nicht. Als es hell wurde, bin ich nach Hause gegangen. Die Tür war abgeschlossen. Also bin ich zu dir, aber es war zu früh, ich wusste, dass du noch in der Schule bist. Ich habe hinter der Säule gewartet und bin eingeschlafen.«

»Gott sei Dank hat dich niemand gesehen.«

Eine Träne rollte über seine Wange und fiel auf sein Knie. Ich legte ihm den Arm um die Schultern. Ich fühlte mich schrecklich ungeschickt.

»Ein Mann im Lastwagen hat gesagt, dass die Halbjuden vielleicht freigelassen werden«, sagte er. »Meine Mutter ist Halbjüdin, und mein Vater wollte erreichen, dass sie und ich nach Hause geschickt werden. Jetzt haben sie sie doch beide mitgenommen!« Er schaute mich erschrocken an: »Glaubst du, es ist meine Schuld? Um sie zu bestrafen, weil ich weggelaufen bin?«

Ich erschrak. Wenn es so war, dann war ich schuld. Ich hatte ihn schließlich weggelockt.

»Quatsch, das hat damit nichts zu tun. Das konnten die Deutschen nicht in dieser Situation mitten in der Nacht entscheiden, sie mussten erst mal alle in ein Büro oder so bringen, um die Papiere zu kontrollieren.«

»Und wo ist dieses Büro?«

Zum Glück hatte ich darauf tatsächlich eine Antwort.

»In Florenz. Einer der Männer, die euch festgenommen haben, hat es gesagt.« Ich hatte nicht das Herz, ihm zu sagen, dass er mein Nachbar und der Vater meines zweitbesten Freundes war. »Vielleicht kommt deine Mutter schon morgen nach Hause.«

Daniele schüttelte den Kopf. »Sie wird meinen Vater nicht alleinlassen.«

Das fürchtete ich auch.

»Vielleicht schicken sie ihn auch zurück, weil er mit einer Halbjüdin verheiratet ist.«

»Meinst du?«

»Ich würde erst mal davon ausgehen.«

Er stand auf. »Dann gehe ich nach Hause. Ich will da sein, wenn sie kommen.«

Ich drückte ihn wieder auf die Kiste.

»Du hast selbst gesagt, dass die Tür zu ist. Du kommst gar

nicht rein. Außerdem ist es gefährlich. Die Faschisten wissen, dass du entkommen bist, und werden dir genau dort auflauern.«

»Vielleicht bringen sie mich dann zu meinen Eltern.«

Ich packte ihn an den Schultern und schüttelte ihn.

»Deine Mutter wollte, dass du mit mir gehst, Daniele! Sie hat es mir mit den Augen gesagt. Sie hätte dich festhalten können, oder? Aber sie hat es nicht getan. Sie wollte nicht, dass du in die Hände der Deutschen gerätst. Du solltest ihr gefälligst gehorchen!«

Sein Gesicht verzog sich vor Anstrengung, die Tränen zurückzuhalten.

»Sie werden nicht wissen, wo ich bin.«

Ich musste ihn irgendwie beruhigen, damit er nicht versuchte wegzulaufen. Ich hatte vor, die Tür abzuschließen, vor allem damit niemand hereinkam, aber das Fenster ließ sich problemlos öffnen.

»Ich gehe zu dir nach Hause und schaue nach.«

»O ja, gute Idee! Und wenn sie noch nicht da sind, häng bitte einen Zettel an die Tür, damit sie sich keine Sorgen machen.«

»Mach ich. Aber du musst versprechen, hier zu bleiben und dich ganz still zu verhalten.« Er schwieg. »Verdammt, Daniele! Glaubst du, ich darf dich hier verstecken? Wenn dich jemand erkennt, bringst du auch mich und meine Familie in Gefahr.«

Das saß.

»Entschuldigung. Du hast recht.« Er sank auf den Boden und umschlang seine Knie. »Ich habe Angst.«

Ich setzte mich zu ihm.

»Vielleicht hab ich mir das Gespenst auch nur eingebildet«, sagte er nach einer Weile. »Ich glaube normalerweise nicht an Gespenster, ich bin kein kleines Kind.«

»Man bildet sich leicht Dinge ein, wenn es dunkel ist. Aber es gab einen großen deutschen Offizier. Vielleicht war er das.«

»Ein deutscher Offizier hätte mich doch niemals weggeschickt.«

»Stimmt natürlich auch.« Ich stand auf. »Hilf mir mal, wir müssen dir ein Bett machen.«

Hinter den Kisten und Kartons steckte eine sehr alte Matratze, die ich allein nicht hatte bewegen können. Nach einigem Zerren und Rücken gelang es uns, sie in einer Staubwolke hervorzuziehen. Daniele rümpfte die Nase.

»Sie stinkt nach Mäusepisse.«

Ich seufzte. »Und ich soll ein kleiner Prinz sein. Sei froh, dass es überhaupt eine gibt. Eine Matratze könnte ich dir echt nicht mal eben von unten holen.«

Als wir sie auf den Boden legten, huschte tatsächlich eine Maus heraus. Khalil bewegte sich schneller als ein Schluckauf. Die Maus quietschte einmal, dann knackten ihre Knöchelchen zwischen seinen Kiefern. Daniele brach in Tränen aus.

Ich sah ihn verdutzt an. Wie konnte er in seiner Lage wegen einer Maus weinen? Sollte ich ihn in den Arm nehmen und trösten? Jungen taten so etwas nicht. Ich fühlte mich wie ein Trottel. Um irgendetwas zu tun, entfernte ich das, was von der Maus übrig geblieben war. Aber Daniele schien dem Kater wegen der Maus nicht böse zu sein. Als er begann, sich zu beruhigen, gab ich ihm das Taschentuch. Es war eine gute Idee gewesen, es mitzunehmen.

»Ich gehe jetzt zu dir nach Hause«, sagte ich. »Vielleicht erfahre ich etwas.«

»Hat deine Familie etwas gegen Juden?«

»Nein! Wieso?«

»Warum darf ich nicht bei euch unten auf meine Eltern warten?«

Ich erzählte ihm von den Tacconi-Brüdern.

»Wenn sie kommen und dich finden, werden sie nicht nur dich den Deutschen ausliefern, sondern auch meine Tante.«

Ich dachte an das Gespräch der vorigen Nacht, als Zia

Chiara beteuert hatte, sie würde Matteo niemals verraten. »Glaube mir, in ihren Händen würdest du es tun«, hatte Matteo geantwortet. Der Satz ging mir nicht aus dem Kopf.

»Deine Tante?«, fragte Daniele. »Wieso?«

Er hatte es immer noch nicht begriffen.

»Es ist verboten, Juden zu verstecken! Niemand weiß, dass du hier bist, auch meine Familie nicht. Vor allem meine Familie nicht.«

»Und ... was ist mit dir?«

»Niemand wird auf die Idee kommen, dass ich dich verstecke. Kinder werden nie ernst genommen.«

Ich klopfte zweimal und lauschte an der Tür. Nichts. Ich klopfte noch mal, ein bisschen lauter. Ich wollte Daniele gegenüber sagen können, dass ich es wirklich versucht hatte und ganz sicher war, dass seine Eltern nicht da waren. Einen Zettel konnte ich natürlich nicht aufhängen. Und ich musste schnell wieder weg, bevor mich jemand sah.

»Suchst du die Familie Neri?«

Ich drehte mich um. Eine sehr alte Frau steckte ihre lange Nase und ein Auge durch den Spalt ihrer Wohnungstür.

»Sie sind weg«, krächzte sie. »Sie waren Juden. Man hat sie heute Nacht abgeholt. Du bist Lorenzo, nicht wahr? Der kleine Freund von Daniele. Der arme Junge ...«

Ohne zu antworten, lief ich die Treppe runter. Aber es war bereits zu spät. Sollte sich jemand bei ihr erkundigen, würde die alte Hexe allzu bereitwillig erzählen, dass ich hier gewesen war.

Nach dem Abendessen stahl ich mich aus der Wohnung, um Daniele davon zu berichten und ihm etwas zu essen zu bringen. Ich wollte ihn trösten.

»Es ist zu früh, sie konnten noch nicht zurück sein. Es dauert bestimmt eine Weile, bis alle kontrolliert werden und aus Florenz zurückkommen. Ich versuche es morgen noch mal.«

Daniele nickte enttäuscht. Er hatte das Stück Brot und die Scheibe Salami in drei Bissen verschlungen.

»Hast du nicht noch ein bisschen mehr?«

»Nein, tut mir leid. Vielleicht kann ich dir morgen mehr mitbringen. Aber jetzt muss ich runter, bevor die anderen mich vermissen.«

Ich begann zu ahnen, dass es ungleich schwieriger und komplizierter sein würde, Daniele am Leben zu halten, als ihn zu verstecken. Ich musste eine Lösung finden, bevor wir beide vor Hunger krank wurden.

Vor allem, bevor Cesarina etwas merkte.

18

Mitten in der Nacht hämmerte der eiserne Klopfer gegen die Tür. Ich saß senkrecht im Bett.

Ich sprang aus dem Bett und rannte aus meinem Zimmer. Inzwischen konnte ich mich wie eine Fledermaus in der stockfinsteren Wohnung orientieren.

Der Klopfer schlug weiter. Ich blieb stehen, nur wenige Meter vor dem Gang, der zur Eingangstür führte. Die Angst drückte mir die Luft aus den Lungen und nagelte meine Füße auf dem Boden fest. Ich hörte, wie meine Tante von ihrem Schlafzimmer zum Eingang eilte. Sofort begann eine Männerstimme zu schreien.

»Haben Sie einen Durchsuchungsbefehl?«, hörte ich Zia Chiara fragen.

»Nicht nötig. Sie werden uns freiwillig Zutritt zu Ihrer Wohnung gewähren.«

»Einen Teufel werde ich tun. Und nehmen Sie den Mund nicht zu voll, Tacconi, das steht Ihnen nicht.«

Ihre Stimme verriet keine Spur von Angst. Das gab mir Mut. Ich konnte mich nicht wie ein Feigling verstecken. Es war ja meine Schuld, dass die Faschisten mitten in der Nacht unsere Wohnung stürmten. Ich lief weiter und blieb im kleinen Eingangsflur neben der zitternden Cesarina stehen, im Schatten verborgen. Drei Männer standen vor der Tür: Ugo Tacconi, ein junger Bursche, der immerzu gähnte, und ein Mann mittleren Alters, der das Gewicht von einem Bein auf das andere verlegte und versuchte, sich klein zu machen. Alle drei trugen das schwarze Hemd und die schwarze Mütze der Miliz.

Selbst im spärlichen Licht sah ich, wie Francos Onkel unter Zia Chiaras Beleidigung erblasste.

»Sie verstecken hier Juden und Rebellen«, keifte er.

Zia Chiara verschränkte die Arme.

»Wie kommen Sie denn auf so eine Idee?«, fragte sie ruhig.

»Ich habe letzte Nacht den Jungen gesehen, wie er die Juden in die Büsche gelockt hat!«

Zia Chiara blinzelte und schüttelte den Kopf.

»Ich verstehe kein Wort. Wen wollen Sie gesehen haben? Meinen Neffen?«

»Genau! Er hat sie …«

»Wo haben Sie ihn gesehen?«, unterbrach sie ihn.

»Im Parco della Rimembranza«

»Um wie viel Uhr?«

»Öh, gegen vier …«

»Und was treiben Sie um vier Uhr morgens im Parco della Rimembranza?«

Meine kleine, zierliche Tante hatte den Spieß umgedreht und verhörte den massigen Tacconi, der es nicht einmal merkte. Er streckte das Kinn nach oben in einer unfreiwilligen Parodie von Mussolini.

»Die Miliz hat den deutschen Verbündeten bei der Festnahme von Juden assistiert!«

»Oh. Eine höchst ehrenhafte und brandgefährliche Aufgabe.«

Zia Chiara spielte mit dem Feuer. Tacconis Nasenflügel blähten sich auf. Er machte einen Schritt auf sie zu. Und sah mich.

»Da ist er«, schrie er und streckte seine Pranke nach mir aus. Zia Chiara sprang dazwischen.

»Sie fassen ihn nicht an.«

Sie hatte fast unhörbar geflüstert, aber die Drohung in ihrer Stimme war so deutlich, dass er seine Hand zurückzog. Und sich sofort darüber ärgerte. Er zeigte mit dem Finger auf mich und schrie:

»Du! Du warst da!«

»Ich? Wo denn?«

Ich tat so, als sei ich verschlafen, erschrocken und verwirrt, und betete innerlich, dass es echter wirkte, als es sich anfühlte. Tacconi wandte sich Zia Chiara zu:

»Und Sie waren auch da! Sie haben die Gefangenen entkommen lassen!«

Zia Chiara änderte ihre Taktik. Sie neigte den Kopf zur Seite, mit dem Ausdruck milder Verärgerung einer Lehrerin zu einem besonders langsamen Schüler.

»Signor Tacconi, das ist lächerlich. Mein Neffe und ich waren letzte Nacht im Bett. Wie jeder rechtschaffene Mensch in dieser Stadt.«

»Ich habe ihn gesehen«, brüllte Tacconi.

»Nachts, in einem Park, bei Verdunkelung?«, erwiderte sie ruhig.

Der andere Milizmann, dem das Ganze offensichtlich peinlich war, zog ihn am Ärmel.

»Komm, Ugo, wir verschwenden unsere Zeit.«

»Das Gör war heute bei den Neri! Die Nachbarin hat ihn gesehen. Ich sage dir, sie verstecken Juden!«

»Ich wollte meinen Freund Daniele besuchen«, sagte ich mit größtmöglicher Unschuld. »Wenn er hier wäre, würde ich ihn dort nicht suchen, oder?«

Tacconi blinzelte. Dann kam er zurück auf das Letzte, das er noch verstanden hatte.

»Aha! Du gibst zu, dass ihr jüdische Freunde habt!«

»Ja, aber sie wohnen nicht bei uns«, sagte ich mit dem nettesten Lächeln, zu dem ich fähig war. »Zia Chiara, lass sie doch schauen, sie werden sehen, dass niemand hier ist.«

Es war klar, dass Zia Chiara nicht bereit war, auch nur einen Millimeter nachzugeben, aber Cesarina beschloss, dem gefährlichen Machtkampf ein Ende zu setzen. Sie trat vor und nahm ihn mit einem freundlichen Lächeln am Arm.

»Kommen Sie, Signor Tacconi, schauen Sie sich ruhig alle Zimmer an.«

Tacconi, der das nicht erwartet hatte, folgte ihr fast zögerlich. Der andere Mann nahm die schwarze Mütze vom Kopf und folgte ihnen. Nach einem schüchternen Blick auf Zia Chiaras Gesicht hielt es der junge Bursche für sicherer, sich überhaupt nicht zu bewegen.

»Bleib du hier und pass auf den auf«, sagte sie zu mir. »Ich habe lieber ein Auge auf die beiden, nicht, dass sie etwas mitgehen lassen.«

Sobald sie verschwunden war, richtete sich der Junge wieder auf, wölbte die Brust und musterte mich voller Verachtung. Nach zehn Minuten kam Tacconi enttäuscht und wütend zurück.

»Nehmen Sie sich bloß in Acht, früher oder später erwische ich Sie, und dann … Es gibt keine Gnade für Leute, die Juden und Rebellen helfen!«

Und hier machte Zia Chiara einen Fehler.

»Nehmen *Sie* sich in Acht, Sie Affe«, zischte sie mit gefletschten Zähnen. »Der Krieg wird bald zu Ende sein, und dann wird man Sie und Ihresgleichen für Ihre Verbrechen zur Rechenschaft ziehen!«

Für den Bruchteil einer Sekunde flackerte Angst in seinen Augen. Dann wurden sie von Zorn überspült. Er ergriff Zia Chiara, drückte ihr die Arme hinter den Rücken und legte ihr Handschellen an.

»Sie sind festgenommen! Wegen subversiver Äußerungen.«

Der andere Milizmann erschrak.

»Lass das, Ugo, du wirst selbst Ärger krieg…«

»Sie glauben sich über alles und jeden erhaben, was?«, brüllte Ugo Tacconi weiter. Er schubste sie zur Tür hinaus und grinste finster.

»In der Casermetta wird man Ihnen endlich Respekt beibringen«, rief er, während er sie die Treppe hinunterzog.

»Madre di Dio santissima«, raunte Cesarina.

Sie bekreuzigte sich mehrmals. Ich fing an zu weinen.

»Was werden sie mit ihr machen?«

Ich hatte schreckliche Angst vor der Antwort. Cesarina drückte mich an sich.

»Wir müssen dem Sor Colonnello Bescheid sagen.«

Wir fanden Nonno auf dem Stuhl neben dem Telefon, im kleinen Flur am Ende des Gangs. Der Lärm hatte ihn geweckt. Er hatte sofort verstanden, was los war, und sich allein aus dem Bett gewuchtet und bis dorthin geschleppt. Er versuchte, uns zu beruhigen.

»Außer Frechheit können sie ihr nichts vorwerfen, und Frechheit ist eine sehr sienesische Eigenschaft. Ich bin sicher, sie werden sie bald wieder freilassen. Ich werde nachher vorsichtshalber ein paar Leute anrufen.«

»Warum nicht jetzt gleich?«, drängte ich.

»Weil rechtschaffene Menschen um diese Zeit noch schlafen, wie deine Tante treffend festgestellt hat.« Er schüttelte seufzend den Kopf. »Man würde meinen, dass sie nach so vielen Jahren Diktatur weiß, wann man besser den Mund hält. Leider unterschätzt sie, wie gefährlich dumme Menschen sein können.«

Wir konnten nur warten. Cesarina war so durcheinander, dass ich problemlos etwas Frühstück für Daniele stibitzen konnte. Ich ging auf den Dachboden. Doch Daniele war nicht da. O Gott, er ist doch weggelaufen, dachte ich. Das Fenster war geschlossen.

»Daniele«, rief ich leise.

»Lorenzo?«, piepste es hinter den Kisten.

Das Gepolter im Treppenhaus hatte ihn aus dem Schlaf gerissen und in Panik versetzt.

»Ich dachte, sie kommen wegen mir.«

»Natürlich kamen sie wegen dir. Verstehst du jetzt, warum niemand erfahren darf, dass du hier bist? Tacconi ist nicht so dumm, wie meine Tante glaubt. Wir haben ihn nicht überzeugt, er verdächtigt uns immer noch.«

Mit Horror dachte ich an Zia Chiara, die gerade von Ugo Tacconi verhört wurde. Gott sei Dank hatte ich ihr nicht von Daniele erzählt. Aber Nonnos Worte hatten mich nicht beruhigen können. Ich hatte schreckliche Angst um sie.

Gerade hatte ich Danieles Eimer geleert und gesäubert, als es klopfte. Ich schob den Eimer schnell unter einen Schrank und rannte zum Eingang.

Zia Chiara stand sehr gerade, sehr blass in ihrem stark verschmutzten hellblauen Morgenmantel vor mir. Ihr Gesicht war starr, bis auf die Augen, die unentwegt blinzelten. Sie trat ein, nahm den Schlüssel aus der Metallschale auf dem kleinen Tisch neben der Tür und schloss ab.

»Geht es dir … gut?«, fragte ich leise.

Cesarina kam angerannt, mit sorgenvollem Gesicht.

»Popina! Du bist wieder da! Der Madonna sei Dank!«

Sie wollte sie umarmen, doch Zia Chiara hob die Hände, um zu zeigen, dass sie nicht angefasst werden wollte. Cesarina hielt erschrocken inne.

»Es geht mir gut. Ich muss mich nur waschen«, sagte Zia Chiara mit einer rauen Stimme, die nicht nach ihr klang.

»Ich bereite dir sofort ein heißes Bad vor, Liebes«, sagte Cesarina mit Tränen in den Augen. Sie huschte zum Cucinone. Zia Chiara starrte ins Leere.

»Möchtest du ein Glas Wasser?«, fragte ich.

»Ja, bitte.«

Wir gingen in die Küche. Sie trank das Glas in einem Zug leer. Ich füllte es ihr erneut. Ich traute mich nicht, ihr in die Augen zu sehen. Sie war so komisch.

»Zia Chiara«, hauchte ich, »haben sie dir wehgetan?«

Sie zwang sich, mich anzulächeln, aber sie brachte nur eine Grimasse zustande.

»Es geht mir gut.«

Ich starrte auf den Boden.

»Es tut mir leid. Es ist meine Schuld.«

»Quatsch. Ich hätte vorsichtiger sein sollen und wusste es ganz genau. Mach dir keine Sorgen um mich. Ich bin robust. Und das Ganze hat sein Gutes: Ich habe ihnen gesagt, dass Matteo Jude ist.« Ich schlug mir auf den Mund, erschrocken. »Es ist besser, sie glauben, das sei der einzige Grund, warum er sich versteckt.«

Zia Chiara verbrachte an diesem Tag lange Zeit in der Blechwanne und badete noch mehrmals in den Tagen danach. Über ihre Erlebnisse in der Casermetta sprach sie mit uns nie.

Der Besuch der Miliz hatte noch eine andere bittere Konsequenz.

»Meine hübsche Vorleserin bin ich wohl los«, seufzte Nonno am folgenden Dienstag.

Daran hatte ich nicht gedacht. Ich wusste sofort, dass er recht hatte. Dreimal in der Woche hatte Ilaria für eine kurze Zeit die schwarzen Wolken aus meinem Leben gefegt. Nun würde ihr Vater sie nie wieder zu uns kommen lassen.

An diesem Abend weinte ich mich in den Schlaf.

Ich traf Franco zwei Tage später auf der Straße, als wir beide von der Schule zurückkamen. Wir blieben einige Meter voneinander entfernt stehen und beäugten uns wie zwei Hunde, kurz bevor sie sich aufeinanderstürzen.

»Was hat dein widerlicher Onkel getan?«

Er warf das Kinn nach oben wie sein Onkel. Wie Mussolini. Ich konnte diese Pose nicht mehr sehen.

»Er sagt, dass ihr Juden versteckt.«

»Ach ja? Und wie viele hat er bei uns gefunden? Zehn? Zwanzig? Hundert?«

Franco presste die Lippen aufeinander und sagte nichts. Ich knurrte.

»Wir wissen doch beide, dass dein Onkel viel Blödsinn erzählt, wenn der Tag lang ist.«

»Mein Onkel ist ein guter Faschist! Im Gegensatz zu euch!«

»Ach ja? Das soll ein guter Faschist sein? Ein Fettwanst, der wehrlose Frauen und Kinder aus ihren Häusern reißt, um sie an die Deutschen auszuliefern? Wenn er so ein guter Faschist ist, warum kämpft er nicht auf dem Schlachtfeld wie mein Vater? Was er tut, hat rein gar nichts mit der faschistischen Ehre zu tun.«

Franco ballte die Fäuste und kam auf mich zu. Ich wich keinen Millimeter. Ich wollte mich prügeln. Jemand musste für das, was geschehen war, geschlagen werden.

Vielleicht spürte er es. Er blieb stehen.

»Ich könnte dich einsperren lassen«, fauchte er.

»Tu. Was. Du. Nicht. Lassen. Kannst.«

Unsere Gesichter waren nur Zentimeter voneinander entfernt, mit bebenden Nasenflügeln und knirschenden Zähnen. Ich war ein ganzes Stück kleiner und musste zu ihm nach oben schauen. Doch mein Zorn war reiner und heißer. Franco sah zuerst weg. Er zog sich zurück.

»*Ich* will auf dem Schlachtfeld kämpfen«, sagte er leise.

Meine Wut fiel in sich zusammen. Franco hatte keine Schuld am Verhalten seines Onkels.

»Du bist auch nicht wie dein Onkel. Du weißt, was Ehre ist«, sagte ich und wunderte mich, wie schnell die Freundschaft in meine Stimme zurückgekehrt war.

Dankbarkeit blitzte in seinem Blick auf. Wir machten uns zusammen auf den Weg nach Hause.

Was ist mit meiner Ehre, fragte ich mich plötzlich. Es störte mich nicht, etwas Ungesetzliches zu tun, denn ich fühlte mich nicht an ein unmenschliches und ungerechtes Gesetz gebunden. Mich störte, dass ich log. Ich tat es zwar für einen Freund, aber dafür belog ich einen anderen.

»Stimmt es, dass du vor zwei Nächten im Parco della Rimembranza warst?«, fragte Franco. »Mein Onkel sagt, dass er dich gesehen hat.«

»Quatsch. Dein Onkel hat echt ein Problem.«

Franco seufzte. »Das Problem habe ich.«

»Wieso?«

»Mit der Schule. In Mathe läuft es überhaupt nicht. Mein Bruder kann mir auch nicht helfen, weil er wieder eingezogen wurde und jetzt in der Kaserne ist. Meine Mutter wollte mich zu deiner Tante schicken, aber das geht natürlich nicht mehr. Jetzt müssen wir in der Schule nachfragen.«

»Und wo ist das Problem?«

Er ließ den Kopf hängen.

»Ich will nicht, dass es die anderen mitkriegen. Die machen sich jetzt schon über mich lustig.«

Mit einer solchen goldenen Gelegenheit hatte ich nicht gerechnet. Ich zuckte mit den Schultern.

»Dabei ist Mathe gar nicht so schwer.«

»Du könntest mir helfen!«

»Das wird deine Familie niemals zulassen.«

»Sie brauchen es nicht zu erfahren.« Er blieb stehen und ergriff meinen Arm. »Wir haben einen Werkzeugschuppen hinterm Haus. Wir können uns heimlich treffen.«

Ich schüttelte den Kopf. »Das gefällt mir nicht. Was, wenn man uns erwischt?«

»Man wird uns nicht erwischen. Bitte, Lorenzo!«

Ich tat so, als würde ich schwer mit mir kämpfen, bevor ich endlich nachgab.

»Na gut. Aber ich will was dafür haben.«

»Was du willst«, rief er. Dann fragte er besorgt: »Was willst du?«

»Essen. Bei uns gibt's immer weniger, und ich habe ständig Hunger.«

Man konnte es mir leicht glauben. Meine Klamotten waren in den vergangenen Monaten gleichzeitig zu kurz und zu weit geworden. Franco, der vielleicht befürchtet hatte, ich würde Geld verlangen, grinste erleichtert.

»Abgemacht.«

Ich wusste, wo er sich eindecken würde, und einen Augenblick lang war ich versucht, dem Geheimlager selbst einen Besuch abzustatten. Ich entschied mich dagegen. Die Gefahr, erwischt zu werden, war zu groß, und dann wäre Daniele den Tacconi ausgeliefert. Aber der Hauptgrund war, dass Franco mir die Kammer im Vertrauen gezeigt hatte. Dieses Vertrauen konnte ich nicht verraten.

»Gut«, sagte ich. »Wir treffen uns ab heute jeden Tag nach dem Mittagessen für eine halbe Stunde. Und du bringst jedes Mal etwas mit.«

Ich rieb mir die Hände. Das bedeutete einen deutlichen Fortschritt für Danieles Versorgung.

Drei Tage später brachte Zia Chiara eine gute Nachricht aus dem Krankenhaus: Einige der festgenommenen Juden waren zurückgekehrt.

»Vielleicht sind auch dein Freund und seine Eltern dabei.«

Nach dem Abendessen schlich ich mich aus dem Haus und rannte zu der Wohnung der Neris. Ich klopfte mehrmals voller Hoffnung. Doch niemand öffnete.

Ich zögerte, ob ich Daniele die schlechten Nachrichten erzählen sollte. Aber was nicht war, konnte noch werden.

»Vielleicht kommen sie in den nächsten Tagen«, sagte ich.

»Hast du den Zettel aufgehängt?«

»Mensch, Daniele, kapier doch mal, dass das nicht geht. Ich werde jeden Tag nachschauen.«

Ich klopfte täglich an ihre Tür, immer zu anderen Zeiten,

immer mit der Angst im Nacken, dass die Tratschtante von nebenan mich sehen und bei den Faschisten melden würde. Die Tür blieb geschlossen. Ich ging zum Bahnhof und lief an den Zügen aus Florenz auf und ab, in der Hoffnung, unter den vielen Flüchtlingen, die nach Siena kamen, die Neris zu erkennen. Vergebens.

Franco hielt sich an die Absprache und brachte immer wahre Leckerbissen mit: Käse, Salami, Oliven, frisches Brot, manchmal sogar Kuchen. Meine Sorge, dass er schnell Fortschritte machen und bald keine Nachhilfe mehr brauchen würde, war unbegründet. Seine mathematischen Lücken waren tiefer als der Marianengraben. Für mich ein Sechser im Lotto.

Leider kamen seine Schätze nur in kleinen Portionen. Es reichte nicht. Daniele wurde zusehends dünner.

»Ich muss das alles klauen«, rechtfertigte sich Franco, als ich um mehr bat. »Wenn mich meine Mutter erwischt, verarbeitet sie mich zu Wurst und verkauft mich pfundweise auf dem Schwarzmarkt.«

Mir war nicht klar gewesen, wie viel ein Mensch jeden Tag braucht, um nicht auf kleiner Flamme zu verhungern. Wie konnte ich bloß noch mehr Nahrung beschaffen?

Vielleicht war das noch nicht einmal das größte Problem.

Anfangs war Daniele ein Nervenbündel gewesen. Das kleinste Geräusch erschreckte ihn. Ein paarmal fand ich ihn auf dem Dach kauernd, weil er Schritte im Treppenhaus gehört hatte.

Als die Tage vergingen, ohne Ereignisse und ohne Nachrichten von seinen Eltern, wich seine ständige Angst einer Apathie, die mich noch viel stärker beunruhigte. Wenn ich zu ihm kam, fand ich ihn zusammengerollt unter der Decke, in einem merkwürdigen Halbschlaf.

»Ich habe meine Eltern im Stich gelassen«, jammerte er immer wieder, und nichts, was ich sagte, konnte ihn trösten und vom Gegenteil überzeugen.

»Die Deutschen haben sie nach Deutschland geschickt. Ich

werde sie nie wiedersehen«, sagte er in gleichgültigem Ton, der mir eine Gänsehaut verursachte. Hoffnungslosigkeit und Nichtstun waren mindestens so gefährlich wie Hunger.

Ich brachte ihm meine Bücher zum Lesen, ich besorgte ihm Papier und Stifte, damit er zeichnen konnte. Aber er rührte sie nicht an. Er wurde einsilbig, und seine Augen verloren ihren Glanz.

Ich musste mir etwas einfallen lassen. Und zwar schnell.

19

Es war Zia Chiara, die mich, ohne es zu wissen, auf die Idee brachte.

Mitte November kam sie so freudestrahlend aus dem Krankenhaus, wie wir es seit Wochen nicht mehr gesehen hatten. Sie hatte Nachrichten von Matteo erhalten.

»Er hat mir einen Brief zukommen lassen. Es geht ihm gut. Er versteckt sich an einem sicheren Ort, und es gibt mutige Menschen, die ihm helfen. Er schreibt auch, dass die meisten Juden, die am 6. November festgenommen wurden, zurückkommen konnten und sich jetzt verstecken.«

»Wo?«, fragte ich aufgeregt.

»Das sagt er nicht. Er wollte nichts verraten, falls der Brief in die falschen Hände geraten wäre. Wahrscheinlich bei Freunden und Verwandten. Manche sind bei Nonnen und Priestern untergekommen, habe ich gehört.«

Das war genug. Ich gähnte.

»Ich bin todmüde, ich gehe ins Bett«, sagte ich und rannte direkt zu Daniele.

Das Leben kehrte in seine Augen zurück, als ich ihm von Matteos Brief berichtete.

»Habt ihr Freunde oder Verwandte, bei denen deine Eltern Zuflucht finden könnten?«, fragte ich. Er dachte nach.

»Zia Teresa! Eine Tante meiner Mutter. Sie ist Christin. Sie ist sehr nett.«

»Wo wohnt sie?«

»In Florenz.«

»Das ist ja toll! Es spricht doch viel dafür, dass deine Eltern bei ihr sind. Schreib ihr einen Brief. Sag ihr, wo du bist. Wenn deine Eltern dort sind, werden sie antworten.«

Zum ersten Mal, seit er bei mir war, lächelte er.

Am nächsten Morgen war der Brief fertig. Ich steckte ihn in den Umschlag, den ich mitgebracht hatte. »Wie heißt sie?«

»Teresa Mancini.«

»Wie lautet die Adresse?«

Daniele sah mich bestürzt an.

»O Mann. Ich weiß es nicht.«

Ich überlegte schnell. Auf keinen Fall durfte er diese Hoffnung verlieren.

»Macht nichts. Ich schreibe einfach ›Signora Teresa Mancini, Florenz‹. Mein Großvater hat mal eine Weihnachtskarte bekommen, auf der nur ›Mario Guerrini, Siena‹ stand.«

»Im Ernst?«, fragte Daniele skeptisch.

»Echt, er erzählt die Geschichte immer wieder. Die Karte kam erst Mitte Januar, aber sie kam an. Die Post sucht den Empfänger, bis sie ihn findet. Du musst ein bisschen Geduld haben.«

Daniele nickte. Ich atmete auf.

Allerdings stimmte die Geschichte mit der Weihnachtskarte nicht ganz. Der Absender hatte als Adressenersatz »bei Cane e Gatto« geschrieben, und das war der Name der Straße gegenüber unserem Haus. Der Name Mancini war noch häufiger als Guerrini. Die Wahrscheinlichkeit, dass der Brief Danieles Tante erreichte, war nicht sehr hoch.

Aber er brachte die Wende.

Als ich ihm am frühen Nachmittag etwas zu essen brachte, saß er mit dem Rücken an eine Kiste angelehnt und war in ein Buch vertieft.

»Was liest du?«, fragte ich beiläufig.

»*Der Kleine Lord*. Das kannte ich noch nicht. Es ist toll. Die meisten Bücher, die du mir mitgebracht hast, habe ich schon gelesen.«

In Nonnos und Zia Chiaras Bibliothek gab es jede Menge Bücher für ihn. Unter anderem fand ich *I Promessi Sposi* von Manzoni, einen Ziegelstein, den jeder italienische Schüler irgendwann lesen muss. Der würde ihn schon eine Weile beschäftigen.

»Du wirst einen Riesenvorteil haben, wenn wir es in der Schule durchnehmen«, sagte ich. Und das brachte mich auf eine gute Idee. »Überhaupt, du solltest lernen.«

»Wozu denn?«

»Damit du nach dem Krieg nicht zurückgesetzt werden musst, du Esel! Das wäre das beste Geschenk, das du deinen Eltern machen kannst.«

Das war ein Geniestreich von mir. Mit einem neuen Ziel verwandelte sich Daniele aus einem Untoten in einen Kämpfer. Ab diesem Tag arbeiteten wir jeden Nachmittag ein paar Stunden zusammen. Cesarina erzählte ich, dass ich zu einem Schulkameraden ginge oder mit Franco und seinen Freunden Fußball spielen würde.

Ich brachte Daniele meine Schulbücher und ein paar Hefte, die ich aus Zia Chiaras Schreibtisch entwendet hatte. Sie hatte eh keine Zeit mehr für Nachhilfeschüler. Ich gab ihm eine Zusammenfassung des Unterrichts, dann machten wir zusammen die Hausaufgaben und halfen uns gegenseitig. Ich war besser in Mathe und Bio, er war hervorragend in Italienisch und Latein.

Er war motiviert, was ihm fehlte, war die Kraft. Was Franco besorgte und das bisschen, was ich stibitzen konnte, reichten gerade, um ihn am Leben zu halten. Sein Gesicht wurde schmal und seine Augen groß. Es war nur eine Frage der Zeit, bis er sich wieder aufgeben würde.

Die Kälte kam in diesem Jahr früh und hart und setzte sich in unseren Händen und Füßen fest. Der Frost zeichnete schon Ende November Eisblumen an die Fenster und häkelte Spitzen aus Raureif an Bäume und Pflanzen. Auf unseren Fingern schwollen dunkle Frostbeulen, die entsetzlich juckten, wenn die Hände ausnahmsweise warm wurden.

Für Daniele auf dem Dachboden war es noch viel schlimmer als bei uns in der Wohnung. Der Frost sickerte durch die Dachziegel, und der Wind pfiff durch Dutzende von Rissen und Öffnungen. Ich versuchte, sie mit alten Putzlappen und Zeitungspapier zu stopfen, aber nur mit mäßigem Erfolg. Ich gab Daniele meinen warmen Pullunder und erzählte Cesarina, ich hätte ihn verloren, damit sie mir noch einen strickte. Ganz hinten im Schrank fand ich drei alte Decken, die seit Jahren nicht benutzt wurden. Sie stanken nach Mottenkugeln, dass man davon husten musste, aber sie hielten warm. Trotzdem fror er erbärmlich.

Da ich jeden Tag den Schulunterricht für Daniele wiederholte und mit ihm sämtliche Hausaufgaben machte, avancierte ich sehr schnell zum Klassenbesten. Das blieb meinen Mitschülern nicht verborgen.

»Sie belagern mich jeden Morgen, um bei mir abzuschreiben«, beschwerte ich mich bei Daniele. »Früher war es nur bei Mathe, aber inzwischen ist es in fast allen Fächern! Sogar Latein!«

»Ich kenne das«, lachte Daniele. »Bei mir war es früher Italienisch.«

»Die wollen sogar, dass ich früher zur Schule gehe, damit sie alle drankommen.«

»Du bist einfach zu nett.«

Nett bedeutete in diesem Fall blöd. Es ärgerte mich ein bisschen, vor allem, weil er recht hatte. Ich machte die ganze Arbeit, und sie …

Und da machte es klick.

»Das ist überhaupt die Idee«, rief ich so laut, dass Daniele den Zeigefinger auf die Lippen legte. »Ich lasse sie abschreiben! Aber sie müssen bezahlen.«

»Die haben doch kein Geld.«

»Wir wollen auch kein Geld. Wir wollen was zu essen.«

»Und du glaubst, dass sie sich darauf einlassen?«

»Einen Versuch ist es auf jeden Fall wert.«

Ich war selbst überrascht, wie gut es klappte. Ich musste eine halbe Stunde früher zur Schule, damit alle genug Zeit hatten abzuschreiben, wenn sie etwas mitgebracht hatten.

»Es ist unglaublich«, erzählte ich Daniele einige Tage später. »Die meisten sind so faul, dass sie bereit sind, sich richtig anzustrengen, um sich nicht anstrengen zu müssen.«

Es war natürlich nicht viel, und satt wurde Daniele davon nicht. Aber nun zählte jeder Bissen.

»Schade, dass man Aufsätze nicht abschreiben lassen kann«, meinte ich, als wir einen Aufsatz für die folgende Woche als Hausaufgabe bekamen. Danieles Augen leuchteten.

»Abschreiben nicht, aber … man könnte für jeden einen maßschneidern.«

»Das würde der Lehrer merken.«

»Nicht, wenn man es gut macht. Aufsätze sind meine Stärke. Sag jedem, der interessiert ist, er soll dir einen alten Aufsatz geben, damit ich seinen Stil nachahmen kann. Mach's teuer. Mindestens ein Ei, ein richtiges Stück Käse oder ein halbes Brot. Es ist viel Arbeit.«

Wir fanden tatsächlich zwei Kunden. Sie wurden pünktlich beliefert, bekamen eine geringfügig bessere Note, und der Lehrer merkte nichts. Es sprach sich rum. Bald hatten wir für fast jedes Fach Aufträge. Eine wahre Goldgrube.

Es blieb wenig, aber für Daniele war es die Rettung. Seine Wangenknochen zogen sich zurück und seine Augen steckten nicht mehr so tief in den Höhlen.

Er kämpfte ums Überleben.

Wir hatten so viel zu tun, dass Weihnachten uns beinahe überraschte.

»Feiert ihr überhaupt Weihnachten?«, fragte ich Daniele zwei Tage vor Heiligabend.

»Wir stellen einen Weihnachtsbaum auf, weil wir ihn so schön finden. Meine Familie ist nicht sehr religiös. Aber meine Mutter hat immer die Chanukkakerzen angezündet.«

»Was für Kerzen?«

»Wir feiern Chanukka, das Lichterfest. Acht Tage lang vor dem 25. Dezember wird jeden Tag eine Kerze auf einem achtarmigen Kerzenleuchter angezündet, zum Gedenken an die Weihe des zweiten Tempels in Jerusalem. Dabei werden Segenssprüche und Gebete gesprochen. Die Kinder bekommen Süßigkeiten und Geschenke.«

»Es ist eigentlich nicht viel anders als bei uns.«

»Stimmt. Wir sind auch nicht viel anders als ihr.«

»Aber ihr glaubt nicht an Jesus.«

»Wir glauben nicht, dass Jesus Gottes Sohn ist.«

»Deshalb habt ihr ihn getötet.«

»Nein, das waren die Römer. Schon mal von Pontius Pilatus gehört?«

»Aber die Juden haben ihn ausgeliefert!«

»Möglich. Aber wieso werden nur die Nachfahren der Juden dafür beschuldigt und nicht die Nachfahren der Römer?«

Daran hatte ich nie gedacht. Es war eine berechtigte Frage, und ich wusste keine Antwort darauf.

»Fröhliche Weihnachten«, flüsterte ich.

Es war eine eisige, klare Nacht, und das Mondlicht färbte den Dachboden silbern. Daniele und Khalil hielten sich aneinandergeschmiegt unter den Decken gegenseitig warm. Daniele setzte sich mit einem Lächeln auf.

»Ich hab dich nicht erwartet.«

»Wir sind nicht zum Gottesdienst gegangen. Cesarina hat ein geschwollenes Knie, und Zia Chiara geht nicht mehr in die Kirche. Sie betet auch nicht mehr den Rosenkranz mit uns, seit sie so viel im Krankenhaus arbeitet. Außerdem wurde es kalt. Brennholz kriegt man nirgendwo mehr. Wir haben einen Stuhl und einen alten Rahmen aus der Rimessa zerlegt und im Kamin verbrannt, aber die waren ziemlich schnell aufgebraucht. Jedenfalls sind alle früh ins Bett. Und ich wollte dich an Heiligabend nicht allein lassen.« Ich grinste. »Auch wenn du Jude bist.«

Khalil trabte auf mich zu und beschnupperte den Korb, den ich mitgebracht hatte.

»Was hast du da?«, fragte Daniele erwartungsvoll.

Während der Bescherung war ich »auf die Toilette« gegangen und hatte blitzschnell die Reste in der Küche geplündert. Ich zog aus dem Korb ein Stück Braten – zähes Fleisch, aber immerhin Fleisch –, eine Kartoffel, zwei eingelegte Tomaten, zwei dicke Scheiben Brot und sogar eine kleine Schüssel Minestrone, die ich mit äußerster Vorsicht getragen hatte, um nichts zu verschütten. Und die Hälfte des Ricciarello, das ich bekommen hatte.

»Bist du sicher, dass Cesarina nichts merken wird?«, fragte er mit vollem Mund.

Ich gab Khalil die Abfälle, die ich aus dem Mülleimer gefischt hatte, und zuckte mit den Schultern.

»Wenn sie es merkt, sag ich, dass ich genascht habe. Dafür hat sie immer Verständnis. Ich habe noch was für dich.«

Ich zog ein kleines Stoffbündel aus dem Korb und gab es ihm. Er faltete es auseinander. Es enthielt acht Kerzenstummel.

»Ganze Kerzen konnte ich nicht mitgehen lassen, Cesarina hätte einen Anfall gekriegt. Und einen achtarmigen Leuchter haben wir auch nicht. Aber wir können sie nebeneinander aufstellen.«

Acht Kerzen würden sehr hell werden. Ich hängte das Fenster mit einer der Decken ab, damit kein Licht hinausdrang. Ich zündete die erste Kerze an, ließ ein paar Tropfen Wachs auf die Holzkiste fallen, die wir als Schreibtisch benutzten, und befestigte sie darauf.

»Mach du die anderen an«, sagte ich.

Das warme Licht verdrängte tanzend die Nacht und ließ seine Augen glänzen.

»Ich habe auch etwas für dich«, sagte er.

Er zog ein Blatt Papier aus seinem Heft und gab es mir. Es war ein Bild von Khalil, wie er schlafend auf einer Kiste unter dem Fenster lag. Es war nur mit dem Bleistift gezeichnet, aber es war Daniele gelungen, Khalils Körper, das Muster seines Fells, das Licht und die Schatten so perfekt wiederzugeben, dass der Kater im Schlaf zu atmen schien.

»Daniele, du zeichnest wieder!«

»Gefällt es dir?«

»Es ist toll.«

Der Wind drückte das Fenster einen Spalt auf. Reine, eisige Winterluft ließ die Kerzen flackern.

»Es riecht gut draußen«, sagte Daniele. »Nach Winter und Kaminfeuer.«

»Komm, wir gehen aufs Dach«, sagte ich.

Daniele pustete die Kerzen aus.

»Nimm eine mit«, sagte ich.

»Und wenn man uns sieht?«

»Es ist doch nur eine ganz kleine Kerze. Und es ist Weihnachten. Die Leute sind mit sich selbst beschäftigt.«

Wir kletterten aus dem Fenster und setzten uns auf den Dachfirst.

»Es ist das erste Mal, dass ich die Feiertage ohne meine Familie verbringe«, sagte Daniele.

»Für mich ist es das zweite Mal.«

»Wieso sind deine Eltern nicht zurück? Die Armee ist doch zerschlagen.«

Ich umschlang meine Beine mit den Armen.

»Was ich dir über meine Eltern erzählt habe damals, stimmt nicht ganz«, sagte ich, ohne ihn anzusehen. »Mein Vater kämpft nicht mit Rommel. Nicht mehr. Er ist seit der Schlacht von El

Alamein verschollen. Und meine Mutter hat nie für die Regierung gearbeitet. Sie ist zurück nach Tripolis, in der Hoffnung, meinen Vater von der Front zu holen, weil er auf einem Auge fast blind ist. Sie war noch da, als die Engländer die Stadt bombardiert haben. Seitdem haben wir nichts mehr von ihr gehört.«

»Oh«, flüsterte Daniele.

»Ich sage mir jeden Tag, dass sie noch am Leben sind und mich bald holen werden. Aber richtig glauben tu ich das nicht mehr.«

»Das darfst du niemals sagen. Mir erlaubst du es auch nicht.«

Die Gefühle, die ich sonst ordentlich zusammengelegt tief in einer hinteren Schublade meines Bewusstseins gefangen hielt, bahnten sich wie Schlangen einen Weg an die Oberfläche. Ein stumpfer Schmerz setzte sich hinter mein Brustbein und verdrängte die Luft.

»Ich bin dabei, sie zu vergessen.«

»Deine Eltern?«, zischte er ungläubig.

»Ich weiß nicht mehr, wie sie aussehen. Ich sehe ihre Gesichter nicht mehr. Es ist verrückt. Ich kann mich genau an das Gesicht unserer Bäckerin in Tripolis erinnern oder an das des Schulhausmeisters. Aber die Gesichter meiner Eltern sehe ich nicht mehr.«

Die letzten Worte musste ich herauspressen. Ich atmete flach und schaute blinzelnd nach oben.

Daniele legte mir einen Arm um die Schultern.

»Meine Eltern mögen dich. Wenn deine nicht zurückkehren, kommst du zu uns. Ab heute bist du mein Bruder.«

Die Weihnachtsferien waren eine harte Zeit. Ohne die zusätzlichen Lebensmittel durch Hausaufgabendienst und Nachhilfe musste Daniele wieder hungern. Und ich auch, denn ich war gezwungen, meine Mahlzeiten mit ihm zu teilen.

»Du bist dürr wie ein Nagel«, sagte Cesarina mürrisch, als sei es meine Schuld.

Sie steckte mir regelmäßig zwischen den Mahlzeiten kleine Extras zu, die ich natürlich sofort mit Daniele teilte. Aber es reichte nicht. Wir brauchten eine neue Einnahmequelle.

Als ich am zweiten Weihnachtstag aufwachte, holte ich Danieles wunderschöne Zeichnung aus dem Schulbuch heraus, in dem ich sie versteckt hatte. Ich konnte sie nicht an die Wand hängen, denn Cesarina hätte keine Ruhe gegeben, bis sie erfahren hätte, woher sie stammte. Bei Tageslicht fand ich Danieles Bilder noch erstaunlicher. Und da hatte ich eine Idee.

Sobald ich konnte, rannte ich hinauf.

»Hast du noch mehr Zeichnungen?«, fragte ich außer Atem.

Er gab mir vier Blätter, die er sorgfältig aus seinem Heft getrennt hatte. Eine Zeichnung zeigte den Dachboden und war deshalb nicht brauchbar, aber die drei anderen zeigten Aussichten über die Dächer und die Altstadt von Siena. Eine hatte sogar den Sonnenuntergang eingefangen.

»Darf ich sie haben?«, fragte ich.

»Meinetwegen. Was willst du damit?«

»Erzähle ich dir später.«

Ich legte die Bilder zwischen zwei Pappstücke, steckte sie in meine Schultasche und ging. Ich wollte zu La Lizza, dem Park hinter der Piazza della Posta, denn dort fand eine Art Flohmarkt statt, wo die Leute alles Mögliche verkauften, um irgendwie über die Runden zu kommen. Erlaubt war es natürlich nicht, und man wurde streng bestraft, wenn man erwischt wurde.

Je weiter ich lief, desto mehr schien mir meine glänzende Idee bloß Wunschdenken. Es waren Hungerzeiten. Viele mussten den Familienschmuck verkaufen. Wer sollte mir für ein paar Zeichnungen Geld geben?

Ich machte einen kleinen Umweg über die Piazza del Campo, um nachzudenken. Der Sonnenschein hatte auf der Piazza eine besondere Wärme und einen ganz eigenen Duft. Trotz Winterkälte waren sogar Tische und Stühle draußen aufgestellt. Viele Menschen flanierten und genossen den Feiertag.

Es war ein Bild wie aus Friedenszeiten, als Siena Scharen von Reisenden anzog. Jetzt waren viele der Spaziergänger keine Touristen, sondern Flüchtlinge aus den Frontgebieten und den zerstörten Städten der Toskana, mit schmalen Gesichtern und viel zu weiten Mänteln. Auf der Terrasse des Restaurants *Il Mangia* saßen nur Soldaten. Deutsche Soldaten und Offiziere, die von den Passanten mit ängstlicher Feindseligkeit beäugt wurden. Und einer von ihnen schaute mich an.

»Bambino! Komm her«, rief er.

Sie saßen zu dritt, in grauen Uniformen an einem der kleinen runden Tische. Sie hatten sperrige Beine, die in glänzenden, schwarzen Stiefeln steckten und sich gegenseitig den engen Platz unter dem Tisch streitig machten. Einer hatte die graue Offiziersmütze mit dem schwarzen Schirm auf. Er war fast einen Kopf größer als die anderen und hatte den rechteckigen Kiefer einer Dogge. Mein Herz überschlug sich. Er war der Offizier, der Franco einen Tag vor dem Einzug der Deutschen in Siena nach dem Weg gefragt und ihm die kleine Hakenkreuz-Fahne geschenkt hatte.

Mir blieb nichts anderes übrig. Ich trat an den Tisch, ohne ihnen in die Augen zu sehen, als könnten sie mein Geheimnis darin lesen. Ich sah sie verstohlen an. Ihre Gesichter waren glatt rasiert und nicht mehr ganz jung. Die zwei ohne Mütze grinsten. Ihre Zähne waren groß. Sie hatten kurzes, braunes Haar, der eine mit Geheimratsecken und buschigen Augenbrauen, der andere, der mich gerufen hatte, mit grauen Schläfen. Ich wagte einen Blick auf den dritten Offizier, und das Blut sackte mir in die Füße.

Sein Gesicht war aschgrau. Die kurzen Haare, die unter dem Mützenrand sichtbar waren, die Augenbrauen und sogar die Wimpern waren wie durchsichtig. In seinen tiefen Augenhöhlen saßen, wie Raubtiere auf der Lauer, fast farblose Augen.

Danieles Gespenst.

20

Die zwei anderen Offiziere lachten auf. Ich war bestimmt nicht der Erste, der mit Staunen und Furcht auf das Aussehen des Riesen reagierte. Der ältere Offizier mit den grauen Schläfen fragte mich etwas auf Deutsch. Ich war verwirrt.

»Tu, tedesco?«, wiederholte er mit hartem Akzent.

Ich brauchte ein paar Sekunden, um zu verstehen, dass er mich für einen deutschen Jungen hielt, vielleicht wegen meiner strohfarbenen Haare und meiner blassen Haut. Ich kannte Deutsch nur aus dem Radio als harte, abgehackte Sprache, doch der Ton des Offiziers war weder fordernd noch herrisch. Er war … freundlich. Ich sah ihm zum ersten Mal in die Augen. Sie waren grau, hatten einen kleinen Kranz von Lachfalten und betrachteten mich mit mildem Ausdruck.

Ich schüttelte den Kopf. Er lächelte trotzdem weiter und streckte eine Hand nach mir aus. Ich wurde ganz steif. Doch er wollte nur meine Wange tätscheln. Seine Finger rochen nach Seife und fühlten sich warm und trocken an. Der Offizier mit den buschigen Augenbrauen fragte mich nach meinem Namen.

»L-Lorenzo«, stammelte ich, ohne nachzudenken.

»Lorenzo«, wiederholte er mit stark gerolltem R. »Wie alt?«

»Öh … dreizehn.«

Beide lachten, als hätte ich etwas Lustiges gesagt, und kommentierten es auf Deutsch. Ich sah ihnen an, dass sie mir nicht glaubten und mich für jünger hielten.

Der Ältere sprach und deutete auf das Päckchen, das ich unter meinem Arm hielt. Ich zögerte. Doch eine Weigerung hätte mich verdächtig gemacht. Ich wickelte die Bilder zitternd auf, als könnte man ihnen ansehen, dass sie von einem Juden gezeichnet worden waren, und gab sie dem Offizier. Er stieß einen erstaunten Ruf aus. Auch der mit den buschigen Augenbrauen zeigte sich überrascht. Er reichte die Zeichnungen dem Gespenst, das sie wortlos betrachtete. Ich hatte Angst vor ihm, ich wollte ihn nicht ansehen, und doch bewegten sich meine Augen wie von selbst zu ihm. Sein Gesicht war regungslos wie das einer Statue, seine Lippen zwei blasse Striche. Er sah mich an. Sein Blick war wie ein elektrischer Schlag, dann fielen die weißen Wimpern wie ein Fallgitter über seine Augen.

Der Offizier mit den dichten Augenbrauen gab mir die Zeichnungen zurück. O Gott, er wollte wissen, ob ich der Zeichner war. Ich hatte Mühe, meine Panik zu verbergen. Was sollte ich bloß sagen? Was war besser? Würden sie mich auf die Probe stellen, wenn ich Ja sagte?

Er zog eine Münze aus der Hosentasche und hielt sie mir entgegen. Zwei Lire! Damit konnte man ein ganzes Brot kaufen. Nimm sie und geh, schrie mir die Vernunft zu. Aber die Gier siegte. Ich zockte.

»Nein. Zu wenig. Ich will mehr.«

Ich erwartete fast, an Ort und Stelle wegen Frechheit erschossen zu werden. Stattdessen brachen die zwei Offiziere in schallendes Gelächter aus und nickten anerkennend.

»Ragazzo buoni affari«, sagte der mit den buschigen Augenbrauen mit einer Stimme wie ein untertouriger Motor. Er steckte die Hand in die Tasche, doch der Ältere bremste ihn und winkte mich zu sich. Er zog aus seiner Brieftasche ein kleines Foto, leicht geknittert und mit einem Eselsohr, das drei Kinder zeigte: ein Kleinkind, ein Mädchen mit einer großen, weißen Schleife im Haar und einen Jungen. Der Junge war vielleicht zehn Jahre alt und blond wie ich. Der Offizier steckte das Foto wieder ein, dann nahm er meine Hand und gab mir zwei kleine silberne Münzen. Ich zog scharf die Luft ein. Er hatte mir zehn Lire gegeben.

Die zwei Offiziere lachten wieder. Der Ältere verstrubbelte mir die Haare. Ich gab ihm die drei Bilder, bedankte mich hastig und lief davon.

»Ciao, Lorenzo«, riefen sie mir hinterher.

Ich rannte wie berauscht. Ich hatte Danieles Bilder für zehn Lire verkauft. Wir brauchten nicht mehr zu hungern, bis die Schule wieder anfing. Wenn sie nur wüssten, dass sie so viel Geld für die Arbeit eines Juden ausgegeben hatten! Die kalte Luft wehte die letzten Angstfetzen weg, und langsam konnte ich wieder klar denken. Ich war schon fast zu Hause, als er plötzlich vor mir stand.

Er hatte die Abkürzung über die Gassen hinter der Piazza del Campo genommen und trat aus dem Vicolo Magalotti direkt vor meine Nase. Ich blieb wie schockgefroren stehen. Die Menschen auf der Straße warfen ihm ängstliche Blicke zu und machten einen weiten Bogen um uns. Sie reichten ihm nur bis zum Hals. Ich nur bis zum Bauch.

»Ist er bei dir?«, fragte er.

Die Atmung stockte mir in den Lungen. Er wusste es. Daniele war verloren. Wir waren alle verloren. Und es war meine Schuld, weil ich in meinem Tatendrang schon wieder gehandelt hatte, ohne nachzudenken. Welcher Teufel hatte mich geritten, Danieles Zeichnungen verkaufen zu wollen? Ich musste weglaufen, sofort, in die falsche Richtung, damit er nicht ahnen konnte, wo ich wohnte. Ich drehte mich um und rannte.

Dem Gespenst reichten drei seiner riesigen Schritte, um mich einzuholen. Es packte mich am Arm und drehte mich zu sich. Ich musste den Kopf in den Nacken legen, um den Offizier anzusehen. Die Leute um uns herum schauten entsetzt.

»Lauf nicht weg.«

Er hatte eine tiefe, raue Stimme, als würde er sie selten gebrauchen. Sein Italienisch war korrekt, mit einer deutlichen deutschen Färbung. Aus der Nähe waren seine Augen nicht farblos, sondern von einem sehr hellen Blau, wie das von den ersten Rosmarinblüten im Frühjahr. Zu meiner Überraschung wirkten sie nicht böse oder grausam, sondern müde. Er ließ mich los. Ich wollte weglaufen, aber ich konnte nicht. Meine Füße gehorchten mir einfach nicht.

Er steckte die Hand ins Revers. Ich zuckte zusammen, aber er zog nur ein zusammengefaltetes Blatt Papier aus der Innentasche. Ich faltete es auseinander. Und schnappte nach Luft. Es war die Abbildung des Bodenmosaiks aus dem Dom. Der Kindermord von Betlehem. Die Zeichnung von Daniele.

»Die drei Bilder waren auch von ihm«, sagte er.

Es war keine Frage, es war eine Feststellung. Ich war so schockiert, dass ich ihn nur anstarren konnte. Woher hatte er diese Zeichnung? War er in seiner Wohnung gewesen?

Mit nur einem Blick verscheuchte er die Passanten, die uns neugierig beäugten.

Vom Wahnsinn übermannt, setzte ich alles auf eine Karte:

»Wo sind seine Eltern?«

Wir starrten uns an, bis meine Augen anfingen zu tränen.

Was war in mich gefahren? Ich war sicher, er würde mich auf der Stelle erschießen, oder mich in die Casermetta schleppen, um mich foltern zu lassen.

»Nach Deutschland«, antwortete er stattdessen.

Er drehte sich um und verschwand mit wenigen Schritten.

Das Geld des Offiziers konnte ich natürlich nicht in einem normalen Lebensmittelgeschäft ausgeben. Dort konnte man nur noch mit Lebensmittelkarte einkaufen. Aber Paolo, einer unserer besten Kunden in der Schule, war Sohn von Bauern. Ich hatte oft seine Mathe-Aufgaben gemacht und ihm dabei erklärt, was er nicht verstand. Er lebte auf einem Bauernhof bei Bucciano, südöstlich der Porta Romana. Hin und zurück waren es sechs Kilometer zu Fuß, im Schneematsch.

In der dämmerigen Stube knisterte das Feuer im Kamin und verbreitete eine Wärme, wie ich sie seit Monaten nicht mehr gespürt hatte. Die korpulente Bäuerin saß in einem ausgeblichenen Sessel und strickte. Am anderen Ende des großen Tisches spielte Paolo mit seinen Brüdern Karten.

»Mehr hast du nicht?«, lachte mich der Bauer aus, als ich ihm voller Stolz meine zwei Fünf-Lire-Münzen zeigte. »Dafür kann ich dir höchstens zwei Eier geben. Na ja, drei, weil du so weit gelaufen bist.«

Ich schnappte nach Luft.

»Das … das kann doch nicht sein … Mit zehn Lire kann man Berge kaufen!«

»Tja, mit Lebensmittelkarte schon, falls es im Laden überhaupt so viel zu kaufen gibt. Aber auf dem freien Markt herrschen ganz andere Preise, mein Junge.«

Ich ballte die Fäuste, und die zwei kleinen, fast wertlosen Münzen drückten sich schmerzhaft in meine Handfläche. Ich wollte dem Bauern an die Gurgel gehen oder ihm wenigstens sagen, was für ein elender Profiteur er war, doch der Zorn schnürte mir die Kehle zu. Der verrauchte Wohnraum des Bauernhofs verschwamm vor meinen Augen.

Paolo stand auf und flüsterte seiner Mutter etwas zu. Sie legte das Strickzeug weg, schob sich ächzend auf die Beine und watschelte auf ihren Mann zu.

»Geh mal zur Seite«, sagte sie unwirsch und drückte ihn dabei auf einen Stuhl. »Das ist der Junge, der unserem Paolo bei den Hausaufgaben hilft. Du siehst doch, dass er halb verhungert ist. Geld verdienen kannst du bei anderen Leuten.«

Während sie sprach, holte sie Lebensmittel aus den Schränken und stellte sie auf den Tisch: sechs Eier, eine Viertel Salami, ein Glas weiße Bohnen, ein ganzes Brot, einen Sack Walnüsse und sogar ein sehr kleines Töpfchen Honig. Unter dem finsteren Blick ihres Mannes steckte sie alles in meine Schultasche. Ich stammelte ein Danke und machte, dass ich wegkam.

Cesarina rümpfte immer die Nase über einfache Leute, die ihre Kinder partout auf die höhere Schule schicken wollten. Ich dankte dem Himmel dafür.

Meine Zähne klapperten wie Kastagnetten, als ich die Tür zum Dachboden aufschloss.

»Wie siehst du denn aus?«, rief Daniele erschrocken. »Zieh das nasse Zeug aus, bevor du dir den dreifachen Tod holst!«

»Du klingst wie Cesarina«, kicherte ich.

»Hier, nimm eine der Decken, die sind wenigstens trocken, es ist saukalt hier.« Dann sah er mein Grinsen. »Was?«

Ich gab ihm die Schultasche. Mit jedem Schatz, den er herausholte, wurden seine Augen größer.

»Brot! Eier«, stammelte er. »Honig! Wie hast du …«

»Das ist der Lohn für deine Kunst.«

»Das alles für die drei Kritzeleien?«, fragte er. »Die waren nicht mal gut!«

Ich berichtete ihm, was auf der Piazza del Campo passiert war.

»Zehn Lire für drei Bleistiftzeichnungen, ich fasse es nicht.« Sein Gesicht erhellte sich. »Meinst du, wir könnten noch mehr verkaufen? Ich kann viel mehr zeichnen, die Torre del Mangia, die Fonte Gaia, den Duomo, alles, was den Deutschen gefällt.«

Ich dachte an das merkwürdige Verhalten der zwei Offiziere, an ihren Tonfall und ihre Blicke, an das Foto. Es ging ihnen nicht um die Bilder, auch wenn sie sie sehr schön fanden. Sie hatten sie gekauft, weil ich sie an die eigenen Kinder erinnerte. So etwas ließ sich nicht wiederholen.

Aber das war nicht das Schlimmste.

»Ich muss dir was sagen. Ich habe dein Gespenst gesehen. Er ist ein deutscher Offizier. Und er weiß, dass die Zeichnungen von dir sind.«

Seine Lippen bewegten sich fast stimmlos.

»Was?«

»Nachdem ich sie verkauft hatte, war ich auf dem Weg hierher. Plötzlich stand er vor mir. Er war mir gefolgt, und er hatte eine Zeichnung von dir dabei. Die vom Massaker der Unschuldigen aus dem Dom.«

Daniele erschrak.

»Hat er was gesagt?«

»Dass die anderen Zeichnungen auch von dir sind.«

»Mist! Hat er gefragt, wo ich bin?«

»Nein. Komisch eigentlich. Er hat mich nur angestarrt und war auf einmal weg.«

Ich brachte es nicht übers Herz, ihm zu sagen, was er mir über seine Eltern verraten hatte.

»O Mann.«

»Wie ist es möglich, dass er deine Zeichnung vom Dom hat?«

Daniele dachte nach.

»Die Mappe! Sie ist mir runtergefallen, als man mich in den Wagen geworfen hat. Ich hatte alle meine Bilder darin.«

»Er muss sie aufgehoben haben. Ich habe nicht darauf geachtet. Es war ziemlich dunkel. Wer weiß, wie viele Deutsche deine Zeichnungen kennen.«

»Glaubst du, er ist dir hierher gefolgt?«

»Nein. Ich bin mit Absicht zuerst zu Paolo, nach Bucciano. Ich hätte es gemerkt.«

»Er kann also nicht wissen, dass ich hier bin.«

»Ich habe den anderen Offizieren meinen Namen gesagt, ich Vollidiot!«

»Den ganzen Namen?«, fragte er erschrocken.

»Nur den Vornamen.« Ich vergrub das Gesicht in den Händen. »Aber wie viele dreizehnjährige Lorenzos gibt es in Siena, die so aussehen wie ich?«

Ich ging nicht mehr zur Piazza del Campo. Bis Neujahr verließ ich das Haus gar nicht mehr, aus Angst, erkannt zu werden. Ich verbrachte viel Zeit mit Daniele, um uns beide von der gähnenden Leere in unseren Bäuchen und von der alles beherrschenden Kälte abzulenken. Ich hatte den Schrank mit Nonnos alten Sachen geplündert, damit Daniele mehrere Socken und Pullover übereinander tragen konnte, aber nichts vermochte die Kälte zu besiegen.

Wir konnten keine Bilder mehr verkaufen. Trotzdem zeichnete Daniele mehr denn je. Seit Wochen in einer Welt aus knapp fünf Quadratmetern Kälte und Gestank eingeschlossen, malte er sich in die Freiheit. Mit den Bleistiftstummeln und den Papierresten, die ich zu Hause, in der Schule, manchmal sogar in Läden stibitzte, erschuf er schwarz-weiße Miniaturwelten voller Sonne und Leben. Piazza del Campo, mit Kindern und Tauben, vom scharfen Schatten des Torre del Mangia geteilt; hochsommerliche toskanische Hügel mit reifen Weizenfeldern und dunklen Zypressen im Wind; und nordafrikanische Landschaften, die er nur von meinen Erzählungen kannte und so echt wirkten, dass sie heftiges Heimweh bei mir auslösten.

»Erzähl mir doch von Libyen«, bat er, wenn seine Finger zu kalt zum Zeichnen wurden und wir mit Khalil, der sich schnurrend zwischen uns kuschelte, unter die muffigen Decken krochen.

»Was willst du wissen?«

»Erzähl mir von der Wüste. Wie heiß ist es da?«

Er wusste es, ich hatte es ihm schon Dutzende Male gesagt, aber er wollte es immer wieder hören.

»Heiß. Im Sommer bis 50° im Schatten. Wenn es nur Schatten gäbe. Und nachts fällt die Temperatur unter 15°.«

»Wie kann das sein?«

»Weil die Luft so trocken ist.«

Wenn man Tripolis verlässt und die trockenen Siedlungen und Felder, die sie umgeben, ist man schnell in der Wüste, einer staubigen Steppe aus Steinen und stacheligen Büschen, mit den dunklen Umrissen der Nafusa-Berge am Horizont. Mit Papà und Hakim fuhren wir noch weiter nach Süden, und bald begannen die ersten Dünen, so klein wie Maulwurfhügel, sich von den Kieselsteinen abzusetzen. Und dann war da der Sand, überall, glitzernd in der Sonne, in allen tausend Gelbschattierungen, von Silber bis Tiefgold.

»Der Mond und die Sonne haben dem Wüstensand seine Farbe geschenkt«, sagte Hakim.

Aus ihm wuchsen, zerklüftet und runzelig, schwarze Felsen, in denen man die Silhouetten von Riesen und Monstern aus anderen Zeiten zu erkennen meinte. Sie mochten noch so hart und mächtig aussehen, der Sand war hier der Herrscher über alles. Er meißelte und schleifte und umspülte sie, bis er sie eines Tages verschlungen haben würde. Und doch war der Wüstensand so fein, dass er sich wie Seide anfühlte. Ich versenkte die Hände darin, rieb die kaum wahrnehmbaren Körnchen zwischen den Fingerkuppen, spürte seine fast lebendige Hitze. Ich zog Schuhe und Socken aus. Meine Füße hatten noch nie etwas so herrlich Weiches gespürt. Ich entfernte mich einige Schritte vom Auto, die Zehen tief im Sand vergraben, auf einen schwarzen Stein zu. Papà rief mich, aber ich ignorierte ihn. Sekunden später riss mich Hakim von hinten hoch. Da, wo ich meinen nächsten Schritt aufgesetzt hätte, kroch, zwischen Sand und Felsen, ein gelber Skorpion so lang wie meine Hand. Er klickte mit den Scheren und hob drohend den Schwanz. Unter dem gebogenen schwarzen Stachel zitterte die prall gefüllte Gifttasche.

»Lauf *niemals* barfuß im Wüstensand«, hauchte mir Hakim ins Ohr.

Am Anfang erschraken Daniele und ich bei der geringsten Bewegung im Treppenhaus. Doch die Tage vergingen, und nichts geschah. Wir wussten nicht, was wir davon halten sollten, und diskutierten stundenlang.

Konnten uns die Deutschen tatsächlich nicht finden?

Sie waren für ihre Effizienz berühmt und für ihre Fähigkeit,

Widersacher aufzuspüren, berüchtigt. Herauszufinden, wer ich war und wo ich wohnte, musste für sie eine Fingerübung sein.

Wieso hatte man uns noch nicht verhaftet?

Oder hatte das Gespenst die Mappe für sich behalten und den anderen nichts über Daniele und mich erzählt, wie Daniele unbedingt glauben wollte?

Warum sollte er?

»Er hat mich damals weggeschickt«, sagte Daniele immer wieder. »Welches Kind läuft um vier Uhr nachts in einem dunklen Park umher? Er musste doch wissen, dass ich Jude bin.«

»Und warum hat er das getan?«

Daniele antwortete nicht, aber ich wusste, was er dachte. Dass das Gespenst ihn retten wollte.

In seiner Lage klammerte er sich an jede Hoffnung, auch wenn sie dünn wie ein Spinnfaden war, auch wenn sie Logik und Vernunft widersprach.

Aber ich glaubte nicht daran. Die Angst verließ mich nicht mehr. Nachts wurde ich vom kleinsten Geräusch wach.

Wir feierten Neujahr nicht. Es gab nicht viel zu feiern. Alle wünschten sich dasselbe für das Jahr 1944: das Ende des Krieges. Obwohl streng rationiert, verdampften die Lebensmittel vom Bauernhof wie Pfützen in der Wüste. Wir waren froh, als die Schule wieder anfing. Unsere Kunden hatten während der Ferien nichts getan und viel verlernt, was uns gute Einkünfte brachte. Franco brauchte meine Hilfe mehr denn je.

»Hast du gehört?«, fragte er aufgeregt, als wir uns zum ersten Mal wieder trafen. »Die Verräter sind tot!«

»Welche Verräter?«

Er verdrehte die Augen: »Na welche wohl? Ciano und seine Komplizen. Erschossen. In den Rücken, auf Stühlen festgebunden, wie es sich für Verräter gehört!«

Ich hatte im Radio gehört, dass die »Verräter des 25. Juli«, die die Absetzung Mussolinis veranlasst hatten, unter Anklage standen, aber ich hatte so viel zu tun, dass ich kaum auf die Nachrichten geachtet hatte.

»Mussolini hat Ciano erschießen lassen?«

»Natürlich! Er hat ihn doch verraten.«

Galeazzo Ciano war Außenminister der alten faschistischen Regierung gewesen. Und Mussolinis Schwiegersohn. Er hatte für die Absetzung des Duce gestimmt, nicht nach dessen Leben getrachtet. Mussolini hatte ihn trotzdem hinrichten lassen.

Den Mann seiner Tochter. Den Vater seiner Enkelkinder.

Am 23. Januar schien die Sonne, als wollte sie den Winter schmelzen. Wir hatten den Gottesdienst in Santo Spirito besucht und wollten gerade gut gelaunt zu Tisch gehen, als die Sirene zu heulen begann. Der Ton wurde höher und lauter, dann wieder tiefer und leiser und verstummte. Cesarina kam aus der Küche angerannt.

»Ist das der Fliegeralarm?«

Wir hörten ein entferntes Brummen, das schnell näher kam. Ich riss das Wohnzimmerfenster auf und trat auf die Terrasse, gefolgt von Zia Chiara und Cesarina. Das Brummen wuchs zu einem Brüllen an. Mehr als zwanzig massige, grüngraue Flugzeuge überflogen uns. Dann begann das Donnern.

»Bomben«, kreischte Zia Chiara. »Rein mit euch!«

Sie schubste uns hinein und zog Nonno auf die Füße. Cesarina kaute an beiden Fäusten.

»Was machen wir jetzt?«

»Wir gehen in die Rimessa. Ist sie offen?«

Cesarina schüttelte den Kopf.

»Die Leute gehen an unsere Sachen ran.«

»Verdammt, Cesarina! Ich habe dir schon vor einem Monat gesagt, das Tor aufzuschließen. Wir sind auch für die Mieter verantwortlich!«

Nach Weihnachten waren Empoli und Poggibonsi von den Engländern bombardiert worden. Es hatte über zweihundert

Tote gegeben. Poggibonsi lag keine dreißig Kilometer von Siena entfernt.

»Hol den Schlüssel! Jetzt sofort«, befahl Zia Chiara. »Ich trommle die Leute zusammen. Lorenzo, kümmere dich um Nonno.«

Es dauerte über zehn Minuten, bis alle Hausbewohner endlich eng aneinandergedrängt im Dunkeln der Rimessa saßen. Als wäre alles zu viel für sie, hatte die asthmatische Glühbirne den Geist aufgegeben. Es gab weder Kerzen noch Wasser noch Decken. Zia Chiara kochte vor Wut.

Ich biss mir die Finger wund vor Sorge um Daniele. Doch auch wenn genug Zeit gewesen wäre, hätte ich ihn nicht holen können. Niemand durfte wissen, dass er da war, auch nicht bei Fliegeralarm. Ich hätte heulen können.

Wir hörten nichts mehr. Langsam beruhigte ich mich. Einen Treffer auf unser Haus oder auch in der Nähe hätten wir bestimmt bemerkt.

Die Sirenen signalisierten das Ende des Alarms. Zia Chiara machte die dicke Eichentür einen Spalt auf. Etwas Tageslicht erhellte mehrere blasse Gesichter mit sehr großen Augen.

»Es ist vorbei«, sagte sie. »Wir können zurück.«

Das Undenkbare war also doch geschehen: Die feindlichen Bomben hatten uns erreicht. Siena stand unter Schock. Vierundzwanzig Menschen starben an diesem Tag. Aber nicht in der Innenstadt. Ob Cesarina mit dem himmlischen Schutz doch recht hatte? Die fliegenden Festungen der Amerikaner wollten den Bahnhof treffen und warfen dreihundert Bomben ab. Sie schafften es trotzdem danebenzuzielen. Sie zerstörten die Basilica dell'Osservanza einen Kilometer nordöstlich vom Bahnhof. Hätten sie stattdessen nach Südosten danebengeschossen, hätten sie die Piazza del Campo und ihre Palazzi dem Erdboden gleichgemacht.

Am folgenden Samstag war der Italienischlehrer krank. Ich hatte zwei Stunden für mich, bevor ich zum Mittagessen zu Hause erwartet wurde, also ging ich zum Bahnhof. Es war mein Lieblingsausflug. Seit dem missglückten Angriff der Amerikaner war klar, dass der Bahnhof ihr Hauptziel war und damit hochgefährlich. Aber er zog mich unwiderstehlich an. Er war eine Pforte zu einer anderen Welt und einer anderen Zeit, aus der meine und Danieles Eltern und irgendwie auch unsere früheren Leben wiederkommen konnten, egal, wie unwahrscheinlich es war. Am Bahnhof konnte man noch hoffen.

Eine große Gruppe von Soldaten, bestimmt mehr als hundert, marschierte in Reih und Glied auf den Bahnhof zu. Zuerst dachte ich, es wären die Truppen, die nach Norden fuhren, um in der Armee der RSI, der neuen faschistischen Regierung, zu kämpfen. Doch etwas stimmte nicht. Ich hatte einmal mit Franco Soldaten gesehen, die von La Lizza auf Lastwagen nach Norden wegfuhren. Es war ein chaotischer Haufen gewesen mit zusammengewürfelten Uniformen und Waffen, aber sie hatten voller Begeisterung patriotische Lieder gesungen.

Diese Soldaten sangen nicht. Sie waren in Uniform und trugen Tornister auf dem Rücken, aber keine Waffen. Schwer bewaffnet waren hingegen einige deutsche Soldaten und viele Milizmänner, die rechts und links der Soldatenreihe standen und sie mit Maschinengewehren in Schach hielten.

Ich trat näher und fragte einen Mann, der es eilig hatte wegzukommen.

»Sie werden nach Deutschland geschickt«, sagte er hinter vorgehaltener Hand.

»Warum?«

»Weil Deutschland Arbeitskräfte braucht, seit alle Männer an der Front sind. Wir werden die armen Teufel nie wiedersehen. Dort werden sie wie Sklaven verheizt.«

Der Mann machte sich davon. Ich nahm eine Abkürzung durch die Büsche, sodass ich mich dem Bahnhof nähern konnte, ohne gesehen zu werden. Am ersten Gleis schnaufte eine Lokomotive, zum Abfahren bereit, und rülpste dicke graue Rauchbäusche an die Überdachung. Mehrere Viehwaggons hingen an der Lok.

Die Milizmänner rollten die Schiebetüren auf und begannen, unter lautem Drohen und Schimpfen, die Soldaten in die Waggons zu drängen, als erneut Fliegeralarm aufheulte.

Bevor auch nur jemand daran denken konnte, Deckung zu suchen, überflogen uns schon die Flugzeuge. Ich hörte ein schrilles Pfeifen und schaute nach oben. Ein Schwarm schwarzer Stäbe stürzte auf uns herunter. Ich hockte mich auf den Boden und warf die Arme über den Kopf.

Die ersten Explosionen zerrissen den Himmel. Steine und Schuttbrocken schossen über unsere Köpfe, die Luft füllte sich mit Staub und Schreien.

Auf dem Bahnsteig brach das Chaos aus. Die Deutschen brüllten und schossen in die Luft. Die Soldaten stoben auseinander wie Hasen, um sich in Sicherheit zu bringen, vor den Bomben und vor der Deportation. Einige verschwanden in den Büschen, aber viele wurden wieder eingefangen. Unter Schlägen und Gebrüll wurden sie in die Waggons getrieben.

Wieder dröhnten die Flieger über uns. Weg! Bloß weg hier! Ich stolperte über ein heruntergefallenes Stück Mauer, fiel hart auf die nackten Knie. Dann hörte ich das grässliche Pfeifen. Ich drückte schreiend die Hände auf die Ohren, doch die Explosionen waren wie Faustschläge gegen meinen Kopf.

Es hörte auf. Ich öffnete die Augen. Weißer Staub hing wie dichter Nebel über dem Bahnhof. Der Zug war nicht getroffen worden, aber an den anderen Gleisen ragten die Schienen in die Höhe wie erstarrte Schlangen. Überall Schreie und Rufe. Dunkle Schatten auf der Flucht.

Ich stand auf, hustend und spuckend. Der Staub brannte in den Augen und knirschte zwischen den Zähnen. Es war unnatürlich warm, und es roch nach versengtem Mauerwerk. Ich hörte mehr als ich sah, wie die Deutschen versuchten, die Flüchtenden wieder einzufangen. Plötzlich schoss aus dem Staubnebel eine Gestalt auf mich zu und überrannte mich, bevor ich wegspringen konnte. Wir fielen beide auf den Boden und rollten, vom Schwung getragen, in einen Dornenbusch.

Es war einer der jungen Soldaten. Er war knochig und nicht sehr groß, mit der dominanten Höckernase eines Mannes und dem Gesicht eines Schuljungen. Seine Uniform, seine Haare, sogar seine Wimpern und Lippen waren von demselben Hellgrau, das alles um uns einheitlich bedeckte. Nur seine Augen waren braun, riesengroß und angsterfüllt.

Ein deutscher Befehl knallte wie Hundegebell über den Platz. Ein dunkler Schatten kam auf uns zu. Ich erkannte auf seinem Kopf den Umriss eines Stahlhelms. Wir krochen unter den Busch und kauerten auf der feuchten Erde, von den Dornen zerkratzt, bis der Deutsche aufhörte zu suchen und umkehrte. Der junge Mann stand wieder auf, sah sich wild um, dann rannte er bergauf Richtung Stadtmauer. Ich blieb stehen, benommen und unschlüssig.

Mehrere Soldaten wurden abgeführt und zum Bahnhof zurückgebracht. Die zwei Milizmänner, die auf mich zukamen, bemerkte ich zu spät, um wegzulaufen. Also hob ich den rechten Arm zum römischen Gruß. Sie grüßten zurück. Sie waren nicht älter als der junge Soldat.

»Wir suchen einen Deserteur«, sagte einer von ihnen.

Ich brauchte meine ganze Kraft, um nicht dorthin zu schauen, wo der junge Mann gelaufen war.

Ich zeigte in die andere Richtung.

»Danke, Balilla«, sagten sie mit grimmigem Gesicht und liefen los.

Ich drehte mich um und rannte nach Hause, was mir fast mehr Angst bereitete, als beim Bahnhof zu bleiben. Ich war mit Schuttstaub paniert, hatte ein Loch in der Hose und zwei blutige Knie.

21

Zia Chiara kam mir auf der Straße entgegengerannt und schwankte vor Erleichterung, als sie mich von Weitem erkannte. Sie stürzte auf mich zu, packte mich am Kopf, an den Schultern, drehte mich mehrmals um, bis sie sicher war, dass ich weitgehend unverletzt war. Dann schüttelte sie mich.

»Ich wusste, dass du wieder am Bahnhof warst. Wir sind fast gestorben vor Angst. Ich sollte dich ohrfeigen, dass dir die Ohren vom Kopf abspringen!«

Stattdessen drückte sie mich so wild an sich, dass meine Rippen knackten.

Wir gingen nach Hause. Nonno schüttelte missbilligend den Kopf, und Cesarina war völlig aufgelöst. Sie schleppte mich zur Kirche Santo Spirito und zwang mich, vor der jahrhundertealten Krippe aus Ton zu knien als Dank, dass die Bomben mich verschont hatten. Beim Rausgehen ließ ich hinter ihrem Rücken eine Kerze für Daniele mitgehen.

Die amerikanischen Bomben hatten den Bahnhof demoliert, doch die Linie nach Norden war nur teilweise beschädigt und wurde schnell wieder instand gesetzt. Wie ich später erfuhr, war der Zug mit den italienischen Soldaten mit nur wenigen Stunden Verspätung doch nach Deutschland gefahren.

Kurz zuvor waren die Amerikaner in Anzio gelandet, südlich von Rom, aber nördlich der festgefahrenen Frontlinie in Montecassino, und drohten die Deutschen einzukesseln. Vom Dach aus konnten Daniele und ich tagelang die deutschen Truppen beobachten, die auf Lastwagen, Motorrädern und

Pferden auf der Durchfahrt nach Süden zur neuen Front transportiert wurden. Ich fragte mich, ob das Gespenst und die anderen zwei Offiziere dabei waren. Von Nachbarn hörten wir, dass die Deutschen überall die Bauernhöfe plünderten und das Vieh mitnahmen.

Anfang Februar bekamen wir ein Paket von Zia Chiaras Freundin. Es war wie ein zweites Weihnachten. Es enthielt eine Dreikilopackung Reis, zweihundert Gramm echten Kaffee und fünf große Stücke Kernseife, die es in Siena nur noch zu horrenden Preisen gab. Leider war der Papiersack mit dem Reis während des Transports gerissen. Wochenlang aßen wir Reis, der so stark nach Seife schmeckte, dass man sich danach die Zähne nicht mehr zu putzen brauchte.

Zögerlich und mit viel Regen begann der Frühling, den kältesten Winter zu vertreiben, den Siena seit Jahren erlebt hatte. Die Frostbeulen bildeten sich langsam zurück, doch der Hunger blieb. In der Stadt wimmelte es von Flüchtlingen, die es noch schwerer hatten als alle anderen. Es gab für alle immer weniger zu essen. An Nonnos Armen hing die verschrumpelte Haut in Falten um die Knochen, und sogar die rundliche Cesarina musste einen alten Gürtel von Nonno um die Taille binden, damit der Rock aus schwerem grauen Tuch nicht herunterrutschte.

Es war ein eisiger Tag, ein letztes Aufbäumen des Winters, als Cesarina ein ganzes Hähnchen nach Hause brachte. Der arme Vogel sah aus, als hätte er einen Kampf gegen einen Mähdrescher verloren. Den Kampf hatte Cesarina gewonnen. Sie hatte schon vor Sonnenaufgang in der Kälte für eine Fleischverteilung angestanden. Als nach vielen Stunden das versprochene Rindfleisch immer noch nicht angekommen war, verlangten die Wartenden nach den Hähnchen, die schon da waren, aber vom Tierarzt noch kontrolliert werden mussten. Der Beamte weigerte sich. Erst als die Proteste zu einem Tumult anwuchsen und die ersten Fausthiebe flogen, gab er die Verteilung frei. Ab diesem Moment war sich jeder selbst der Nächste.

»Gut, dass ich so abgenommen habe«, sagte Cesarina mit einem boshaften Grinsen. »Es macht mich schneller.«

Wie fast jede Nacht wachte ich mit einer vollen Blase auf. Ich trank viel, um wenigstens eine Weile das Gefühl zu bekommen, einen vollen Magen zu haben, und in meinem Magen war nicht viel, was das Wasser binden konnte. Ich tastete mit den Füßen den Boden ab nach den Pantoffeln, ohne sie zu finden, und schlurfte schlaftrunken aus dem Zimmer. Ich wollte gerade die Klotür aufmachen, als ich ein Flüstern hörte. Jemand sprach in der Küche. Ich verdrängte den Harndrang und schlich mich auf Zehenspitzen heran. Als ich die Stimme erkannte, war ich sofort hellwach. Es war Matteo.

»… hat die Nationalgarde in Scalvaia angegriffen. Am Ende des Gefechts waren zwei Partisanen tot. Die Milizmänner haben zehn von den Überlebenden an die Wand geworfen und erschossen, einfach so, ohne Prozess. Die sieben übrigen haben sie in die Casermetta verschleppt. Es sind ganz junge Wehrpflichtige, die jetzt als Deserteure angeklagt werden.«

»Mein Gott«, flüsterte Zia Chiara. »Warst du dabei?«

»Nein, sonst wäre ich jetzt tot oder auf dem Weg nach Deutschland. Ich habe auch nicht vor, mich an Kämpfen oder Sabotageaktionen zu beteiligen. Ich biete meine Hilfe als Arzt an, wenn nötig als Kontaktperson zwischen den Gruppen. Aber mir gefällt die Entwicklung da draußen überhaupt nicht. Es gibt zu viele verschiedene Gruppen mit unterschiedlichen Zielen, die sich bekämpfen, anstatt zusammenzuarbeiten. Und es wird immer blutiger. Ich habe den Eindruck, da wird ohne Konzept zerstört und gemordet, ohne darüber nachzudenken, ob es für den Widerstand und den Sieg über die Deutschen sinnvoll ist.«

»Es ist Krieg, Matteo! Die Faschisten und die Deutschen

müssen bekämpft werden, bis sie aufgeben. Was müsste man deiner Meinung nach machen?«

Matteo antwortete nicht sofort. Meine Füße waren fast abgestorben vor Kälte, aber ich wollte alles hören.

»Ich habe keine Ahnung«, gab er nach einer Weile zu. Seine Stimme klang rau vor Erschöpfung. »Sabotage ist notwendig, um es den Deutschen so schwer wie möglich zu machen und um ihre Truppenbewegungen zu bremsen. Aber das gezielte Töten von deutschen Soldaten provoziert nur fürchterliche Racheaktionen an Zivilisten. Und die Ermordung von Faschisten in den Dörfern bringt gar nichts und schürt nur Hass. Leider gibt es Gruppen, die genau das vorhaben.«

»Was meinst du damit?«

»Die Kommunisten wollen einen Bürgerkrieg, weil sie sich dadurch ihre Revolution erhoffen. Stell dir vor, nach so einem Krieg auch noch eine Revolution! Wann wird dieses Land endlich aufhören zu bluten?«

Eine Weile war es still. Dann sprach Zia Chiara wieder.

»Was passiert jetzt mit den sieben Jungs?«

»Der Prozess findet schon morgen statt. Man will sie so schnell wie möglich verurteilen, damit Chiurco und der Erzbischof nicht wieder im letzten Moment intervenieren. Sie haben gerade zwei Soldaten begnadigen lassen, zwei Stunden bevor sie gehängt werden sollten.«

»Was hast du jetzt vor?«

»Je weniger du weißt, desto sicherer für dich und deine Familie.« Er gähnte. »Ich brauche ein Bett für eine Nacht. Ich habe seit zwei Nächten nicht geschlafen. Ich habe Freunde, die mir helfen, aber ich muss ständig umziehen, zu ihrer und meiner Sicherheit.«

»Natürlich! Du kannst hierbleiben, solange du willst.«

»Eine Nacht reicht. Du wirst wahrscheinlich beobachtet.«

»Das glaube ich nicht. Nicht mehr. Ich bin in den letzten Monaten völlig unauffällig gewesen.«

»Bis auf die Nachrichtenübertragung im Krankenhaus.«

»Stimmt. Aber hier im Haus ist nichts gewesen.« Ich hörte, wie sie aufstand. »Du ruhst dich hier ein paar Tage aus, und damit basta. Du darfst die Wohnung aber nur nachts verlassen, ich traue den Nachbarn nicht. Jetzt komm endlich. Ich will auch wieder ins Bett.«

Ich zog mich hastig zurück und versteckte mich zwischen zwei Schränken, bis sie an mir vorüber waren. Sie gingen zum Zimmer, in dem Matteo geschlafen hatte in der Nacht, als die Juden deportiert wurden.

»Du hast das Bett schon gemacht«, hörte ich Matteo flüstern. »Woher wusstest du …«

»Als du damals fliehen musstest, haben wir das Zimmer schnell wieder zur Rumpelkammer gemacht, damit dieser Tacconi-Trottel nicht merkt, dass jemand da war. Aber am nächsten Tag habe ich alles wieder ausgeräumt. Ich wusste, du würdest es irgendwann brauchen.«

Diesmal kam Chiurco zu spät.

Ich kehrte gerade von der Schule zurück, als Franco aus dem Laden seiner Eltern herausschoss.

»Wo rennst du hin?«, fragte ich. »Wir haben doch Mathe.«

»Quatsch, Mathe. Ich gehe zum Prozess.«

»Was für ein Prozess?«

»Weißt du es noch nicht? Vorgestern hat die Nationalgarde eine Rebellenzelle zerschlagen.«

»Ich hab's gehört«, sagte ich vorsichtig.

»Mein Onkel war dabei, er hat alles erzählt.« Franco hielt die Arme so, als würde er mit einer Maschinenpistole schießen. »Elf Rebellen haben sie abgeknallt! Tatatatata!«

Sein Gesicht glühte vor Aufregung.

»Sie haben sieben Deserteure gefangen genommen. Und diesen Verrätern wird gerade der Prozess gemacht. Öffentlich. Ich wollte schwänzen, um alles zu sehen, aber mein Vater hat's gerochen und mich in die Schule gebracht. Hoffentlich ist es noch nicht vorbei. Gehst du mit?«

Ich ging mit. Ich wollte wissen, wie Partisanen aussahen.

Viele Schaulustige drängten sich vor dem Gittertor der Kaserne. Wir konnten das Geschehen nur von Weitem verfolgen.

»Wo sind sie denn?«, flüsterte ich.

»Bist du blind? Da!«

»Die da? Im Ernst?«

Das waren Partisanen und Deserteure?

Sie standen so eng nebeneinander, als wollten sie sich gegenseitig stützen, während das Urteil gesprochen wurde. Sieben Vogelscheuchen in zu weiten Klamotten, an denen der Dreck der verlorenen Schlacht noch haftete, sieben zerzauste, dunkle Haarschöpfe, sieben schmale Gesichter mit aschgrauen Wangen, die kaum je ein Rasiermesser gebraucht hatten.

Der Wind wehte Wortfetzen zu uns herüber.

»… zu vierundzwanzig Jahren Gefängn… Primo Simi, Renato … …maso Masi… durch Erschießen …«

Mehrere Frauen stöhnten entsetzt auf.

»Was hat er gesagt?«, fragte ich eine von ihnen.

»Vier sind zum Tode verurteilt.«

Franco schlug sich mit der rechten Faust auf die linke Hand.

»Genau! Tod den Deserteuren!«

Mehrere Leute drehten sich um und sahen ihn wütend an. Er wölbte die Brust.

»Was denn? Das sind doch Verräter!«

Er wollte herausfordernd wirken, aber etwas Unsicheres bebte in seiner Stimme. Ein Mann mit einem Schnurrbart wie ein Walross schritt auf ihn zu, bis sein Gesicht nur eine Handbreite von Francos war.

»Geh nach Hause, Junge.«

Ich packte Franco am Arm und zwang ihn, mit mir zu gehen.

»Wie kannst du so was sagen?«, fragte ich, als wir weit genug waren. »Die sind so alt wie dein Bruder.«

»Sie desertieren und lassen die anderen für sie kämpfen und sterben. Während mein Bruder tapfer für Italien kämpft!«

»Für welches Italien denn?«, schrie ich. »Die eine Hälfte gehört den Deutschen und die andere den Amerikanern!«

Er richtete sich auf und sah mich voller Verachtung an.

»Italien wird immer den Tapferen gehören, die den Weg der Ehre gehen.«

Er riss seinen Arm los und rannte davon.

Die Zeitungen verschwiegen die Hinrichtung fast eine Woche lang, doch die Geschichte verbreitete sich wie ein Lauffeuer und schockierte die ganze Stadt. Der Richter, die Anwälte und die Offiziere wussten, dass Chiurco und der Bischof daran arbeiteten, eine Begnadigung vom Duce selbst zu bekommen. Also wurden die vier jungen Männer schon drei Stunden nach dem Prozess in die Kaserne Lamarmora gebracht. Sie sollten von jungen Wehrpflichtigen erschossen werden, als Abschreckung. An Stühlen festgebunden vor dem Erschießungskommando, mit verbundenen Augen, mussten sie fünfzehn Minuten auf die Ankunft der Richter warten, bevor der Befehl gegeben wurde. Zwei von ihnen brauchten mehrere Gnadenschüsse, bis sie endlich tot waren.

Matteo blieb drei Tage und schlief die meiste Zeit. Ich nahm an, dass er nachts unterwegs war, aber ich traute mich nicht zu fragen. Wenn er wach war, spielten wir manchmal zu dritt Scopa mit Nonnos alten Karten. Ich gewann fast immer. Nonno neigte dazu, zwischen den Zügen einzuschlafen, und Matteo war in Gedanken. Ich wollte ihn fragen, was er bei den Partisanen machte, aber ich wusste, er hätte mir nichts verraten.

Ich hätte ihm so gern von Daniele erzählt. Es war nicht leicht, ständig allein mit dem Geheimnis zu leben. Matteo hätte mich sicher verstanden und mir geholfen, mich besser um Daniele zu kümmern. Und ich brannte darauf, ihm zu zeigen, dass auch ich, auf meine Art, gegen die Deutschen und die Faschisten kämpfte. Aber es ging einfach nicht. Matteo lebte gefährlich. Er konnte jederzeit gefangen und verhört werden. Er durfte nichts wissen.

An einem frühen Morgen Mitte März stand ich vor der Schule mit den üblichen Hausaufgabenkunden, als Pietro, der außerhalb der Stadtmauer wohnte, angerannt kam.

»Die Porta Romana ist zu«, rief er außer Atem.

»Wie zu?«, fragte Paolo.

»Zugemauert. Da steht jetzt eine Wand drin. Mit einem großen Kreuz drauf.«

Das mussten wir sehen. Dass der Unterricht gleich beginnen sollte, störte uns nicht. Die Disziplin begann, den Bach runterzugehen.

Pietro hatte nicht gelogen. Eine mannshohe Mauer war zwischen dem inneren und dem äußeren Bogen des Tors gebaut worden, sodass Fußgänger drum herum laufen konnten, aber kein Fahrzeug durchkam. An der Außenseite war sie weiß gestrichen, mit roten Streifen an den Seiten und einem riesigen roten Kreuz in der Mitte. Davor stand ein Schild. Auf Deutsch.

»Was steht da drauf?«, fragte Pietro.

Ich buchstabierte die rätselhaften, viel zu langen Wörter:

»Siena La-za-rett-s-tadt – Halt! Für Lkw ge-sperrt! – Umgeh-ung-s-t-ra-ße be-nut-zen! Ist dieses ›ß‹ überhaupt ein Buchstabe?«

»Was heißt das?«, fragte Alfredo.

»Woher soll ich das wissen? Ich kann doch kein Deutsch.«

»Du weißt sonst immer alles. Und du siehst wie ein Deutscher aus.«

»Halt die Klappe, Alfredo.« Ich dachte nach. »Ich glaube, es hat mit Siena als Krankenhausstadt zu tun.«

»Was für 'n Ding?«, fragte Paolo.

»Eine Stadt, wo verwundete Soldaten behandelt werden, egal von welcher Seite.«

»Und wieso macht man die Tore zu?«

»Damit Soldaten und schwere Waffen draußen bleiben. Und die Engländer uns nicht mehr bombardieren.«

»Wie kommen dann die Wagen mit den Verletzten rein?«

»Keinen Schimmer.«

Die Rechnung ging nicht ganz auf, wie mir Zia Chiara erklärte. Die Deutschen hatten Siena tatsächlich als Lazarettstadt anerkannt, aber die Alliierten nicht. Fast täglich heulte der Fliegeralarm. Riesige Flugzeugformationen überflogen die Stadt, silberne Schwärme, die in der Sonne glitzerten und lange, weiße Streifen am Himmel zeichneten. Meist waren sie auf dem Weg nach Norden. Doch manchmal fielen die Bomben hier, auf die Dörfer und Kleinstädte der Provinz und auch auf Siena. Der Bahnhof wurde endgültig zerstört, und es gab viele Tote und Verletzte, als das Viertel um die Porta di Camollia getroffen wurde.

»Ich weiß, dass sie kein Mitleid mit den Menschen haben«, sagte Nonno, als wir wieder einmal im Keller saßen. »Es ist Krieg, und wir haben auch kein Mitleid gezeigt. Aber wie kann man keine Ehrfurcht vor der Kunst und der Kultur dieser Stadt haben?«

Zia Chiara zog wütend an ihrer Zigarette. Es wurde dringend empfohlen, in Luftschutzkellern nicht zu rauchen, aber das war ihr egal.

»Weißt du, was General Eisenhower gesagt haben soll? Alle Kunstwerke Europas zusammen sind nicht das Leben eines einzigen amerikanischen Soldaten wert.« Sie bleckte die Zähne. »Lügner! Schwein! Ihm geht es nur um seinen Sieg. Es ist ihm scheißegal, wie viele von seinen Soldaten dabei draufgehen. Aber mit einem solchen Argument kann er zu Hause die schlimmsten Kriegsverbrechen rechtfertigen.«

Ich zuckte, weil Nonno derbe Sprache verabscheute. Doch er runzelte nicht einmal die Stirn.

Seit der Hinrichtung der vier »Rebellen« war die Atmosphäre in Siena bleischwer geworden. Zwei Wochen später massakrierte eine Einheit der Nationalgarde auf dem Montemaggio siebzehn Partisanen, die sich schon ergeben hatten.

»Es waren wieder junge Männer, die sich vor der Zwangsrekrutierung und der Deportierung nach Deutschland versteckten«, sagte Zia Chiara. »Es ist die reine Hexenjagd geworden.«

Sie erzählte uns, dass in der Stadt Dutzende von Menschen festgenommen, verhört, ins Gefängnis gesteckt, nicht selten geschlagen und gefoltert wurden. Die Casermetta war zu einem Ort des Schreckens geworden. Journalisten und Anwälte, Lehrer und Professoren, sogar Offiziere, aber auch ein Mönch und ein Zeitungsverkäufer wurden beschuldigt, die »bewaffneten Banden« zu unterstützen. Manchmal reichte es, wenn man zu viel Freude über den Sturz von Mussolini gezeigt hatte.

»Viele werden eingesperrt, weil sich die Söhne versteckt haben. Mütter und Väter, die nichts verbrochen haben. Es ist der Wahnsinn ausgebrochen. Was glauben die Faschisten, noch erreichen zu können? Der Krieg ist verloren, es ist nur eine Frage der Zeit, bis ganz Italien in den Händen der Alliierten ist. Wie kann man noch auf den Faschismus und auf die Deutschen setzen?«

»Noch haben die Faschisten und die Deutschen hier das Sagen, solltest du das vergessen haben«, erwiderte Nonno. »Wer auf etwas anderes setzt, mag irgendwann recht bekommen, aber heute riskiert er sein Leben.«

Zia Chiara schnaubte.

»Sollte ich deiner Meinung nach untätig bleiben?«

Nonno sah sie hart an.

»Du bist nicht allein, Chiara, nicht mehr.«

Zia Chiara warf mir einen kurzen Blick zu und senkte die Augen. Meine Kehle schnürte sich zu. Sie glaubten nicht mehr an die Rückkehr meiner Eltern.

Ich ballte die Fäuste, um die Kontrolle zu behalten. Selbstmitleid konnte ich mir nicht leisten. Ich hatte auch eine Verantwortung. Und diese wog jeden Tag schwerer.

Die Menschen in Siena waren mit dem täglichen Kampf ums Überleben und mit der Angst vor den Bomben und der näher rückenden Front zu beschäftigt, um sich große Sorgen um die Schulnoten ihrer Kinder zu machen. Auch die Lehrer erledigten lustlos ihre Pflicht und drückten alle Hühneraugen zu. Sonderschulen, Kindergärten und Turnhallen waren schon längst in Lazarette umgewandelt worden. Es gab Gerüchte, dass die Behörden das Schuljahr vorzeitig beenden würden. Die Schüler jubelten. Von so viel Freiheit und so wenig Pflichten hätten sie nur ein halbes Jahr früher nicht zu träumen gewagt.

Für Daniele und mich bahnte sich eine Katastrophe an.

Die Aufträge gingen zurück. Nur Franco versorgte uns noch regelmäßig, denn seine Eltern, die keine Sorgen mit der Ernährung hatten, legten nach wie vor großen Wert darauf, dass er es auf die höhere Schule schaffte. Also trafen wir uns weiterhin fast jeden Tag nach der Schule. Franco war nicht dumm, er hatte nur schlechte Lehrer gehabt. Mit meiner Hilfe verbesserten sich nicht nur seine Noten, sondern auch sein Verständnis für Mathematik.

Und das bereitete mir Sorgen.

Was, wenn er merkte, dass er mich eigentlich nicht mehr brauchte?

Außer der Nachhilfe unternahmen wir nicht mehr viel zusammen. Er verbrachte viel Zeit im Haus des Movimento Giovanile Repubblicano, der an der Stelle der Balilla-Bewegung eingeführt worden war.

»Komm doch mit, es macht Spaß«, sagte er oft.

Am Anfang war ich ab und zu mitgegangen, einfach um wieder etwas Zeit mit ihm zu verbringen. Es wurde viel geraucht und gelacht und um einen maroden Billardtisch herumgestanden. Aber es war einfach nicht mehr meine Welt. Alle brannten darauf, die Ehre Italiens, die der Verrat durch Badoglio und den König in den Schlamm gezogen hatte, mit Waffen wiederherzustellen. Sie wollten sich so bald wie möglich freiwillig melden und träumten davon, in der sagenumwobenen Marine-Sturmabteilung Decima MAS zu kämpfen.

Ende Februar hatte mich Franco zur Fortezza in der Nähe der Lizza geschleppt, um die Abfahrt des Battaglione Barbarigo der Decima MAS nach Rom zu sehen. Die Soldaten waren jung, und ihre Uniformen wirkten, als wären sie von den großen Brüdern ausgeliehen. Aber ihre Augen sprühten Funken, und ihre Zähne leuchteten weiß aus ihren grinsenden Gesichtern.

»Jungs, wir fahren zur Front, in den Kampf. Kommt mit«, rief uns einer von ihnen zu.

»Mann, ist das nicht gigantisch?«, stöhnte Franco sehnsüchtig. »Ich will unbedingt mit!«

Die Begeisterung der jungen Soldaten war unglaublich ansteckend, und in mir rührten sich die Gefühle von früher, Gefühle von Vaterlandsliebe, Stolz, Opferbereitschaft für eine größere Sache.

»Das sind die echten Italiener«, rief Franco mit Inbrunst. »Nicht solche Feiglinge, die sich wie Kakerlaken verkriechen!«

Wie ein Schleier legte sich das Bild der jungen Kriegsverweigerer bei ihrem Schauprozess über die singenden und lachenden Rekruten. Und ich sah nur noch die angsterfüllten Augen der vier Jungen.

»Lass uns mitfahren«, sagte Franco.

»Spinnst du?«

Alle Rekruten stiegen in die Busse ein, und die Türen wurden geschlossen.

»Scheiße, warum bin ich erst vierzehn?«, stöhnte Franco.

Auf dem ganzen Weg nach Hause schmiedete er Pläne, wie er an die Front gelangen konnte. Ich schwieg. Wer hatte recht? Wer tat das Richtige für Italien? Franco wusste es. Matteo und Zia Chiara wussten es auch. Nur ich wusste es nicht.

Was verband uns noch? Vielleicht war es der Faschismus unserer Kindheit. Die Mythen, das Vaterland, die Ehre. Mussolini, der in unseren Herzen perfekt und gottgleich war. Ich hatte fest daran geglaubt. Franco glaubte immer noch fest daran.

Der neue Faschismus, mit seiner finsteren Fratze aus Gewalt und Willkür und Unmenschlichkeit, hatte meinen Glauben zerstört. Auch meinen Glauben an den alten Faschismus. Denn ich konnte mich nicht mehr gegen das Gefühl wehren, dass die finstere Fratze schon immer da gewesen war, dass wir sie nur nicht gesehen hatten.

Aber ich hatte ein schlechtes Gewissen dabei.

Franco selbst war nicht finster. Er war loyal, großzügig und ehrenhaft. Er war der Geist eines Faschismus, den wir vielleicht nur geträumt hatten. Auch deshalb war mir seine Freundschaft wichtig.

Von diesem Tag an ging ich nicht mehr zum Movimento Giovanile, und Franco bat mich nicht mehr mitzugehen. Etwas hatte sich zwischen uns geändert. Wir wussten beide, dass der andere es auch spürte. Aber darüber zu sprechen hätte es unüberwindbar gemacht. Vielleicht war das der Grund, warum Franco weiter täglich zur Nachhilfe kam. Um eine letzte Gemeinsamkeit zu retten. Um eine Freundschaft, die alles um uns herum in den Abgrund zu ziehen drohte, doch aufrechtzuerhalten.

Teil 3

22

»Na, Dornröschen, schläfst du noch?«, fragte ich leise.

Immer häufiger lag Daniele nur noch gekrümmt auf seiner Matratze, wenn ich nach dem Mittagessen zu ihm auf den Dachboden kam. Nur ein stumpfbrauner, verfilzter Schopf lugte unter den Decken hervor. Das Fenster war geschlossen, weil er immerzu fror, obwohl schon Mai war. Der Raum roch nach Schlaf, ungewaschener Kleidung und Mottenkugeln, und obwohl wir mit einem Stück Holz einen Deckel improvisiert hatten, entwich dem Eimer in der Ecke ein unmissverständlicher Gestank. Ich riss das Fenster auf, um den aufsteigenden Missmut zurückzudrängen. Seine Apathie ging mir jeden Tag etwas mehr auf die Nerven.

»Raus aus den Federn, Murmeltier«, sagte ich trotzdem fröhlich. »Es ist schon Nachmittag.«

Die Regentropfen tickten sanft auf die Dachziegel, die wie Goldfische glänzten und nach nassem Ton dufteten. Daniele kroch unter der Decke hervor wie eine Schnecke aus ihrem Gehäuse. Seine Augen waren stumpf und verkrustet. Die Gesichtshaut spannte auf seinem Schädel, als sei sie zu eng geworden. Die Kleidung schlackerte an seinem Leib.

»Bin kein Murmeltier«, nuschelte er. »Murmeltiere sind dick.«

Dicke gab es in Siena nicht mehr, mit Ausnahme von Francos Eltern und einigen ihrer Kollegen.

Khalil sprang mit einem »Prrp« durch das Fenster, rieb sich kurz an meinem Bein und setzte sich schnurrend neben

Daniele, um sich trocken zu lecken. Daniele kraulte ihn geistesabwesend.

»Zeig mir deinen Rücken«, befahl ich.

Ich schob sein Hemd hoch. Er half mir nicht, aber er wehrte sich auch nicht.

»Es ist besser geworden«, log ich. »Tut es weh?«

»Es juckt.«

Seine ganze Haut war trocken und sah wie gepudert aus, weil sie sich schuppte. Seit Wochen hatte er am Rücken einen feuerroten Ausschlag, der sich immer mehr ausbreitete. Ich hatte panische Angst, dass er sich entzünden würde. Ich hatte nicht vergessen, wie schnell Cesarina todkrank geworden war, als sich der Schnitt an ihrem Zeigefinger entzündet hatte. Also stahl ich das Fläschchen mit dem Alkohol, das Matteo ihr gegeben hatte, und betupfte Danieles Rücken jeden Abend damit. Es brannte wie Feuer, und Daniele weinte leise. Und doch wurde es nicht besser. Ich war ratlos.

Ich gab Daniele das bisschen, was ich vom Mittagessen hatte stibitzen können, und ein halbes Pfund Brot, das seit mindestens drei Tagen nicht mehr frisch war. Es war das Einzige, was ich für einen zwei Seiten langen Aufsatz bekommen hatte. Ich hatte ihn selbst schreiben müssen, und Alfredo, der inzwischen auf seine miserable Rechtschreibung pfiff, hatte mir klar zu verstehen gegeben, dass er mir einen Gefallen tat und nicht umgekehrt. Er war mein letzter Kunde. Das Geschäft mit den Hausaufgaben war zusammengebrochen.

Es wurde immer schwieriger, Essen für Daniele aufzutreiben. Es wurde immer schwerer, die Verzweiflung in Schach zu halten.

Unsere letzte Hoffnung waren die Alliierten. Nur sie konnten die Deutschen und Faschisten vertreiben, das sagte hinter vorgehaltener Hand jeder, auch Nonno und sogar Zia Chiara, die im Widerstand kämpfte, wie ich jetzt wusste.

Aber ihr Vormarsch stockte.

Zwischen Neapel und Rom war er zum Stillstand gekommen. Trotz enormer Übermacht steckten Amerikaner, Engländer, Franzosen, Kanadier, sogar Polen in den Bergen um die Abtei von Montecassino fest, wo die Deutschen seit Januar eisernen Widerstand leisteten. Jeden Abend hörte ich mit Zia Chiara auf dem krächzenden Radio Balilla die Nachrichten von Radio London, in der Hoffnung, dass sich endlich etwas tat, und jeden Abend wurde ich enttäuscht.

Was sollte ich bloß machen, wenn es noch Monate dauerte?

Diese Frage verfolgte mich wie ein böser Schatten, Tag und Nacht, bis in meine Albträume.

Ich drittelte das Brot, das noch für den Abend und den nächsten Tag reichen sollte, und gab Daniele ein Stück. Khalil schnupperte kurz daran, wandte sich desinteressiert ab und setzte sich Daniele auf den Schoß. Mäuse und Ratten musste es in Siena noch reichlich geben, denn unser Kater schien keinen Hunger zu leiden. Er hatte sogar zugenommen. Daniele aß das Brot langsam und mechanisch, wie eine Gottesanbeterin, die ein Insekt verzehrt. Danach fegte er die Krümel zusammen und steckte sie sich wie in Zeitlupe in den Mund. Ich erzählte ihm die letzten Neuigkeiten, aber er hörte kaum zu und legte sich wieder hin.

An manchen Tagen konnte ich ihn überreden, mit mir aufs Dach zu gehen, obwohl es gefährlich war, man hätte uns sehen können. Dann schauten wir zusammen über die roten Dächer der Stadt hinweg auf die Hügel und Felder, die immer grüner und saftiger wurden, und schlossen Wetten darüber ab, wer von uns zuerst die Amerikaner sichten würde. Wir erzählten von Siena im Frieden, von Libyen, von der Wüste und von Hakim. Danach ging es Daniele besser. Er lächelte wieder und zeichnete sogar manchmal. Doch heute regnete es.

»Soll ich dir ein neues Buch mitbringen?«, fragte ich.

Er schüttelte den Kopf. Ich biss mir auf die Lippe. Mein Ärger begann wieder zu brodeln.

»Lass dich nicht hängen, Daniele. Du schaffst es nur, wenn du kämpfst.«

»Ich will nicht mehr kämpfen«, sagte er gleichgültig. Er zog sich die Decke über die Schulter und drehte sich von mir weg.

»Aber ich will, dass du kämpfst, verdammt noch mal! Ich kämpfe doch auch für dich! Tag und Nacht! Was soll ich deinen Eltern sagen, wenn du stirbst?«

»Meine Eltern sind nach Deutschland verschleppt worden. Sie sind tot«, sagte er, ohne sich umzudrehen.

Wahrscheinlich hatte er recht. Aber er durfte es nicht wissen. Schlimm genug, dass ich es wusste und diese Bürde seit Monaten allein tragen musste. Vielleicht war das der Grund, warum ich derart aus der Haut fuhr. Ich trat gegen den leeren Blechbecher, der gegen die Wand prallte und um sich selbst kreisend auf der Seite liegen blieb. Daniele fuhr erschrocken herum. Khalil maunzte empört und schoss durch das Fenster aufs Dach. Ich vergaß jede Vorsicht und schrie.

»Hör auf damit! Ich kann das nicht mehr ertragen. Ich reiß mir den Arsch auf für dich! Ich bringe meine Familie in Gefahr und teile alles mit dir! Alles dreht sich nur um dich, und du willst deinen Teil nicht einhalten. Willst du krepieren? Dann krepier eben! Ich habe die Schnauze voll!«

Ich stürmte hinaus, schloss ab und stürzte die Treppe hinunter. Ob man mich hörte, war mir völlig egal.

Ich saß auf einem Mäuerchen an der Porta Romana und starrte auf die grauen Pfützen, die Tropfen für Tropfen größer wurden, bis es zu dämmern begann. Mein Kopf war leer. Ich wusste einfach nicht weiter. Ich wusste nur, dass ich heute nicht in dieses stinkende Loch zurückgehen würde. Allein der Gedanke ließ Zorn und Verzweiflung wieder hochkochen.

Ich konnte nicht mehr. Ich wollte nicht mehr.

Es war ein solches Gefühl von Versagen, dass die Tränen zu fließen begannen.

Ich stand auf und schlurfte, den Blick auf meine nassen Schuhe gerichtet, nach Hause. Ich war fast da, als ich die Stimme hörte, nach der ich mich monatelang gesehnt hatte.

»Zígolo! Bleib stehen!«

Der Regen prasselte auf meine Haare und meine Brille, doch es war, als würde die Sonne aufgehen. Nur für mich.

»Gut, dass ich dich treffe«, sagte Ilaria ernst. Sie betrachtete mich von Kopf bis Fuß. »Mensch, du bist echt gewachsen in den letzten Monaten.«

Seit November hatte ich sie nur ab und zu von Weitem gesehen. Ich verlor mich im goldenen Glanz ihrer Augen und antwortete mit unverständlichem Gemurmel.

»Ich wollte gerade noch zu dir, bevor ich wegfahre«, sagte sie.

»Du fährst weg?«, fragte ich bestürzt. Erst jetzt fiel mir auf, dass sie Reisekleidung anhatte, einen Regenmantel und ein kleines Hütchen.

»Ich muss zu meiner Oma, ins Val d'Orcia. Meine Mutter glaubt, dass ich dort sicherer bin.«

»Aber wieso denn? Die Flüchtlinge kommen zu Tausenden nach Siena, weil es hier sicherer sein soll.«

»Meine Mutter sagt, es dauert nicht mehr lange, bis die Alliierten Siena erreichen. Und sie hat Angst vor den Bomben. Hast du nicht gehört, was diesem armen Mädchen passiert ist?«

Ich hatte es gehört. Die englischen Bomben hatten mehrere Häuser im Camollia-Viertel zerstört. Ein Mädchen in ihrem Alter war ums Leben gekommen, als die Druckwelle sie gegen ein Gitter geschleudert und durch die Stäbe gedrückt hatte.

Ich war froh, dass die Regentropfen meine Tränen verbargen. Wenn Ilaria Siena verließ, würde ich nicht einmal die Hoffnung haben, sie ab und an zu sehen. Ich wollte mir jedes Detail ihres Porzellangesichts einprägen, solange ich noch konnte. Eine Locke löste sich vom Hut und kitzelte ihre rechte

Augenbraue. Sie schob sie mit einer anmutigen Handbewegung weg.

»Lorenzo, hörst du mir überhaupt zu?«

Ich blinzelte heftig.

»Entschuldigung. Was hast du gesagt?«

»Dass ich Dottor Castelli gesehen habe.«

Ich war schlagartig zurück auf der Erde.

War Matteo wieder bei uns? Wusste sie, dass er den Partisanen half? Ich zwang mich, die aufsteigende Panik zu verbergen. »Wo hast du ihn gesehen?«, fragte ich so beiläufig, wie ich konnte, doch meine Stimme zitterte.

»Auf der Straße, heute Morgen. Ich war auf dem Weg zum Markt auf La Lizza, mit meiner Mutter. Er hat vielleicht gedacht, um die Zeit wäre niemand unterwegs, aber es ist ein Stück zu laufen, und wir wollten sehr früh da sein …« Sie unterbrach sich, und ich verstand, dass es um den Schwarzmarkt ging. »Leider hat meine Mutter ihn auch gesehen und meinem Vater Bescheid gesagt, als er zum Mittagessen nach Hause gekommen ist. Er hat sofort seine Kollegen von der Miliz angerufen. Sie wollen gleich zu euch.«

Wenn Matteo tatsächlich bei uns war, war er in Lebensgefahr. Dann waren wir alle in Gefahr. Ich musste nach Hause rennen. Ihn warnen. Alle warnen.

Doch ich blieb stehen. Ein Schalter hatte sich bei mir umgelegt. Misstrauen schlich sich wie eine Schlange an. Ich fühlte, wie sich meine Augen unwillkürlich verengten.

»Warum sagst du mir das?«

Ilaria zog mich einige Schritte weg vom Laden, damit man uns nicht sah. Sie hielt mich am Arm fest, kam mit ihrem Gesicht ganz nah an meines. Sie duftete nach sauberer Wäsche und Kernseife und nach etwas anderem, das ich nicht kannte und das die Welt einen Moment lang verblassen ließ.

»Lorenzo, ich weiß, was hier los ist, ich bin kein kleines Kind. Was mein Vater macht, ist nicht in Ordnung. Auch wenn ich ihn liebe. Er beißt sich an Dingen fest wie ein Hund an einem Knochen, egal, ob sie richtig oder falsch sind.« Sie sah sich um, drückte die Lippen zusammen. »Ich mag euch. Dein Opa ist ein feiner Herr, und deine Tante hat mir mehr beigebracht als alle anderen Lehrer zusammen. Du bist immer so nett. Und ihr seid alle mutig. Auch du. Es ist bestimmt hart, von deinen Eltern getrennt zu sein.« Sie sprach noch leiser. »Ich bin nicht so mutig wie ihr, nicht genug, um mich gegen meinen Vater aufzulehnen. Aber ich kann auch nicht zusehen, wie er euch alle festnimmt und … Geh jetzt. Ich versuche, ihn ein paar Minuten aufzuhalten.«

Matteo kam gerade die Treppe runter, als ich hinaufrannte, um ihn zu warnen. Er sah noch schlimmer aus als das letzte Mal. Seine Augen waren blutunterlaufen, sein Bart zu lang und seine Haare fettig und ungekämmt.

»Tacconi weiß, dass du hier bist«, flüsterte ich. »Er kommt mit seinen Leuten.«

Ich hatte sie auf der Straße gesehen. Sie waren zu dritt. Sie trugen schwarze Hemden und übergroße schwarze Baskenmützen mit einem Totenkopf auf dem Abzeichen. Und Gewehre. Matteos Augen füllten sich mit Angst.

»Gibt es einen Hinterausgang oder einen Keller?«

»Komm mit.«

Gott sei Dank hatte sich Cesarina an den Befehl gehalten, die Rimessa wegen der Luftangriffe nicht abzuschließen. Wir schlüpften hinein, und ich zog leise die Tür zu. Matteo stand eng hinter mir. Ich fühlte seinen schnellen Atem auf meinen Kopf. Sein Schweiß roch scharf.

Wenig später hörten wir, wie die Milizmänner kamen.

»Bleib hier draußen und überwache die Tür«, befahl Ugo Tacconi einem der Männer. »Ich gehe mit Armando rauf. Diesmal kriegen wir ihn. Und die hochnäsige Zicke auch.«

Die genagelten Stiefel schlugen auf den Ziegelboden des

Entrone und auf die Stufen der Treppe. Ich wunderte mich, dass sie gar nicht versuchten, leise zu sein.

Es war nicht ganz dunkel. Hinter den Möbeln ließ ein kleines Fenster mit verdreckten Scheiben blasses Dämmerlicht vom Hinterhof herein. Die Rimessa war als Luftschutzraum eingerichtet. Zia Chiara, Cesarina und ich hatten alles, was von Wert war und sich leicht tragen ließ, in einen geschlossenen Keller gebracht. Den Rest, die alten Schränke und Kommoden, hatten wir mit Laken bedeckt und ganz nach hinten geschoben. Entlang der Wände standen mehrere Stühle. Neben der Tür hatte Zia Chiara Wasserflaschen, Kerzen und Streichhölzer bereitgestellt.

Wir hörten wieder schwere Schritte im Treppenhaus. Sie kamen herunter. Tacconi schimpfte.

»Verdammt! Ich bin sicher, dass sie mit den Rebellen im Bunde ist, aber ich kann es nicht beweisen.«

»Warum nehmen wir sie nicht mit und schütteln sie ein bisschen durch?«, fragte der andere.

»Geht nicht, dieser falsche Fuffziger von Chiurco hält die Hand drauf. Ich hatte sie schon in der Casermetta, aber ich musste sie gehen lassen, bevor ich richtig loslegen konnte. Nee, ich brauche einen handfesten Beweis. Lass uns einen Blick in die alte Rimessa werfen.«

Matteos Hand krallte sich in meine Schulter.

Ich zog ihn ans andere Ende der Rimessa, wo die Möbel die ganze Breite der Wand versperrten. Wir hatten nur Sekunden.

Mit der Kraft der Verzweiflung quetschten wir uns durch den schmalen Spalt zwischen dem größten Kleiderschrank und der Seitenwand.

Wir hatten uns gerade versteckt, als die Milizmänner eintraten. An der Decke bewegte sich der Lichtkegel einer Taschenlampe hin und her.

Hinter dem Schrank war es staubig. Ich konnte nur mit Gewalt den Hustenreiz unterdrücken. Noch schlimmer war die feuchtkalte Kellerluft, die von der Kellertreppe hinter uns aufstieg und eisig über meine Haut strich. Einen Augenblick lang vergaß ich sogar Tacconi und die drohende Gefahr und hielt mich an Matteo fest, um nicht in Panik wegzulaufen.

Mit Grauen wurde mir bewusst, dass diese Treppe zu den unterirdischen Gängen führte, durch die ich mit Franco gestreunt war. Zia Chiara hatte mithilfe eines Nachbarn die Möbel davor aufbauen lassen, damit bei Fliegeralarm im Dunkeln niemand hinunterstürzen konnte.

Das Licht der Taschenlampe streifte über die Möbel. Ich zwang mich, langsam und leise zu atmen. Mein Herz schlug Purzelbäume. Ich hatte das Gefühl zu ersticken.

»Hier ist niemand«, sagte Armando. »Vielleicht war er gar nicht da.«

»Doch, bestimmt. Irgendwas ist hier im Gange, ich habe es im Gefühl. Ich kriege ihn schon noch. Und die Guerrini auch.«

Die Schritte entfernten sich und verloren sich auf der Straße. Ich wollte nur noch raus, doch Matteo hielt mich zurück.

»Warte, bis sie ganz bestimmt weg sind.« Er drehte sich um. »Wo führt die Treppe hinter uns hin?«

»Zu den unterirdischen Gängen. Es ist gruselig da unten.«

»Wirklich?«, fragte Matteo interessiert. »Zu den Bottini?«

»Bottini?«

»Die unterirdischen Wasserleitungen, um das Wasser in die Stadt zu leiten. Man hat sie im Mittelalter gebaut. Es ist ein richtiges Netzwerk.«

Franco hatte etwas Ähnliches erzählt. Ich dachte an seinen Bruder, der sich darin fast verlaufen hatte. Ich dachte an die tödliche Gefahr, die darin nistete.

»Da unten lauert die Pest. Und die Geister der Pesttoten.«

»Die was?«, fragte er.

Ich erzählte ihm, was ich von Cesarina wusste.

»Du brauchst keine Angst zu haben«, sagte Matteo. »So

lange überlebt kein Bakterium. Die Pest ist mit ihnen gestorben.«

Ich zögerte.

»Vor den Toten brauchst du keine Angst zu haben, Lorenzo«, sagte Matteo, als hätte er meine Gedanken gelesen. »Gefährlich sind nur die Lebenden.«

Wir drückten uns wieder durch den Spalt zwischen Schrank und Wand. Matteo machte die Tür einen Schlitz weit auf.

»Sie sind weg.« Er legte mir beide Hände auf die Schultern und lächelte. »Danke für deine Hilfe, Lorenzo. Diesmal war es richtig knapp. Geh jetzt, deine Familie macht sich Sorgen, sie haben dich seit heute Mittag gesucht.«

»Und du?«

»Ich warte noch ein bisschen, vorsichtshalber, dann mache ich mich auch aus dem Staub.«

Ich wollte nicht zurück in mein Leben. Ich wollte mit zu den Partisanen, ich wollte meinen Beitrag leisten und ihnen helfen, wenn auch nur für einen Tag.

»Ich gehe mit dir mit«, sagte ich.

»Auf keinen Fall.«

Er drängte mich sanft zur Tür.

»Warum nicht?«, fragte ich aggressiv. »Ich kann …«

»Nein! Du kannst nicht mitkommen. Ich lasse mich auf keine Diskussion ein. Du bist klug genug zu verstehen, warum.« Er machte die Tür auf und schob mich hinaus. »Du hast mich vor der Festnahme bewahrt, und damit hast du auch etwas Wichtiges für den Widerstand getan. Und jetzt geh. Geh!«

Er schloss den Türflügel. Ich blieb stehen und starrte mit geballten Fäusten auf die Tür.

Es war Nacht geworden, und alles war dunkel.

Ich musste zurück. Ich musste mich um Daniele kümmern. Den vollen Eimer leeren und auswaschen, frisches Wasser und Essen besorgen, und das alles, ohne von Cesarina erwischt zu werden. Ich stöhnte. Ich hasste mein Leben.

Ich erstarrte. Etwas hatte sich im Entrone bewegt.

»Prrp«, hörte ich, und sofort fühlte ich den warmen, seidenweichen Körper von Khalil an meinem nackten Bein.

»Du Räuber! Was treibst du dich hier unten herum, willst du als Dachhase enden?«

Ich nahm ihn auf den Arm. In diesem Moment lugte der Halbmond zwischen den Wolken hervor und spiegelte sich in den Pfützen. Und umriss einen Schatten im Hauseingang schräg gegenüber. Wir wurden überwacht.

Ich setzte den Kater wieder ab und schubste ihn sanft.

»Geh zurück aufs Dach, Khalil.«

Ich musste Matteo warnen. Ich schlüpfte zurück in die Rimessa. Es war stockfinster.

»Matteo, draußen lauert einer auf dich«, rief ich leise.

Stille. Ich tastete neben der Tür, fand Streichhölzer und zündete eins an. Die Rimessa war leer. Ich machte eine Kerze an und drückte mich durch den Spalt hinter den Schrank. Matteo war nicht da. Aber auf dem Boden lagen zwei abgebrannte Streichhölzer und ein Tropfen Wachs.

Er war in die unterirdischen Gänge hinabgestiegen.

Seine Augen hatten vor Aufregung geleuchtet, als ich ihm davon erzählt hatte. Er hatte einen unverhofften Fluchtweg gefunden.

Aber mich wollte er nicht dabei haben. Für ihn war ich nur ein Kind.

Meinte er, mich damit zu schützen? Kapierte er nicht, wie tief ich inzwischen in der Sache steckte? Ich hatte ihn gerade zum zweiten Mal vor der Miliz gerettet, verdammt noch mal! Wenn Tacconi und seine Helfer mich zu packen kriegten, würden sie sich einen Dreck darum scheren, dass ich erst dreizehn war. Mein Leben stand längst auf dem Spiel. Damit war ich auch ein Partisan.

Ich sah in den finsteren Abgrund und zögerte. Jede Zelle meines Körpers sträubte sich dagegen.

Ihr seid mutig. Auch du.

Was wusste Ilaria, was sie ihrem Vater verschwieg?

Ihr Gewissen war stärker als ihre Treue gegenüber ihrem Vater. Auf einmal empfand ich für sie etwas Neues: Hochachtung.

Ihr seid mutig. Auch du.

Ich konnte sie nicht enttäuschen.

Ich holte tief Luft und nahm die erste Stufe nach unten.

Es war, als würde ich in einen lebendigen Schlund tauchen. Die feuchten Backsteinwände glänzten rötlich im Kerzenlicht, das wilde Schatten zum Tanzen brachte. Es roch nach nassen Steinen und jahrhundertealter Fäulnis. Ich bildete mir ein, die Augen des Zaren aus der Kapelle würden mich aus jeder dunklen Ritze erbarmungslos anstarren. Ich zerrte an meinem Hemdkragen, doch das Gefühl von Enge blieb.

Die Treppe führte zu einem Gang, der direkt in den Sandstein gegraben worden war. Er war niedrig und kaum breiter als der Treppenschacht, aber aus hellgrauem Stein, der mehr Licht reflektierte. Er endete in einem gewölbten Gang. Im Boden war eine zwei Hände breite Wasserrinne eingegraben, wie ein Miniaturkanal, in dem langsam und still das Wasser floss. Ich blieb stehen, unsicher. Sollte ich nach rechts oder nach links? Dunkle Schatten an den Wänden zeigten, wo Nebengänge abzweigten. Wie sollte ich Matteo in diesem Labyrinth finden? Er wusste nicht, dass ich ihm gefolgt war. Wenn ich mich verlief, würde niemand nach mir suchen. Ich musste zurück, bevor es zu spät war. Ich drehte mich um.

Und mein Blick fiel auf einen matten Fleck am Boden. Ein Wachstropfen. Matteo war nach links abgebogen. Ich lief ein Dutzend Schritte weiter und fand noch einen. Ich grinste. Der kleine Däumling hatte seinen Weg in den finsteren Wald markiert.

Ich lief zügig, bis ich weit vor mir eine winzige Flamme sah.

Ich blies meine Kerze aus und folgte Matteo auf Zehenspitzen, nah genug, um Schritt zu halten, weit genug, um nicht entdeckt zu werden.

Plötzlich verschwand das Licht. Die Schwärze umschloss mich, als hätte man mir einen Sack über den Kopf gestülpt. Ich holte die Streichholzschachtel aus meiner Hosentasche, aber meine Finger zitterten so sehr, dass sie mir aus der Hand fiel. Ich hörte ein leises Platschen.

Sie war in die Rinne gefallen.

23

Mit einer Hand an der Wand rannte ich los. Nach nur wenigen Schritten stolperte ich und krachte mit einem Schrei auf den schmierigen Boden.

Die Kerze tauchte nur wenige Meter vor mir aus einem Nebengang wieder auf.

»Lorenzo!«

Ich war so erleichtert, dass ich anfing zu kichern.

»Hallo, Matteo.«

»Hast du den Verstand verloren? Was machst du hier?« Er packte mich am Arm, zog mich auf die Füße und schüttelte mich. »Verdammt, was mache ich jetzt mit dir? Ich habe keine Zeit, Kindermädchen zu spielen!«

Meine Wut erwachte wieder.

»Ich bin kein Kind! Und ich gehe nicht zurück.«

»Das ist kein Spiel, Lorenzo. Was ich tue, ist lebensgefährlich. Der Widerstand ist kein Platz für Kinder.«

»Ach nein?« Ich presste die Lippen aufeinander und machte einen Schritt auf ihn zu. »Und wer hat dich vorhin vor Tacconi gerettet? Und du hattest überhaupt kein Problem damit, mich in Gefahr zu bringen, oder sehe ich das falsch?«

Matteo machte den Mund auf und zu wie ein Fisch.

»Ohne mich wäre Tacconi jetzt dabei, dir die Knochen zu zertrümmern«, sagte ich, bevor er etwas erwidern konnte.

Matteo sah mich lange an. Seine Kiefermuskeln arbeiteten hart. In seinem Blick rangen Zorn, Kränkung und Schuld miteinander. Er seufzte schwer.

»Komm, wir müssen erst mal raus hier.«

Der Nebengang führte zu einer Treppe, die seit einer sehr langen Zeit nicht benutzt worden war. Unsere Schuhe hinterließen deutliche Spuren im dicken, feuchten Staub, als wir hochkletterten. Oben angelangt versperrte uns eine niedrige Holztür den Weg. Sie war abgeschlossen.

»Halt die Kerze fest«, befahl Matteo.

Er machte sich mit einem kleinen Taschenmesser am Schloss zu schaffen. In weniger als einer Minute war es geknackt. Ich verbarg meine Bewunderung nicht.

»Hast du das bei den Partisanen gelernt?«

»Nein, ich kann es schon länger. Als jüdischer Notarzt braucht man unkonventionelle Fähigkeiten.«

Er öffnete die Tür, und die Abendluft ergoss sich über uns wie eine erfrischende Dusche. Sie roch nach regennassem Gras, feuchter Erde und mit Moos bewachsenen alten Steinen. Es war stockdunkel, aber etwas Mondlicht drang zu uns hinein. Wir standen in einem baufälligen, mehrere Meter hohen Backsteingebäude. Ein rechteckiges Wasserbassin bedeckte fast die gesamte Bodenfläche.

»Wo sind wir?«, fragte ich.

»In einem alten Waschbrunnen. Wenn wir Glück haben, ist es die Fonte d'Ovile.«

»Warum, wenn wir Glück haben?«

»Weil sie außerhalb der Stadtmauer liegt.«

Wir bahnten uns einen Weg durch das Unkraut, das überall zwischen den Steinen wuchs. Durch breite Risse in der Wolkendecke leuchteten der Halbmond und unzählige Sterne. Vor uns lagen Felder und Büsche, dahinter die dunklen Umrisse von Häusern. Hinter dem hohen Quader des Brunnens erhob sich ein langer, schwarzer Schatten. Die Stadtmauer.

»Volltreffer«, flüsterte Matteo.

»Wie hast du da unten den Weg gefunden?«

Er zog einen Kompass aus der Hosentasche.

»Hiermit. Den brauche ich oft in diesen Tagen.«

Auf der Straße über uns fuhr ein Militärlaster vorbei. Die verdunkelten Scheinwerfer ließen nur wenig Licht durch, aber es kam uns so hell vor, dass wir uns intuitiv wegduckten.

»Die Porta Ovile ist nicht weit von hier«, sagte Matteo als der Lastwagen vorbeigefahren war. »Geh nach Hause, Lorenzo. Ich kann dich nicht mitnehmen.«

Er machte sich mit zügigem Schritt auf den Weg durch die Felder. Ich folgte ihm. Wir erreichten eine nicht asphaltierte Landstraße. Als wir die letzten Häuser hinter uns gelassen hatten, blieb Matteo wieder stehen.

»Geh nach Hause, hab ich gesagt!«

»Es ist Sperrstunde. Und die Faschisten patrouillieren durch die Straßen«, sagte ich herausfordernd. »Willst du, dass sie mich erwischen und alles aus mir rausquetschen?«

Matteo seufzte.

»Warum willst du unbedingt mit? Ist es Abenteuerlust?«

Richtig darüber nachgedacht hatte ich nicht. Aber alles war spannender als das, was mich zu Hause erwartete.

»Ich will auch etwas Sinnvolles tun. Damit die Deutschen gehen. Damit der Krieg zu Ende geht. Damit …«

Damit Danieles Eltern zurückkommen und sich endlich um ihn kümmern, wäre fast aus mir herausgesprudelt.

Plötzlich waren Motorengeräusche zu hören. Bevor wir uns verstecken konnten, fuhr ein fast bis zur Unkenntlichkeit verbeulter Kleinlaster mit ausgeschaltetem Licht um die Ecke. Ein junger Mann sprang heraus.

»Messer? Bist du das?«, flüsterte er.

Er entdeckte uns und hüpfte wie ein Insekt auf uns zu. Er bestand fast nur aus Armen und Beinen. Er packte Matteo am Arm und zog ihn zum Wagen.

»Wo warst du? Ich habe ewig auf dich gewartet«, sagte er eindringlich. »Ich war schon ohne dich auf dem Weg zurück!«

»Ich hatte die Faschisten auf den Fersen. Ich hab in einem Keller festgesteckt.«

Ich lief an den beiden vorbei, sprang in den Wagen und setzte mich an den Rand des zerschlissenen Beifahrersitzes. Matteo bemerkte mich erst, als er sich setzte. Doch der junge Mann hatte sich schon ans Steuer gesetzt und ließ den Motor an. Es klang wie ein Haufen Blechdosen.

Die Straße war von Löchern übersät, die meisten voll mit Regenwasser, und der Wagen hatte keinerlei Federung mehr. Jede Unebenheit schlug uns von Wirbel zu Wirbel bis in die Schädeldecke. Die Seitenfenster hatten keine Scheiben. Der Fahrtwind strömte herein, begleitet von feinen Schlammspritzern. Es war klasse.

Der junge Mann sah mich mit breitem Lächeln an.

»Wer ist eigentlich das Jesuskind?«, fragte er.

Alles war lang an ihm: die Beine, die Arme, die Spinnenfinger, die Nase und sogar die Zähne, und er hatte das sympathischste Lächeln, das ich je gesehen hatte. Bevor Matteo antworten konnte, streckte ich ihm die Hand entgegen.

»Lorenzo. Ich bin sein Assistent.«

Ich hörte Matteo neben mir seufzen. Der Junge drückte meine Hand. Dabei machte der Wagen einen Haken.

»Soso. Messer hat sogar einen Assistenten«, lachte er.

»Messer?«

Matteo sah aus dem Fenster und reagierte nicht.

»Wir benutzen Kampfnamen. Er hat mal mit ’nem Taschenmesser einem Kameraden eine Kugel rausoperiert. Ich bin Grillo.« Er lachte. »Rate mal, warum!«

Es war so dunkel, dass ich erst jetzt, aus der Nähe sah, dass er gar kein Mann war.

»Sag mal, wie alt bist du?«

»Siebzehn.«

Ich war sicher, dass er log.

»Und du hast schon einen Führerschein?«

»Wer fragt schon danach?«, antwortete er mit einem Augenzwinkern.

Er fuhr über Steine und Schlaglöcher, als gäbe es jedes Mal einen Preis zu gewinnen, und dabei lachte und juchzte er wie auf der Achterbahn. Ich krallte mich am Sitz fest und lachte begeistert mit.

»Grillo! Die Gurke kracht uns unter unserem Arsch auseinander, wenn du nicht vorsichtig bist«, sagte Matteo.

»Wir müssen uns halt sputen«, lachte der Junge.

»Halt wenigstens die Klappe! Man wird uns bis Florenz hören.«

Ich fühlte mich auf die Wüstenpisten Libyens zurückversetzt, an Bord des Geländewagens, mit Hakim am Steuer. Auch Hakim hatte keinen Führerschein gehabt. In Tripolis fuhr er wie eine kurzsichtige Oma, zusammengekauert auf dem Sitz, mit zugekniffenen Augen, das Lenkrad fast am Kinn, ein Hupkonzert im Schlepptau. Doch sobald wir die Stadt mit ihren geteerten Straßen hinter uns gelassen hatten, richtete er sich auf und gab Gas. Er raste über die steinigen Pisten und nahm die Kurven besonders eng, nur um mich quietschen und lachen zu hören. Papà mahnte ihn zur Vorsicht, aber ich sah ihm an, dass er es genauso genoss wie ich. Die Luft vibrierte unter der gleißend weißen Sonne, die Steppe sauste an uns vorbei mit tausend Schattierungen von Gelb, Braun und Grau. Kleine Kamelherden von sieben, acht Tieren trabten manchmal neben uns her, magere Ziegen sprangen meckernd aus dem Weg, barfüßige Jungen in zerschlissenen Kaftanen rannten uns lachend hinterher, wenn wir durch die Dörfer sausten.

Ich öffnete die Augen und lachte Grillo an. Es war die gleiche Freude und Leichtigkeit wie damals, und ich hatte sie seit hundert Jahren nicht mehr gespürt.

»Wo fährst du hin?«, fragte Matteo. »Ich dachte, wir wollen nach …«

»Planänderung«, unterbrach Grillo. »Es hat Reigen gegeben, im Osten, Richtung Arezzo. Ich habe deine Tasche. Man wird dich brauchen.«

»Warte, wir können den Jungen unmöglich dorthin mitnehmen. Halt an!«

»Einen Teufel werd ich tun. Ich fahr dich jetzt dahin. Befehl von ganz oben.«

»Verdammter Mist«, knurrte Matteo. »Chiara wird es mir niemals verzeihen.«

»Was sind Reigen?«, fragte ich.

»Gefechte mit den Deutschen«, sagte Grillo fröhlich.

Wir fuhren nur über kleinste Landstraßen, oft sogar über ungeteerte Feldwege. Zweimal mussten wir lange mit ausgeschaltetem Scheinwerfer im Dunkeln verharren, weil deutsche Fahrzeuge die Straßen blockierten. Erst als sie weg waren, konnten wir weiter. Der Himmel verlor seine Schwärze, als wir endlich anhielten. Wir waren Stunden unterwegs gewesen. Matteo holte den kleinen schwarzen Arztkoffer hinter dem Sitz hervor. Grillo versteckte den Kleinlaster in einer Scheune, schulterte sein Gewehr, und wir gingen zu Fuß weiter.

Wir waren gerade bei den ersten Häusern eines schlafenden Dorfs angelangt, als Motorengeräusche die Stille durchbrachen. Es waren mehrere Fahrzeuge, die schnell näher kamen. Grillo ergriff meinen Arm und zerrte mich durch ein enges Gässchen hinter die Häuser. Matteo folgte uns. Kaum hatten wir uns versteckt, hatten sie das Dorf erreicht. Ein Fahrzeug nach dem anderen rollte mit einem Höllenlärm über die gepflasterte Straße. Ich klebte an der Ziegelsteinwand und atmete hektisch. Was, wenn sie anhielten und alle Straßen absuchten?

Grillo schien überhaupt keine Angst zu haben. Er zählte die Fahrzeuge an den Fingern, formte dabei mit den Lippen die Wörter »Lastwagen«, »Auto«, »Motorrad« und freute sich wie ein kleines Kind, wenn er sie erkannte. Matteo bedeutete uns mit heftigen Gesten, leise zu sein.

Das letzte Auto fuhr aus dem Dorf. Der Motorenlärm entfernte sich.

»Schnell weg jetzt«, drängte Matteo. »Am besten durch die Felder. Die Straßen sind zu unsicher.«

Wir liefen die Hügel hinauf, zwischen Feldern und Wäldchen. Inzwischen dämmerte es. Ein feiner Morgennebel füllte die Täler. Grillo blieb stehen, unsicher.

»Was ist?«, fragte Matteo leise.

»Ich weiß es nicht. Die anderen sollten hier sein …«

Die Zweige der Büsche waren abgebrochen. Der noch grüne Weizen auf einem nahen Feld war an mehreren Stellen flach getreten. Matteo bückte sich und hob eine Patronenhülse auf.

»Hier wurde gekämpft«, sagte er.

Ich fand auch etwas.

»Guck mal! Was ist das?«

Ich streckte die Hand aus nach einem kurzen, blaugrünen Stift mit dicken Flossen, der im grauen Morgenlicht gerade sichtbar war. Matteo riss mich schreiend zurück.

»Nicht anfassen! Mensch, Lorenzo, hat man euch nicht von den Dingern erzählt in der Schule?«

Bevor Matteo ihn aufhalten konnte, hüpfte Grillo heran und warf einen Stein auf das merkwürdige Objekt.

Ein Knall erschütterte die Stille der Felder. Grillo juchzte. Matteo schlug ihn auf den Hinterkopf.

»Grillo! Jetzt weiß jeder Deutscher in der ganzen Provinz, dass wir hier sind.«

Ich sprang schockiert zurück. Die Explosion hätte mir den Arm abgerissen.

»Was … war das?«

»Eine Antipersonenmine«, sagte Matteo wütend. »Extra entwickelt, um Zivilisten zu treffen. Vor allem Kinder.«

»Die Crucchi sind halt Monster«, sagte Grillo, während er die Bombensplitter wie Souvenirs einsammelte.

»Ausnahmsweise sind es nicht die Deutschen. Das sind kleine Geschenke der Amerikaner.«

»Der Amerikaner?«, staunte ich. »Warum machen die das?«

»Tja, warum? Warum werden im Krieg Unschuldige sinnlos abgeschlachtet?«

Die Explosion hatte uns tatsächlich verraten. Ein Schatten bewegte sich auf uns zu. Ich erschrak, aber als er näher kam, sahen wir, dass es nur ein Bauer war. Er winkte uns hektisch heran.

»Kommen Sie! Hier ist ein Verwundeter!«

Wir folgten ihm den Hügel hinauf zu einer baufälligen Scheune am Rande der Weizenfelder.

»Die haben hier gestern Abend über eine Stunde aufeinander geschossen«, erklärte der Bauer schnaufend, »dann haben sich die Partisanen in die Berge zurückgezogen, und die Deutschen sind hinterher. Ich wollte sehen, wie viel sie kaputtgemacht haben, und da hab ich ihn in der Scheune gefunden. Er hatte sich da vor den Deutschen versteckt.«

Er öffnete die Holztür und ließ uns hinein. Ein junger Mann lag zusammengekauert in einer Ecke und stöhnte leise. Durch eine Luke in der Wand fiel das Licht des Morgengrauens auf sein staubgraues Gesicht. Die schwarzen Haare klebten strähnig auf seiner Stirn. Er machte die Augen auf, als wir hereinkamen, und streckte uns die Hand entgegen.

»Lupo«, rief Grillo. »Es hat dich erwischt!«

Es roch nach Urin und feuchtem Stroh, und auch nach etwas Süßlichem, das ich erst erkannte, als ich die dunkle Lache neben dem Verletzten sah. Matteo kniete neben ihm.

»Das ist viel Blut. Wie lange liegt er schon hier?«

»Wasser …«, raunte der Verletzte.

Matteo drehte ihn vorsichtig auf den Rücken und zog die verkrustete Kleidung auseinander.

»Kein Bauchschuss. Gut, er darf trinken.« Er wandte sich dem Bauern zu. »Haben Sie Wasser?«

Der zuckte mit den Schultern. »Hier nicht. Im Dorf.«

»Grillo, geh mit ihm und hol Wasser. Und zwei saubere Kissenbezüge.«

Grillo machte große Augen. »Kissenbezüge?«

»Frag nicht. Besorg mir zwei saubere und gebügelte Kissenbezüge und steck einen in den anderen. Und wasch dir vorher die Pfoten«, rief er ihm hinterher. »Lorenzo, komm her und hilf mir.«

Lupo war am Oberschenkel verletzt und hielt seine Mütze fest gegen die Wunde gedrückt. Sie war mit Blut durchtränkt. Matteo nahm eine Schere aus dem Koffer und schnitt in das Hosenbein.

»Wozu brauchst du zwei Kissenbezüge?«, fragte ich.

»Ich brauche nur einen für einen Druckverband, weil ich nicht genug Verbandsmaterial dabeihabe. Kissenbezüge werden auch auf dem Land heiß gewaschen und gebügelt, damit sind sie einigermaßen hygienisch. Und damit es so bleibt, soll der eine in dem zweiten transportiert werden.«

Was für eine Idee! Ich hielt den Stoff hoch, während er mit einer mit Alkohol getränkten Gaze die Wunde von Blutgerinnseln und Stofffetzen säuberte. Lupo schrie. Matteo legte ihm eine Hand auf die Stirn.

»Ich bin ganz vorsichtig. Ich will nur sehen, was mit deinem Bein ist«, sagte er mit der sanften Stimme, die ich an ihm so mochte. Ich hatte sie seit Monaten nicht mehr gehört.

Ein handgroßer Riss klaffte dunkelrot und mit ausgefransten Rändern auseinander und blutete noch. Matteo desinfizierte seine und meine Hände. Er drückte die Ränder der Wunde zusammen und befahl mir, sie mit Kompressen zu bedecken.

»Ein Streifschuss. Zum Glück hat er selbst Druck auf die Wunde ausgeübt.« Matteo lächelte Lupo an: »Wirf die Mütze nicht weg, sie hat dir das Leben gerettet!«

Grillo und der Bauer kamen zurück, begleitet vom Pfarrer in seiner langen schwarzen Soutane.

»Hier sind zwei saubere Kissenbezüge«, sagte der Pfarrer. »Ich dachte, vielleicht brauchen Sie meine Hilfe.«

»Noch nicht, Pater«, krächzte Lupo mit einem schmerzverzerrten Lächeln.

Ich nahm Grillo die Wasserflasche ab und setzte sie Lupo an die Lippen. Er trank gierig und verschluckte sich. Matteo legte den klein gefalteten Kissenbezug auf die Wunde und wickelte ihn fest um den Oberschenkel.

»Das ist nur ein provisorischer Verband. Die Wunde muss gründlich gesäubert und genäht werden, aber ich kann das hier nicht machen. Es ist unhygienisch, und ich kann kaum etwas sehen. Wir müssen ihn ins Dorf tragen.«

»Die Deutschen durchkämmen das Land auf der Suche nach Partisanen«, sagte der Pfarrer. »Sie sind auch schon bei uns.«

»Hier kann er jedenfalls nicht bleiben«, sagte Matteo.

Der Pfarrer knetete sich ausgiebig das Kinn, den Blick in der Ferne verloren. »Vielleicht habe ich eine Idee.«

»Bereit?«, fragte Matteo.

»Ja …«, hauchte Lupo, so weiß im Gesicht, dass das Laken unter ihm grau erschien.

»Mach dir keine Sorgen, wir machen keinen Deckel drauf«, versicherte der Pfarrer. »Wir bedecken dich nur mit einem schwarzen Tuch.«

»Beeilt euch, es blutet schon durch«, sagte Matteo. »Seid ihr fertig, Jungs? Grillo, wenn du nicht aufhörst zu kichern, drehe ich dir den Hals um!«

»Ich kann nicht, guck mal, wie ich aussehe.« Der rote Talar endete weit über seinen Knöcheln, und die Ärmel ließen den halben Oberarm frei. »Ich bin zu groß für einen Messdiener.«

»Stimmt. Das macht uns nur verdächtig«, sagte der Pfarrer. »Vor allem, wenn er so albern ist.«

Das war meine Chance.

»Mir würden die Sachen passen«, sagte ich beiläufig.

»Kommt nicht infrage, Lorenzo.«

»Wieso nicht? Ich muss sowieso mitkommen, oder willst du mich in dieser Scheune zurücklassen? Als Messdiener habe ich wenigstens eine Tarnung.«

Matteo zögerte. Der Pfarrer kam mir zu Hilfe.

»Der Junge hat recht, Dottore. Es erhöht die Sicherheit für alle.«

»Zieh die Sachen aus, Grillo, du musst tragen helfen.«

Talar und Chorhemd passten mir wie angegossen. Ich stand etwas ungelenk mit dem Weihrauchfass in den Händen und verlagerte das Gewicht von einem Fuß auf den anderen.

Ich schaute auf Lupo, der bereits in ein Laken eingewickelt im Sarg lag. Er atmete sehr schnell und kurz, und seine Augen waren glasig. Er war kaum noch bei Bewusstsein.

Der Pfarrer bedeckte den Sarg mit dem schwarzen Samttuch. Matteo, Grillo, der Bauer und ein Mann, den der Pfarrer für diesen Zweck mitgebracht hatte, stellten sich rechts und links davon, hoben ihn an den vier Griffen hoch und trugen ihn hinaus. Der Pfarrer bekreuzigte sich mehrmals, dann lief er psalmodierend hinterher. Ich trabte voraus und schwenkte das Weihrauchfass.

Kaum waren wir auf der Straße, kam uns ein deutsches Auto entgegen. Meine Knie fühlten sich wie Kartoffelbrei an.

»Einfach weiterlaufen und weiterschwenken«, flüsterte Matteo.

Ich lief mehrere Schritte im Zickzack, bevor ich meine Beine wieder unter Kontrolle hatte. Das Auto fuhr an uns vorbei, ohne das Tempo zu verlangsamen. Die vier Offiziere, die darin saßen, nahmen uns nicht einmal wahr.

Wenig später rumpelten zwei mit Soldaten beladene Lastwagen von hinten heran.

»… Ora pro nobis …«

Der Lärm verschluckte den Singsang des Pfarrers, Steine und Schlammklumpen flogen durch die Luft. Nach wenigen Sekunden waren auch die Lastwagen an uns vorbei. Die Soldaten drehten sich nicht nach uns um.

Am Dorfeingang stießen wir auf eine Patrouille, die zu Fuß unterwegs war. Nur zwei Soldaten hoben den Blick und bekreuzigten sich, worüber ich mich sehr wunderte. Waren die Deutschen Katholiken?

Aber es funktionierte.

Als sich die Tür vom Pfarrhaus hinter uns schloss, warf Grillo die Mütze in die Luft und lachte aus vollem Hals.

»Wir haben es geschafft! Vor ihrer Nase!« Er boxte mich scherzhaft. »Wie war das, Jesuskind?«

»Wo kann ich ihn behandeln?«, fragte Matteo.

»Am besten in der Küche«, antwortete der Pfarrer. »Auf dem großen Holztisch.«

»Ich habe zu wenig Äther dabei für eine tiefe Narkose«, sagte Matteo zu den Männern. »Lupo wird nur leicht betäubt sein. Ihr müsst ihn festhalten. Pater, kochen Sie bitte Wasser, um die Instrumente zu sterilisieren. Lorenzo, komm mit, Hände waschen«

»Du schaffst es«, sagte Matteo, während er den Oberschenkel dick verband.

Erschöpft und apathisch ließ der arme Lupo die letzten Handgriffe über sich ergehen. Auf seinem schmutzigen Gesicht hatten die Tränen helle Streifen hinterlassen.

»Die Verletzung ist nicht lebensgefährlich, aber er hat sehr viel Blut verloren.« Matteo wischte sich über die Stirn. »Er braucht jetzt Ruhe, viel zu trinken und leichtes, nahrhaftes Essen.«

»Wir werden uns gut um ihn kümmern«, versicherte der Pfarrer.

Er ging in die Küche und brachte einen halben Laib Pecorino und ein Brot. Richtiges, frisches Brot, das nicht nach Sägemehl schmeckte. Und reifen Käse, der schon etwas auf der Zunge pikte. Nachdem wir uns gestärkt hatten, schenkte er uns allen ein Gläschen Grappa ein. Mir wurde ganz warm im Bauch und leicht im Kopf. Die drei anderen Assistenten brauchten es allerdings dringender als ich, vor allem Grillo, der auf einem Stuhl zusammengesackt war, grün im Gesicht, und mit größter Vorsicht ein- und ausatmete.

»Finden Sie eine Krankenschwester für die Nachsorge.« Matteo flößte Lupo einen kräftigen Schluck Grappa ein. »Du hast es tapfer ertragen, Junge. Du bist jetzt ein Held der Resistenza. Trag deine Narbe mit Stolz!«

Lupo brachte eine schwache Fratze zustande, die ein Lächeln sein wollte. Dann trugen wir ihn in ein anderes Zimmer, wo ein Bett für ihn bereitstand.

Endlich schaute Matteo mich an. Er zwinkerte.

»Darf ich telefonieren?«, fragte er den Pfarrer.

Er folgte ihm in sein Büro, und ich kehrte mit den anderen ins Wohnzimmer zurück.

Zwei Männer warteten auf uns. Sie waren mit Gewehren bewaffnet. Der erste war ein muskulöser junger Mann mit runder Drahtbrille auf der Nase. Er sah wie ein Student aus. Er trug eine kurze Hose, ein Kakihemd und auf dem Kopf eine zu kleine Mütze der Gebirgsjäger. Er wurde Prof genannt.

Der andere war gedrungen und hatte O-Beine, die kürzer waren als der Körper. Er trug eine dunkle Hose und ein graubeige kariertes Jackett. Unter seiner fleischigen Nase wuchs ein enormer schwarzer Stalin-Schnurrbart. Einige lange, schwarze Haare klebten fettig an seiner Glatze, wie nasse Grashalme auf einem Stein. Alle begrüßten sich mit kräftigem Handschlag und Klopfen auf den Rücken. Matteo und der Pfarrer traten ins Wohnzimmer ein.

»Soo, der Dottore«, sagte der Mann mit dem Schnurrbart

mit einem leicht spöttischen Zug auf den Lippen. »Ein ungewöhnlicher Anblick, so nah am Brandherd.«

»Wenn du auftauchst, Baffo, kann man hingegen sicher sein, dass es bald brennen wird«, sagte Matteo mit einem eisigen Lachen. Die gegenseitige Abneigung war spürbar.

»Aber genau das wollen wir doch, oder? Alles verbrennen, um alles neu zu erschaffen«, meinte Baffo. Er deutete mit dem Kinn auf mich. »Wer ist das?«

»Messers Assistent«, rief Grillo dazwischen. Der Schnaps hatte ihm wieder Farbe auf die Wangen gebracht. »Das Jesuskind ist selber schon ein richtiger Doktor.«

»Er ist Ombras Neffe«, antwortete Matteo.

»Soso, die hübsche Ombra.« Baffo musterte mich. »Stimmt, er sieht ihr ähnlich. Ich verstehe nicht ganz. Sie sagt, sie bleibt im Verborgenen, um ihre Familie zu schützen, und dann schickt sie ihren Neffen ins Feld?«

»Sie hat ihn nicht geschickt. Sie weiß nicht, dass er hier ist.«

»Du hast ihn mitgenommen?«, fragte Baffo ungläubig.

»Nein, er ist mir heimlich gefolgt«, sagte Matteo steif.

»Und du hast es nicht verhindern können?« Er schnaubte. »Wie professionell.«

Matteos Nasenflügel flatterten.

»Ich will keine Kinder hier«, sagte Baffo. »Grillo ist schon schlimm genug.«

»Da bin ich ausnahmsweise ganz deiner Meinung«, sagte Matteo. »Fahr uns zurück nach Siena. Ombra muss außer sich sein vor Sorge.«

Baffo stemmte die Fäuste in die Seiten.

»Ja, sind wir denn ein Busunternehmen? Wir führen hier einen Befreiungskrieg!«

»Sollen wir etwa laufen? Es sind über dreißig Kilometer!«

Baffo seufzte theatralisch.

»Na gut, wir können euch ein Stück mitnehmen. Wir müssen die Aktionen sowieso näher an Siena heranbringen.«

Matteo, Grillo und ich mussten auf die Ladefläche des ramponierten Kleinlasters. Baffo saß am Steuer, und der Prof hatte sich wie selbstverständlich neben ihn gesetzt.

Es war schön, so zu fahren und den lauwarmen Fahrtwind in den Haaren zu spüren. Eine frische Brise hatte den Morgendunst verweht, und die strahlende Sonne brachte einen Vorgeschmack des nahenden Sommers. Die Hügel zwischen Siena, Chianti und Arezzo waren ein Flickenteppich aus Getreidefeldern, Weinbergen und Wäldern, gesprenkelt mit alten Dächern, Klatschmohn und tiefgrünen Zypressen an den Wegesrändern. Ein altes Dorf aus Backsteinhäusern zierte hier und da eine Hügelkuppe oder ein kleines Tal. Der Nachmittag roch nach warmem Gras und Freiheit. Ich hätte alles gegeben, um hierzubleiben, um diese Freiheit mit den anderen zu teilen. Ich hatte dafür plädiert, dass Matteo einen Assistenten brauchte. Ich hatte versprochen, immer zu gehorchen und nie im Weg zu sein. Ich hatte gebettelt, den Tränen nah. Doch Baffo und Matteo hatten sich nicht erweichen lassen. Nur Grillo zeigte mir mit einem bedauernden Lächeln, dass er mich gern dabeigehabt hätte.

Baffo bremste so abrupt, dass wir gegen die Fahrerkabine knallten.

»Was zum Teufel …«, schimpfte Matteo, während er sich aufsetzte.

Baffo und der Prof stiegen aus, die Gewehre in den Händen.

»Bleibt hier«, befahl Matteo mir und Grillo.

Er sprang von der Ladefläche und rannte den beiden hinterher. Natürlich folgte ich ihm.

Wir standen auf einem Hügel. Nicht weit entfernt, auf einer Kuppe, lag ein kleines Dorf. Unten im Tal fuhr ein offenes Militärauto um die Kurve und kam uns entgegen. Ein Auto der Wehrmacht. Baffo und der Prof knieten auf dem Boden, von einem Busch verborgen. Sie hatten die Gewehre angelegt und zielten.

»O Gott, nein«, rief Matteo.

Der deutsche Wagen fuhr schnell heran. An Bord saßen zwei Männer, die steile graugrüne Mützen mit schwarzem Schirm trugen. Zwei Offiziere.

Ein Schuss zerriss die Luft.

Für den Bruchteil einer Sekunde wurde eine Art rosa Dunst um den Kopf des Fahrers sichtbar. Dann war die Windschutzscheibe voller Blutspritzer. Der Oberkörper des Offiziers sackte auf das Lenkrad und drückte gegen die Hupe, während der Wagen schlenkerte und nach links ausscherte.

Ein zweiter Schuss, und tausend Glasscherben flogen durch die Luft.

»Verflucht, Messer«, brüllte Baffo. »Was soll das?«

Matteo hatte sich auf Baffo und den Prof geworfen, in einem verzweifelten Versuch, das Attentat zu verhindern. Aber der Prof hatte bereits abgedrückt. Der Stoß konnte nur Baffos Schuss ablenken. Sein Gewehr fiel auf den Boden.

»Seid ihr völlig irre geworden?«, schrie Matteo.

Der deutsche Wagen krachte in den Straßengraben und blieb dort stecken. Die graugrüne Mütze eines der Offiziere rollte die Straße hinunter, während die Hupe unablässig heulte.

Baffo packte Matteo am Revers.

»Was glaubst du, was wir hier machen, du Weichei«, knurrte er, die gefletschten Zähne nur Zentimeter vor Matteos Gesicht. »Das sind deutsche Offiziere! Wir töten deutsche Offiziere!«

»Damit hetzt ihr nur die Wehrmacht auf die Bevölkerung, ihr Wahnsinnigen!«

Der zweite Offizier taumelte aus dem Auto und sah sich verstört um. Ich konnte einen erstickten Schrei nicht zurückhalten. Er war riesenhaft groß, und seine kurzen Haare leuchteten weiß in der Morgensonne. Das Gespenst! Er sah zu uns herauf. Baffo warf Matteo auf den Boden und streckte die Hand nach seinem Gewehr aus, das immer noch auf dem Boden lag.

Ein Schuss explodierte neben meinem Ohr.

Der Offizier wurde nach hinten geschleudert und fiel auf den Rücken, die Arme nach außen gestreckt.

Baffo und der Prof sahen sich an. Keiner von ihnen hatte geschossen.

»Jaa! Volltreffer«, kreischte Grillo.

Er stand auf der Kabine, die Arme triumphierend in die Luft gestreckt, das Jagdgewehr noch in der rechten Hand. Er sprang herunter.

»Habt ihr das gesehen? Ich habe ihn voll erwischt«, rief er strahlend, als hätte er an der Schießbude ins Schwarze getroffen.

Niemand sprach. Niemand bewegte sich. Sein Blick ging von Gesicht zu Gesicht, von den ungläubigen Augen von Baffo und dem Prof zum entsetzten Ausdruck von Matteo. Sein Lächeln erstarrte. Er sah mich hilfesuchend an. Doch mein aufgerissener Mund war wie eingefroren.

Die Hupe heulte unaufhörlich.

»Grillo …«, flüsterte Matteo.

Baffo erholte sich als Erster. Er ging auf ihn zu und klopfte ihm auf die Schulter.

»Guter Schuss, Grillo. Geh runter und zieh den Toten von der Hupe runter. Der Krach wird seine Kumpel anlocken.«

Grillo fiel das Gewehr aus der Hand. »Ich?«

Ich starrte voller Entsetzen auf den deutschen Offizier, auf seine unglaublich langen Beine, auf seine kurzen, weißblonden Haare. Auf seine Uniformjacke, die immer dunkler wurde, während die rote Lache neben seiner Brust wuchs. Sein Kopf und seine rechte Hand bewegten sich.

»Er lebt noch«, rief der Prof, der meinem Blick gefolgt war.

»Scheiße«, sagte Baffo.

Matteo hatte schon die Arzttasche an sich gerissen und rannte hinunter. Ich und die anderen folgten ihm.

Baffo packte Grillo am Arm und zerrte ihn zu dem Deutschen. Er schubste Matteo grob beiseite, dann drückte er Grillo das Gewehr in die Hände.

»Schieß ihn tot.«

Die Farbe sackte aus Grillos langem Gesicht in seinen mageren Hals. Indessen ging der Prof zum Auto, packte den Toten am Kragen und warf ihn zurück gegen die Lehne. Die Hupe verstummte endlich.

»N-Nein …«, stammelte Grillo.

Matteo versuchte, dazwischenzugehen.

»Nein, Baffo! Bitte mach das nicht.«

Baffo stieß ihn zurück und bellte, puterrot.

»Er hat uns alle gesehen! Er kann uns erkennen!« Er schüttelte Grillo. »Was ist auf einmal mit dir los? Mach deine Arbeit fertig, du Vollidiot!«

Der Offizier gurgelte. Es klang wie der Abfluss eines Spülbeckens. Grillo schien sich kaum auf den Füßen halten zu können. Seine Arme zitterten wie Weidenzweige im Wind. Baffo packte ihn von hinten und zwang ihn, den Gewehrlauf auf das Gesicht des Offiziers zu richten.

»Schieß doch! Schieß«, brüllte er ihm ins Ohr.

Alles geschah gleichzeitig. Matteo riss mich an sich und drückte mein Gesicht gegen seine Brust.

Grillo schluchzte und schoss.

24

Der Knall hallte lange nach. Dann herrschte Stille.

Ich krallte mich an Matteo fest und hielt die Augen mit ganzer Kraft geschlossen. Aber es war zu spät. Ich hatte es gesehen. Eine Millisekunde lang, aber es hatte gereicht. Das Bild hatte sich auf meiner Netzhaut eingebrannt. Für immer.

Ich hörte, wie Grillo den Kampf gegen die Übelkeit verlor.

»Nichts wie weg hier«, rief Baffo.

Matteo drehte meinen Kopf weg von der Mordszene und steuerte mich zum Lastwagen.

»Schau nicht hin.«

Baffo schleppte den schluchzenden Grillo zum Wagen, wo er ihn rechts und links ohrfeigte.

»Reiß dich endlich zusammen, du Depp! Du wolltest doch Partisan werden. Jetzt bist du einer.«

Grillo wehrte sich nicht. Tränen und Rotz rannen ungehindert über sein Gesicht, wo sich langsam rote Fingerspuren abzeichneten.

»Ich will nach Hause«, quengelte er wie ein kleines Kind.

»Kommt nicht infrage. Du bist dumm wie Brot, aber du kannst schießen. Für die Revolution sind gute Schützen wichtiger als Gehirne.«

Er drückte ihn auf den Beifahrersitz und schlug die Tür zu. Der Prof kam heran. Er hielt eine Handvoll Scheine in der Hand und grinste.

»Guck mal, er hatte richtig viel Geld dabei.«

»Hast du seine Brieftasche gestohlen?«, fragte Matteo ungläubig.

»Klar doch. Er braucht sein Geld nicht mehr, wir schon.«

»Idiot, verstehst du nicht, was du getan hast? Für die Deutschen ist das eine zusätzliche Provokation!«

Der Prof schob das Kinn vor und richtete ihm das Gewehr auf die Brust.

»Du mischst dich in Dinge ein, die dich nichts angehen, Jude.«

Vielleicht hatte er nicht wirklich etwas gegen Juden und wollte Matteo nur provozieren. Aber ich sah rot. Ich warf mich auf ihn und stieß ihn mit meiner ganzen Kraft von Matteo weg. Überrascht taumelte er zurück. Seine Alpini-Mütze fiel zu Boden.

»Lass ihn in Ruhe«, kreischte ich. Meine Stimme klang wie die eines Kindes. »Ihr seid Diebe! Ihr seid Mörder!«

Der Prof kam mit aufeinandergebissenen Zähnen auf mich zu, doch Baffo war schneller. Er packte mich an den Haaren und zog mich hoch. Ich jaulte.

»Baffo«, schrie Matteo.

Der Prof drückte ihm wieder den Gewehrlauf auf die Brust. Ich stand nur noch auf Zehenspitzen und umklammerte verzweifelt Baffos Hand, die meine Haare mit der Kraft eines Schraubstocks festhielt. Ich war sicher, er würde mir die Kopfhaut abreißen.

»Her mit dem Geld«, sagte Baffo, ohne mich loszulassen.

Der Prof gehorchte widerwillig. Baffo steckte es in die Tasche seines Jacketts.

»Die Revolution braucht Geld«, sagte er, als sei damit alles geheiligt. »Und ihr zwei geht mir langsam auf den Sack. Ihr geht zu Fuß weiter.«

Endlich ließ er meine Haare los. Ich fiel stöhnend hin. Mein Kopf brannte wie Feuer. Matteo half mir wieder auf die Füße und drückte mich an sich.

In der Ferne wurde ein Motor hörbar.

»Die Crucchi kommen«, rief der Prof.

»Ja, wir hauen ab.«

Sie gingen zum Kleinlaster und rissen die Türen auf.

»Baffo«, rief Matteo. »Du willst uns doch nicht im Ernst hierlassen, die Deutschen werden gleich überall sein!«

»Dann seht zu, dass ihr wegkommt«, antwortete Baffo gleichgültig. Er stellte den Fuß in die Kabine und zog sich hoch. Matteo hielt ihn an der Jacke zurück.

»Was ist mit den Leuten in Sant' Ansano?«

»Was soll mit ihnen sein?«, fragte Baffo ungeduldig.

»Ihr müsst sie warnen.«

Baffo zog mit einem Ruck seine Jacke los. »Keine Zeit.«

»Ihr habt zwei Offiziere aus dem Hinterhalt getötet. Die Deutschen werden es zwanzig zu eins vergelten!«

Baffo setzte sich auf den Fahrersitz, ohne ihn zu beachten. Der Prof saß schon. Grillo kauerte mit hängenden Schultern zwischen den beiden und heulte.

»Gott im Himmel, Baffo! Wenn die Leute sich nicht verstecken, werden die Deutschen ein Blutbad anrichten!«

Baffo stieg wieder aus und ging auf ihn zu, bis sein Gesicht nur eine Handbreite vor Matteos war. Er schnaubte wie ein Stier.

»Ich habe die Nase voll von deiner Besserwisserei, Dottore. Du weigerst dich zu begreifen. Hier geht es nicht darum, den Deutschen ein paar Nadelstiche zu versetzen, bis die Amerikaner kommen und die Arbeit für uns machen. Hier geht es um die Revolution, die die Arbeiter und Bauern Italiens endgültig von der Sklaverei des Faschismus und des Kapitals befreien wird. Und die bekommt man nicht umsonst.«

Matteo taumelte zurück, kalkbleich.

»Du willst sie opfern.«

»Quatsch. Es geht um die Koordination größerer Aktionen, die auf dieser hier aufbauen.«

Er ging zum Lastwagen zurück. Matteo schüttelte den Kopf, als würde ihm eine Biene ums Ohr sausen.

»Sie sollen sterben, damit andere sich erheben und eure verdammte Revolution beginnen, oder? Das ist doch der Plan.«

Baffo drehte sich um.

»Was für eine hübsche Intrige. Unsinn, sie brauchen überhaupt nicht zu sterben. Geh hin und warne sie. Du hast meinen Segen. Und den der Partei.«

»Zu Fuß? Wenn du mit dem Wagen in fünf Minuten da sein kannst?«

Baffo stieg ein. Der Motorenlärm kam immer näher.

»Baffo! Wir müssen hier weg«, drängte der Prof.

»Es ist nicht weit. Du schaffst es schon«, sagte Baffo.

»Da kann es aber schon zu spät sein! Und ich kann doch nicht den Jungen in noch größere Gefahr bringen.«

Ein zweites Militärauto bog um die Kurve.

Baffo schlug die Tür zu und sah ihn durch das kaputte Fenster an. Seine dünnen Lippen kringelten sich zu einem verächtlichen Lächeln.

»So hat jeder von uns seine Gründe. Bist du sicher, dass deine moralisch überlegen sind?«

Er startete den Motor, und der klapprige Kleinlaster entfernte sich schnell.

Das deutsche Auto hatte die Stelle, an der die toten Offiziere lagen, fast erreicht. Matteo ergriff meine Hand und zog mich in ein nahes Waldstück. Wir krochen unter dicke, dornige Büsche, die meine Arme und Beine zerkratzten, und verharrten bewegungslos.

Die Bremsen quietschten. Wir hörten rennende Schritte und Männerschreie. Matteo setzte den Finger an die Lippen.

Nach wenigen Minuten wurden die Wagentüren wieder zugeschlagen. Der Motor sprang an. Kieselsteine knirschten unter den Reifen, das Auto fuhr weiter.

»Sind sie weg?«, flüsterte ich.

»Ja. Aber sie werden Alarm schlagen. Bald wird es hier von deutschen Soldaten nur so wimmeln. Sehr bald. Sie werden jeden Stein und jeden Grashalm umdrehen, um die Attentäter zu finden. Wir müssen weg, und zwar schnell.«

Er hob mich auf die Füße und lief los. Ich hatte Mühe, mit ihm Schritt zu halten. Er bewegte sich ruckartig und atmete viel zu schnell. So aufgewühlt hatte ich ihn noch nicht erlebt. Ich begann körperlich zu begreifen, wie groß die Gefahr war, in der wir uns befanden.

Es dauerte in der Tat nicht lange, bis wir in der Ferne Fahrzeuge hörten. Matteo nahm meine Hand und zog mich hastig hinter sich her. Ich musste rennen.

Die Sonne wanderte schnell dem Horizont entgegen und tauchte die Landschaft in satte Farben. Ein Dorf leuchtete tiefrot über den Weinbergen, die in geschwungenen Reihen an die Hänge hinabrannen. Es war das Dorf, das ich vom Hügel aus gesehen hatte. Ich blieb stehen.

Matteo zerrte ungeduldig an meiner Hand. Sein Gesicht glänzte vor Schweiß.

»Lorenzo, was machst du? Komm!«

Ich deutete auf ein Straßenschild an der Abzweigung, die zum Dorf hinaufführte. Darauf stand Sant' Ansano al Colle.

»Müssen wir nicht erst die Leute warnen?«

Matteos Wangen erblassten. Er blinzelte.

»Dafür ist keine Zeit mehr.«

»Aber du hast gesagt, dass die Deutschen ein Blutbad anrichten werden.«

Matteo atmete hörbar aus und biss sich auf die Lippen.

»Bis Sant' Ansano ist es ziemlich weit. Mit etwas Glück wird das Dorf verschont.«

Ich konnte nicht glauben, was ich hörte.

»Und wenn nicht?«, rief ich empört.

»Um Gottes willen, sei leise.« Sein Blick schoss in alle Richtungen, nur nicht zu dem Dorf. Er ließ die Luft in einem Stoß heraus. »Wir werden es nicht verhindern können, Lorenzo. Wir können nicht mehr rechtzeitig da oben sein.«

»Die Leute wissen nicht mal, was passiert ist! Wenn wir rennen, schaffen wir es noch.«

Matteo packte mich an den Oberarmen.

»Es würde eine halbe Stunde dauern. Auf der Straße. Über die Felder doppelt so lange. Hast du nicht gehört, wie viele deutsche Fahrzeuge schon unterwegs sind? Sie können in wenigen Minuten da sein.«

»Wir müssen es wenigstens versuchen!«

Matteo schüttelte mich hart.

»Du starrköpfiger kleiner Narr! Kapierst du nicht, dass wir nicht den Hauch einer Chance haben?«

Seine Augen standen nur Zentimeter vor meinen. Und sie waren voller Angst. Angst, gefangen und misshandelt zu werden. Angst zu sterben. Eine Angst, die viel größer war als die Angst um das Leben von Fremden.

Ich riss meine Arme los und taumelte zurück. Tränen der Wut brannten in meinen Augen. Doch es war nicht nur die Wut. Am meisten brannte die Enttäuschung. Ich schrie.

»Baffo hat recht. Du bist ein Feigling!«

Bis Sant' Ansano waren es nur wenige Hundert Meter. Ich begann zu rennen.

»Lorenzo«, schrie Matteo schrill.

»Beeil dich! Wir sind fast da.«

»Bist du lebensmüde? Wir müssen uns verstecken. Jetzt!«

Er packte mich von hinten. Ich schlug um mich.

»Nein! Wir können es noch schaffen.«

»Es ist zu spät«, brüllte er mir ins Ohr.

Er hob mich gewaltsam hoch und trug mich von der Straße weg hinter einen hohen Rosmarinbusch am Rande der Weinreben. Er drückte mich auf den Boden.

In diesem Augenblick fuhren die Militärlastwagen um die Kurve und rollten die steile Straße rauf, auf uns zu. Mit ihren hervorstehenden Motorhauben und den abgeblendeten Scheinwerfern wirkten sie wie riesige schlitzäugige Bluthunde. Nur schwache, flache Lichtstreifen fegten über die Straße. Aber sie waren hell genug, um eine Bewegung zu verraten.

Auf den offenen Ladeflächen drängten sich dicht an dicht graugrüne Kampfuniformen unter parallelen Reihen von Stahlhelmen.

»Lieber Himmel, wie viele sind es?«, hauchte Matteo.

Mein Herz hämmerte gegen den Brustkorb, als wollte es herausbrechen. Ich klammerte mich an einem Zweig fest, um dem Drang wegzulaufen nicht nachzugeben. Aber meine Hände zitterten so sehr, dass sich der Busch schüttelte. Matteo riss mich zurück und drückte mich fest an sich. Ein scharfer Angstgeruch stieg mir von seinem Hemd in die Nase.

Die Laster donnerten an uns vorüber, keine zwei Meter von uns entfernt. Steinchen flogen uns um den Kopf, Staub beschlug meine Brille und brannte mir auf der Zunge. Ich biss mir die Lippe blutig, um nicht zu husten.

Die Sonne war längst untergegangen, aber noch war es nicht ganz dunkel. Ich starrte durch die nadeligen Zweige auf die Soldaten. Viele wirkten mit ihren glatten Gesichtern und den zu weiten Stahlhelmen fast wie Kinder mit Mamas Kochtopf auf dem Kopf.

Als Letztes rollte ein ziviler Lastwagen heran. Ein Dutzend Männer mit schwarzen Hemden und Mützen saßen darin, und mein Herz ließ zwei Schläge aus, als ich unter ihnen die gedrungenen Gestalten der Tacconi-Brüder sah. Hatte die faschistische Nationalgarde vor, sich an einer deutschen Vergeltungsaktion zu beteiligen?

Das Scheppern der schweren Karosserien entfernte sich. Kurz darauf erreichten die Lastwagen das Dorf, das plötzlich wie von innen erleuchtet wurde.

»Sie haben die Blenden von den Scheinwerfern entfernt«, flüsterte Matteo, der mich immer noch fest an sich gedrückt hielt. »Um die Leute einzuschüchtern.«

Wagentüren schlugen, Stiefel hämmerten auf die Pflastersteine, harsche Befehle knallten wie Pistolenschüsse. Die stotternde Stimme eines Mannes, der versuchte zu besänftigen. Wimmernde, bettelnde Frauenstimmen.

Ein Schuss. Noch einer.

»Nein«, stöhnte Matteo.

Männer schrien, Frauen kreischten.

Wütendes, kehliges Gebrüll, rennende Schritte, krachendes Holz. Schüsse, immer wieder Schüsse.

Und Schreie, Schreie, Schreie.

Erst als Matteo mir die Hand auf den Mund drückte, merkte ich, dass ich auch schrie. Mein ganzer Körper zitterte unkontrollierbar, als gehörte er nicht zu mir.

Plötzlich fegten helle Lichtkegel über die Weinberge.

»Sie suchen die Felder ab«, sagte Matteo. Er riss mich hoch. »Wir müssen weg hier!«

Gebückt, damit uns die Reben verbargen, flüchteten wir Hand in Hand den Hang hinunter. Wir strauchelten über jeden Stein und jede Wurzel, denn das letzte Licht war aus dem Himmel verschwunden. Die Angst rieb wie Stahlwolle in meinem Bauch.

Das Licht der Taschenlampen kam immer näher. Auf einmal fühlte ich die Erschöpfung nicht mehr. Eine alles verschlingende Panik peitschte mich vorwärts, keuchend, stöhnend und blind für alles. Die Schüsse und Schreie im Dorf erreichten mich nur entfernt, wie durch ein Daunenkissen. Meine Beine hatten einen eigenen Willen. Ich war sicher, die Soldaten direkt hinter mir zu spüren, und erwartete jeden Moment den Schuss und den feurigen Schmerz, der mein Leben beenden würde.

Ich stolperte und fiel hin. Matteo warf sich mit mir auf den Boden und presste mir eine Hand auf den Mund. Das Licht der Taschenlampen bewegte sich weiter den Hang hinauf. Die Schritte der Soldaten entfernten sich in eine andere Richtung. Matteo zog mich wieder auf die Füße.

»Wir müssen leiser sein«, hauchte er mir ins Ohr.

Er zwang mich, langsam und vorsichtig zu laufen. Die Soldaten suchten woanders weiter, aber sie konnten jederzeit wieder in unsere Richtung kommen.

Aus dem Dorf waren keine Schüsse mehr zu hören. Vielleicht hatten sie genug. Vielleicht war es den Männern der italienischen Miliz gelungen, die Vergeltung der Deutschen zu stoppen. Vielleicht waren viele der Schüsse in die Luft gefeuert worden, um den Leuten Angst zu machen. Vielleicht stiegen die Soldaten wieder in die Wagen und würden gleich wegfahren.

Wütende Rufe, knapp und barsch wie Hundegebell, gefolgt von flehenden Rufen, machten meine Hoffnungen zunichte. Erschrocken blieben wir stehen und drehten uns um.

»Was ist das?«, fragte ich.

Über dem Dorf erschien ein sonderbares Licht, das zu pulsieren schien. Ein leises Knistern wurde hörbar.

»O Gott, Nein. Nein. Bitte nicht.«

Matteo drückte beide Fäuste gegen den Mund und biss sich auf die Knöchel. Ich starrte ihn an, verängstigt und verwirrt. Ich verstand nicht.

Dann kamen die Schreie.

Entsetzte Schreie voller Schrecken.

»Was ist los? Matteo! Was passiert da?«

Der Himmel über dem Dorf bekam eine schmutzige orangefarbene Helligkeit, und das Knistern wuchs zu einem trockenen Knattern. Durch eine Lücke zwischen den Häusern entdeckte ich eine Flamme.

»Matteo! Wo sind sie? Wo sind die Leute?«

Ich schüttelte ihn, aber er reagierte nicht.

Die Schreie wurden immer lauter und panischer. Mit Entsetzen hörte ich auch die Stimmen von Kindern. Von vielen Kindern.

Noch nie hatte ich jemanden so schreien hören. Mit so viel Grauen und Schmerz in den schrillen Stimmchen. Mit so viel Todesangst.

Das Feuer dröhnte und röhrte. In die Schreie mischte sich heftiges Husten und das stumpfe, hektische Schlagen von Fäusten auf geschlossene Türen. Ich schüttelte Matteo.

»Wir müssen was tun … Matteo! Wir müssen ihnen helfen! Jemand muss ihnen helfen!«

Matteos Arme umschlossen meinen Oberkörper und drückten, dass ich kaum atmen konnte.

»In Gottes Namen, sei still! Wir können nichts tun.« Er brach in Tränen aus. »Nichts!«

Ich sah Bewegung am Dorfrand. Schatten, die versuchten wegzurennen. Doch sofort leuchteten Taschenlampen auf. Viele Taschenlampen. Zwei kamen in unsere Richtung.

»Weg hier! Weg«, drängte Matteo.

Wir rannten um unser Leben. Es ging nicht mehr darum, sich zu verstecken, sondern schneller zu sein als wohlgenährte, blutrünstige Soldaten.

Matteo warf mich auf den Boden und hielt mich fest. Der Lichtkegel strich mehrmals über die Weinblätter direkt über uns. Ich presste mein Gesicht in den Boden. Ich atmete in kurzen, heftigen Stößen den Geruch der Erde ein und hatte den bitteren Geschmack der Grashalme zwischen den Zähnen. Ich drückte die Fäuste auf die Ohren, um die grässlichen Geräusche auszuschalten. Aber es war unmöglich.

Das Feuer baute sich zu einem röhrenden Monster auf. Fenster barsten. Grellgelbe Flammenzungen schossen in die Höhe und spuckten Myriaden von roten Funken in den Himmel. Der Nachtwind wehte den beißenden Geruch unerbittlich zu uns herunter.

Wir rappelten uns auf die Knie. Ich sah zu Matteo auf, als

könnte er alles verschwinden lassen, als könnte er mir sagen, dass das alles nicht stattfand. Aber in seinen aufgerissenen Augen sah ich nur das verzerrte Spiegelbild der Flammen.

Die Schreie, die Rufe, das Klopfen waren nicht mehr auszumachen. Das Feuer hatte sie in einem einzigen, brüllenden Horror verschlungen.

25

Etwas zwitscherte. Beharrlich. Ein hohes, penetrantes Trillern. Ich öffnete die Augen. Eine Lerche schraubte sich mit schnellen Flügelschlägen hoch in den kobaltblauen Himmel. Ein zartrosa Streifen färbte den Horizont. Ich fröstelte. Ich lag unter einer Jacke im taunassen Gras zwischen Olivenbäumen. Was machte ich hier?

Die Morgenbrise wehte einen Hauch von kaltem Rauch zu mir herüber, und eine Lawine von chaotischen Erinnerungen überrollte mich. Die Ankunft der Soldaten, die Schüsse, das Feuer. Die panische Flucht den Hang hinunter.

Hatte ich geschlafen?

Matteos schmutziges Gesicht beugte sich über mich. Feine Streifen verliefen von den Augen bis zum Kinn, wo die Tränen Erde und Staub ausgewaschen hatten. Er hatte breite, dunkle Flecken unter den Ärmeln seines Hemds. Und unter den Augen. Er klapperte leicht mit den Zähnen. Er half mir aufzustehen.

»Die Wagen sind vor zwei Stunden weggefahren, aber es ist möglich, dass sie Soldaten zurückgelassen haben, um die Gegend abzusuchen. Wir müssen hier weg.«

Ich schaute hinauf zur Hügelkuppe, wo erst gestern ein wunderschönes Dorf über uralte Weinberge wachte. Manche Häuser waren wie durch ein Wunder heil geblieben, aber zwischen ihnen ragten verkohlte, noch schwach rauchende Stümpfe heraus. Wie verfaulte Zähne in einem kranken Mund. Meine Zunge fühlte sich wie Pappe an.

»Ich bin eingeschlafen«, formten meine Lippen.

»Komm, Lorenzo. Wir gehen nach Hause.«

Ja, ich musste nach Hause. Ich musste mich beeilen, obwohl mir nicht klar war, warum. Meine Beine bewegten sich automatisch, fast ohne mein Zutun. Bilder, Klänge, Gerüche und Ereignisse wirbelten durcheinander, ohne einen Sinn zu ergeben. Ich wollte verstehen, was passiert war. Oder wenigstens die Ereignisse ordnen. Aber es ging nicht. Ich konnte nicht denken. Mein Gehirn war wie ausgeschaltet. Bis auf einen Satz, einen einzigen Gedanken, der sich im Rad drehte wie ein Hamster.

»Matteo.«

»Ja?« Seine Stimme klang müde.

»Matteo, ich bin eingeschlafen.«

»Du warst völlig erschöpft. Es ist gut, dass du dich etwas ausgeruht hast, wir haben einen langen Weg vor uns.«

Nein, es war nicht gut. Ich hätte nicht einschlafen dürfen. Aber ich wusste nicht, warum. Matteo musste es wissen. Warum sagte er es mir nicht?

Ich fühlte die Wärme der Sonne auf meinem Rücken nicht. Meine Hände waren kalt und meine Füße wund, aber es war, als würden sie einem anderen gehören. Die Ereignisse des Vortags waren da, in meinem Kopf, und doch weit entfernt. Es war wie im Kino, wo alles nur auf einer Leinwand stattfindet und um einen herum Dunkelheit herrscht.

»Wir sind fast da«, sagte Matteo irgendwann.

Ich hob den Kopf. Es mussten Stunden vergangen sein, denn die Sonne stand hoch am Himmel. Auf den gegenüberliegenden Hügeln saß Siena prächtig wie eine Königin in der Morgensonne. Der Torre del Mangia streckte sich bleistiftgerade in den Himmel. Auf der höchsten Erhebung, über dem Rot der Backsteinhäuser, thronte der massige Quader des Doms mit seinen schwarz-weißen Streifen, die Gut und Böse streng voneinander zu trennen schienen. Der Dom, dessen wunderschöne Bodenmosaiken schreckliche Geschichten erzählten.

Das Massaker der Unschuldigen.

Plötzlich gerieten die Bilder in meinem Kopf in Bewegung und schossen wie Blitze vor meine Augen. Mein Mund füllte sich mit dem Geschmack von Rauch und Erde, vom Blut meiner aufgeplatzten Lippen. In meinen Ohren brach ein Sturm los aus Motorenlärm, gebrüllten Befehlen, schweren Schritten, Schüssen. Und Feuer.

»Komm, Lorenzo.«

Matteos Stimme war weit entfernt, übertönt vom Röhren des Feuers, das sich zu einem brüllenden Orkan auftürmte. Und von den Schreien. Von den unmenschlich schrillen Schreien der Kinder von Sant' Ansano.

Was hatte ich bloß angerichtet?

»Geh zurück«, sagte meine Stimme.

Die Geräusche in meinen Ohren machten das Sprechen schwer. Ich war kurzatmig, als wäre ich gerade gerannt.

»Erst bringe ich dich nach Hause«, sagte Matteo.

»Nein. Wenn man uns zusammen sieht, hat Tacconi endlich einen Grund, sich Zia Chiara zu schnappen.«

Matteo zögerte. Ich schubste ihn.

»Geh weg! Ich will nicht auch noch dafür verantwortlich sein!«

»Wie, auch dafür? Wofür willst du sonst verantwortlich sein?«

»Tu doch nicht so«, schrie ich. »Du weißt genau, dass es meine Schuld ist! Ich sehe es dir an, auch wenn du es nicht sagst.«

Er riss die Augen auf.

»Was in Gottes Namen soll deine Schuld sein?«

»Alles! Ohne mich wäre das … das alles nie passiert.«

Er sah mich fassungslos an.

»Das ist Wahnsinn! Wie kommst du auf einen so schrecklichen Gedanken?«

Ich ballte die Fäuste und stöhnte. Die Schreie in meinem Kopf machten mich verrückt. Wieso hörte Matteo sie nicht?

»Mensch, Matteo, bist du dumm? Wenn ich dir nicht gefolgt wäre, hätte Baffo keinen Grund gehabt zurückzufahren. Und dann hätte er die deutschen Offiziere nicht zufällig getroffen. Und nicht umgebracht. Und die Deutschen hätten Sant' Ansano nicht zerstört. Sie hätten die Menschen nicht erschossen! Sie hätten die Kinder nicht verbrannt!« Meine Stimme überschlug sich, ich hustete und würgte. »Ohne mich würden alle noch leben!«

Matteos Gesicht fiel in sich zusammen.

»O Lorenzo. Mein Junge«, sagte er heiser.

Er kam mit ausgestreckten Armen auf mich zu. Ein Hauch von Desinfektionsmittel und Aftershave, von seinem vertrauten Duft nach gutem Doktor, war noch unter dem Geruch nach Schweiß und ungewaschener Kleidung zu erahnen. Ich wusste, wie warm und tröstlich sich seine Umarmung anfühlen würde. Doch ich wich zurück. Er konnte mich nicht mehr trösten.

»Lorenzo, schau mich an«, sagte er eindringlich. Seine Augen waren von einem Spinnennetz aus roten Äderchen überzogen. »Du trägst keine Verantwortung für die fürchterlichen Dinge, die gestern geschehen sind. Schuldig für ihre Taten sind einzig und allein die Täter.«

Er meinte es gut, aber seine Worte ergaben einfach keinen Sinn. Ja, die Täter hatten gemordet. Aber ich hatte ihnen die Gelegenheit dazu geliefert.

»Du sprichst immer noch mit mir, als wäre ich ein kleines Kind«, sagte ich leise.

Auf der Straße sah ich in der Ferne drei Männer mit schwarzen Hemden. Sie kamen in unsere Richtung.

»Lauf«, drängte ich leise. »Für die kann ein junger Mann in Zivil nur ein Deserteur oder ein Bandit sein. Oder ein Jude.«

»Ich kann dich in diesem Zustand nicht alleinlassen.«

»Geh endlich! Du bringst nur meine Familie in Gefahr«, rief ich, während ich bereits den Hang hinunterrannte.

Die Schwarzhemden liefen an mir vorbei, ohne mich zu beachten. Ich war ja nur ein magerer, schmutziger Junge. Als ich mich zurückzuschauen traute, war Matteo verschwunden.

Ich rannte bis nach Siena und blieb erst kurz vor der Porta Ovile stehen. Zwei Schwarzhemden kontrollierten Fahrzeuge und ließen sich die Papiere von willkürlich ausgesuchten Fußgängern zeigen. Ich bahnte mir einen Weg durch hüfthohe Gräser bis zur Stadtmauer. Mithilfe der Büsche und Bäume, die dicht an der Mauer hochwuchsen, zog ich mich hinauf. Ich wartete auf Händen und Füßen, dass sich meine Atmung beruhigte und die Lichtpunkte vor meinen geschlossenen Augen verschwanden. In meinen Ohren hallte die Stimme von Baffo nach, der Grillo anschrie: »Du wolltest Partisan werden? Jetzt bist du einer.« Auch ich war jetzt einer. Einer, der Blut an den Händen hatte, weil er Widerstand spielen wollte. Einer, der eingeschlafen war, während Kinder bei lebendigem Leibe verbrannt wurden.

Meine Augen flogen wieder auf.

Daniele!

Er war seit zweieinhalb Tagen allein, ohne Nahrung und ohne Wasser.

Ich hatte meinen Freund im Stich gelassen.

Es war mir lästig geworden, mich um ihn zu kümmern. Es nahm unglaublich viel Zeit in Anspruch, es war anstrengend, es war frustrierend. Ich hatte mich danach gesehnt, diese Last abzugeben. Wie ein Kind, das ein neues Spielzeug will, weil das alte langweilig geworden ist. Es war eine Verantwortung, die eines Mannes würdig war, aber das hatte ich nicht begriffen.

Matteo hatte doch recht. Ich war ihm aus Abenteuerlust gefolgt. Und für ein bisschen Abenteuer hatte ich ein Massaker ausgelöst und meinen besten Freund geopfert.

In meiner Kehle wuchs ein Klumpen aus Granit, als wollte die Schuld mich von innen ersticken.

Unter mir, am Fuße der Mauer, lagen Steine und Schutt, die jemand dort achtlos entsorgt hatte. Ihre scharfen Kanten schienen mich zu rufen. Die Mauer war hoch genug. Ich schwankte.

Nein. Ich konnte es nicht tun.

Zweieinhalb Tage waren nicht zu lang. Daniele konnte noch am Leben sein. Ich fand das Gleichgewicht wieder. Ich hatte eine Aufgabe, die viel größer und wichtiger war als mein unwürdiges Leben.

Der Lärm der Straße klang zu einem fast unhörbaren Geflüster ab, als ich die Tür der Rimessa hinter mir schloss. Ich seufzte erleichtert. Die Stadt war voller Flüchtlinge mit ungekämmten Haaren und verstaubter Kleidung, auf der Suche nach Nahrung und Beschäftigung, vielleicht auch nur nach Zerstreuung, jetzt wo sie innerhalb der Stadtmauer eine vermeintliche Sicherheit gefunden hatten. Der Klang ihrer Stimmen und das Klappern ihrer Schritte auf den Pflastersteinen waren mir unerträglich.

Das fahle Dämmerlicht in der Rimessa war beruhigend. Langsam wurden auch die Geräusche in meinem Kopf leiser, als wäre ein Samtvorhang zwischen sie und mich gesunken.

Mir war schwindlig. Ich hatte seit mehr als vierundzwanzig Stunden nicht gegessen und getrunken. Trotzdem fühlte ich weder Durst noch Hunger. Oder sonst etwas. Ich zündete eine Kerze an und lief die Treppe hinunter.

Vielleicht wäre es besser gewesen, Wasser und Nahrung von zu Hause zu holen. Aber Cesarina war um diese Zeit daheim, Zia Chiara sehr wahrscheinlich auch. Wenn sie mich erwischten, würden sie die Hände über den Kopf schlagen, mich anschreien und tausend Erklärungen verlangen. Schlimmer noch, sie würden mich nicht mehr allein rauslassen.

Der modrige Kellergeruch nahm von meinen Atemwegen

Besitz, während die Dunkelheit mich wie ein schwarzer Mantel umhüllte. Die Flamme malte wild tanzende Schatten an die Wände. Wasser tropfte von der Decke, etwas trippelte eilig den dunklen Gang hinunter. Doch zu meiner Überraschung blieb die Angst fern, als liefe sie hinter dem Vorhang neben mir her.

Ich folgte den Ts, die Francos Bruder Giovanni in die Wände eingeritzt hatte, fand den Schlüssel in dem fast unsichtbaren Spalt zwischen zwei Ziegelsteinen und schloss die geheime Vorratskammer der Tacconis auf.

Der Duft war so berauschend, wie ich ihn in Erinnerung hatte. Ich tropfte etwas Wachs auf den Tisch und setzte die Kerze darauf. Die Vorratskammer kam mir kleiner vor als früher, aber das unterirdische Abenteuer mit Franco lag schon zwei Jahre zurück, und sogar ich war in dieser Zeit gewachsen. Sie war auch nicht mehr so üppig bestückt wie damals. Vielleicht war es auch für die Familie Tacconi mittlerweile schwierig geworden, an Lebensmittel zu kommen.

In einer Ecke entdeckte ich einen Wasserhahn. Ich griff nach einer leeren Ölflasche, füllte sie zur Hälfte und trank das fettige Gemisch in einem Zug. Dann füllte ich sie bis zur Öffnung für Daniele.

Auf dem Boden fand ich einen leeren Reisbeutel aus grauem Stoff. Ich nahm das Fleischermesser aus der Schublade unter der Tischplatte heraus und ging ans Werk. Ich bediente mich an bereits angeschnittenen oder geöffneten Sachen, damit es nicht auffiel. Ich wusste, ich würde schon bald zurückkommen müssen. In wenigen Minuten hatte ich den Beutel mit Pecorino und Scamorza, rohem Schinken, Salami, Mortadella, drei runzligen Äpfeln, zehn eingelegten Oliven und einer Handvoll Walnüssen gefüllt. Ich stellte alles genau an seinen Platz zurück, putzte sorgfältig das Messer und kehrte die Krümel zusammen. Ich aß sie nicht, sondern warf sie auch in den Beutel. Ich brach die Kerze vom Tisch ab und entfernte die Wachsreste. Während ich die Tür zumachte, meinte ich, aus dem

Augenwinkel ein Licht zu sehen. Mein Herz schlug schneller. Doch als ich genauer hinsah, war das Ende des Gangs stockdunkel. Es musste die Flamme meiner Kerze gewesen sein, die sich in den Wassertropfen an der Wand gespiegelt hatte.

Ich schloss ab und steckte den Schlüssel in sein Versteck.

Daniele lag ganz unter der Decke, als ich hereinkam. Ein süßlich-saurer Geruch hing in der verbrauchten Luft. Winzige Staubpartikel schwebten sanft in dem Sonnenstrahl, der in engem Winkel durch die geschlossene Fensterscheibe auf seinen Rücken fiel. Die Decke bewegte sich nicht.

»Daniele«, rief ich mit heiserer Stimme.

Keine Reaktion. Ich ging in die Hocke, riss die Decke herunter. Er lag zusammengerollt auf der Seite, mit leicht geöffnetem Mund. Seine Nase war spitz, als wäre nur noch Knorpel unter der Haut, sein Gesicht fahl und rissig wie altes Pergament.

Ich hatte ihn verdursten lassen.

Tränen schossen mir in die Augen, blendeten und erstickten mich. Ich zog Daniele hoch und drückte ihn an mich. Ich fühlte nur Knochen.

»Ich wollte das nicht«, schluchzte ich, »Es tut mir so leid …«

»Du erdrückst mich …«, hörte ich neben meinem Ohr.

Ich ließ ihn sofort los. Er sank langsam auf die Matratze zurück. Ich nahm die nasse Brille ab und wischte mir mit dem Ärmel die Tränen aus den Augen. Aber es war zwecklos. Es kamen einfach immer mehr.

»Du weinst wie ein Mädchen«, nuschelte Daniele.

»Ich dachte, du bist tot!«

»Quatsch.«

Er sah furchtbar aus. Sein Haar glich einer Fußmatte, seine Lippen waren aufgeplatzt, seine Augen verkrustet, sein Blick matt, und sein Atem roch streng und säuerlich.

Aber er lebte.

»Wo warst du so lange?«, fragte er.

Ich zog ihn wieder hoch und setzte ihm die Flasche an die Lippen. Er packte sie mit beiden Händen und trank in langen, gierigen Zügen.

»Trink erst mal. Du warst fast drei Tage ohne Wasser.«

»Ein bisschen was hatte ich. Ich stelle immer meinen Teller und meinen Becher aufs Dach, wenn es regnet. Es war nicht viel, aber es hat gereicht.«

»Es steckt also doch noch Kampfgeist in dir.«

Daniele lächelte schwach und nickte.

»Aber zu essen hattest du nichts«, begann ich und holte den Reisbeutel hervor.

»Khalil hat mir eine Maus mitgebracht.«

Der Reisbeutel fiel mir aus der Hand.

»Du hast eine Maus gegessen?!«

»Nicht die ganze Maus. Nur ein bisschen Fleisch. Ich habe es mit dem Messer abgetrennt und in kleine Stückchen geschnitten. Es war zäh, ich habe lange daran gekaut.«

Er hielt den gräulichrosa Schwanz zwischen Daumen und Zeigefinger hoch.

Vielleicht war es die Erschöpfung. Oder unsere blanken Nerven. Oder einfach der immense Druck, der von uns abgefallen war. Wir brachen gleichzeitig in Lachen aus.

Wir lachten, bis uns die Augen tränten und die Bäuche schmerzten. Wir lachten, weil der andere lachte und weil es so schön war, dass der andere lachte.

Als ich wieder sprechen konnte, legte ich ihm den Reisbeutel in den Schoß.

»Ich habe dir aber etwas Richtiges zu essen mitgebracht.«

Seine Augen wurden noch größer.

»Hast du Cesarinas Einkaufskorb geplündert?«

»Nein. Ali Babas Höhle.«

Er verschlang den Käse in drei Bissen, mitsamt der Rinde. Er stopfte sich die ganze Scheibe Mortadella in den Mund. Was wieder herausquoll, schob er mit den Fingern zurück. Er nahm sich kaum die Zeit, zu kauen und zu schlucken. Ich versuchte, ihn zu bremsen.

»Langsam! Sonst kotzt du alles raus, und die ganze Mühe war umsonst.«

Das heftige Gefühl von Erleichterung und Dankbarkeit, das ich empfunden hatte, Daniele am Leben zu finden, ebbte langsam ab, und die Schuldgefühle fluteten zurück. Es war verdammt knapp gewesen. Und diesmal hätte niemand die Verantwortung mit mir geteilt.

Daniele schluckte einen Riesenbissen hinunter, und seine Wangen bekamen vor Anstrengung einen Hauch Farbe. Ich schreckte zurück, als er mir eine Scheibe Salami anbot.

»Nein! Es ist nur für dich.«

Er sah mich schräg an.

»Mal ernsthaft, wo hast du das alles her?«

Ich erzählte ihm von meinem Raubzug.

»Ich habe Franco versprochen, das Vorratslager zu respektieren und geheim zu halten. Ich hatte es geschworen.«

Und ich hatte mein Wort gebrochen. Auch wenn ich es getan hatte, um Daniele zu retten.

»Ist das Verrat?«, fragte ich mehr mich selbst als ihn.

Daniele dachte darüber nach.

»Kannst du es ihm nicht sagen?«

»Klar, dann steht sein Onkel zehn Minuten später hier auf der Matte.«

Ich ballte die Fäuste. Das Lager gehörte nicht Franco, sondern seinem Vater, der sich bereicherte, während andere hungerten. Der Juden an die Deutschen ausgeliefert hatte. Der in Sant' Ansano mitgemacht hatte.

»Ich habe mir Sorgen um dich gemacht«, sagte Daniele. »Ich dachte, Tacconi hätte dich erwischt.«

Ich wollte es ihm sagen. Ich wollte beichten, dass ich ihn aus Überdruss im Stich gelassen und damit seinen Tod in Kauf genommen hatte. Aber ich war zu feige.

»Ich dachte, du kommst nicht wieder«, sagte er leise.

Er wusste es. Ich sah es in seinen Augen. Eine halbe Sekunde lang nur, dann senkte er den Blick. Warum schrie er mich nicht an? Warum machte er mir keine Vorwürfe? Es wäre mir fast lieber gewesen, denn so war die Scham kaum zu ertragen. Aber ich hatte eine zweite Chance bekommen und würde sie mir von nichts nehmen lassen, auch nicht von meiner Feigheit. Ich fand die Kraft, ihm in die Augen zu sehen.

»Natürlich komme ich wieder. Ich lasse dich nicht im Stich.«

Die Dankbarkeit in seinem Lächeln stach mir ins Herz. Er hatte mir schon verziehen. Aber ich konnte mir selbst nicht verzeihen. Ich verdiente seine Freundschaft nicht.

»Wo warst du eigentlich?«, fragte er.

Ich zögerte. Die Sorge um die Sicherheit der Menschen, die ich liebte, hatte Verschwiegenheit zu meiner zweiten Natur werden lassen. Aber es war unwahrscheinlich, dass die Faschisten Daniele über mich verhören würden, falls sie ihn fanden.

»Ich wollte mit Matteo zu den Partisanen.«

Danieles Augen leuchteten.

»Und? Hast du sie gefunden?«

Ich erzählte ihm, wie ich Matteo in die Bottini gefolgt war und durchgesetzt hatte, mitgehen zu dürfen, und wie Grillo uns durch die Nacht an den Deutschen vorbei zum Hügel gefahren hatte, wo die Kämpfe stattgefunden hatten.

»Matteo hat einen verletzten Partisanen behandelt. Lupo heißt er. Ich habe ihm dabei assistiert. Ich durfte sogar nähen!«

»Ist dir nicht schlecht geworden?«

»Nein, ich kann das gut. Danach haben wir Lupo ins Dorf getragen. In einem Sarg versteckt! Unter den Augen der Deutschen, und die haben nichts gemerkt. Ich kann es selbst kaum glauben.«

»Lupo. So wollte ich auch heißen.«

»Es ist nicht sein echter Name. Im Widerstand tragen alle

einen Kampfnamen. Matteo heißt Messer, der Junge, der uns gefahren hat, nennt sich Grillo …«

Die Stimme blieb mir im Halse stecken. Es war alles wieder da. Grillos ansteckendes Lachen, das Gespenst, der Schuss, der Grillos Lächeln und das Gesicht des Deutschen wegpeitschte, Baffo, die Lastwagen mit den vielen Stahlhelmen. Das Feuer. Die Schreie.

»Ich wäre gern dabei gewesen«, sagte Daniele.

Seine Stimme klang weit entfernt, gedämpft vom Vorhang, der sich wieder zwischen mich und die Welt gelegt hatte.

»Hast du auch einen Kampfnamen?«, fragte er.

Jesuskind. So hatte mich Grillo genannt. Doch ich hatte nicht das Leben gebracht, sondern den Tod. Ich sprang auf.

»Ich muss nach unten. Sie machen sich Sorgen.«

Danieles dunkle Augen weiteten sich, voller Angst. Todesangst. Er streckte die Hand nach mir aus, zog sie aber zitternd zurück.

»Ich komme wieder, sobald ich kann.«

Ich wollte warten, bis die Angst aus seinem Blick wich, aber sie verschwand nicht ganz.

»Ich verspreche es.«

Ich schloss die Tür ab und rannte die Treppe hinunter.

»Der Himmel sei gelobt, du bist da«, rief Cesarina aus.

Sie hatte mich hereinkommen hören und lief mit lautem Flapflap ihrer Hausschlappen auf mich zu. Sie warf mir die Arme um den Hals und drückte mir die ganze Luft aus den Lungen.

»Popino! Uns ist das Blut zu Essig geworden vor Sorge.«

»Ich … war mit Matteo …«, versuchte ich zu sagen, halb erstickt von ihrem üppigen Busen.

»Wir wissen schon alles, er hat angerufen. Gott sei Dank! Wir waren kurz davor, zur Polizei zu gehen, was hast du dir nur dabei gedacht.«

Sie betastete mich von Kopf bis Fuß. Als sie ganz sicher war, dass es mir gut ging, hielt sie mich auf Armeslänge entfernt und verzog das Gesicht.

»Wie siehst du denn aus? Du stinkst, dass sich den Fliegen die Flügel aufrollen.«

Cesarina wirbelte eine Menge Staub auf, aber im Grunde hatte sie mir in der Sekunde verziehen, in der ich aufgetaucht war. Bei Zia Chiara würde ich nicht so billig davonkommen.

In der Tat wartete sie im Wohnzimmer auf mich, steif und gerade neben Nonnos Sessel, die Lippen schmal und weiß zusammengepresst. Aber ihre Blässe verriet, wie groß ihre Sorge um mich gewesen war.

Ich brauchte nur um Verzeihung zu bitten. Ich musste nur zugeben, dass ich ungehorsam und leichtsinnig gewesen war, dass ich nicht an die Folgen gedacht hatte, und alles wäre gut gewesen.

Aber ich tat es nicht. Ich biss die Zähne aufeinander und sah sie hart an.

»Ich frage dich nicht, wo du gewesen bist, denn ich weiß es bereits«, sagte sie in schneidendem Ton. »Aber ich will wissen, was in dich gefahren ist, etwas so Idiotisches und Gefährliches zu tun?«

Ich hielt ihrem Blick stand und schwieg. Ich empfand nicht die Scham, die sie von mir erwartete, und das überraschte sie sichtlich. Sie kannte mich nur als braves, vernünftiges Kind, das selten aus der Reihe tanzte und immer bereit war, sich zu entschuldigen. Auch ich fragte mich, wo dieses Kind war. Ich fühlte mich seltsam fern, als beobachtete ich die ganze Szene von außen.

Zia Chiara verschränkte die Arme und musterte mich wie von einem Klassenpult herab.

»Wir lassen dir viel Freiheit, Lorenzo. Aber das setzt voraus, dass du damit umgehen kannst.«

Freiheit. So konnte man es nennen, wenn man keine Lust

hatte, sich um ein Kind zu kümmern. Ich schnaubte verächtlich. Ihre Augen weiteten sich.

»Du hast eine Grenze überschritten, junger Mann! Welcher Teufel hat dich geritten, Matteo hinterherzulaufen? Hast du auch nur eine Sekunde an die Konsequenzen gedacht? Du hast auch ihn in Gefahr gebracht. Und uns alle dazu.«

Spätestens jetzt erwartete sie offenbar eine zerknirschte Entschuldigung. Aber ich war nicht zerknirscht. Ich war wütend.

»Vielleicht wollte ich auch Widerstand spielen. Wie du«, sagte ich höhnisch.

»Der Widerstand ist kein Spiel, Lorenzo! Da hat ein Kind nichts zu suchen. Du bist fast vierzehn. Wir hatten von dir mehr Verantwortung erwartet.«

»Verantwortung?«, flüsterte ich. »Verantwortung, sagst du? Weißt du überhaupt, was das bedeutet?«

»Für einen Jungen in deinem Alter bedeutet es in erster Linie, sich an Regeln zu halten.«

»Und was bedeutet es für Erwachsene in deinem Alter?«

Mein Atem zischte durch die Nase. Ich ging langsam auf sie zu. Unwillkürlich machte sie einen Schritt zurück.

»Verantwortung ist für alle das Gleiche.« Ich stand direkt vor ihr. »Und das Blöde daran ist, dass man sie sich nicht aussuchen kann. Was ist mit deiner Verantwortung mir gegenüber, wenn ich nur ein Kind bin?« Meine Stimme war rau, ich unterdrückte das Schreien. »Von dir lasse ich mir nichts mehr sagen!«

Zia Chiara schnappte nach Luft.

»Was erlaubst du dir?«

»Schweig, Ombra!«

Zia Chiara taumelte zurück, weiß wie Kreide.

»Guter Name für jemanden, der Widerstand spielen will, ohne sich zu weit hinauszulehnen, nicht wahr, Tante?« Ich machte noch einen Schritt auf sie zu. »Ist dir eigentlich klar, mit welchen Monstern du dich da abgibst?«

Nonno schlug mit der Faust auf die Armlehne. Seine sonst trüben Augen feuerten Funken.

»Es reicht, Junge«, donnerte er. »Deine Respektlosigkeit ist inakzeptabel. Entschuldige dich sofort.«

Ich wandte mich ihm zu.

»Nonno, ich bitte dich um Verzeihung. Aber bei allem Respekt, du hast keine Ahnung, was da draußen los ist.«

Ich sah einen nach dem anderen an. Auf ihren Gesichtern spiegelten sich Fassungslosigkeit und die so typische Mischung aus Kränkung und Empörung, die Erwachsene gegenüber unverschämten Kindern aufsetzen.

»Es ist nicht der Heldenkrieg, den du gekämpft hast«, sagte ich. »Es ist …«

Die Bilder, der Lärm, die Gerüche stürzten wieder auf mich ein wie ein Orkan. Warum nahm sie außer mir niemand wahr? Ich senkte den Kopf und atmete mehrmals tief ein und aus. Wer war ich, um ihnen Vorwürfe zu machen?

»Ich habe auch meine Verantwortung vergessen.«

Ich drehte mich um und ging langsam aus dem Wohnzimmer.

Im Niemandsland, dem Gang zwischen den Schlafzimmern und dem Wohnbereich, drang etwas Licht durch die halb offene Tür der Kapelle. Ich öffnete sie ganz und schaute auf das düstere Gemälde über dem Altar. Der Zar starrte mich mit seinen kohlschwarzen Augen an.

»Na, du böser Jesus?«

Ich fühlte nichts. Nicht die fast panische Angst der Anfangszeit, nicht einmal den leichten Schauder, den ich bis vor wenigen Tagen gespürt hatte, wenn ich ihn ansah.

»Du machst mir keine Angst mehr, Zar. Matteo hatte recht. Man soll sich vor den Lebenden, nicht vor den Toten fürchten.«

Ich ging wieder hinaus und ließ den Zaren allein die Wände anstarren. Ich würde die kleine Kapelle nicht mehr betreten. Es hatte keinen Sinn mehr zu beten.

26

Der Wecker riss mich um sechs Uhr aus dem Schlaf. Ich setzte mich auf, schweißgebadet, die Augen voller Feuer, die Ohren voller Schreie. Erst nach und nach erkannte ich im Morgenlicht mein Zimmer. Ich zog mich schnell an. Ich stank, ich brauchte dringend ein Bad, aber das würde warten müssen. Ich wollte mich um Daniele kümmern, bevor Cesarina aufstand.

Ich rührte etwas Milchpulver in einen Becher und trank das leicht säuerliche Gemisch in einem Zug aus. Es war für Säuglinge gedacht, Cesarina hatte es in der Apotheke bekommen. Es schmeckte scheußlich. Ich füllte den Becher noch mal, nahm eine Scheibe Brot und brachte Daniele sein Frühstück. Während er aß, leerte und säuberte ich den Eimer. Als ich zurückkam, hatte Cesarina mein Frühstück vorbereitet. Die anderen schliefen noch. Ich aß alles wortlos auf, dann packte ich meine Schultasche und ging.

»Wo willst du hin, Popino?«, rief sie mir hinterher.

In die Schule, wohin sonst, dachte ich gereizt und knallte die Tür zu. Die Schule interessierte mich nicht im Geringsten, seit ich dort keine Nahrungsmittel mehr für Daniele verdienen konnte, aber die Vorstellung, zu Hause zu bleiben, war mir unerträglich.

Es war früh. Signora Tacconi sperrte gerade die Tür auf, als ich an ihrem Laden vorbeilief. Sie lächelte und winkte mich heran.

»Lorenzuccio! Ich habe dich lange nicht gesehen. Du bist ganz schön gewachsen.«

Ich würdigte sie keines Blickes und kam auch nicht auf den Gedanken, Guten Tag zu sagen, aber das schien sie nicht zu stören.

»Wo willst du denn hin, so früh?«

Waren alle Frauen der Straße mit plötzlicher Dummheit geschlagen?

»In die Schule natürlich«, erwiderte ich unfreundlich.

»Es gibt doch keine Schule mehr.«

Ich blieb stehen.

»Seit wann?«

»Seit vorgestern. Weißt du es denn noch nicht?«

Es hatte schon länger Gerüchte gegeben, dass die Stadt die Schulen schließen würde, weil die Front immer näher rückte. Und jetzt war es also passiert. Während ich bei den Partisanen war.

»Ich … war krank«, improvisierte ich.

»Hat es dir Franco nicht gesagt?«

»Äh … nein.«

Ich hatte Franco schon seit zwei Wochen nicht gesehen.

»Komm rein«, sagte sie nach kurzem Überlegen.

Was hatte das zu bedeuten? Warteten die Tacconi-Brüder im Laden, um mich zu verhören? Konnten sie Matteo und mich bei Sant' Ansano gesehen haben? Ich bemühte mich, meine Angst zu verbergen, aber Signora Tacconi hatte den Spürsinn einer Dogge.

»Komm schon. Ich werde dich nicht fressen. Und außer mir ist niemand da.«

Ich folgte ihr in den Laden, den ich seit einem halben Jahr nicht mehr betreten hatte. Sie deutete auf einen Stuhl. Ich war beunruhigt. Was wollte sie von mir?

Sie ging hinter den Ladentisch, schnitt eine Scheibe Brot ab, die so lang war wie mein Unterarm, bestrich sie mit Butter – mit echter Butter! – und belegte sie mit Mortadella.

»Iss, Junge.«

Das Wasser lief mir so schnell im Mund zusammen, dass ich fürchtete, ich würde auf den Boden sabbern. Wollte sie auf diese Weise Informationen aus mir herauspressen?

Sie rollte mit den Augen.

»Jetzt stell dich nicht so an. Ich will dir doch nichts Böses. Setz dich wieder hin und iss. Du bist ja nur noch Haut und Knochen.«

Ich stöhnte unwillkürlich, als ich in das wunderbare Brot biss. Ich hatte vergessen, wie herrlich Mortadella und Butter schmeckten. Aber ich musste was für Daniele übrig lassen. Ich faltete den Rest der Brotscheibe zusammen, steckte sie in die Hosentasche und stand auf.

»Danke für das Brot, Signora Tacconi, aber ich sollte gehen. Wenn Ihr Mann mich hier findet, kriegen wir beide Ärger. Und meine Familie auch.«

Sie kam hinter dem Ladentisch hervor und stemmte die Fäuste in die kräftigen Seiten.

»Das ist mein Laden, und mein Dummkopf von Mann hat hier nichts zu sagen.«

Sie drückte mich wieder auf den Stuhl, holte einen zweiten hinter dem Ladentisch hervor und setzte sich mir gegenüber. Ich presste die Lippen zusammen. Egal, was sie sagte oder machte, Informationen über Zia Chiara oder Matteo würde sie von mir nicht bekommen.

Aber daran dachte sie gar nicht.

»Ich mache mir große Sorgen um Franco«, sagte sie. »Er ist kaum noch zu Hause, er spricht nicht, und für die Schule macht er schon lange keinen Finger mehr krumm. Er ist immer nur mit diesen kleinen Spinnern vom Movimento Giovanile Repubblicano zusammen.«

Was hatte sie denn erwartet, wenn zu Hause alle dicke Faschisten waren?

»In wenigen Wochen werden die Alliierten hier sein«, fuhr sie fort.

Das waren ja neue Töne. So wurden sie nur von Radio London und von den Antifaschisten genannt. Für die Faschisten waren sie »der Feind«.

»Es wird nicht mehr lange dauern, bis ganz Italien fällt und auch die Deutschen besiegt werden. Aber Franco will es nicht wahrhaben. Er spricht nur davon, die Schande Italiens mit Blut reinzuwaschen.« Sie wickelte immer wieder einen losen Faden an ihrer Schürze um den Zeigefinger. »Ich habe Angst, dass er wegläuft. Er hat meinem Tunichtgut von Schwager gesagt, dass er als Freiwilliger nach Norden gehen will, um für die RSI gegen die Feinde Italiens zu kämpfen. Mein Gott, er ist erst vierzehn!«

Ich wusste davon. Ich hatte ihn zwei Wochen zuvor auf dem Schulweg getroffen. Er trug eine schwarze Baskenmütze und einen Mischmasch militärischer Klamotten, die ihm zu groß waren. An seiner Seite hing eine riesige Pistole, über seiner Schulter ein Patronengurt. Als er mich sah, zog er eine Handgranate aus der Jackentasche und ließ sie wie einen Ball auf der Hand hüpfen. Ich starrte ihn an.

»Wo willst du denn damit hin?«

»In die Schule. Wenn die Jungs meine Waffen sehen, dann gehen bestimmt ein paar mit.«

»Wohin?«

»In den Norden, um richtig zu kämpfen. Wie Cassio. Wie mein Bruder.«

Er hatte mit einer künstlich tiefen Stimme gesprochen, die männlich sein wollte.

Signora Tacconi ließ den Faden los und ergriff meine Hände.

»Du musst mit ihm sprechen, ihn davon abbringen.«

Ich zog meine Hände zurück.

»Er wird nicht auf mich hören, Signora Tacconi.«

»Doch. Er hat eine sehr hohe Meinung von dir.«

»Franco und ich sehen uns kaum noch. Wir haben uns nicht mehr viel zu sagen.«

»Das glaube ich nicht. Du hilfst ihm seit Monaten mit Mathe.«

Ich verschluckte mich. »Woher wissen Sie das?«

Sie legte den Kopf schief und verschränkte die Arme.

»Mein lieber Junge, glaubst du, man kann auch nur einen Krümel aus diesem Laden klauen, ohne dass ich es merke?«

O Gott. Hatte sie auch gemerkt, dass ich die Vorratskammer angezapft hatte?

»Ich habe schnell verstanden, dass das Essen nicht für ihn selbst sein konnte. Als ich dahinterkam, dass es für dich war, habe ich dafür gesorgt, dass immer irgendwo etwas Gutes liegen blieb.«

Ich war sprachlos. Während wir uns für Meister der Geheimhaltung hielten, hatte uns Signora Tacconi nicht nur durchschaut, sondern uns sogar hinter unserem Rücken geholfen.

»Wissen Ihr Mann und sein Bruder Bescheid?«, fragte ich konsterniert. Sie winkte ab.

»Sprich bloß nicht von den beiden. Als ob sie in der Lage wären, etwas zu merken, was wichtig ist. Männer sind Idioten.« Sie deutete auf meinen Schritt. »Sobald sie in die Pubertät kommen, wandert ihr Gehirn dorthin und wird unbrauchbar.«

»Das hätte meine Tante sagen können«, grummelte ich.

»Deine Tante hat einen scharfen Verstand. Schau, was uns die Männer mit ihrem Wahnsinn für ein Schlamassel gebracht haben.«

Meinte sie damit den Krieg? Den Faschismus? Das Ende des Faschismus? Es ärgerte mich. Sie machte es sich zu leicht. Vom Schlamassel, wie sie es nannte, hatte sie ja nicht schlecht gelebt, und zwar bis zuletzt. Versuchte sie jetzt, wo die Welt den Bach runterging, einen guten Eindruck zu machen?

»Sicher, deine Tante ist eine kluge Frau. Aber viel zu viel Hirn und viel zu wenig Herz, wenn du mich fragst. Wie kann man nur bei den Rebellen mitmischen, wenn man ein Kind zu versorgen hat? Ja, und dann dieses Rindvieh von meinem Schwager! Ich hatte es so gut eingefädelt mit Ilaria und Cesarina, damit du immer genug bekommst, aber nein, er musste unbedingt Geheimpolizei spielen und alles über den Haufen werfen. Zum Glück hat Cesarina hinter eurem Rücken weitergemacht, sonst wärst du mir verhungert.«

Cesarina? Wobei hatte sie mitgemacht? Und Ilaria?

»Guck nicht so verdattert. Eine Nachbarin von euch hat mir erzählt, dass du dich mit dem Vorlesen für deinen Opa quälst. Das hatte sie bestimmt von Cesarina. Als sie zum Einkaufen kam, habe ich ihr einen Tausch vorgeschlagen: Nachhilfe gegen Vorlesen. Sie sagte natürlich, Nachhilfe sei viel mehr wert als Vorlesen. Und so haben wir uns als Ausgleich auf Lebensmittel geeinigt. Ich habe ihr für dich immer ein bisschen mehr zugesteckt. Und dann kam diese schwachsinnige Geschichte mit den angeblich versteckten Juden, und der ganze Handel ist flöten gegangen. Dabei waren ihm die Juden egal. Er suchte nur einen Grund, deine Tante in die Casermetta zu schleppen, um mit ihr zu machen, was er wollte. Ein Glück, dass Cesarina nicht so engstirnig wie dein Großvater und deine Tante ist.«

»Wollen Sie damit sagen, Cesarina hat bei Ihnen schwarz gekauft?«

Gegen den Schwarzmarkt hatte Cesarina nichts, aber sie unternahm fast täglich einen langen Fußweg, um in einem anderen Geschäft einzukaufen, weil sie mit den Tacconis nichts mehr zu tun haben wollte. Obwohl Zia Chiara das albern fand.

Signora Tacconi warf mit theatralischer Geste den Kopf nach hinten.

»Ich hätte ihr die Sachen auch so gegeben. Aber sie wollte unbedingt bezahlen.«

»Womit denn?«, staunte ich.

Signora Tacconi stand auf und öffnete eine Schublade.

»Hiermit.«

Sie setzte sich und ließ eine Handvoll Schmuckstücke in ihre Schürze fallen: Ohrringe mit winzigen Steinen und Perlen, feine Halskettchen mit kleinen Anhängern, dünne Armbänder aus Gold und Silber und eine Rosenkranzkette.

»Sie haben ihren Schmuck gestohlen? Für ein bisschen Essen?«

»Hüte deine Zunge, Junge«, sagte sie scharf. »Gestohlen! Was soll ich mit dem armseligen Zeug?« Sie fischte ein silbernes Armkettchen aus dem kleinen Haufen. »Du hast Glück, wenn du hierfür eine Scheibe Brot kriegst heutzutage. Cesarina hat darauf bestanden, dass ich sie nehme, weil sie keine Almosen annehmen wollte, nicht einmal für dich.« Sie sammelte den Schmuck und drückte ihn mir in die Hände. »Nimm sie mit. Ich wollte sie ihr sowieso zurückgeben. Das kannst du jetzt tun, wenn du mir nicht vertraust. Aber warte bitte, bis alles vorbei ist. Alles andere würde sie nur beschämen.«

Ich wusste nicht, was ich denken sollte.

»Niemand weiß davon«, sagte sie leise.

Sie tätschelte mir die Wange und schob mich zur Tür hinaus. Ihr Mitleid war süßlich und klebrig wie Sirup, aber ich traute mich nicht, sie abzuweisen. Man wusste ja nie. Sie blieb trotz allem eine Tacconi.

»Lorenzo«, rief sie, als ich nur wenige Schritte gelaufen war. Ich drehte mich um. »Wirst du mit Franco reden? Bitte.«

»Ich werde es versuchen, Signora Tacconi.«

Meine letzte Quelle war versiegt. Wenn auch Franco nichts mehr für die Schule tun wollte, blieben mir nur zwei Alternativen, um Daniele zu ernähren: Entweder ich besuchte regelmäßig die Vorratskammer oder ich weihte meine Familie ein. Ich wusste nicht, was gefährlicher war.

Während ich zurückging, um Daniele das halbe Butterbrot mitzubringen, versuchte ich, mir einen Reim aus all dem zu machen, was Signora Tacconi gesagt hatte.

Ich war misstrauisch. Sie wusste, was ihr Mann und ihr Schwager taten. Vielleicht nicht alles. Aber sicherlich genug, und sie hatte nichts dagegen unternommen. Sie hatte schamlos vom Schwarzmarkt profitiert. Mit den Alliierten kam für sie alle der Tag der Abrechnung immer näher. Sie versuchte nur, sich in ein besseres Licht zu setzen, um ihre eigene Haut zu retten.

Aber sie war sich nicht zu schade, um meine Hilfe zu bitten. Sie machte sich Sorgen um ihren Sohn und tat alles, um ihn zu schützen. Das bewegte mich mehr, als mir lieb war.

Hatte sie tatsächlich die ganze Zeit versucht, mir zu helfen? Zusammen mit Cesarina! Wie verrückt war das?

Ich war so tief in Gedanken versunken, dass ich es erst bemerkte, als ich schon fast oben war.

Die Tür zu Danieles Dachboden stand offen.

27

Sie hatten ihn gefunden.

Signora Tacconi hatte mich abgelenkt, damit ihr Schwager und ihr Mann Danieles Versteck stürmen konnten.

Blind vor Zorn und Verzweiflung nahm ich drei Stufen auf einmal und riss die Tür auf.

Daniele saß auf der Matratze und war bis zu den Augenbrauen mit Tomatensoße verschmiert. Er hielt einen Teller Pasta direkt unter das Kinn und schaufelte sich monströse Gabeln in den Mund. Khalil saß daneben und beobachtete ihn mit wachen Augen. Auf einer Holzkiste gegenüber saß eine sehr selbstzufriedene Cesarina. Sie sah mich und schüttelte den Kopf.

»Lorenzo, du Schlingel …«

»Wie … wie bist du hier reingekommen?«

»Mit meinem Schlüssel natürlich. Junge, Junge, ich habe die ganze Zeit gewusst, dass du mir was verheimlichst. Aber ich war völlig auf dem Holzweg. Ich dachte, du hilfst dem Dottore.«

»Aber wie hast du es …«

»Herausgefunden? Du hast es mir selbst gesagt.«

Khalil kam mit erhobenem Schwanz auf mich zu. Ich streichelte ihn mechanisch.

»Hab ich gar … Wie? Wann?«

»Gestern Abend. Das war vielleicht eine Darbietung von dir, mein lieber Mann. Wir waren … wie sagt man heute? Schockiert. Es war wie ein schlechter Traum. Das warst nicht du, das war nicht unser Lorenzo. Chiara meinte, das ist das Alter, aber das ist Quatsch, habe ich gesagt. Du hast einfach zu viel gesehen, du hast zu lange mit Dingen zu tun, die zu groß für dich sind, sage ich. Am Anfang habe ich gedacht, du klaust das Essen für dich …«

Ich stöhnte. Hatte auch Cesarina mich von Anfang an durchschaut?

»Ich habe meine ganze kurze Kindheit lang Essen geklaut, du kleiner Anfänger, ich kenne alle Tricks. Ich habe es durchgehen lassen, weil du es brauchtest und weil dein sturer Großvater unbedingt patriotisch sein muss, anstatt seinen Enkel anständig zu ernähren. Aber du warst so komisch, so schweigsam, warst oft weg, ohne Bescheid zu sagen. Dann habe ich gemerkt, dass zwei Decken fehlten, dass du immer wieder mit dem Eimer herumhantierst, dass eine leere Weinflasche fehlte und du häufig Wasser holst. Alles für den Dottore, hab ich gedacht.«

»Aber du hast nichts gesagt.«

»Nein.« Sie senkte den Blick, als würde sie sich schämen. »Ich könnte mich dafür ohrfeigen jetzt. Ich habe dich damit alleingelassen, ich dummes Schaf. Ich hatte Angst, er lässt sich nicht mehr helfen, wenn er weiß, dass ich es weiß. Der Dottore hat mir das Leben gerettet. Er hat sogar ein kostbares Medikament für mich gestohlen, für mich, eine ignorante Hirtentochter aus den Bergen! Aber mir vertrauen, in einer so lebenswichtigen Sache? Vielleicht hätte er gedacht, ich könnte aus Dummheit alles ausplaudern. Dachte ich.«

Daniele säuberte den Teller mit dem Zeigefinger. Er hörte gar nicht zu. Er war einfach nur glücklich. Er glaubt, es ist vorbei, dachte ich. Aber nichts war vorbei.

Cesarina sprach weiter.

»Aber gestern Abend hast du gesagt, dass du deine Verantwortung vergessen hast. Ich habe lange darüber nachgedacht, später, im Bett. Nach und nach sind mir viele kleine Details wieder eingefallen. Dass ich viel öfter deine Sachen waschen muss, als du sie wechselst. Dass alte Pullis des Colonnello fehlten, und die hätten dem Dottore niemals gepasst. Dass deine Schritte auf der Treppe oft nach oben führten und nicht nach unten. Und da fiel schließlich der Groschen.«

Sie stand auf, setzte sich neben Daniele, der inzwischen den Teller blank geleckt hatte, und streichelte seine verfilzten Haare.

»Und heute Morgen bin ich raufgekommen und habe dieses unglückliche Geschöpf gefunden.«

Sie drückte Daniele das Kinn nach oben. Sein Gesicht bestand nur noch aus Augen und scharfen Kanten.

»Es ist doch in dieser schrecklichen Nacht im November passiert, als Tacconi Zia Chiara verschleppt hat, nicht wahr?«, sagte sie leise. »Er hat dich im Parco della Rimembranza gesehen, hat er gesagt. Er hatte recht, oder? Du warst tatsächlich da.«

Ich nickte. Sie schüttelte langsam den Kopf.

»Maria santissima … sieben Monate lang … ganz allein … ohne Hilfe.« Sie kam auf mich zu und nahm mein Gesicht zwischen die Hände. Sie waren warm und rau und rochen nach Zwiebeln. »Du hattest Angst, ich könnte euch verraten.«

Ich drückte ihre Hände gegen meine Wangen.

»Nein, Cesarina. Ich hatte Angst vor dem, was Tacconi euch angetan hätte. Ich musste euch schützen. Weißt du, was die Faschisten und die Deutschen mit Leuten machen, die Juden verstecken?«

Ich wusste es auch nicht. Aber nach Sant' Ansano wollte ich es mir nicht einmal vorstellen.

Cesarina zog mich an sich und umarmte mich lange.

»Eure Kindheit war auch nicht viel länger als meine«, flüsterte sie traurig. Sie holte tief Luft und streckte Daniele die Hand entgegen. »Aber jetzt ist alles vorbei. Kommt, wir gehen nach unten.«

Ich stellte mich vor die Tür.

»Nein. Es ist nicht vorbei.«

»Warum?«, rief Daniele entsetzt aus. »Ich will nicht mehr hier oben bleiben. Ich kann nicht!«

»Lorenzo, die Alliierten sind fast da«, sagte Cesarina.

»Fast«, sagte ich hart. »Noch sind die Faschisten und die Deutschen da. Zia Chiara wird genau beobachtet, hat Tacconi gesagt, ich habe ihn gehört. Daniele muss hierbleiben, und Zia Chiara und Nonno dürfen nichts davon wissen.«

Daniele hatte den Kopf auf die Arme gelegt und weinte. Cesarina streichelte ihm den Kopf und sah uns abwechselnd unglücklich an.

»Lorenzo hat recht, Cittino. Aber du brauchst nicht zu weinen. Ab jetzt wirst du nicht mehr hungern, das verspreche ich dir. Ich werde mich gut um dich kümmern.«

Sie richtete sich auf und krempelte die Ärmel hoch.

»Als Erstes werdet ihr beide baden. Ihr stinkt, dass der Putz von der Decke kommt. Keine Widerrede«, sagte sie, als ich protestieren wollte. »Vom Schmutz wird man krank, das hat mir der Dottore beigebracht. Wir schmuggeln Daniele für die kurze Zeit runter. Und hier werde ich auch gründlich sauber machen. Ich war in Schweineställen, die besser rochen.«

Franco fand ich vier Tage später. Oder besser gesagt, er fand mich. Er lauerte mir vor unserem Haus auf und packte mich von hinten. Er zerrte mich zurück und drückte mich in die Ecke zwischen Wand und Tor.

»Du Verräter«, knurrte er.

Sein linkes Auge war blau und seine Oberlippe auf das Doppelte geschwollen. Dunkler Schorf klebte daran.

»Was ist mit dir passiert?«, fragte ich erschrocken. »Wer hat dich …«

»Ja, wer wohl? Mein Vater!«

»Lass mich los! Was habe ich damit zu tun?«

Er packte mich noch fester am Hemdkragen und zog mich hoch. Der Größenunterschied zwischen uns war geschrumpft, aber er war immer noch viel stärker als ich. Ich konnte kaum atmen.

»Und ob du damit zu tun hast«, knurrte er. »Du warst in der Vorratskammer. Du hast gestohlen.«

Ich war froh, dass er mich festhielt, so merkte er nicht, wie weich meine Knie wurden. Nun war auch dieses Geheimnis keines mehr. Und das war brandgefährlich.

»Ich …«

»Du hattest versprochen, niemals hinzugehen!«

Sein geschundenes Gesicht war nur Zentimeter von meinem entfernt. Ich hatte seinen Vater seit Sant' Ansano nicht mehr gesehen. Hatte er seinen Sohn wirklich wegen ein bisschen Wurst und Käse so verdroschen?

»Du hattest geschworen, niemandem davon zu erzählen.«

»Hab ich auch nicht!«

»Lügner! Mein Onkel hat euch gesehen.«

O Gott.

»Uns?«

»Dich und deinen jüdischen Doktor! Mein Vater hatte mir schon ein paar geknallt, weil er dachte, ich war's, aber nein, mein Onkel meint, das wart ihr. Er glaubt, ich habe euch die Kammer gezeigt und damit den Rebellen geholfen. Ausgerechnet ich!«

Er warf mich gegen die Wand.

»Ich habe gesagt, ich weiß von nix, aber er hat mir nicht geglaubt. Er hat mich vor meinem Vater einen unverschämten Lügner genannt und behauptet, dass er genau wüsste, wie man mich zum Reden bringt und wie man den Respekt durchsetzt, den ich ihm schulde. Und mein Vater …«

Tränen schossen ihm in die Augen. Er wischte sie zornig mit dem Ärmel weg.

»… hat dich so zugerichtet?«, fragte ich erschüttert. »Weil dein Onkel es ihm befohlen hat?«

Er packte mich wieder am Kragen.

»Halt die Fresse! Du hast kein Recht, etwas über meinen Vater zu sagen! Nicht du! Aber falls es dich interessiert, ich habe nichts gesagt, nicht ein Wort. Ich bin nämlich kein Verräter.«

»Ich weiß«, flüsterte ich. »Du bist ein wahrer Freund. Und ich habe deine Freundschaft nicht verdient.«

Eine Entschuldigung war das Letzte, was er erwartet hatte. Sein Griff lockerte sich. In seinem Gesicht spiegelte sich ein heftiger innerer Kampf. Er wollte mich bestrafen für die Demütigungen und die Schmerzen, die er erleiden musste, aber meine Worte hatten ihm den Wind aus den Segeln genommen. Er ließ mich los. Obwohl er sichtlich versuchte, ihn festzuhalten, sackte sein Zorn in sich zusammen.

»Das kannst du laut sagen«, grummelte er.

Er musterte mich misstrauisch. Aber er konnte in meinem Blick nichts anderes finden als Traurigkeit und Besorgnis.

»Wie hast du das ausgehalten?«, fragte ich. »Ich hätte beim ersten Schlag alles ausgeplaudert.«

Sein geschwollenes Gesicht verformte sich zu einem schiefen Grinsen.

»Du bist halt ein kleiner Prinz.«

Die Bilder kamen zurück, und alles um mich herum wurde stumpf und fern. Meine Stimme klang eingeschnürt.

»Nein, bin ich nicht. Es gibt nichts Nobles an mir.«

Zu meiner großen Überraschung klopfte er mir auf die Schulter.

»Jeder kann mal schwach werden und einen Fehler machen.«

Eine Weile schwiegen wir verlegen. Franco sah mich an und fragte plötzlich in einem ganz anderen Ton:

»Warum hilfst du den Rebellen?«

»Tue ich nicht«, sagte ich so heftig, dass Franco überrascht zusammenzuckte. »Ich habe nur Matteo geholfen.«

Das war keine Lüge. Franco sollte ruhig glauben, dass ich für Matteo aus der Kammer gestohlen hatte.

»Er ist auch ein Rebell!«

»Nein, er ist Jude.«

»Stimmt«, sagte Franco, der offensichtlich keinen Streit mehr wollte. »Ich finde die Sache mit den Juden sowieso bescheuert. Matteo ist ein prima Kerl. Vielleicht ist er doch kein Rebell. Mein Onkel ist halt ein Arsch.«

Ich sagte nichts. Hatte Tacconi tatsächlich Matteo und mich in den unterirdischen Gängen gesehen? Wir waren nicht einmal in der Nähe der Kammer gewesen. Auch wenn er nur geraten hatte, waren die Bottini für Matteo brandgefährlich geworden. Aber Matteo war ein erwachsener Mann, der genau wusste, worauf er sich eingelassen hatte. Diesmal musste er sich selbst vor Tacconi retten. Ich hatte keine Kraft mehr.

Das Einzige, was zählte, war, dass niemand von Daniele wusste.

»Na dann, ich gehe jetzt«, sagte Franco.

Ich hielt ihn zurück.

»Warte. Stimmt es, dass du in den Norden willst, zum Kämpfen?«

Er war sofort wieder misstrauisch.

»Wer sagt das?«

»Deine Mutter. Sie macht sich Sorgen.«

»Und das erzählt sie dir?« Er verdrehte die Augen. »Ich geh, sobald ich …« Er unterbrach sich. »Sobald es Zeit ist. Sie wird mich nicht davon abhalten. Und du auch nicht.«

»Wofür willst du noch kämpfen, Franco? Der Krieg ist verloren. Nicht nur für die RSI, auch für die Deutschen.«

Er verzog verächtlich den Mund.

»Du sprichst genau wie meine Mutter. Ich dachte, wenigstens du würdest es verstehen.«

»Nein, ich verstehe es nicht. Schau dich mal an! Wie kannst du für Leute kämpfen, die ein Kind von seinem eigenen Vater foltern lassen?«

Er kniff die Augen zu Schlitzen zusammen. Ich wich zurück. Ich erwartete jeden Moment, dass er zuschlug.

»Du bist wie alle anderen. Du kapierst gar nichts. Ich kämpfe nicht für meinen Onkel oder Leute wie ihn! Das sind keine wahren Faschisten! Und überhaupt, Faschismus, Sieg, das spielt alles überhaupt keine Rolle mehr.«

»Was spielt denn dann eine Rolle? Worum geht es dir?«

»Es geht um unsere Ehre, verdammt! Um die Ehre Italiens. Sie ist das Einzige, was die wahren Patrioten noch retten können. Wir werden unser Wort halten und Seite an Seite mit dem Verbündeten kämpfen.«

»Das ist Wahnsinn.«

»Sonst hat das alles keinen Zweck gehabt, kapierst du nicht? Der Faschismus, Rom, die Geschichte, der Krieg, die vielen Toten, alles! Alles wäre umsonst gewesen. Lieber will ich im Kampf sterben.«

28

Ich schreckte noch vor Sonnenaufgang aus dem Schlaf und erinnerte mich erst, als ich mich mit wild schlagendem Herzen aufgesetzt hatte, dass es nicht nötig war. Ich musste kein Essen klauen, bevor die anderen aufstanden. Mehr als zwei Wochen waren vergangen, seit Cesarina Daniele entdeckt hatte, doch meine innere Uhr wollte sich nicht umstellen.

Ich stand auf und öffnete die Fensterläden. Die frische Morgenluft strömte ins Zimmer und fegte mir den Schlaf von den Augenlidern. Der Juni hatte trocken und warm begonnen, und die Luft knisterte bereits in Erwartung der großen Hitze.

Und der Alliierten.

»Durchbruch in Montecassino«, wiederholte ich Mitte Mai die Meldung, die ich am vorigen Abend gehört hatte.

»Wo ist das?«, fragte Daniele.

»Irgendwo zwischen Neapel und Rom. Die Amerikaner und die Franzosen saßen seit vier Monaten da fest. Aber jetzt geht es endlich voran.«

Zwei Wochen später berichtete Radio London vom Einzug der Alliierten in Rom. Wir saßen gerade beim Abendessen.

Zia Chiaras heimliches Radio stand längst im Wohnzimmer. Kontrollen waren nicht mehr zu befürchten.

»Haben sie Rom bombardiert?«, fragte Cesarina besorgt.

»Gott sei Dank nicht«, antwortete Nonno. »Kesselring hat vor ein paar Tagen Rom zur offenen Stadt erklärt. Die Amerikaner sind kampflos eingezogen.«

»Kesselring, der vom Massaker der Fosse Ardeatine?«, fragte Zia Chiara. »Ich hätte nicht gedacht, dass er kampflos aufgibt.«

»Was für ein Massaker?«, fragte Cesarina erschrocken.

Nonno warf mir einen verstohlenen Blick, dann antwortete er schnell und leise.

»Die Partisanen hatten ein Attentat verübt, bei dem dreiunddreißig deutsche Soldaten ums Leben gekommen sind. Als Vergeltung hat Kesselring dreihundertfünfunddreißig Zivilisten erschießen lassen.«

Cesarinas schlug die Hände über ihrem Kopf zusammen.

»Weißt du, was die Ernennung zur offenen Stadt bedeutet, Lorenzo?«, lenkte Nonno ab.

Ich schüttelte den Kopf. Seit meinem Abenteuer mit den Partisanen sprach ich kaum noch mit ihm und meiner Tante. Sie waren nicht böse auf mich, und mein Ausbruch wurde nie wieder erwähnt. Ich war derjenige, der nicht reden wollte. Ich sah, dass sie darüber traurig waren, aber sie ließen mich in Ruhe. Zum Glück. Ich hatte keine Kraft für sie. Doch ab und zu versuchte Nonno, mich an ihren Gesprächen teilnehmen zu lassen. Vielleicht wollte er mir damit zeigen, dass die Tür offen blieb.

»Es bedeutet, dass es sich um eine Stadt handelt, die militärisch nicht verteidigt wird und deshalb nicht bombardiert werden darf«, erklärte er. »Der Papst befürchtet, dass die Alliierten Rom genauso zerbomben wie die wunderschöne Abtei von Montecassino, und weigert sich, die Stadt zu verlassen. Das ist schlau von ihm. Kesselring hat sich bereit gezeigt, Rom komplett zu räumen, und die Amerikaner, sie nicht zu zerstören.« Er seufzte. »Vielleicht liegt die Ewige Stadt doch allen am Herzen, wenn schon nicht ihre Bewohner.«

»Stell dir vor, diese gottlosen Amerikaner hätten Rom bombardiert«, regte sich Cesarina auf.

»Die Amerikaner sind auch Christen«, sagte Zia Chiara. »Wie wir. Wie die Deutschen. Und das war noch nie ein Hinderungsgrund, Gräueltaten auszuüben und Städte dem Erdboden gleichzumachen.«

»Die Amerikaner sind doch keine Katholiken«, beharrte Cesarina.

»Es gibt jede Menge katholische Amerikaner. Aber die Katholiken haben nicht weniger auf dem Gewissen als alle anderen. Sogar viel mehr.«

»Warum sagst du das?«, erschrak Cesarina.

»Weil es die Katholiken viel länger gibt als die Protestanten. Sogar länger als die Moslems.«

»Auch länger als die Juden?«, fragte ich.

»Nein. Die jüdische Religion existiert seit mehr als dreitausend Jahren. Jesus war Jude. Die Christen waren, zumindest am Anfang, so etwas wie eine jüdische Sekte.«

»Chiara«, rief Cesarina entsetzt aus. Sie bekreuzigte sich blitzschnell zweimal. Nonno seufzte.

»Chiara, provoziere die arme Cesarina nicht.«

»Ich sage doch nur die Wahrheit.«

»Ja, ich weiß«, antwortete er müde.

»Sie werden bald hier sein, nicht wahr?«, fragte Cesarina.

Seit sie die Versorgung von Daniele übernommen hatte, war sie aufgeblüht, sie eilte den ganzen Tag geschäftig hin und her und war außergewöhnlich gesprächig. Die Ankunft der Alliierten bedeutete für sie nun vor allem eines: die Befreiung von Daniele. Und bis dahin wollte sie ihn aufgepäppelt haben. Wenigstens ein bisschen.

»Zwischen Rom und Siena liegen zweihundert Kilometer«, antwortete Zia Chiara. »Es ist eine Frage von Tagen, höchstens Wochen, je nach Widerstand der Deutschen.«

»Man hört schlimme Gerüchte«, sagte Cesarina leiser und blickte rechts und links, als verstecke sich die Bedrohung bereits im Wohnzimmer, »dass die Franzosen Mohren mitgebracht haben, die schreckliche Dinge tun. Vor allem mit Frauen.«

»Ich habe es auch gehört. Sie sollen hinter Montecassino fürchterlich gewütet haben«, sagte Zia Chiara

Eine Weile waren wir alle still, dann sprach Cesarina die Sorge aus, die bleischwer über der Stadt hing.

»Aber sie werden Siena nicht bombardieren, oder?«

»Ich denke nicht«, sagte Nonno. »Siena ist Lazarettstadt.«

»Nicht offiziell, leider«, widersprach Zia Chiara. »Die Deutschen haben sie natürlich als solche anerkannt, weil ihre Verletzten hier behandelt werden, aber die Alliierten weigern sich. Sie wollen keinen Präzedenzfall schaffen. Sie fürchten, dass alle historischen Städte diesen Status für sich beanspruchen. Was würden sie dann kaputtbomben?«

»Die Heilige Jungfrau wird Siena beschützen, wie sie es immer getan hat«, sagte Cesarina mit Inbrunst. »Der Bischof hat gesagt, es wird bald eine große Prozession geben, um ihren Beistand zu erflehen.«

»Dann ist ja alles in Butter«, brummte Zia Chiara.

Ich stützte die Ellbogen auf die Fensterbank, legte das Kinn auf die Fäuste und sah zu, wie die aufgehende Sonne langsam die Via Pantaneto flutete. Was sollte ich nun tun? Fast acht Monate lang hatte sich mein Leben darum gedreht, Daniele am Leben zu halten. Mein Gehirn war in jeder wachen Minute damit beschäftigt gewesen. Wo komme ich an Lebensmittel ran, ohne entdeckt zu werden? Wie sorge ich dafür, dass Daniele nicht verzweifelt, dass er nicht aufgibt? Bis in den Schlaf verfolgte mich die Angst, man würde ihn finden und verschleppen und meine Familie dafür bestrafen, was ich getan hatte. Die Sorge war schwer wie ein Amboss gewesen und hatte mich bis unter die Haut gefüllt.

Nun hatte Cesarina Danieles Versorgung übernommen. Ich hatte auf einmal Zeit für mich. Viel zu viel Zeit. Was sollte ich damit anfangen? Was sollte ich mit mir selbst anfangen? Ich hätte erleichtert sein sollen. Aber ich war nur leer.

Welchen Nutzen hatte ich noch?

Ich zog mich an und ging zu Daniele. Der Dachboden war ein ganz anderer Ort geworden. Nicht ein Körnchen Staub hatte Cesarinas Putzrausch überstanden. Der beißende Geruch nach Chlorreiniger und Kernseife neutralisierte sogar die Ausdünstungen des Eimers. Eine saubere Matratze lag jetzt auf den blank geputzten Dielen, frisch bezogen mit den feinen Leinenlaken meiner Eltern.

Die Fensterläden waren schon offen. Daniele war wach und saß mit einem Bleistift in der Hand an einem kleinen Tisch, den Cesarina irgendwoher hervorgezaubert hatte. Er drehte sich um, als er mich hereinkommen hörte, und strahlte über das ganze Gesicht.

»Du bist aber gut gelaunt am frühen Morgen«, sagte ich.

Er stand auf und versteckte ein Blatt hinter dem Rücken.

»Ich habe etwas für dich«, sagte er geheimnisvoll.

Er war so verändert. Der leichengraue Schleier hatte sich gelüftet. Seine Augen glänzten, und auf seine spitzen Backenknochen war ein Hauch von Rosa zurückgekehrt.

Daniele zeichnete wieder. An den Wänden hingen, mit Heftzwecken befestigt, mehrere Zeichnungen von seiner Fensteraussicht und von Khalil. Mit einem Leuchten in den Augen zog er die Hand hinter dem Rücken hervor und legte mir eine schwarz-weiße Bleistiftzeichnung in die Hände.

Von dem blass liniierten Schulheftblatt lächelten mich meine Eltern an. Sie standen eng nebeneinander, Papà hatte seinen Arm um Mammas Taille gelegt. Er trug seine Majoruniform, Mamma ein helles, knielanges Mäntelchen, das sich leicht über ihren Bauch spannte. Ein sanfter Wind wehte ihnen durch die Haare. Drei Tauben pickten am Boden zu ihren Füßen. Daniele sah mich erwartungsvoll an.

»Und? Gefällt's dir?«

Ich konnte die Augen nicht abwenden. Ich bewegte die Lippen wie ein Fisch.

»W-wie …?«, brachte ich endlich heraus.

»O ja, stimmt.« Er kramte auf dem Tisch und fischte ein altes Foto unter seinen Heften heraus. Er gab es mir. »Ich habe Cesarina gebeten, mir ein Foto von deinen Eltern zu leihen.«

Sie sahen jung aus. Ein Stempel auf der Rückseite des Fotos trug das Datum März 1930. Mamma war mit mir schwanger gewesen. Etwas wuchs in meiner Kehle und schnürte mir langsam die Atemluft ab.

»Sie sehen aus, als wären sie lebendig«, hauchte ich, solange ich noch sprechen konnte.

Er lächelte. Dann sah er mein Gesicht.

»Hey, was ist? Du bist ganz weiß.«

Ich wollte mich bedanken. Ich wollte ihm sagen, wie kostbar, wie einzigartig sein Geschenk war. Aber in meinem Hals steckte ein Pflasterstein, und in meiner Brust baute sich eine Welle auf, die mich zu überrollen drohte. Wenn ich das zuließ, würde der Schleier, der alle Konturen abstumpfte, der Vorhang, der mich wie ein Käfig vor der Welt trennte, dabei reißen.

Ich wurde panisch.

Ich stammelte eine Entschuldigung und rannte hinaus.

»Lorenzo, warte! Entschuldigung! Ich wollte dir nur eine Freude machen«, hörte ich Daniele rufen, während ich die Treppe hinunterstürzte und dabei Cesarina, die ihm das Frühstück brachte, fast über den Haufen gerannt hätte.

»Popino, wo läufst du hin? Ist was passiert?«

Ich rannte die Treppe hinunter und raus auf die Straße. Die kühle Morgenluft tat mir gut, aber sie brachte nicht die erhoffte Erleichterung. Ich rannte weiter die Via Pantaneto entlang. Ich versuchte, an nichts anderes zu denken als an meine zischende Atmung und an das Klappern meiner Sandalen auf den Steinplatten. Erst als ich Seitenstechen bekam und langsamer laufen musste, wurde mir bewusst, wie voll die Straßen waren.

Scharen von Flüchtlingen hatten Zuflucht in Siena gesucht,

die als Oase des Friedens galt, und es wurden täglich mehr. Ich hatte kein Ziel. Ich mied die Piazza del Campo, wo sich zu viele Menschen drängten, bog in die ruhigeren Gassen ein und fand mich auf einmal in der Via Cecco Angiolieri wieder. Ich blieb vor dem Haus stehen, in dem Daniele mit seinen Eltern gewohnt hatte. Ob sie vielleicht doch zurückgekehrt waren? Ich überlegte gerade vorbeizuschauen, als ich Zia Chiara erblickte, die die Straße heraufkam.

Ich ging auf sie zu und stellte mich ihr in den Weg.

»Wo gehst du hin?«, fragte ich barsch.

Sie fuhr erschrocken zusammen und versuchte, mich zu ignorieren. Ich hielt sie fest.

»Das ist nicht der Weg zum Krankenhaus, und du hast deine Uniform nicht an. Wo gehst du hin?«

In ihren Augen blitzte Ärger auf. Ich sah ihr an, dass die Lehrerin in ihr den Schüler zurechtweisen wollte. Aber sie tat es nicht.

»Meinetwegen«, seufzte sie. »Komm mit.«

Wir mussten nicht lange gehen. Unweit der Basilika von S. Francesco schlüpften wir durch einen engen Eingang und liefen über eine stark abgenutzte steinerne Treppe in die erste Etage. Zia Chiara klopfte zweimal, einmal und dreimal. Wir wurden reingelassen und in ein großes Zimmer mit geschlossenen Fensterläden geführt. Über einem rechteckigen Tisch hing eine einzige Glühbirne, deren Licht nicht bis in die Ecken drang. Es waren viele Leute da, vor allem Männer, aber auch einige Frauen. Manche saßen am Tisch, andere auf Extrastühlen an den Wänden. Die anderen standen. Über allem schwebte wie Morgennebel dichter Zigarettenrauch.

Auch Matteo war da. Er winkte uns zu sich. Zia Chiara ging auf ihn zu, aber ich blieb neben der Tür stehen, im Halbdunkel. Ich hatte verstanden, dass diese Leute vom Comitato di Liberazione Nazionale waren, und ich wollte nicht dazugehören. Ein Mann deutete mit dem Kinn auf mich.

»Wer ist das?«

»Mein Neffe«, sagte Zia Chiara.

»Ist er nicht ein bisschen jung, um hier zu sein?«

»Das geht schon in Ordnung«, sagte Matteo.

Einer der Männer, die am Tisch saßen, ergriff das Wort.

»Dem CLN stehen zentrale Entscheidungen bevor«, begann er, nachdem er die Anwesenden begrüßt hatte. »Die Front wird uns vielleicht schon in wenigen Tagen erreichen. Das Wichtigste ist, unsere Stadt vor der Zerstörung und alle Bewohner und Flüchtlinge vor weiterem Leid zu bewahren. Wir müssen alles vermeiden, was die Deutschen zu Plünderungen und Gewalt provozieren könnte, und dafür sorgen, dass sie sich schnell und ohne Hindernisse zurückziehen können, damit die Alliierten keinen Grund haben, die Stadt zu bombardieren. Ruhe und Ordnung haben oberste Priorität.«

»So ein Quatsch«, sagte ein anderer. »Wenn wir den Alliierten nicht ausgeliefert sein wollen, müssen wir klare Machtverhältnisse schaffen, bevor sie Siena erreichen. Und das können wir. Wir werden Einheiten der Gruppi di Azione Patriottica und Waffen in die Stadt schleusen und die Bevölkerung bewaffnen.«

»Wie wollt ihr das anstellen?«, fragte jemand.

»Über die Bottini. Wir müssen nur die verschütteten Zugänge wieder passierbar machen. Der Compagno Castelli meint, es sei möglich.«

Ich starrte Matteo an.

»Nenn mich nicht Compagno«, sagte Matteo finster.

Der Mann schüttelte verständnislos den Kopf.

»Der Compagno hat recht«, rief ein Mann, den ich nicht sehen konnte. »Was wir brauchen, ist ein Volksaufstand!«

»Auf gar keinen Fall«, rief der Mann, der zuerst gesprochen hatte. »Die Deutschen würden sofort die Stadt angreifen und bombardieren.«

»Kaum jemand in Siena hat Kampferfahrung, es wäre ein

Massaker«, schrie ein anderer. »Und die Alliierten hätten keine Wahl, sie müssten dann auch schwere Artillerie einsetzen.«

Matteo hob die Arme.

»Bitte, Signori, nicht so laut! Wir wollen nicht auffliegen. Der Mut und die Opferbereitschaft unserer kommunistischen Mitstreiter sind bewundernswert«, sagte er leise und langsam. Ich meinte, einen Hauch von Ironie in seiner Stimme zu vernehmen. »Aber wie ich sehe, sind viele von euch nicht aus Siena. Die Partei hat euch für ihre eigenen regionalen und nationalen Zwecke hierhergeschickt, ganz bestimmt nicht im Interesse der Menschen, die hier leben.«

»Doch! Auf lange Sicht schon.«

»Mit Verlaub, man muss erst einmal am Leben bleiben, um die Wonnen einer langen Sicht zu genießen. Und keine Revolution der Welt ist es wert, eine Stadt wie Siena der Zerstörung preiszugeben. In diesem Punkt sind sich die anderen Parteien einig. Unsere erste Priorität ist, die Stadt zu retten. Und die Menschen. Und wir haben das Glück, dass der Provinzchef Chiurco bereit ist, mit uns zusammenzuarbeiten. Er hat gute Beziehungen zu den Deutschen, und bislang ist es ihm gelungen, sie in Schach zu halten. Wir verdanken es ihm, dass es kaum Spannungen mit ihnen gegeben hat. Wir müssen ihn unterstützen, wenn wir einen reibungslosen Übergang erreichen wollen.«

»Wir werden nicht untätig bleiben und auf das Wohlwollen der kapitalistischen Besatzer hoffen«, rief jemand.

Ich fuhr zusammen. Ich kannte diese Stimme. Hoch, scharf, leicht näselnd, mit viel Vibrato. Zia Chiaras Rücken versteifte sich. Auch sie hatte ihn erkannt.

»Schluss mit der Strategie des Abwartens! Das Volk muss sich selbst vom faschistischen Joch befreien!«

Mit diesen Worten trat der Mann ans Licht. Er war es.

So mager, fast abgezehrt, mit seinen ewig empörten dunklen Augen und dem langen, am Adamsapfel abgeknickten

Hals, wie ein Aasvogel. Nur der rechteckige Oberlippenbart war weg. Und der graue Anzug. Er trug eine Arbeitshose und ein zerknittertes Hemd mit offenem Kragen. Im Hosenbund steckte eine Pistole. Er warf das Kinn nach oben.

»So sprechen nur Feiglinge und Verräter des Volkes. Chiurco ist ein dreckiger Faschist, und mit Faschisten verhandelt man nur mit dem Gewehr!«

»Compagno Grezzi …«, begann jemand.

Compagno ließ er sich jetzt nennen? Dass Compagno eine Bezeichnung für Kommunisten war, wusste sogar ich. Ich schaute Zia Chiara an, aber sie schüttelte ratlos den Kopf.

»Was macht der denn hier?«

Alle Köpfe drehten sich nach mir um.

Auch mein früherer Lehrer hatte nicht erwartet, mich hier zu sehen. Er blinzelte beunruhigt. Doch er fing sich schnell wieder, richtete sich auf und blähte verächtlich die Nasenflügel auf.

»Kinder haben hier nichts verloren. Verlass sofort diesen Raum!«

»Du kannst mir gar nichts befehlen. Wo ist denn übrigens dein hübsches Hitlerbärtchen?«

»Was erlaubst du dir, du unverschämtes Gör!«

Er sah nicht wie ein Kommunist aus und schon gar nicht wie ein Partisan. Eher wie ein überforderter Lehrer.

Der erste Sprecher hatte sich von der Überraschung erholt.

»Was soll das, Junge? Du störst eine wichtige Sitzung, an der du gar nicht teilnehmen dürftest.«

Ich wirbelte herum. Ich hatte die Nase gestrichen voll, mich von Idioten wie ein Kind behandeln zu lassen.

»Das ist ein Faschist, wenn es je einen gegeben hat!« Ich näselte höhnisch: »›Es ist meine höchste Pflicht, gute Faschisten aus euch zu machen‹, den Satz hat er dreimal am Tag wiederholt!«

Ich wandte mich wieder Grezzi zu, der mich mit einer Mischung aus Zorn und Angst anstarrte.

»Was denn, hab ich wieder vergessen, römisch zu grüßen?« Ich streckte den rechten Arm nach oben.

»Credere, obbedire, combattere! War das nicht Ihr Motto, Signor Maestro?«

Ich sah in die Runde und zeigte mit dem Finger auf ihn.

»Euer Compagno hier hat ein kleines Mädchen aus der Schule rausgeschmissen, weil sie Jüdin war. Weil die Juden angeblich Verräter sind.« Ich lief um den Tisch herum auf ihn zu. »Und was bist du? Was bist du?«

Eine maßlose Wut strahlte wie ein heißer Strom von meinem Bauch durch meinen ganzen Körper bis in die Finger- und Zehenspitzen. Meine Ohren pulsierten, ich hörte meinen Atem durch meine Nasenlöcher strömen. Ich lief auf Grezzi zu.

»Chiara, schaff diesen kleinen Irren hier raus!«

Jemand versuchte, sich mir in den Weg zu stellen, aber ich lief einfach weiter. Grezzis Augen weiteten sich. Er machte einen Schritt zurück, aber hinter ihm war die Wand. Er hob die Arme.

»Man soll auf Faschisten schießen, sagst du?«, fauchte ich. »Gute Idee.«

Ich riss ihm die Pistole aus dem Hosenbund, richtete sie mit beiden Händen auf seine Stirn und schoss.

29

Weit entfernt, wie durch eine Wand, schrie jemand meinen Namen. Zia Chiara? Matteo? Ich war nicht sicher. Das pumpende Blut in meinen Ohren übertönte alles.

Grezzi kauerte auf dem Boden, die Arme über den Kopf geschlagen. Ein walnussgroßes Loch, an dessen Rändern der Putz in breiten Spänen abgesprungen war, prangte an der Wand, eine Handbreit unter der Decke.

Ich nahm einen Schmerz an den Handgelenken wahr, wo Matteo meine Arme nach oben geschlagen hatte.

Jemand umschlang mich von hinten und hob mich vom Boden. Trampelnde Füße, umgeworfene Stühle. Wütende, erschrockene Schreie.

Ein nasses Taschentuch tupfte über mein Gesicht und meinen Nacken. Die Kühle tat gut. Langsam kam mein galoppierendes Herz zur Ruhe.

Ich saß auf einem Mäuerchen, die Sonne im Rücken. Matteo hockte vor mir. Er hatte sich von einem nahen Café ein Glas Wasser geben lassen. Zia Chiara stand neben ihm und sah mich mit riesigen Augen an.

»Bring ihn nach Hause. Und lass ihn nicht allein.«

Sie nickte und streckte mir die Hand entgegen. Ich ließ mich hochziehen, aber ich wich aus, als sie mir den Arm um die Schultern legen wollte.

»Und was machst du?«, fragte sie Matteo.

»Ich gehe wieder rein.«

»Hat es überhaupt noch einen Sinn? Wie viele Grezzis verstecken sich im Widerstand? Weißt du, was ich glaube? In ein paar Monaten wird es nicht einen Italiener geben, der jemals Faschist gewesen ist. Und jeder, der an so einer Sitzung teilgenommen hat, wird behaupten, schon immer Partisan gewesen zu sein. Ich kann langsam verstehen, dass die Leute ihr Schicksal in die Hände der Madonna legen.«

»Ich bin überzeugt, dass den meisten, die sich Patrioten nennen, tatsächlich das Wohl Italiens am Herzen liegt. Aber für mich steht eines fest: Man wird es nicht durch noch mehr Zerstörung, Blut und Leid erreichen. Wenn wir Siena davor bewahren wollen, muss der CLN die Hitzköpfe in Schach halten. Die Kommunistische Partei hat schon mehrere radikale Aktivisten aus Florenz hierhergeschickt, um einen Volksaufstand zu organisieren. Und leider bin ich derjenige, der sie auf die Idee mit den Bottini gebracht hat. Es war ein Versehen, aber es ist jetzt meine Verantwortung, das zu verhindern. Ich kann mich davon nicht zurückziehen. Es kommt auf jeden von uns an.«

Zia Chiara senkte den Kopf.

»Ich bewundere deine Zuversicht, Matteo, aber ich teile sie nicht mehr. Den Krieg werden auch die Partisanen nicht gewinnen, sondern die Amerikaner.«

»Das steht außer Frage. Aber darum geht es nicht.«

»Worum denn dann?«

»Um Selbstachtung. Die Teilnahme am Widerstand ist das Einzige, was dem italienischen Volk einen Hauch von Würde zurückgeben wird.«

»Möglich. Aber für die Würde meiner Landsleute fühle ich mich nicht zuständig. Ab jetzt werde ich nur im noch Krankenhaus arbeiten. Wir haben Hunderte von zerfetzten Soldaten, die Hilfe brauchen.«

Sie küsste ihn leicht auf die Lippen. Während sie abgelenkt waren, entfernte ich mich und ignorierte ihre Rufe. Ich wollte nicht mit Zia Chiara nach Hause gehen. Ich wollte nicht mit ihr sprechen, kein Verständnis und schon gar kein Mitleid. Ich wollte nur Luft.

Es war unmöglich, all den Menschen aus dem Weg zu gehen. Sie waren überall, nervös, überspannt zwischen freudiger Erwartung und Angst. Einige trauten sich, die Bekanntmachungen der Faschisten und sogar die der Deutschen von den Wänden abzureißen, aber diese Mutigen tauchten sofort wieder in der Menge unter.

Irgendwann trugen mich meine Füße doch zur Piazza del Campo. Ich blieb vor Staunen stehen. In der Mitte der Muschel prangte ein gigantisches rotes Kreuz, dessen Arme über zwanzig Meter lang waren. Das Symbol einer Lazarettstadt. Es musste aus großer Höhe zu erkennen sein.

Ich schmunzelte. Chiurco hatte es also getan, obwohl Siena offiziell keine Lazarettstadt war. Aber mit etwas Glück waren die amerikanischen Piloten mit den Feinheiten der Kriegsdiplomatie nicht vertraut.

Ich ging nach Hause. Doch ich wollte nicht zu meiner Familie und ihren besorgten Blicken zurück, die mich fast noch mehr bedrängten als ihre Fragen. Vielleicht konnte ich mit Daniele Karten spielen. Oder einfach nur dasitzen und nichts sagen.

Daniele freute sich, mich zu sehen, und das tat mir gut.

»Ich dachte, du bist mir böse«, sagte er nach dem ersten Spiel, während ich die Karten mischte.

»Quatsch. Ich habe total bescheuert reagiert vorhin. Die Zeichnung ist unglaublich.«

»Wirklich?«, fragte er unsicher. »Ich hatte den Eindruck, dass sie dich traurig gemacht hat, weil du Angst hast, dass sie … nun, ich hab gedacht, es ist vielleicht besser, wenn ich sie zerreiße.«

»O nein! Hast du es getan?«

»Nein, Cesarina hat mich davon abgehalten.« Er schien mit sich zu ringen, dann sprach er weiter. »Sie sagte, du bist so komisch, weil dir etwas passiert ist. Ist das wahr?«

Cesarina war schlimmer als eine Mutter, nichts konnte man vor ihr verbergen. Daniele nahm mir die Karten aus den Händen.

»Was ist mit dir passiert, Lorenzo? Sag's mir. Ich bin doch dein Freund.«

Ich wollte es ihm sagen. Wirklich. Ich machte den Mund auf. Und wieder zu. Mehrmals.

»Tut mir leid«, hauchte ich und rannte wieder vor ihm weg.

Am 6. Juni 1944 landeten die Alliierten in Frankreich. Das italienische Radio verlor kein Wort darüber, aber offensichtlich hörte inzwischen jeder Radio London, denn schon eine Stunde später sprach ganz Siena über nichts anderes. Es klang wie ein Abenteuerfilm. Jeder, auch die Deutschen, erwartete, dass die Alliierten den Ärmelkanal an der engsten Stelle überqueren würden. Doch sie überraschten alle und landeten in der Normandie, fast vierhundert Kilometer weiter westlich.

In den folgenden Tagen erschienen in den Zeitungen die ersten Fotos und Berichte über die Operation Overlord. Wir erfuhren, wie Tausende von Schiffen und Flugzeugen in einer tintenschwarzen Nacht die stürmische See überquert hatten. Wie die Fallschirmjäger zu Hunderten auf die Dörfer und Felder geregnet waren und einer von ihnen stundenlang am Kirchturm gehangen hatte, bis die sturmklingenden Glocken ihn taub gemacht hatten. Wie sich Tausende von Infanteriesoldaten aus den Landungsschiffen auf die flachen Sandstrände ergossen hatten. Wie Unzählige von ihnen von den in Bunkern verschanzten Deutschen erschossen und von der Flut weggespült wurden.

Es waren blutige Kämpfe gewesen. Aber die Invasion war gelungen. Die Deutschen hatten sie nicht aufhalten können und kämpften nun an drei Fronten gleichzeitig, in Italien, in Russland und in Frankreich. Das gab den Menschen, auch in Siena, einen enormen Schub Hoffnung.

Jeden Tag brachte ich Daniele die Zeitung, sobald ich sie Nonno vorgelesen hatte. Seit die Schule geschlossen war, hatte ich diese Aufgabe wieder übernommen. Daniele schnitt die Fotos der Landung heraus und heftete sie an die Wand. Er sprang fast aus seiner Haut vor Aufregung.

»Jetzt wird der Krieg nicht mehr lange dauern«, rief er aus. »Cesarina sagt, die Amerikaner sind so reich und ihre Waffen so mächtig, dass sie Deutschland ganz schnell erobern werden. Und dann werden meine Eltern zurückkommen!«

Ich war weniger optimistisch als Cesarina. Ich hatte den Abstand zwischen der Normandie und Berlin in meinem Atlas errechnet. Es waren weit mehr als tausend Kilometer. Die Amerikaner hatten neun Monate gebraucht, um Rom zu erreichen, nachdem sie in Sizilien gelandet waren, und hatten allein in Montecassino vier Monate festgesteckt. Ihr eigenes Land würden die Deutschen noch verbissener verteidigen.

Aber Danieles neu entflammte Hoffnung war wichtig. Ich zeigte ihm den Atlas nicht.

»Heute abend findet die Zeremonie statt«, teilte uns Cesarina mit, als sie vom Sonntagsgottesdienst zurückkehrte. Es war der 18. Juni. Ihr Gesicht war tiefrot und glänzte vor Schweiß, das Sonntagshütchen saß ihr schief auf dem Kopf.

»Bist du die Treppe raufgerannt?«, fragte ich.

»Was für eine Zeremonie?«, fragte Nonno.

Seit Sant' Ansano hatte ich keine Kirche mehr betreten.

Cesarina ließ sich auf einen Stuhl fallen, zog das Messbüchlein aus ihrer kleinen schwarzen Sonntagstasche und fächerte sich Luft auf die heißen Wangen.

»Die Zeremonie, bei der Siena der Heiligen Jungfrau geschenkt wird«, keuchte sie.

Das klang total verrückt.

»Wie schenkt man der Madonna eine ganze Stadt?«

»Du wirst es selbst sehen. Du gehst nämlich mit.«

»Wieso denn das?«

»Weil ich es sage. Deck den Tisch. Wir essen gleich.«

»Die Menschen von Siena haben schon einmal ihre Stadt der Heiligen Jungfrau dargeboten«, sagte Nonno bei unserem mageren Mittagessen.

»Wann?«, fragte ich.

»1260, vor der Schlacht von Montaperti. Die Sienesen versprachen, Maria die Stadt zu schenken, wenn sie gegen Florenz gewinnen würden.«

»Und? Haben sie gewonnen?«

»Selbstverständlich«, sagte Cesarina mit erhobener Nase.

Die Prozession sollte um zwanzig Uhr stattfinden, aber Cesarina zerrte mich schon vor sieben aus dem Haus. Zia Chiara hatte auf Nonnos stummen, aber deutlichen Befehl ihre Zunge gehütet, aber mit den Augen gerollt. Cesarina bemerkte es.

»Wer bist du, dich über etwas Heiliges lustig zu machen?«, sagte sie empört. »Es sind bestimmt nicht deine Freunde vom Widerstand, die uns vor den Bomben der Amerikaner schützen werden!«

Die passende Antwort stand Zia Chiara in den Augen geschrieben, aber Cesarina war schon zur Tür hinaus.

Um halb acht standen wir inmitten einer unvorstellbaren Menschenmenge vor dem Palazzo Comunale auf der Piazza del Campo. Die Spannung der Leute war spürbar. Und riechbar. Es gab in Siena kaum noch Wasser zum Trinken, geschweige denn zum Waschen, und der scharfe, saure Schweißgeruch hing überwältigend in der noch aufgeheizten Juniluft.

»Wieso muss ich eigentlich mit?«, fragte ich.

»Ich brauche dich zum Tragen.«

»Zum was?«

In diesem Augenblick erschien auf dem reich verzierten weißen Vorbau des Palazzo der Bürgermeister, Podestà Socini Guelfi, mit einer kleinen Holzschatulle in den Händen. Hinter ihm kamen die Mitglieder des Gemeinderats und die Vertreter der Contrade mit ihren farbenprächtigen Wappen.

Feierlich setzten sich die Würdenträger in Bewegung. Das Meer von Gläubigen folgte ihnen betend und singend in einer Prozession zum Dom. Vielleicht alarmiert von der enormen Ansammlung von Menschen, überflogen uns im Tiefflug mehrere amerikanische Flugzeuge. Aber sie schossen nicht. Cesarina strahlte.

»Siehst du? Die Madonna beschützt uns jetzt schon.«

Um Punkt acht Uhr erreichten wir den Dom, in dem trotz seiner Größe nicht ausreichend Platz für so viele Menschen war. Verbissen sorgte Cesarina dafür, dass wir uns hineindrängen konnten. Der Weihrauch rollte in schweren Schwaden über die dicht zusmmenstehende Menge. Ich war nicht sicher, was schlimmer roch.

Erzbischof Monsignor Toccabelli begrüßte die Vertreter der Stadt. Er trug eine prächtige, goldbestickte Stola aus rotem Samt. Der ganze Dom sang die Litaneien für Maria. Der Podestà stieg auf die Kanzel und las die Urkunde vor, mit der Siena und ihr Schicksal in die Hände der Heiligen Jungfrau gelegt wurde. Dann legte der Bischof die Urkunde in eine kleine Urne, die die Schlüssel der Stadt enthielt, und stellte sie feierlich auf den Altar der Cappella del Voto, unter das Gemälde der Maria mit dem Kind. Aus tausend Kehlen ertönte das Lied »Maria Mater Magister«, und Monsignor Toccabelli erteilte den Segen.

Zu meiner Überraschung sang Cesarina nicht mit. Nicht nur das, sie war überhaupt nicht bei der Sache. Sie schaute sich nach allen Seiten um und stellte sich auf Zehenspitzen, um besser sehen zu können.

»Suchst du jemanden?«, fragte ich.

Keine Sekunde nach dem Ende des Gottesdienstes zog sie mich durch die Menge aus der Kirche und blieb neben dem rechten Tor stehen.

»Warte hier auf mich«, befahl sie.

Ich folgte ihr natürlich, versteckt in der Menge, die sich auf dem Vorplatz verteilte. Sie war nur um die Ecke gebogen und stand am oberen Ende der Treppe, an der Seitenwand des Doms. Sie sprach mit einem Mann, der eine verschlissene Ledertasche trug. Ich konnte nicht verstehen, was sie sagten, aber sie schienen zu verhandeln. Der Ton wurde scharf, dann wieder ruhiger. Cesarina warf schnelle Blicke um sich, dann zog sie etwas aus ihrer Sonntagstasche heraus. Ich reckte den Hals. Es war eine lange Perlenkette. Bevor ich mich hinter eine Säule zurückzog, trafen sich unsere Blicke.

Ich kannte mich mit Schmuck nicht aus, aber es stach ins Auge, dass dieses Collier von einem ganz anderen Kaliber war als die Kettchen, die mir Signora Tacconi gezeigt hatte. Woher hatte Cesarina einen solchen Schatz?

Plötzlich stand sie vor mir. Sie drückte mir zwei volle, schwere Einkaufsnetze in die Hände.

»Ab nach Hause«, drängte sie.

Die Menschen zerstreuten sich schnell, denn es war fast dunkel. Cesarina lief viel zügiger als auf dem Hinweg.

»Du brauchst nicht so zu hetzen«, sagte ich. »Es rennt uns schon keiner hinterher.«

Schwarzmarkt war nach wie vor streng verboten, aber wer sollte das Verbot durchsetzen? Die Autorität der RSI war zusammengebrochen, und die meisten Faschisten waren geflohen. Die Guardia Civica bildete zwar eine Art Stadtpolizei, in der sich die unterschiedlichsten und nicht immer lupenreinen Typen zusammentaten. Aber die Deutschen erlaubten ihr keine Waffen. Niemand nahm sie ernst.

»Ich habe keine Angst vor der Polizei, Stolto. Hier haben alle Hunger, ich habe Angst, dass man uns beklaut.«

»Du hast ganz schön viel bekommen«, sagte ich mit einem vieldeutigen Unterton.

Cesarina blieb wie aufgespießt stehen. Sie wirbelte herum und kam energisch auf mich zu. Ihr ausgestreckter Zeigefinger zeigte wie ein Speer auf meine Brust.

»Ich weiß, was du denkst. Aber ich habe diese Kette nicht gestohlen. Sie gehörte mir. Nur mir!«

Einige Passanten blieben stehen und beobachteten uns. Ich versuchte weiterzugehen, aber sie schlug mir mit dem Zeigefinger aufs Brustbein, dass es wehtat.

»Du glaubst, eine arme, alte Bauerntochter und Zofe wie ich kann so etwas nicht besitzen, nicht wahr?«

»Ich habe doch gar nichts gesagt.«

»Aber gedacht hast du es!«

Wenn wir unauffällig sein wollten, war es misslungen. Ich wurde nervös. Ich flüsterte.

»Lass uns weitergehen, die Leute gucken.«

»Das ist mir egal! Ich will nicht, dass du denkst, ich bin eine Diebin.«

»Das denke ich gar nicht, Cesarina!«

»Lügner!«

Sie drehte sich abrupt um und stapfte davon. Ich eilte hinterher, mit den Einkaufsnetzen, die schmerzhaft gegen meine Unterschenkel schlugen.

»Es war ein Geschenk, wenn du es unbedingt wissen willst«, sagte sie.

»Ich habe nicht gefragt.«

»Doch, hast du.«

Sie lief viel zu schnell. Sie atmete so schwer, dass sie kaum sprechen konnte.

»Der Sor Colonnello hat sie mir geschenkt«, keuchte sie.

Eine Weile sagte keiner von uns etwas, und ich hörte nur ihre rasselnde Atmung und das ungleiche Klappern unserer Schritte. Irgendwie hatte ich ein schlechtes Gewissen.

»Schwarzmarkt im Dom«, sagte ich mit gespielter Entrüstung, um die Situation zu entschärfen. »Ts-ts! Nichts ist mehr heilig.«

»Es war nicht im Dom, es war davor«, brummte Cesarina.

»Hast du vergessen, dass Jesus die Händler aus dem Tempel vertrieben hat?«, stichelte ich.

Ihre Mundwinkel zuckten.

»Jesus musste nicht in Kriegszeiten eine vierköpfige Familie ernähren. Und ein fast verhungertes Judenkind.«

Nach einigen Schritten sagte sie noch:

»Und er hatte den Trick mit den Fischen und den Broten, falls mal mehr Leute zum Essen kamen. Den hab ich nicht.«

»Noch nicht«, gluckste ich.

Sobald wir zu Hause waren, rannte ich zur Toilette. Ich musste seit Beginn des Gottesdienstes. Ich war noch nicht fertig, als Cesarina einen furchtbaren Schrei ausstieß.

Ich warf mich aus dem Klo, ohne die Hose zuzuknöpfen. War sie gestürzt? Waren wir aufgeflogen? Waren die Deutschen da?

Sie kam mit tränenüberströmtem Gesicht auf mich zugerannt.

»Die Madonna hat deine Gebete erhört, Popino!«

Meine Gebete? Ich betete seit Monaten nicht mehr. Aber Cesarina ergriff ohne ein weiteres Wort meine Hand, zog mich den kleinen Gang hinauf und schob mich ins Wohnzimmer.

Eine Frau saß mit Nonno und Zia Chiara am Tisch. Von hinten sah ich nur ihren grau melierten Dutt und ihre sehr geraden, mageren Schultern. Sie drehte sich um.

Ich musste mich am Türrahmen festhalten.

»Mamma.«

30

Ich hatte leise gesprochen, als sei sie eine Vision, die eine heftige Bewegung oder ein lautes Geräusch hätte verscheuchen können. Ich bewegte mich nicht, atmete kaum. Denn plötzlich gelang mir, was fast zwei Jahre lang unmöglich gewesen war. Ich konnte meine Mutter sehen.

Ich sah ihre von der libyschen Sonne vergoldeten Wangen, die so gut rochen und so schön zu küssen waren. Ich sah ihre walnussbraunen Augen, die hell glitzerten, wenn sie lachte. Ich sah ihr Haar, das in schweren Wellen über ihrem Nacken lag und herrlich duftete. Ich sah ihren Körper, der jedes Kleid zum Strahlen brachte. Wenn sie lächelte, stahl sie der Sonne ihren Glanz.

Aber es war nur eine Erinnerung.

Vor mir stand eine hagere Frau im Kittelkleid, das an ihren Schultern wie an einem Drahtbügel herunterhing. Tiefe Furchen zerteilten ihr Gesicht von den Nasenflügeln zu den Mundwinkeln. Ihr Haar war stumpf und der Dutt von grauen Fäden durchzogen. Vor mir stand eine Frau, die meine Mutter war, aber nicht mehr wie sie aussah.

In ihrem Blick lag dieselbe Bestürzung. Sie starrte mich an und sah ihren kleinen Jungen nicht mehr.

Sie kam auf mich zu und umarmte mich. Früher hatte sich mein Gesicht in ihrem Busen vergraben, nun konnte ich über ihre Schulter schauen. Ich war fast so groß wie sie. Ich erahnte, fast versteckt vom Geruch nach fremdem Stoff, grober Seife und Staub, einen Hauch von ihrem Duft.

Eine Sekunde lang hoffte ich, dass alles wieder gut werden würde, dass mit Mammas Umarmung alles vergeben und vergessen und die Welt wieder sicher werden würde. Wie damals, als ich ein kleines Kind war. Vor hundert Jahren. Aber das Wunder geschah nicht. In meinen Armen fühlte ich nur Schulterblätter, Rippen, Wirbel.

»Wo warst du?«, fragte ich. Es klang wie eine Anklage.

Sie löste die Umarmung und sah mich an. Sie sah aus, als hätte sie seit Monaten nicht geschlafen.

»In Gefangenschaft.«

»In Gefangenschaft?«

Sie humpelte zu ihrem Stuhl zurück und setzte sich. Erst jetzt bemerkte ich den Gehstock, der an der Lehne hing.

»Ich habe halb Libyen bestochen, um einen Platz auf einem Schiff zu bekommen, als die Front immer näher rückte. Ich habe Tripolis gerade noch rechtzeitig verlassen. Einige Stunden später wurde die Stadt bombardiert und der Hafen zerstört. Aber wir hatten noch vierundzwanzig Stunden Überfahrt vor uns, und das Mittelmeer war mit feindlichen Schiffen und U-Booten gespickt. Ich erinnere mich nur an einen unvorstellbar lauten Knall und an eine Feuerwand. Dann an die Schmerzen, an die eisige Kälte des Wassers und an einen blendenden Lichtkegel.«

Ich beobachtete sie, während sie sprach, studierte ihr Gesicht, ihre Hände, ihren Körper, ihre kleinsten Bewegungen. Und nach und nach erkannte ich sie wieder. An der Art, wie sie die Augenbrauen hob, um die Erzählung zu betonen, oder an ihrer hübschen Geste, die Haare mit der Hand zurückzustreichen, obwohl ihre Haare jetzt in diesem Dutt gefangen waren, der gar nicht zu ihr passte.

»Ein Lazarettschiff hat mich und die wenigen anderen Überlebenden herausgefischt. Mein Bein war zerschmettert. Ich verbrachte Wochen auf diesem Schiff. Als es mir besser ging, wurde ich unter Spionageverdacht nach England gebracht.«

»Spionage? Du?«, fragte Zia Chiara ungläubig.

»Ja, stell dir vor.«

Meine Mutter, die sich für Kunst, Theater und Musik interessierte und Politik zum Gähnen fand, festgenommen als Spionin. Welch grausame Ironie, dass ich genau das vorgetäuscht hatte, um Daniele zu imponieren.

»Sie hatten in meiner Handtasche die ganze Korrespondenz mit Eugenio gefunden«, erzählte sie. »Eugenio war zwar in der faschistischen Regierung nicht so wichtig, wie er vorgab, aber wichtig genug, um mich verdächtig zu machen. Sie haben schnell begriffen, dass ich harmlos war. Ich kam in ein Internierungslager für Zivilisten in Port Erin auf der Isle of Man. Das Lager war viel besser, als ich befürchtet hatte, wir wurden gut behandelt, und es gab genug zu essen. Die meisten Insassen waren Deutsche, vor allem Juden, die vor der Verfolgung in Deutschland geflohen waren. Es gab auch Italienerinnen, deren Familien seit Langem in England lebten, manche seit Generationen. Aber so ist der Krieg.«

Mamma lebte. Eineinhalb Jahre hatte ich die Gedanken an sie verdrängt, weil ich Angst hatte, sie sei tot, und weil ich fürchtete, allein dieser Gedanke hätte die Kraft, sie sterben zu lassen. Und jetzt war sie wieder da.

Wo war die unbändige Freude, die ich hätte empfinden sollen?

»Warum hast du nicht geschrieben?«, griff ich sie an. »Wir wussten nichts von dir. Wir dachten, du wärst tot!«

»Ich habe geschrieben! Dutzende von Briefen.«

»Wir haben keinen einzigen bekommen.«

»Meine Briefe wurden abgefangen. Das wurde mir klar, als ich auch nach Monaten keine Antwort bekam. Vielleicht haben sie mich doch noch verdächtigt.«

»Bist du geflohen?«, fragte Zia Chiara.

»Nein. Das Lager wurde geschlossen, und wir durften nach Hause. Ich habe mich einer kleinen Gruppe von Italienern angeschlossen. Es war eine lange Reise. Wir haben uns bis Portsmouth durchgeschlagen, von wo uns ein Frachtschiff nach Bilbao gebracht hat. Wir waren erst in Güterwaggons, dann zu Fuß unterwegs. In Barcelona haben wir uns endlich nach Italien eingeschifft. Wir sind in Pisa angekommen. Dort wurden wir festgenommen.«

»Wieso?«, fragte ich.

»Die Miliz war misstrauisch, weil wir so lange in England gewesen sind. Pisa ist noch in den Händen der Repubblica Sociale. Ich habe gesagt, dass ich mit Eugenio Cappelli verwandt bin. Das war ein Fehler.« Sie lachte bitter. »Eugenio ist nämlich kein Faschist mehr. Als Mussolini gestürzt wurde, hat er sich Badoglio angeschlossen und ist nach dem Waffenstillstand mit nach Apulien geflüchtet. Er gehört jetzt der Regierung Badoglio an. Für die Repubblica Sociale ist er ein Verräter.«

Eugenio, Mammas Großcousin und Faschist »der ersten Stunde«. Der Mann, der Papà von der Front zurückholen sollte. Der uns alle retten sollte. Was für eine Pleite.

Ich konnte nicht einmal Empörung empfinden. Ich hatte es immer geahnt.

»Wie bist du da rausgekommen?«, fragte Zia Chiara.

»Ein Wärter hat mich nachts rausgelassen«, antwortete Mamma leise, ohne uns anzusehen.

»Einfach so?«, wunderte ich mich.

Sie antwortete nicht und blickte starr auf ihre ineinandergekrallten Hände. Die anderen mieden meinen Blick. Was verschwiegen sie mir?

Cesarina tupfte sich die Augen mit dem Küchentuch ab. Nonno saß bleich und zusammengekrümmt in seinem Sessel. Seine Hände klammerten sich an die Armlehnen wie riesige, blasse Spinnen.

Auch Mamma kauerte erschöpft auf ihrem Stuhl. Sie hatte früher vor Kraft und Gesundheit gestrotzt. Nun sah sie so zerbrechlich aus. So geschwächt. Ich hätte Mitgefühl für ihr Leiden und Bewunderung für ihren Mut empfinden sollen. Aber ich empfand nur Überdruss.

»Es war alles umsonst, oder?«, sagte ich.

Alle Köpfe drehten sich zu mir.

»Was meinst du?«, fragte Mamma.

»Onkel Eugenio, die Rückkehr nach Tripolis, einfach alles. Du hast nichts erreicht.«

»Das stimmt. Aber ich musste es versuchen. Es war für Papà, ich musste …«

»Ihn von der Front zurückholen?«, fiel ich ihr ins Wort. »Dass es unmöglich war, hätte dir jeder sagen können. Hat dir auch jeder gesagt!«

Nonno schaltete sich dazwischen.

»Lorenzo! Was ist das für ein Ton?«

Cesarina legte mir schützend einen Arm um die Schultern. Ich schüttelte ihn ab.

»Wenn man körperlich versehrt ist, muss man nicht an die Front«, sagte Mamma. »Dein Vater hatte das Recht, auf eine andere Weise dem Vaterland zu dienen.«

Ich wusste, dass es stimmte. Ich wusste auch, dass ihm dieses Recht aus politischen Gründen und, noch niederträchtiger, aus Missgunst verwehrt worden war. Aber ich wollte es nicht gelten lassen.

»Papà hat sich für eine Militärkarriere entschieden. Er war Berufsoffizier. Es war seine Pflicht, für das Vaterland zu kämpfen.«

»Du sprichst von ihm, als sei er tot.«

Ihre Augen füllten sich mit Tränen. Wieso bewegte mich das nicht? Wieso fühlte ich nichts außer Zorn?

»Ich musste es versuchen, Lorenzo. Ich musste einfach. Es war meine Pflicht.«

»Deine Pflicht? Und ich? Welchen Platz hatte ich neben deiner Pflicht?«

Sie sah mich bestürzt an. Ich sah ihr an, dass sie sich ungerecht behandelt fühlte.

»Du warst doch hier! In Sicherheit! Bei Menschen, die dich lieben.«

Nonno sah mich mit großen Augen an, als würde er mich nicht mehr erkennen.

»Was ist mit dir los, Junge? Deine Mutter ist wieder da. Du solltest dich freuen!«

Ich stand auf, um in mein Zimmer zu gehen. Ich wollte nur noch schlafen.

»Ja. Wahrscheinlich sollte ich das.«

In den folgenden Tagen hing ich nur herum. Ich war permanent müde. Ich wollte Ruhe. Ich wollte nicht denken. Aber ich war auch nicht viel zu Hause, wo das Denken mich immer wieder einzuholen versuchte. Die Wahrheit war, ich mied meine Mutter.

Mehrere Tage lang hatte sie fast nur geschlafen. Matteo war an einem späten Abend vorbeigekommen, um sie zu untersuchen. Ich fragte mich, ob er durch die Bottini gekommen war.

»Ihre Verletzungen sind gut verheilt«, sagte er. »Sie braucht nur Ruhe und gutes Essen, soweit das möglich ist.«

Auf dem Weg zur Eingangstür sah er mich eindringlich an.

»Ich möchte mit dir sprechen, Lorenzo …«

Ich schnitt ihm unwirsch das Wort ab.

»Ich will aber nicht.«

Ich wusste, was er wollte. Über Sant' Ansano sprechen, mich von meiner Unschuld überzeugen. Wie konnte ich unschuldig sein? Bloß weil ich noch ein Junge war und die Täter erwachsen? Wann würde man endlich aufhören, mich wie ein Kind zu behandeln?

Sie sollten mich in Ruhe lassen.

Mammas Gesicht war etwas glatter geworden, und auch ihre Haare sahen besser aus. Der Friseur hatte sie gefärbt und etwas in Form gebracht. Sie trug wieder ihre Kleidung, die im Schrank auf sie gewartet hatte. Sie sah wieder fast wie sie selbst aus.

Trotzdem ging ich ihr aus dem Weg und versuchte, nie allein mit ihr zu sein. Sie litt sehr darunter, das sah ich ihr an, und suchte immer wieder den Kontakt zu mir. Aber ich konnte die widersprüchlichen Gefühle ihr gegenüber nicht ertragen. Ich hatte gerade noch die Kraft, sie zu verdrängen, und dafür brauchte ich Ruhe.

Eines Abends fing sie mich ab, als ich ins Bett gehen wollte.

»Wo treibst du dich den ganzen Tag herum, Lorenzo? Du bist fast nie zu Hause.«

»Wieso fragst du?«, sagte ich unfreundlich.

»Es sind gefährliche Zeiten, Bambino mio, ich mache mir Sorgen …«

»Jetzt auf einmal?«

Ihre Augen weiteten sich vor Schmerz, aber es tat mir nicht leid. Im Gegenteil, es gab mir ein Gefühl von Befriedigung. Ich ging auf sie zu.

»Nenn mich nicht Bambino.«

Sie rang um Fassung. Ich hörte ein leichtes Zittern in ihrer Stimme, als sie sprach.

»Cesarina darf dich Popino nennen.«

Das störte mich nicht. Sie nannte ja auch Zia Chiara Popina. Aber es war nicht nur das. Cesarina war da gewesen, die ganze Zeit. Zuverlässig und unerschütterlich wie sonst niemand in dieser Familie.

Mamma las meine Gedanken und senkte den Blick.

Natürlich hatte ich ein schlechtes Gewissen. Sie hatte ein Recht auf echte, tiefe Freude meinerseits. Sie hatte das Recht, umarmt und geküsst und gefeiert zu werden. Und ich konnte ihr das nicht bieten. Alles in mir war stumpf.

Deshalb blieb ich stundenlang bei Daniele auf dem Dachboden, dessen heiße, staubige Luft Erinnerungen an sorglose Sommer in Libyen in mir weckte. Wir spielten meist Karten oder Dame. Cesarina hatte beim Saubermachen ein altes Brett gefunden und die fehlenden Steine mit Kronkorken und Knöpfen ersetzt. Oder wir lagen nebeneinander auf der Matratze und lasen die wenigen Bücher, die wir zur Verfügung hatten, *Cuore, Perraults Märchen, Sandokan* und *Das Dschungelbuch*. Es machte uns nichts aus, dass wir sie schon fast auswendig kannten. Es war irgendwie beruhigend, mit den vertrauten Figuren zusammen zu sein und zu wissen, dass es keine Überraschungen geben würde. Unser früheres Lieblingsbuch, *Il Piccolo Alpino*, mochten wir beide nicht mehr lesen. Der Große Krieg war schließlich auch ein Krieg, und davon hatten wir genug.

Daniele zeichnete an dem kleinen Tisch unterm Fenster. Ich mochte es, auf dem Boden zu sitzen und ihm dabei zuzusehen. Seine Zeichnungen bedeckten jeden freien Zentimeter an den Wänden. Ich konnte sie nicht mit nach unten nehmen, wie hätte ich sie erklären sollen? Nur das Bild meiner Eltern hatte ich mitgenommen und versteckt. Ich hatte nicht den Mut, es mir anzusehen. Mamma sah nicht mehr so aus, und Papà …

Oft saß Khalil auf meinem Schoß und ließ sich streicheln. Ich hätte seinem Schnurren stundenlang lauschen können. Unser Kater war ruhiger geworden. Er hatte den Krieg von uns allen am besten überstanden.

»Na, Dickerchen? Mäuse findest du wohl noch genug. Zu schwer zu fangen für Menschen.«

»Schmecken tun sie auch nicht«, sagte Daniele.

Ich sah die anderen nur zu den Mahlzeiten und blieb nach dem Abendessen mit der Familie im Wohnzimmer. Ich erfuhr, was los war, ohne mich an den Gesprächen zu beteiligen.

Der stockende Vormarsch der Alliierten wurde von allen,

auch von meiner Familie, im Radio verfolgt. »Es ist nur noch eine Frage von Tagen« war der Satz, der in Siena seit Wochen am häufigsten ausgesprochen wurde. Welcher Sturm stand uns bevor? Der Volksaufstand, den sich die Kommunisten wünschten? Die Plünderung durch die Deutschen? Die Bomben der Alliierten?

»Es ist merkwürdig«, sagte Zia Chiara, »die Leute haben zwar Angst, aber gleichzeitig sind sie zuversichtlich. Sie haben wohl wenig Fantasie.«

»Das ist es nicht«, erwiderte Cesarina. »Die Heilige Jungfrau hält ihre Hand über uns. Sie hat es schon bewiesen.«

Sie war unerschütterlich davon überzeugt, dass die Madonna die Flugzeuge davon abgehalten hatte, auf die Menge zu schießen und, natürlich, dass sie Mamma zurückgebracht hatte.

Aber die Ruhe, die Siena bis dahin genossen hatte, wurde gestört. Wie ein nahendes Gewitter wurden die Artillerieschüsse in der Ferne jeden Tag lauter. Die Deutschen begannen, Lager und Geschäfte zu plündern. Und der Hass schwelte unter der Oberfläche. Die meisten Faschisten verschwanden aus der Stadt. Auch Beppe Tacconi, Francos Vater, wie ich in der *Bar del Ponte* erfuhr. Die Faschisten, die Siena nicht verlassen hatten, wurden Opfer von Angriffen. Sie wurden geschlagen, manchmal festgenommen. Einige sogar auf offener Straße erschossen.

»Die schmutzige Arbeit wird von Gappisti aus Florenz erledigt«, sagte Zia Chiara bitter. »Aber es sind Leute von hier, die den Auftrag erteilen. Und dahinter steckt viel mehr persönliche Rache als politisches Motiv.«

»Was sind Gappisti?«, fragte Mamma.

»Militante kommunistische Einheiten. Extremisten, gewaltbereit und sehr gefährlich, ich kenne einen von ihnen …«

Sie warf mir einen verstohlenen Blick zu.

Die Tage bei den Partisanen hingen wie ein dunkler, unausgesprochener Schatten zwischen uns.

An einem der letzten Junitage kam Khalil nach seinen nächtlichen Streifzügen nicht zurück. Daniele war sofort beunruhigt.

»Glaubst du, ihm könnte etwas passiert sein?«

»Quatsch. Er ist früher auch mal ein paar Tage lang weg gewesen.«

»Aber in letzter Zeit nicht mehr. Ich habe ein ungutes Gefühl. Ich wollte vorhin aufs Dach, um ihn zu suchen.«

»Sei bloß vorsichtig. Zia Chiara hat erzählt, dass die Deutschen gestern noch ein paar junge Männer verschleppt haben, die für sie die Straßen verminen sollen. Auf Juden sind sie bestimmt auch noch scharf.«

Aber Khalil tauchte auch am nächsten Tag nicht auf. Ich erinnerte mich, dass ich ihn manchmal auf der Piazza Santo Spirito gesehen hatte. An dem Tag, als ich Matteo durch die Bottini gefolgt war, war Khalil sogar im Entrone aufgetaucht.

»Ich suche ihn«, sagte ich.

Auf dem Weg zur Piazza sah ich Franco.

»Franco! Ich dachte, du wärst schon weg.«

Seit unserer Begegnung im Mai hatte ich ihn nicht mehr gesehen. Ich hatte ein schlechtes Gewissen, weil ich nichts mehr getan hatte, um ihn davon abzuhalten, nach Norden zu gehen und seinen hoffnungslosen Krieg zu kämpfen.

»Cassio ist wieder da«, schrie er. »Ich habe ihn gesehen!«

An Cassio hatte ich lange nicht mehr gedacht. Er hatte sich im letzten November bei der Sturmeinheit der Decima MAS freiwillig gemeldet. Franco hatte damals vor Eifersucht fast geweint.

»Stell dir vor, er hat wirklich gekämpft«, sprudelte es aus ihm heraus. »Als Soldat bei der Schlacht von Anzio! Er ist sogar verwundet worden.«

»Schlimm?«, fragte ich. Das Bild der Verwundeten am Bahnhof war mir lebhaft in Erinnerung geblieben.

»Ich glaube nicht, jedenfalls geht es ihm wieder gut. Er ist hier für ein paar Tage auf Urlaub.«

Ich freute mich, dass er noch lebte.

»Wann hast du ihn gesehen?«

»Vor zehn Minuten. Er wollte zu Valeria.«

»Wer ist Valeria?«

»Kennst du sie nicht? Sie wohnt ein paar Häuser weiter. Junge, sie ist richtig heiß! Sie war mit meiner Cousine bei den Giovani Italiane. Gut, dass Ilaria nicht mehr hier ist. Sie war ja auch mächtig scharf auf Cassio.«

Es war, als hätte ich eine Ohrfeige bekommen. Ich Idiot. Hatte ich mir wirklich eingebildet, dass Ilaria mich mögen könnte? Welche Chance hatte ich gegen Cassio? Ich war fast noch ein Kind und langweilig wie weiße Wandfarbe.

»Er kommt heute Abend zur Piazza Santo Spirito, um die alten Kumpel zu sehen«, sprach Franco weiter. »Er möchte auch seine früheren Balilla sehen. Kommst du mit?«

»Klar«, sagte ich. Cassio konnte ja nichts dafür, dass ich doof war. »Hast du vielleicht einen roten Kater gesehen?«

»Nee. Jetzt, wo du fragst – ich habe schon lange keine Katze mehr gesehen.«

Nach dem Abendessen ging ich wie abgesprochen zur Piazza. Mit Franco waren nur vier Jungen gekommen, und von ihnen kannte ich nur Pietro, der einer meiner Kunden gewesen war. Cassio war nicht da.

»Wann wollte er kommen?«, fragte ich.

»Er sollte längst da sein.«

Wir warteten.

»Übrigens«, sagte Franco, »meine Mutter hat eine Katze gesehen.«

»Wo? Wann?«

»Heute Morgen, vorm Laden. Sie wollte etwas zu fressen. Sie hat sie verscheucht.«

»War sie rot?«

»Hat sie nicht gesagt.«

Es musste Khalil sein, es gab sonst keine Katzen in der Nachbarschaft. Er lebte gefährlich, aber immerhin lebte er.

»Vielleicht ist Cassio krank«, meinte Franco besorgt. »Er war ja verwundet.«

»Wahrscheinlich ist er einfach bei seiner Freundin«, sagte ich. Das hoffte ich jedenfalls. Solange er eine Freundin hatte, würde er sich von Ilaria fernhalten.

Um uns die Zeit zu vertreiben, spielten wir Fußball mit einer leeren Konservendose, bis eine alte Frau uns von ihrem Fenster aus wüst ankeifte.

»Ich gehe nach Hause«, sagte Pietro. »Meine Eltern hatten mir eh verboten zu kommen.«

»Wieso denn das?«, fragte Franco.

»Na ja, du weißt schon, Cassio ist halt Faschist.«

»Ja und?«, rief Franco empört aus.

»Mensch, Franco, das ist doch alles vorbei jetzt, mit den Amerikanern, die uns bald befreien, und …«

»Befreien?«, brüllte Franco. »Wovon träumst du nachts? Die werden uns besetzen! Befreien! Paah!«

Er stiefelte wutschäumend davon. Pietro zuckte nur mit den Schultern und ging. Es wurde schon dunkel, und die Sperrstunde begann um halb zehn.

31

Am nächsten Morgen hatte ich gerade die Zeitung für Nonno am Kiosk gekauft, als Franco mit aufgelöstem Gesicht und aufgerissenen Augen auf mich zuschoss. Er machte den Mund auf, versuchte zu sprechen und brach in Tränen aus.

»Was hast du, was ist passiert?«, rief ich erschrocken.

»T-tot! Er ist tot«, raunte er.

»Wer ist tot? Dein Bruder?« Er schüttelte den Kopf. »Wer ist tot? Franco!«

Er heulte auf, drückte die Fäuste gegen die Augen, stampfte mit dem Fuß auf den Boden.

»Deine Scheißfreunde! Sie haben ihn umgebracht! Sie haben ihn verschleppt und …«, er biss sich auf die Faust. »Dreckige Mörder!«

»Von wem sprichst du?« Ich packte ihn an den Schultern. »Wer ist umgebracht worden?«

Er schubste mich so hart von sich weg, dass ich taumelte.

»Cassio«, brüllte er.

»Nein!«

»Sie haben ihn …«

Er fiel auf die Knie und würgte. Ich wollte ihm helfen, aber meine Muskeln wollten sich nicht bewegen. Ich musste mich mehrmals räuspern, meine Stimme war nur ein Krächzen.

»Wer hat das getan?«

Franco hob den Kopf. Zum ersten Mal fiel mir auf, dass ein feiner Flaum seine Oberlippe zu verdunkeln begann. Er verzog den Mund wie ein weinendes Kleinkind, und der Kontrast war so stark, dass etwas in mir brach. Ich fiel ebenfalls auf die Knie und umarmte ihn. Er schüttelte mich grob ab.

»Fass mich nicht an! Es waren deine Freunde!«

»Verdammt, Franco, welche Freunde? Ich habe keine Freunde außer dir und …« Beinahe hätte ich Daniele gesagt.

»Und den Rebellen«, ergänzte er.

»Die Partisanen? Sie sind nicht meine Freunde. Nie und nimmer! Kapier es doch endlich«, schrie ich mit wachsender Verzweiflung. Ich hatte Mühe zu begreifen. »Partisanen haben Cassio getötet?«

Es ergab keinen Sinn. Cassio war nur ein Soldat. Er war nur ein Junge.

Stockend und schluchzend erzählte Franco, was er wusste. Eine Bäuerin hatte Cassios leblosen, geschundenen Körper am frühen Morgen auf einem kleinen Feld hinter dem Friedhof gefunden. Es hatte eine Weile gedauert, bis man ihn identifizierte. Man hatte ihn mit einer Käsereibe gefoltert. Sein Gesicht war bis zur Unkenntlichkeit entstellt.

Seine Freunde, mit denen er zwei Abende zuvor ausgegangen war, berichteten, dass sie von einer Gruppe von erregten jungen Männern angegriffen worden waren, die sich als Partisanen und Mitglieder der Stadtwache bezeichneten. Sie hatten Cassio beschimpft, verprügelt und verschleppt. Bei ihnen war ein erwachsener Mann gewesen, ein Gappista. Cassios Freunde hatten ihn beschrieben.

»Wie sah er aus?«, fragte ich mit einer schrecklichen Vorahnung.

»Klein, kräftig, mit Glatze und einem dicken schwarzen Schnurrbart.«

»Baffo«, hauchte ich voller Entsetzen, bevor ich mich bremsen konnte.

Franco riss die Augen auf. Und kniff sie zu Schlitzen.

»Du kennst sogar seinen Namen! Ich wusste es! Du …« Er hob die Hände und macht die Fäuste auf und zu, auf und zu, immer wieder, in einer Geste, die viel mehr Hilflosigkeit als Aggression ausdrückte. »Du …!«

Er drehte sich um und rannte weg. Sein Schluchzen war länger zu hören als seine Schritte auf den Pflastersteinen.

Cassio war tot. Ich konnte … ich wollte es nicht glauben.

Ich hatte ihn bewundert und vor allem gemocht. Er war ehrlich und aufrichtig. Auch wenn er sich für die falsche Seite entschieden hatte. Oder war es bloß die Seite, die verloren hatte?

Gab es überhaupt einen Unterschied?

Doch, es musste einen Unterschied geben. Aber wenn Cassio auf der falschen Seite gestanden hatte, dann standen seine Mörder auf der richtigen.

Wie konnte etwas so Feiges und Furchtbares wie der Mord an einem Siebzehnjährigen richtig sein?

Warum gab Franco mir die Schuld dafür?

Meine Waden und meine Lungen platzten fast, als ich oben ankam. Aber es tat gut. Ich schlug die Tür auf.

»Mann, musst du mich so erschrecken?«, protestierte Daniele. Dann sah er mich an. »Ist was passiert?«

»Ist Khalil wieder da?«

Sein Gesicht fiel in sich zusammen. »Nein.«

»Scheiße.«

Die Luft war stickig und schwer. Ich riss das Fenster auf und ließ die klare Morgenluft herein. Noch war es kühl, aber man fühlte, dass der Tag Anlauf nahm, um uns mit der geballten Kraft seiner Hitze zu treffen.

»Khalil! Verdammter Kater«, brüllte ich.

Daniele zuckte zusammen. Eigentlich vermieden wir alles, was Aufmerksamkeit auf sein Versteck ziehen konnte.

»Ich war vor Sonnenaufgang auf dem Dach«, sagte er. »Ich habe ihn nicht gefunden.«

»Warst du bei den Balilla?«, fragte ich mit dem Blick auf das warme Rot der Dächer.

»Was? Äh, ja, als ich klein war. Warum?«

»Hat's dir Spaß gemacht?«

»Ja, schon. Alle meine Freunde waren da. Aber nach den Rassengesetzen durfte ich nicht mehr mitmachen.«

Ich ballte die Fäuste. Warum war ich wütend auf ihn? Es war verrückt.

»Mein Übungsleiter ist tot.«

»Oh.«

»Von Partisanen getötet.«

»Warum?«, fragte er bestürzt. Das ärgerte mich noch mehr.

»Warum wohl? Weil er ein dreckiger Faschist war!«

Ich trat gegen den Tisch. Der Bleistift flog in die Ecke, das Papier flatterte auf den Boden.

»Hey! Ich kann nichts dafür«, rief Daniele.

»Nein.«

Ich schnappte mir den vollen Eimer und stürmte hinaus.

Cesarina wollte mir den Eimer abnehmen, aber ich ließ es nicht zu. Ich wollte das machen. Wenigstens das.

Ich musste Wasser aus dem Brunnen ziehen, um ihn sauber zu kriegen. Es gab wieder kein fließendes Wasser in Siena. Und keinen Strom. Und kein Gas. Die Deutschen hatten die Stadtwerke in die Luft gejagt, bevor sie mit dem Rückzug begannen. Aber die körperliche Arbeit tat mir gut. Sie war wenigstens nützlich.

Ich gab Cesarina den sauberen Eimer, setzte mich mit der Zeitung zu Nonno und begann, ihm vorzulesen. Inzwischen gelang es mir, nicht auf den Text zu achten, wenn er mich nicht interessierte. Nach einer Weile legte Nonno eine Hand auf meinen Arm. Dunkelbraune Flecken sprenkelten seinen Handrücken, und die Venen wanden sich wie blaue Schlangen über die Sehnen.

»Es war nicht so, wie wir es euch erzählt haben«, sagte er leise.

»Wie bitte?«

»Es war kein Heldenkrieg. Und ich weiß genau, was da draußen los ist.«

»Ich verstehe dich nicht, Nonno.«

Nonno schrumpfte jeden Tag ein bisschen mehr in sich zusammen. Er nuschelte, wenn er sprach, und sah uns mit milchigen Augen an. Wir wussten nicht, ob er uns nicht verstand oder nicht mehr gut hörte. Oder einfach nicht mehr hören wollte.

»Der Große Krieg. Es war nicht so, wie es in den Büchern steht, und schon gar nicht, wie man es euch erzählt hat.« Er schaute eine Weile schweigend in die Ferne. »Wir waren keine Helden. Wir hatten nur Angst.«

Wusste Nonno von meiner Angst im Straßengraben vor Sant' Ansano, als die Deutschen herandonnerten? Ahnte er, dass ich nicht zum Dorf gelaufen war, um die Menschen zu warnen? Ich hätte nicht alle gerettet, dafür war es zu spät gewesen, aber vielleicht einige? Vielleicht auch nur einen?

»Ich hatte so viel Angst«, krächzte er. »Ich wollte leben, ich hatte Frau und Kinder, die mich brauchten.« Er drückte mein Knie. »Der Große Krieg war nicht groß, Lorenzo, er war ein Gemetzel. Ein fürchterliches, sinnloses Gemetzel. Hätten wir euch das gesagt, hätten wir vielleicht diesen Krieg verhindert. Aber wir waren zu feige.«

Ich aß mit Daniele zu Abend. Ich hatte keine Lust auf Familie. Aber auch der Dachboden war mir zu eng und stickig.

»Lass uns aufs Dach gehen. Hier drin ist es zu heiß.«

Die untergehende Sonne entfachte ein Feuerwerk am Himmel. Siena im satten Rot der Ziegelsteine, auf den Hügeln das staubige Grün der Olivenbäume, das Gold der wogenden Weizenfelder. Die Abendbrise wehte ihren Duft zu uns.

Ich beobachtete die Schwalben, die ihre Sturzflüge in den Schluchten der Straßen übten. In Libyen waren Schwalben Wintervögel, die Kälte und Eis hinter sich gelassen hatten, um sich an der lauen Sonne in Nordafrika zu wärmen. Hier waren ihre schrillen Rufe das Lied des Sommers. Wäre das ferne Donnern der Kanonen nicht gewesen.

In einiger Entfernung wölbte sich eine Staubwolke.

»Da! Da kommen sie«, schrie Daniele. Er ergriff meinen Arm, und ich musste mich beherrschen, ihn nicht zurückzuziehen. »Sie sind fast da! Sie könnten schon morgen da sein. Sind das die Amerikaner oder die Franzosen? Was glaubst du?«

»Schwer zu sagen.«

»Werden sie auf uns schießen?«

»Vielleicht nicht. Ich hoffe nicht.«

»Eigentlich brauche ich mich nicht mehr zu verstecken, oder?«

Ich verstand seine Aufregung. Egal, ob sie schossen oder nicht, die Ankunft der Alliierten würde für ihn eine Befreiung sein.

»Doch. Wenn um Siena gekämpft wird, kann niemand sagen, wie lange es dauern wird«, sagte ich heftiger, als ich wollte. Ich hatte ihm nicht von dem Plan der Partisanen erzählt, über die Bottini in die Stadt einzudringen, um einen Aufstand anzuzetteln. »Solange die Deutschen da sind, werden sie sich jeden Juden schnappen, den sie finden, wäre es auch nur, um sich zu rächen. Vergiss nicht, dass die Tacconis nebenan wohnen.«

Daniele seufzte. Die Sonne war hinter die Hügel gesunken. Es wurde dämmerig und herrlich kühl. Ich schloss die Augen. Wenn ich langsam und leicht atmete, konnte ich die Gedanken auf Abstand halten.

Später gelang mir das nicht mehr. Ich wachte mitten in der Nacht auf und konnte nicht mehr schlafen. Sobald ich die Augen zumachte, überrollte mich eine Flut von Bildern und

Geräuschen. Ich stand auf und wartete, bis sich die Kühle der Fliesen auf meine Fußsohlen übertrug. Ich öffnete die Fensterläden. Die Straßen waren leer, und der fast volle Mond tauchte die Stadt in ein silbernes Licht, das alle Farben in Schattierungen von Weiß und Grau verwandelte. Mein Blick fiel auf zwei winzige, aber leuchtend helle Punkte.

»Da bist du ja«, flüsterte ich.

Ich zog mich in Windeseile an und rannte nach unten, mit den Sandalen in der Hand, um kein Geräusch zu machen. Als ich auf die Straße gelangte, flitzte Khalil in den Entrone der Tacconis.

»Ausgerechnet, du blödes Viech«, grummelte ich.

Ich zog die Sandalen an und folgte ihm. Im blassen Mondlicht sah ich, dass die Tür zum Keller am Ende des Eingangs halb offen war. Der hocherhobene Schwanz des Katers schlüpfte hinein.

Durch diese Tür gelangte man auch zur Vorratskammer. Wenn sie offen stand, war Tacconi wahrscheinlich da unten. Was machte er dort mitten in der Nacht? Ich musste Khalil herausholen, bevor er ihn fand und verwurstete.

Es war stockfinster, das wunderte mich. Meine alten Ängste rührten sich. Ich tastete mich ein paar Meter voran.

»Khalil«, flüsterte ich, »komm her, du dummer Kater.«

Ich erstarrte. Da war doch Licht. Irgendwo in den tieferen Gängen, wo ich mit Franco gewesen war. Es war kaum sichtbar. Und es bewegte sich.

Also doch! Die Partisanen kamen durch die Bottini, um die Deutschen zu vertreiben, um die Stadt einzunehmen. Was würden sie mit mir anstellen, wenn sie mich fanden? Wenn sie mich für einen Faschisten hielten? Panik kroch durch meine kalten Zehen rauf.

Ich hörte ein Geräusch und drehte mich erschrocken um. Ein grelles Licht traf mich voll im Gesicht. Ich taumelte zurück, geblendet und panisch, und stolperte. Der Kater jaulte und sauste davon. In der plötzlichen Helligkeit einer Taschenlampe sah ich, dass er nicht rot, sondern grau getigert war.

»Ich wusste es«, brüllte eine bekannte Stimme. »Dreckiger Verräter! Jetzt habe ich dich auf frischer Tat ertappt. Aber hier kommen keine Rebellen durch!«

»Franco …«

»Schnauze! Wenn mein Vater hier wäre …«

»Franco! Was machst du da?«, rief jemand.

Ich wendete den Kopf. Hinter einer Kerze sah ich die Umrisse eines Mannes, der langsam und schwer hinkend auf uns zukam.

Beppe Tacconi war nicht mehr dick. Seine Kleidung hing schlaff an seinem Körper und war zerknittert und schmutzig. Seine Schultern hingen nach vorne, sein dünnes Haar war zerzaust. Er hatte sich tagelang nicht rasiert.

»Wo warst du die ganze Zeit?«, raunte Franco. Dann fing er sich schnell wieder. »Hast du gesehen? Ich habe Lorenzo gefangen genommen! Er ist ein Rebell.«

Tacconi ging langsam auf ihn zu.

»Halt den Mund, Franco«, sagte er müde.

»Er ist ein Rebell, sag ich dir«, schrie Franco fast hysterisch. »Er wollte die Rebellen durch unseren Keller …«

»Hier sind keine Rebellen.«

»Doch! Lorenzo will sie rein…«

»Schweig!«

Tacconi holte aus und gab ihm eine Ohrfeige, die ihn gegen die Wand schleuderte. Die Taschenlampe fiel auf den Boden und rollte mehrere Meter den Gang hinunter, der Lichtkegel tanzte wild über die Ziegelmauer. Franco hielt sich die Wange und starrte seinen Vater mit aufgerissenem Mund und voller ungläubiger Bestürzung an.

»Es ist vorbei, Franco. Es ist alles vorbei.«

Tacconis Stimme klang unendlich erschöpft.

»Aber … Papà …«

Eine zweite Kerze näherte sich, getragen von einem jungen Mann. Er war dürr wie eine Heuschrecke, und seine Nase wirkte zu groß. Wo sein Gesicht nicht von einem schwarzen, unregelmäßigen Bart überwuchert war, hatte es die Farbe einer Made. Riesige, braune Augen mit kupfernem Glanz nahmen den ganzen Platz unter der Stirn ein.

»Giovanni«, kiekste Franco.

Sein Bruder? Wieso kam er aus den Tiefen des Kellers heraus? War er etwa ein Partisan?

Francos Stimme überschlug sich.

»Wieso bist du nicht an der Front?«

Doch der ausgemergelte junge Mann beachtete ihn nicht. Er starrte mich an. Und da erkannte ich ihn. Der junge Soldat vom Bahnhof. Der aus dem Zug geflohen war, der italienische Soldaten zur Zwangsarbeit nach Deutschland transportieren sollte, als der Bahnhof bombardiert wurde. Er musste nach Hause gelaufen sein, und sein Vater hatte ihn in diesem finsteren Keller versteckt, ein halbes Jahr lang, weil auf seinen sturen Bruder und seinen radikalisierten jüngeren Sohn kein Verlass war.

Das erklärte auch das Licht, das ich gesehen hatte, als ich die Vorratskammer verlassen hatte. Und warum die Tacconis von meinem Raubzug wussten.

Nein, Giovanni sah nicht wie ein Partisan aus und ganz bestimmt nicht wie ein Held. Er wirkte gebrochen. Und das sah, mit wachsendem Entsetzen, auch Franco.

»Du bist desertiert«, flüsterte er.

Und ich sah in seinen Augen, wie seine ganze Welt in Scherben fiel. Er drehte sich auf der Stelle um und rannte nach draußen.

»Zeit, nach Hause zu gehen, Junge«, sagte Tacconi.

Es war nicht klar, ob er mich oder Giovanni meinte.

Als wir uns im Hauseingang trennten, legte mir Tacconi kurz seine knochige Hand auf die Schulter, bevor er seinem Sohn auf die Treppe folgte.

Es dämmerte, als ich auf die Straße trat. Ich atmete mehrmals tief ein und aus, um die Kellerluft aus meinem Körper zu vertreiben.

Nichts hatte Francos Glaube an den Faschismus erschüttern können, nicht der Fall Mussolinis, nicht die Schande des 8. September, nicht die Gräueltaten der RSI, nicht der verlorene Krieg, nicht einmal die Unmenschlichkeit seines Onkels und seines Vaters. Und jetzt hatte die letzte Lichtgestalt seines Weltbilds, sein Bruder, der Held, die Sache verraten.

Aber wenigstens lebte Giovanni, im Gegensatz zu Cassio. Und das tröstete mich ein bisschen, denn ich hatte mich umsonst in den Keller der Tacconis geschlichen.

Der Kater war nicht Khalil gewesen.

Einige rosafarbene Wolkenstreifen zierten den tiefblauen Himmel im Osten, zwei Vögel stritten sich lautstark zwischen den Häusern. Ich wollte mich auf den Weg nach Hause machen, als ich Schritte hörte.

Eine Frau und ein Mädchen kamen mit gesenktem Kopf die Straße herunter. Die Frau stützte das Mädchen, das sich kaum auf den Beinen halten konnte.

»Ilaria!«

Ich blieb vor ihnen stehen, als wäre ich vor eine Wand gelaufen.

»Mein Gott, was ist mit dir passiert?«

Ihre Mutter musterte mich misstrauisch.

»Wer bist du?«

Sie sah Ilaria sehr ähnlich, aber ihr fehlte die Anmut, das Elfenhafte, das Exquisite, das ihre Tochter so außergewöhnlich machte, der Glanz ihrer braunen Haare, der goldene Schimmer ihrer Augen.

Aber Glanz und Schimmer waren verschwunden. Ilarias Haare waren strähnig, ihr Porzellangesicht von Blutergüssen entstellt, ihr linkes Auge dunkelblau und geschwollen, ihr rechtes stumpf wie totes Holz. Sie blinzelte, als sie mich sah, und ihre aufgeplatzten, blutverkrusteten Lippen zitterten.

»Zígolo …«

»Ist das der Guerrini-Balg?«, fragte ihre Mutter.

Ilaria löste sich von ihrem Griff und streckte mir die Hand entgegen. Sie war voller Kratzer und blauer Flecken, und ein Fingernagel war ganz schwarz. Ich nahm sie vorsichtig zwischen meine. Sie war rau und kalt.

»Ilaria …«, flüsterte ich, als meine Stimme den Knoten in meinem Hals überwand. Ich sah ihre Mutter hilfesuchend an. »Wer hat …«

»Die Marokkaner«, fauchte sie. »Diese Halbaffen, die die Franzosen mitgeschleppt haben, um sich an uns zu rächen, ohne sich selbst die Hände schmutzig zu machen.«

Ihre Augen schrien vor Schmerz, Wut und Hilflosigkeit. Sie spuckte auf den Boden.

»Unsere Befreier! Es ist doch das, was ihr wolltet, ihr Guerrini, oder?«

Ich sprang zurück. Wie konnte sie das sagen? Wie konnte jemand so etwas wollen? Wie konnte jemand so etwas tun?

Sie warf mir einen letzten giftigen Blick zu und zerrte ihre Tochter an mir vorbei.

Ich war so schockiert, dass ich lange nur auf den dunklen Hauseingang starren konnte, in dem sie verschwunden waren. Plötzlich rannte ein Mann die Straße hinunter, als sei der Teufel hinter ihm her.

Erst jetzt fiel mir auf, dass etwas anders war. Es war vollkommen still. Keine Granaten, keine Kanonenschüsse, keine Flugzeuge. Sogar die Vögel schwiegen. Und in dieser fast unnatürlichen Stille ertönte ein lautes, dunkles »Bum … Bum … Bum …«, so tief, so gewaltig, dass ich es in Bauch und Brustkorb spürte.

Ich warf mich angsterfüllt gegen die Hauswand. So etwas hatte ich noch nie gehört. War es ein Alarm? Wurde Siena doch angegriffen? Immer mehr Menschen strömten aus den Häusern und rannten schreiend die Straße hinunter, Richtung Altstadt.

Doch auf ihren Gesichtern sah ich keine Angst. Sie lachten, sie strahlten sogar. Ich hielt eine Frau am Arm fest.

»Was ist passiert? Was bedeuteten diese Schläge?«

»Es ist vorbei. Es ist alles vorbei!«

Genau das hatte Beppe Tacconi gesagt, aber diesmal vibrierten diese Worte vor überschwänglicher Freude. Ein Mann rief mir im Vorbeilaufen zu:

»Die Franzosen kommen gerade in die Stadt rein! Die Deutschen sind weg! Für immer! Die Madonna sei gepriesen! Siena wird den 3. Juli 1944 niemals vergessen!«

32

Noch nie war ich die Treppe so schnell hinaufgelaufen. Sekundenlang war ich zu sehr außer Atem, um zu sprechen. Daniele war schon wach, wahrscheinlich von den Schreien und den rätselhaften Schlägen geweckt. Er stand neben seiner Matratze, die Arme um sich geschlungen, die Augen voller Angst.

»Zieh die Schuhe an«, sagte ich mit dem ersten Atem, den ich kontrollieren konnte. »Wir gehen runter.«

»Ich darf… raus?«

»Die Deutschen sind weg. Du bist frei!«

Er bewegte sich nicht. Ich suchte seine Schuhe und drückte sie ihm in die Hand. Er setzte sich auf den Boden und fummelte an den Schnüren herum, als hätte er keine Daumen.

»Beeil dich! Die Alliierten kommen gerade in die Stadt. Das wollen wir nicht verpassen.«

Ich packte seine Hand und zog ihn aus der Dachkammer. Auf der Treppe hielt er sich am Geländer fest wie ein Ertrinkender an einem Rettungsring, als wäre er am liebsten zurück in die Sicherheit seiner Gefängniszelle geflüchtet. Erst auf der Straße, wo sich immer mehr Menschen versammelten, lachten, weinten und sich umarmten, schmolz die Angst in seinem Blick.

»Die Franzosen sind als Erste reingekommen«, rief jemand. »Sie sind auf dem Weg zur Piazza del Campo!«

»Komm, da gehen wir auch hin.«

Ich begann zu rennen. Alle wollten es sehen, alle wollten dabei sein. Aber nach wenigen Metern blieb Daniele stehen.

Nach acht Monaten in diesem winzigen Raum waren seine Schritte unregelmäßig und tollpatschig wie die eines Kleinkinds.

»Ich kann nicht so schnell«, keuchte er, rot im Gesicht.

Ein Junge, vielleicht sechzehn Jahre alt, fuhr mit einem klapprigen Fahrrad heran. Ich hielt ihn auf.

»Bitte, mein Bruder hat einen Hinkefuß. Kannst du ihn auf deinen Gepäckträger nehmen?«

An jedem anderen Tag hätte er zwei Rotznasen wie uns in die Wüste geschickt. Aber es war ein Festtag. Es war der schönste Tag seit vier Jahren. Es war der schönste Tag aller Zeiten. Er grinste von Ohr zu Ohr.

»Kommt, ihr Mücken, ich nehme euch beide mit.«

Er nahm Daniele, der kleiner und dünner war, vorne auf die Stange, und ich setzte mich auf den Gepäckträger. Lachend und grölend eierten wir über die unregelmäßigen Steinplatten.

Die französischen Truppen waren durch die Porta San Marco in die Stadt gelangt und erreichten die Piazza del Campo über die Via di Città. Die Menschen machten ihnen Platz, klatschten und schwenkten italienische Fahnen. Zuerst kamen die Infanteriesoldaten, dann die Jeeps, die mit Soldaten beladenen Laster und zum Schluss die Panzer.

»Sie sehen nicht sehr französisch aus«, meinte Daniele, als die ersten Soldaten an uns vorbeimarschierten.

Manche waren schwarz wie Bitterschokolade. Die anderen hatten dunkle Haut und tiefschwarze Haare und Augen. Sie sahen vertraut aus.

Der Junge mit dem Fahrrad lachte.

»Das sind die Soldaten aus Afrika! Sie werden immer vorgeschickt, um die Kugeln abzukriegen. Die Franzosen kommen danach.«

Einen Sommer vor meiner Abreise hatte uns Hakim zu sich eingeladen. Papà, Mamma und mich. Papà nahm sofort an, mit echter Freude. Zwei Tage später hieß er uns in seiner Hütte im Viertel der libyschen Hilfssoldaten willkommen. Es war dämmrig und angenehm kühl. Wir setzten uns auf den Teppich aus rauer Wolle. Mit einer fließenden Bewegung, in der er die Kupferkanne immer höher hob, goss Hakim den Tee in kleine schlanke Gläser. Er nahm eine Handvoll Erdnüsse, brach sie aus der Schale, rieb die feine rote Haut zwischen den Handflächen ab und ließ sie in die Gläser fallen.

Seine Frau Aischa saß abseits, am anderen Ende des Raums, neben einer Holzkiste mit verblassten Papieretiketten von Barilla. Darin schlief ihre Tochter. Aischa war von oben bis unten in ihr helles Gewand gehüllt, wie es sich gehörte, wenn ein fremder Mann zu Besuch kam. Man sah nur einen Teil ihres Gesichts und die Augen. Hakim hob den Kopf, sah sie an und machte mit der Hand eine Bewegung vor seinem Gesicht. Aischa blinzelte. Dann nahm sie den Schleier herunter, entblößte ihr Gesicht, und ihre dicht gelockten schwarzen Haare ergossen sich auf ihre Schulter.

Papàs Blick wusste nicht mehr wohin. Denn Hakim hätte ihm keine größere Ehre erweisen können, als ihm seine entschleierte Frau zu zeigen. Es war mehr als Hochachtung. Es war ein Zeichen von absolutem Vertrauen und tiefer Zuneigung.

Hakim hätte sich vor Papà gestellt, um ihn vor den feindlichen Kugeln zu schützen. Niemand hätte ihn dazu zwingen müssen.

Neben mir schrie eine schockierte alte Frau.

»Sie brechen die Colonnini ab!«

Tatsächlich schlugen die Soldaten die acht Säulchen aus Kalkstein oberhalb der Costarella ab, damit die Fahrzeuge bis zum Rathaus fahren konnten. Aber außer ihr störte sich niemand daran. Heute durften die Befreier alles. Wir folgten ihnen, und die Piazza del Campo füllte sich mit Menschen.

»Schau mal, da oben«, sagte Daniele.

Auf der Torre del Mangia wehte die französische Fahne. In diesem Augenblick erklang wieder das tiefe Schlagen.

»Der Campanone! Der Campanone läutet«, wurde gerufen.

Das war es also. Die enorme Glocke an der Spitze des Torre del Mangia, die während des ganzen Kriegs geschwiegen hatte. Nun läutete sie zur Befreiung.

»Die Amerikaner«, schrie jemand.

Von begeisterten Rufen begleitet, fuhren von der anderen Seite der Piazza die amerikanischen Jeeps heran. Die Leute schwenkten die Arme, als wollten sie sich die Schultern auskugeln, die Mädchen warfen Küsschen mit beiden Händen. Immer mehr Fahnen wurden über den Köpfen geschwungen, die italienische Tricolore, aber auch die bunten Banner und Standarten der Contrade, während deren Trommeln die Luft mit Wirbeln füllten.

Plötzlich ging eine Welle durch die versammelte Menge, und von allen Seiten kamen enthusiastische Zurufe:

»Bravo! Evviva! Hurra! Grazie!«

Ein französischer Jeep fuhr auf den Platz. Auf dem Beifahrersitz saß ein älterer Herr mit rundem Gesicht, schlohweißen Haaren und Oberlippenbart. Ein General, wie an den Schulterklappen zu erkennen war. Die Menschen klatschten Beifall und warfen ihm Blumen zu.

»Wer ist das?«, fragte ich.

»Das ist der General de Monsabert«, sagte ein Mann in einem Ton, den ich sonst nur gehört hatte, wenn die Rede vom Papst war. Oder von Mussolini. »Ihm haben wir es zu verdanken, dass Siena nicht zerstört wurde.«

Daniele lehnte sich an mich. Er war blass und still geworden.

»Geht's dir gut?«, fragte ich.

»Bin ein bisschen müde.«

»Lass uns nach Hause gehen. Cesarina sucht uns bestimmt schon.«

Es war nicht einfach. Ganz Siena war auf den Beinen, und

über die Via Pantaneto strömten immer mehr amerikanische Jeeps und Soldaten, die durch die Porta Romana hereingekommen waren. Auch die Amerikaner brachten uns zum Staunen, und das nicht nur, weil so viele von ihnen schwarz waren.

»Hast du gesehen, wie groß sie sind?«, staunte Daniele.

»Hast du gesehen, wie weiß ihre Zähne sind?«, sagte ich.

»Und sie haben richtige Wangen!«

Sie sahen so gesund aus. So wohlgenährt! Sie schienen einen so überschwänglichen Empfang nicht erwartet zu haben und verteilten grinsend kleine Geschenke an die Kinder. Ein riesiger schwarzer Soldat drückte Daniele ein in braunes Papier gewickeltes Päckchen in die Hand. Er wollte auch mir eines geben, aber ich machte einen Schritt zurück. Plötzlich schämte ich mich. Ich war nicht sicher, warum.

»Was heißt Hershey?«, fragte Daniele.

Ich zuckte mit den Schultern. Er wickelte es auf.

»Schokolade«, schrie er entzückt. Er biss ein großes Stück ab und stöhnte vor Wonne. Er streckte sie mir entgegen. »Willft du auch ein Ftück?«

Ich schüttelte den Kopf. Ich dachte an den Tag, als die Deutschen in Siena eingezogen waren und den wenigen anwesenden Kindern Bonbons gegeben hatten. An die zwei netten Offiziere, die Danieles Bilder gekauft hatten. Die wahrscheinlich wie Barbaren bei Racheaktionen wie in Sant' Ansano gewütet hatten.

Diese freundlichen Amerikaner hatten Rom und viele andere Städte bombardiert, Siena nur aus Versehen verfehlt und von ihren Flugzeugen aus die Bauern auf den Feldern erschossen. Sie hatten kleine Bomben als Spielzeug getarnt, um Kinder zu töten, ich hatte es selbst gesehen. Ja, sie hatten die Deutschen vertrieben, Daniele und Matteo befreit und in Siena den Krieg beendet. Ich war ihnen genauso dankbar wie alle um mich herum.

Aber ihre Schokolade wollte ich nicht annehmen.

»Komisch, es fällt mir jetzt erst ein«, sagte ich, mehr zu mir selbst, während wir die Via Pantaneto entlangliefen.

»Was denn?«

»Heute ist der 3. Juli.«

»Und?«

»Ich habe Geburtstag. Ich bin heute vierzehn.«

Wie sehr hatte ich noch vor einem Jahr diesem Tag entgegengefiebert. Endlich Avanguardista sein, bei den Übungen mit einem richtigen Gewehr schießen, fast wie ein Soldat. Es kam mir jetzt so haarsträubend vor, so kindisch. So unmenschlich.

Daniele blieb stehen und gab mir die Hand. Sie war schmierig und klebrig.

»Herzlichen Glückwunsch! Schade, ich habe die ganze Schokolade aufgefuttert. Ich habe kein Geschenk für dich.«

»Nicht schlimm«, sagte ich und rieb mir die Hand an der ohnehin schmutzigen Hose.

»Ist das Cesarina?«, fragte Daniele, als wir fünfzig Meter von unserem Haus entfernt waren.

Sie stand vor dem Tor und blickte wild um sich. Daniele winkte. Cesarina stieß einen spitzen Schrei aus und trabte uns entgegen, so schnell es ging, ohne die Schlappen zu verlieren.

»Popino! Cittino! Der Madonna sei Dank! Ihr seid da!«

Sie kam auf mich zu und breitete die Arme aus, aber ich wich zurück. Daniele warf sich an ihre Brust. Ich spürte einen Stich von Eifersucht und verstand mich selbst nicht mehr.

»Wo wart ihr denn?«, fragte sie mit erstickter Stimme.

»Hast du denn nichts mitgekriegt? Die Amerikaner sind da!«

»Ja, ich weiß, aber es ging auf einmal so schnell, und die Dachbodentür war offen, und ihr wart beide weg, und …« Sie trocknete ihre Augen und schob uns rein. »Kommt schnell nach oben, Kinder. Zia Chiara ist weg, sie war auf dem Weg ins Krankenhaus, als der Campanone geläutet hat. Aber deine Mutter weiß noch von nichts, Lorenzo.«

Die Wohnungstür stand offen, als wir oben ankamen.

»Du musst wirklich aufgeregt gewesen sein, du hast sogar die Tür aufgelassen«, sagte ich. Sie schloss sonst immer ab, sogar wenn sie nur auf die Terrasse ging, um Wäsche aufzuhängen.

»Nein, ich habe zugemacht, auch oben«, rief sie alarmiert. »Ganz bestimmt. Oddio! Die Tacconi. Luisa!«

Sie rannte in die Wohnung.

Daniele blieb vor der Tür stehen. Er sah mit offenem Mund in den düsteren Eingang hinein, als wäre es der Zugang zu einem Palast, den er nicht betreten durfte. Oder zu einem neuen Gefängnis. Man sah ihm an, dass er noch nicht an seine Freiheit glaubte. Er machte einen Schritt zurück und schaute hinauf zu seinem Dachboden.

»Ich glaube, sie ist da oben.«

Die Tür zum Dachboden war in der Tat offen. Ohne auf Daniele zu warten, lief ich die Treppe hinauf und trat ein. Mamma stand vor dem Fenster, an den kleinen Tisch gelehnt, mit einer Zeichnung von Daniele in der Hand. Sie erschrak, als ich hereinplatzte.

»Hier hast du also diese vielen Stunden verbracht«, sagte sie mit einem traurigen Lächeln. »In deinem geheimen Versteck.«

»Es ist nicht mein Versteck.«

Ich hörte Danieles Schritte hinter mir und machte einen Schritt zur Seite. »Es war Danieles Versteck«, sagte ich.

Mammas Lächeln stockte. Ihr Blick pendelte mehrmals zwischen uns hin und her, wanderte zu den Zeichnungen auf dem Tisch und an den Wänden, zur Matratze, blieb eine Weile am stinkenden Eimer hängen und kam langsam wieder zu uns zurück.

Ihre Augen wurden groß wie Scheinwerfer, als sie begriff, was das alles bedeutete.

Daniele hatte seine gute Erziehung nicht vergessen. Er ging mit ausgestreckter Hand auf Mamma zu und führte den gleichen perfekten Diener aus, mit dem er bei seinem ersten Besuch Cesarina im Sturm erobert hatte.

»Guten Tag, Signora Guerrini. Ich heiße Daniele Neri.«

Mamma nahm seine Hand und bewegte die Lippen, ohne einen Ton herauszubringen.

»Daniele ist Jude«, sagte ich.

Der Ton geriet aggressiver, als ich wollte. Mamma sah uns lange an. Dann schweifte ihr Blick wieder durch die winzige Kammer.

»Wie lange habt ihr ihn hier versteckt?«, fragte sie fast stimmlos.

»Acht Monate.«

»Aber … Chiara hat mir nichts gesagt …«

»Zia Chiara weiß es nicht.«

»Lorenzo hat mich versteckt, Signora Guerrini«, sagte Daniele.

»Und … deine Familie? Wo sind deine Eltern?«

»Ich weiß es nicht. Die Deutschen haben sie mitgenommen.«

Plötzlich warf er mir den Arm um die Schultern und drückte mich an sich.

»Lorenzo hat mich vor den Deutschen und den Faschisten gerettet und versteckt. Acht Monate lang. 293 Tage. Ich habe sie gezählt. Er hat mir Essen gebracht und, als es kalt wurde, Kleidung und Decken. Ohne ihn wäre ich tot.«

Ich starrte auf den Boden. So gesagt, hörte es sich wie eine Heldentat an, aber das war es nicht gewesen. Er wusste nicht, wie oft ich ihn sogar zum Teufel gewünscht hatte.

»Ist das wahr, Lorenzo?«, fragte Mamma.

Ich antwortete nicht.

»Jetzt wird mir vieles klar«, sagte sie.

Sie kam auf mich zu, aber ich hatte nur Augen für die

schmutzigen Zehen, die aus meinen zu kleinen Sandalen herausguckten. Ihre Finger strichen über meine Haare, so leicht, dass es kaum eine Berührung war.

»Es muss hart gewesen sein«, flüsterte sie.

Als sie mich an ihre Brust zog, ließ ich es geschehen. Sie fühlte sich nicht mehr wie ein Gerippe an. Ihr Duft war wieder da. Ich schloss die Augen und atmete ihn ein. Ich spürte ihre Wange an meiner. Sie flüsterte, sodass nur ich es hören konnte.

»Manchmal war es dir einfach zu viel.«

Ich brauchte nicht zu antworten. Meine Arme schlossen sich um sie.

33

Es gab viel zu feiern.

Natürlich die Befreiung von den Deutschen und den Faschisten. Die Partisanen hatten doch nicht versucht, die Stadt über die Bottini einzunehmen. Die gemäßigten Gruppen hatten das Projekt abgelehnt und verhindert. Im Norden tobte der Krieg weiter, aber hier in Siena war er zu Ende. Manche, wie der Erzbischof, waren der Meinung, dass die Befreier in erster Linie Besatzer seien, aber keiner hörte auf sie. In der Stadt herrschte Festtagsstimmung. Die Mädchen machten sich wieder schön und liefen Arm in Arm mit den Befreiern, am liebsten mit den Schwarzen. Die Soldaten, als Helden gefeiert und mit Geschenken überschüttet, revanchierten sich gern mit fast vergessenen oder unbekannten Köstlichkeiten wie Schokolade, Corned Beef und Kaugummi. Daniele war verrückt nach Kaugummi.

»Ich habe so wenig zu kauen gehabt in den letzten Monaten«, nuschelte er mit ewig vollem Mund, »ich muss nachholen.«

Die Juden waren wieder Italiener. Das war für Daniele und Matteo, aber auch für mich die wichtigste, die wahre Befreiung. Nach und nach erfuhren wir, dass nicht alle Juden Sienas verschleppt worden oder ins Ausland geflüchtet waren. Einige waren noch da und hatten überlebt, weil viele Menschen, oft Pfarrer und Nonnen, aber auch ganz normale Bürger von Siena, sie versteckt hatten.

»Wir müssen meine Großtante Teresa finden! Meine Eltern sind bei ihr, ich spüre es«, freute sich Daniele.

Matteo warf mir einen kurzen, fragenden Blick zu. Meine

Bestürzung muss offensichtlich gewesen sein. Er verstand sofort. Sag's ihm, befahlen mir seine Augen.

Ich wollte nicht. Ich wollte nicht derjenige sein, der ihm die Hoffnung stahl. Du kannst es nicht mehr für dich behalten, sagte Matteos Blick. Er hat das Recht zu wissen. Ich hatte nicht die Kraft, ihn anzusehen.

»Es gibt etwas, das ich dir sagen muss«, flüsterte ich. »Ich hatte Angst, du gibst auf, wenn du es hörst.«

Ich sagte ihm, was ich vom Gespenst erfahren hatte.

»Ich habe es die ganze Zeit gewusst«, sagte Daniele heiser.

Endlich schaltete sich Matteo ein.

»Das heißt noch lange nicht, dass sie tot sind. Viele Tausende von Juden sind nach Deutschland deportiert worden. Ich habe gehört, dass sie in großen Lagern festgehalten werden. Die Deutschen können sie nicht alle töten. Sie werden erst zurückkehren können, wenn der Krieg auch in Deutschland zu Ende ist. Hab Geduld und verlier nicht den Mut.«

So klammerte sich Daniele wieder an eine unsichere Hoffnung. Ihm blieb nichts anderes übrig.

Matteo bekam seine Stelle im Krankenhaus wieder, als wäre nie etwas geschehen. Niemand entschuldigte sich, niemand verlor auch nur ein Wort darüber. Gute Ärzte waren Mangelware. Aber seine Wohnung war weg, sie war an eine Flüchtlingsfamilie weitervermietet worden. Nonno löste das Problem.

»Sie sind unser Gast, Dottor Castelli, so lange Sie es wünschen.«

Zia Chiara war glücklich, wie ich sie schon lange nicht mehr gesehen hatte.

Inzwischen hatte ich erfahren, was Zia Chiara getan hatte, wenn sie weder zu Hause noch im Krankenhaus war. Sie unterrichtete jüdische Kinder, die sich überall in der Provinz versteckten. Unter anderem die kleine Anna. Sie war bei ihr gewesen, als Cesarina die schwere Entzündung an der Hand hatte.

Wir hatten auch als Familie Grund zum Feiern. Mammas Rückkehr natürlich. Aber es gab noch etwas. Und es war ausgerechnet Signora Tacconi, die es uns vermittelte.

Sie rief mich wenige Tage nach der Befreiung zu sich, als ich die Zeitung holte. Sie hatte gerade geöffnet, noch war keine Kundschaft da. Als ich den Laden betrat, schüttelte ich ungläubig und angewidert den Kopf, obwohl ich es auch in anderen Lebensmittelläden beobachtet hatte. Die Regale und Vitrinen boten wieder Käse, Schinken, Wurst, Öl, Oliven, Wein an. Nicht viel, aber mehr als die gähnende Leere der vergangenen Wochen. Auf wundersame Weise waren eine Woche nach Ankunft der Alliierten in den Läden der Stadt die Waren wieder aufgetaucht. Für horrende Preise.

Ich grüßte Signora Tacconi nicht. Ich sah sie herausfordernd an.

»Ilaria und ihre Mutter sind weg«, sagte sie.

Der Boden schwankte unter meinen Füßen, und ich verlor die Kontrolle über mein Gesicht.

»Wann?«

»Gestern. Ilaria hätte sich gern persönlich von dir verabschiedet. Sie hat mich gebeten, es dir zu sagen.«

Und das war noch nicht alles. Cassio war nicht das einzige Opfer der Wirren der letzten Kriegstage. Während die wenigen verbliebenen Deutschen die Geschäfte der Innenstadt plünderten, wurden Dutzende von ehemaligen Faschisten verprügelt, vertrieben, festgenommen und eingesperrt. Fünf Männer wurden auf offener Straße exekutiert. Einer von ihnen war Ugo Tacconi, Ilarias Vater.

»Wo sind sie jetzt hin?«, fragte ich. »Und Franco?«

Signora Tacconi verschränkte die Arme und verschloss das Gesicht und gab mir damit zu verstehen, dass es mich nichts anging. Ich drehte mich um, um auf die Straße zu treten.

»Warte!« Widerwillig blieb ich stehen. Sie zog einen braunen Umschlag unter dem Ladentisch hervor. »Meine Schwägerin hat das unter den Sachen ihres Mannes gefunden. Ich habe versprochen, sie dir zurückzugeben.«

Ich schnappte mir den Umschlag und stürmte hinaus.

»Ich wusste nichts davon! Wirklich«, rief sie mir hinterher.

Das glaube ich dir niemals, du Schlange, dachte ich, während ich wegrannte. Erst in unserem Entrone wagte ich, den Inhalt herauszunehmen.

Es waren Mammas Briefe.

Nicht viele, nur die, die von den englischen Behörden durchgelassen wurden, als Mamma nicht mehr unter Spionageverdacht stand. Aber Ugo Tacconi hatte sie alle abgefangen. Und geöffnet. Vielleicht hoffte er, etwas zu erfahren, was uns verraten würde, etwas, womit er Zia Chiara endlich einsperren und foltern konnte. Er hatte uns monatelang glauben lassen, dass Mamma tot war. Vielleicht wollte er uns einfach nur wehtun. Mein Blick trübte sich vor Zorn und Hass.

»Für etwas bist du doch gut gewesen, Baffo. Denn wenn du ihn nicht getötet hättest, würde ich es jetzt tun.«

Ein kleiner Umschlag rutschte zwischen zwei Briefen heraus und fiel zu Boden. Ich hob ihn auf und erkannte eine andere Handschrift. Eine Sturmbö fegte meinen Kopf leer.

Es war ein Brief von Papà.

Sogar diesen Brief hatte uns Tacconi vorenthalten.

Meine Hände zitterten so sehr, dass ich Mühe hatte, ihn aus dem Umschlag zu ziehen und auseinanderzufalten. Die Schrift war schwer zu lesen, krakelig und schwach. Mein Gehirn verweigerte sich, ich musste ihn mehrmals lesen, um den Inhalt zu erfassen.

Nach der Schlacht bei El Alamein war Papà schwer verletzt in ein französisches Gefangenenlager geraten, wo er nur notdürftig behandelt wurde. Er konnte monatelang kein Lebenszeichen von sich geben, denn den italienischen Gefangenen war es verboten, nach Hause zu schreiben. Aus Rache für Mussolinis Angriff auf Frankreich. Er war aber endlich in ein englisches Lager verlegt worden, wo er medizinisch besser versorgt wurde und die Erlaubnis bekam zu schreiben. Es ging ihm wieder besser. Er dachte jede Minute an uns und hoffte, bald nach Hause kommen zu können.

Matteo hatte doch recht gehabt. Papà lebte. Ich legte den Brief auf meine Knie und starrte auf die Ziegelsteinwand. Es war so schwer, so verzehrend gewesen, die Hoffnung aufrechtzuerhalten, dass ich mit der Zeit gelernt hatte, nicht mehr an ihn zu denken. Nun durfte ich seinen Platz in meinen Gedanken freiräumen. Doch ich wusste nicht wie.

Meine Familie schrie und lachte und weinte vor Glück. Cesarina schluchzte stundenlang. Danach zerrte sie Mamma und mich zur Kirche von Santo Spirito und befahl uns, vor dem Gemälde der Krönung der Jungfrau Maria zu knien und zu beten. Es war für sie sonnenklar, wem wir dieses Wunder zu verdanken hatten.

»Ich erkenne meine Familie kaum wieder«, sagte ich zu Daniele. »Alle lächeln ununterbrochen.«

Und doch hatte ich Mühe, mich als ein Teil dieser wunderbaren Ereignisse zu fühlen. Seit ich Ilaria in dem erschreckenden Zustand gesehen hatte, war es, als würde ich Siena, meine Freunde und meine Familie durch ein leicht beschlagenes Fenster erleben.

»Was ist mit ihr passiert?«, fragte mich Daniele, als ich ihm von der Begegnung mit ihr erzählte.

»Ihre Mutter sagte, sie wurde von marokkanischen Soldaten verprügelt.«

»Verprügelt? Wieso verprügeln Soldaten ein Mädchen? War sie eine Partisanin?«

»Quatsch! Natürlich nicht. Ich verstehe es auch nicht.«

Das war das Problem. Obwohl ich nichts für ihr Unglück konnte, fühlte ich mich irgendwie schuldig. Weil ich es nicht verstand. Weil es etwas gab, das wichtig war und ich nicht zu fassen bekam.

Das Festessen war Cesarinas Idee, sie ließ keine Diskussion zu. Es fand am darauffolgenden Sonntag statt, damit alle dabei sein konnten, denn inzwischen arbeitete auch Mamma im Krankenhaus als Crocerossina. Daniele und ich deckten den Tisch mit der bestickten Tischdecke von Uroma und dem guten Geschirr. Dass ein Teller am Rand stark angeschlagen war, erwähnte Cesarina mit keinem Wort. Es war der Teller, den ich Daniele gegeben hatte. Die kleinen Absplitterungen hatten ihn nur veredelt.

Matteo brachte jeder Frau eine Rose: rosafarbene für Mamma und Cesarina und eine rote für Zia Chiara. Sie schlug die Augen nieder, und ihre Sommersprossen wurden um einen ganzen Ton dunkler. Die Geste war so untypisch für sie, dass ich sie anstarrte, bis sie meinen Blick böse erwiderte. Nonno kicherte.

Papàs Brief lag auf dem Kaminsims, in seiner Reichweite. Mehrmals am Tag nahm er ihn in die Hand und strich ihn mit leicht zitternden Fingern glatt. Nonno wurde nicht müde, ihn zu lesen. Er wirkte wie eine trockene Pflanze, der man endlich Wasser gegeben hat. Seine Augen gewannen ihren Glanz zurück, er sprach, er machte Witzchen, über die er selbst vergnügt gluckste, er hörte sogar wieder besser.

Cesarina zauberte uns eine Minestrone, einen Schmorbraten aus einem nicht näher definierbaren, zähen Fleischbrocken, Rosmarinkartoffeln und einen Tomatensalat aus den Tomaten, die sie auf dem Terrazzino gezogen hatte. Alle lachten, als Daniele von unserem Geschäft mit den Hausaufgaben erzählte. Nonno, der neben mir saß, berührte meine Hand.

»Du sagst gar nichts, Lorenzo.«

»Ich höre euch zu.«

Ich fühlte mich wie ein Zuschauer.

Cesarina sah uns mit feuchten Augen an.

»Meine Popini! Ich danke jeden Abend in meinen Gebeten der Jungfrau Maria für Danieles Rettung!«

»Cesarina, Daniele ist Jude, hast du das vergessen?«, sagte ich.

Cesarina stemmte die Fäuste mit heiliger Empörung in die Seiten.

»Und? Die Madonna liebt alle Kinder, auch die Juden!«

»Klar, sie war ja auch selbst Jüdin.«

Cesarina rammte mir einen sehr harten Zeigefinger gegen das Brustbein.

»Den Quatsch deiner Tante will ich aus deinem Mund nicht hören. Das ist Blasphemie!«

Nach dem Essen nahmen wir eine Familientradition wieder auf, die ich nicht kannte, weil sie seit Anfang des Krieges eingestellt worden war: Wir gingen alle zusammen zum *Café Nannini* nahe der Piazza del Campo. Die Erwachsenen konnten endlich einen richtigen Espresso aus echtem Kaffee trinken. Daniele und ich bekamen ein Ricciarello und ein dunkles, stark sprudelndes Getränk mit dem albernen Namen Coca-Cola. Es schmeckte merkwürdig. Aber Daniele fand es toll.

Wir waren auf dem Weg nach Hause, als wir plötzlich Grölen und Lachen hörten. Ein Junge eilte auf den Lärm zu.

»Was passiert da?«, fragte ich.

Er blieb nicht stehen und rief im Vorbeilaufen:

»Eine Deutschhure wird geschoren! Das wird ein Mordsspaß!«

In einer schmalen Seitengasse hatten sich viele Menschen um einen groben Küchentisch versammelt. Auf dem Tisch stand ein Stuhl, und auf dem Stuhl saß eine junge Frau. Ein Mann hielt sie fest. Ein zweiter schnitt ihr mit einer Küchenschere die Haare ab. Er schnitt so nah am Kopf, dass die Haut an mehreren Stellen blutete. Die Schere war stumpf, es war mehr ein Reißen als ein Schneiden. Mit jeder Strähne, die durch die Luft flog, grölte und jauchzte die Menge, deren Gesichter von Hohn und Hass verzerrte Fratzen waren. Es war wie ein mittelalterliches Gemälde der Hölle.

Die junge Frau schaute mit versteinertem Gesicht in den Himmel, und ihr Blick war trocken wie Borke. Ich hatte diesen Blick schon einmal gesehen. Bei Ilaria.

Matteo packte uns an den Armen und zerrte uns weg.

Während er mich vor sich herschubste, fragte ich mich, wie viele von diesen selbst ernannten Rächern mit hochgestrecktem Arm in der Menge gejubelt hatten, als Mussolini den Kriegsbeitritt erklärt hatte. Und wie viele von ihnen einen Lebensmittelladen hatten, der wie durch Zauberhand wieder gefüllt war. Und ich dachte an die vielen Mädchen, die mit amerikanischen Soldaten spazierten, stolz wie die Hennen.

Am 14. Juli fand die große Feier der Befreiung statt. Das hatten die Franzosen bestimmt, die Siena als Erste besetzt hatten, denn dieser Tag war ihr Nationalfeiertag.

Daniele, Matteo, Zia Chiara und ich drängten uns zusammen mit Tausenden anderen zur Piazza del Campo. Die Alliierten zogen mit ihren Panzern und Fahrzeugen auf den Platz und stellten sich oberhalb des riesigen aufgemalten Roten Kreuzes auf. Die Zuschauer quetschten sich am Rand des Platzes und an den Fenstern und Balkonen. Matteo zeigte uns General Alexander bei den Engländern, General Clark bei den US-Truppen und den französischen General Juin, dem, wie ich gehört hatte, der Durchbruch in Montecassino gelungen war. Hinter den Soldaten paradierten die siebzehn Contrade der Stadt in ihren schillernden Kostümen, trommelnd und fahnenschwenkend.

Aber ich hatte nur Augen für die Goumiers, wie die nordafrikanischen Soldaten der französischen Armee genannt wurden. Die meisten hatten einen Turban um den Kopf gewickelt. Einer von ihnen führte einen Widder an der Leine neben sich her, ein großes Tier mit bodenlangem Fell und langen, nach außen gebogenen Hörnern. Er war ihr Maskottchen. Manche waren in Uniform, aber viele trugen zerschlissene, längs gestreifte Djellabas. Sie sahen vertraut aus. Gesichter, mit denen ich aufgewachsen war. Ich dachte an Ilaria, an ihr geschundenes Gesicht, an das Grauen in ihrem Blick. »Die Marokkaner!«, hatte ihre Mutter auf meine Frage geschrien, wer das getan habe. Auch Zia Chiara und Cesarina hatte schlimme Dinge über die marokkanischen Truppen angedeutet. Konnte das wahr sein?

Ich starrte plötzlich auf das kupferfarbene Gesicht eines jungen, dürren Mannes. Er sah Hakim so ähnlich, dass mir der Atem stockte. Wo war Hakim jetzt? Lebte er noch? Ich vermisste ihn fast so sehr, wie ich meine Eltern vermisst hatte.

Am Ende der Parade blieben die meisten Zuschauer und viele Soldaten auf der Piazza, wo die Feststimmung einfach nicht abebben wollte. Eine Gruppe von Mädchen schnatterte fröhlich und ließ die Sommerbrise durch ihre schulterlangen Frisuren wehen. Sie trugen helle, geblümte Sommerkleidchen und weiße Söckchen, die ihre Waden betonten. Drei Goumiers lehnten sich an ein Colonnino und gafften. Sie beäugten die Beine und Brüste der Mädchen mit weiten hungrigen Augen. Sie stießen sich gegenseitig mit dem Ellbogen und leckten sich mit einem dämlichen Grinsen über die Lippen, in dem sich Verachtung und Gier mischten. Einer von ihnen war der Mann, der mich an Hakim erinnerte. Er griff sich in den Schritt.

Und plötzlich verstand ich.

34

Ich stieß gegen einen Mann, der mit dem Arm ruderte, um das Gleichgewicht nicht zu verlieren, und mir dabei die Brille von der Nase schlug.

»Pass auf, Junge«, protestierte er.

Ich fiel auf die Knie, tastete nach der Brille. Sie war gebrochen. Ein Stück vom linken Glas fehlte, und über das rechte zog sich ein Spinnennetz von Rissen. Ich stöhnte laut auf und rannte davon.

»Lorenzo! Was ist los? Warte«, hörte ich Matteo hinter mir rufen.

Ich konnte nicht antworten. Ich musste weg, weg von diesem zu großen, zu vollen Platz, weg von den Menschen, weg von den Soldaten, weg von den Mädchen, weg von den Goumiers und ihren gierigen Blicken. Ich rempelte gegen jeden, der mir im Weg stand und nahm die verärgerten Reaktionen kaum wahr. Alles war wie in Watte gepackt, weil ich die Brille immer noch in der Hand hielt. Zweimal stolperte ich und fiel hart auf die Knie. Ich spürte sie nicht. Ich rannte und rannte, aber es brachte mir keine Erleichterung, denn vor dem, was mich auf dem Platz wie ein Blitz getroffen hatte, konnte ich nicht wegrennen.

Ich erreichte unser Haus und verkroch mich in die Ecke, in der ich Daniele gefunden hatte, als er vor den Deutschen weggelaufen war. Aber die Wände und die Dunkelheit erdrückten mich. Ich rannte weiter die Treppe hinauf. In die Wohnung konnte ich nicht. Da waren Cesarina und Nonno und …

Mein Geheimschlüssel steckte immer noch im Schlitz zwischen der Stufe und dem Treppengeländer. Ich schloss die Tür zum Dachboden auf. Ein Hauch von Ausscheidungen hing noch in der staubig stickigen Luft. Es war zu eng hier drin. Ich öffnete das Fenster, kletterte aufs Dach, lief am First entlang bis zum Nachbarhaus und zog mich den halben Meter hinauf zum nächsten Dach. Die erhitzten Dachziegel klapperten leise unter meinen Sandalen. Ich setzte mich, den Rücken an einen schmalen Schornstein gelehnt. Und schloss die Augen.

Sofort rollte eine Lawine von Gedanken und Bildern auf mich zu. Ich drückte mir verzweifelt die Fäuste auf die Augen. Aber nichts half. Ich hatte verstanden, und das ließ sich nicht rückgängig machen.

Wenn die anderen Jungs in der Schule derbe Sprüche über Mädchen und Sex klopften, machte ich mit. Ich wollte ja nicht als Grünschnabel dastehen. Aber wirklich verstanden hatte ich es nicht. Auch nicht die schrecklichen Gerüchte über die Gräueltaten der Nordafrikaner. Bis jetzt.

Die marokkanischen Soldaten hatten Ilaria vergewaltigt.

Ich kannte das Wort, aber erst jetzt begriff ich, was es wirklich bedeutete.

Papà hatte mir erzählt, dass Hakim aus einem Volk von gefürchteten Kriegern stammte. Würde auch er so etwas tun? Es war unvorstellbar. Aber etwas in mir hielt es doch für möglich. Ich fühlte mich wie ein Verräter.

Plötzlich war mir auch klar geworden, was Cesarina hatte tun müssen, um eine Perlenkette geschenkt zu bekommen. Was Mamma ertragen musste, um aus dem Gefängnis in Pisa herauszukommen. Was Ugo Tacconi mit Zia Chiara gemacht hatte.

Ich begriff mit Entsetzen, dass es zwischen diesen Dingen und dem, was ich empfand, wenn ich mich selbst anfasste, einen Zusammenhang gab. Und etwas erfüllte mich mit Grauen: Ich hatte dabei an Ilaria gedacht.

Machte mich das zu einem Monster?

Ich biss mir auf die Knöchel, bis ich Blut schmeckte. Aber ich fühlte nichts. Der Vorhang hatte sich zu Granit verwandelt.

Ich weiß nicht, wie lange ich schon auf dem Dach saß, als von hinten ein Schatten auf mich fiel. Ohne ein Wort setzte sich Matteo neben mich auf die Dachziegel. Ich versteifte. Ich wollte mich nicht rechtfertigen. Ich wollte nicht sprechen. Nichts hören. Aber Matteo sagte nichts, er saß einfach neben mir in der Sonne, mit den Armen auf den Knien, ohne mich anzusehen. Sehr lange. Als erwartete er gar nicht, dass ich was sagte.

Aber er war da. Er roch wieder wie früher, nach frischer Wäsche und Aftershave und nach Desinfektionsmittel. Ein Doktorgeruch, lindernd und beruhigend. Ein Körper, der Wärme und Ruhe ausstrahlte.

Allmählich begannen meine Sinne, die Welt um mich herum wahrzunehmen. Den alten Geruch der Dachziegel in der Sonne, den Duft der Rosmarinbüsche am Fuß der Stadtmauer, das Sirren der Zikaden. Ich hörte ein leises Tuckern und hob den Blick, den ich bisher starr auf meine Füße gerichtet hatte. Ohne Brille war alles in dichten Nebel gehüllt. Die zwei dunklen Flecken, die sich langsam um die Hügel in einer Staubwolke aus ockerfarbener Erde schlängelten, waren vielleicht Militärfahrzeuge. Hinter dem Meer von Dächern flirrten die gelben Flecken der abgeernteten Felder im Sommerdunst. Ich hörte Flugzeuge am Himmel, die ich nicht sehen konnte. Wir hatten nichts mehr von ihnen zu befürchten. Der Krieg war weiter nach Norden gezogen.

Aber ich spürte noch mehr. Matteo wusste Bescheid. Er hatte alles erraten und verstanden. Meine Angst, meine Scham und meine Schuld. Ich wollte mich dagegen wehren, ich wollte den verhassten und doch so beruhigenden Vorhang wieder zuziehen. Aber es war zu spät. Er zerfaserte und zerfiel in Fetzen unter einer Kraft, die sogar stärker war als meine Schuld.

Plötzlich wuchs der Druck ins Unerträgliche und tat höllisch weh. Meine Augen brannten wie Säure. Als die erste Träne rollte, waren die anderen nicht mehr zurückzuhalten. Sie fielen wie Regentropfen zwischen meine Beine auf die Ziegel, während die Schluchzer meine Kehle harkten und meine Schultern erschütterten.

Matteo sprach nicht und berührte mich nicht. Aber seine Anwesenheit war so stark, dass ich keine Chance hatte, mich wieder zu verschließen. Ich gab den Kampf auf. Es war, als würde alles aus mir herausfließen.

Allmählich übertrug sich seine ruhige, tiefe Atmung auf meine eigene. Erst dann sprach er.

»Du kannst Dinge nicht ungeschehen machen, indem du dir die Schuld aufbürdest, Lorenzo.«

»Was in Sant' Ansano passiert ist …«

»Ist nicht deine Schuld, und ich kann es dir beweisen. Die Deutschen hatten schon vor dem Attentat vor, Sant' Ansano anzugreifen, als Vergeltung für frühere Widerstandsaktionen. Wir haben den Befehl im Auto der zwei Offiziere gefunden.«

»Stand da, dass sie das Dorf und ihre Bewohner verbrennen sollten?«

»Nein, das nicht, aber …«

»Dann war es die Rache dafür, dass Baffo die zwei Offiziere getötet hat! Und das ist nur passiert, weil ich dir gefolgt bin und du mich zurück…«

»Nein. Baffo hätte niemals seine Pläne geändert, um dich nach Hause zu fahren. Erinnerst du dich nicht, er wollte die Aktionen näher an Siena bringen? Er war auf der Suche nach Beute. Er wollte Offiziere töten. Viel Wirkung mit wenig Aufwand.«

»Woher willst du das wissen?«

»Er hat es mir gesagt. Bei einer Sitzung.«

Ich war eine Weile still. Der Felsbrocken, der seit Wochen auf meine Schultern drückte, begann sich zu bewegen. Aber noch war er da.

»Ein paar hätten wir retten können«, flüsterte ich.

»Nein, Lorenzo. Dazu war keine Zeit. Der Einzige, der jemanden hätte retten können, war Baffo.«

»Und Baffo wollte nicht. Er wollte ein Massaker.«

»Ich glaube, dass sogar Baffo nicht erwartet hatte, was tatsächlich passiert ist. Aber wir sind im Krieg, und für ihn steht der Sieg gegen die Deutschen und den Faschismus an erster Stelle.«

»Und das ist eine Entschuldigung?« Die aufgestaute Empörung sprudelte aus mir heraus. »Alle behaupten, für die richtige Sache zu kämpfen. Für Italien. Für die Ehre. Für die Freiheit. Gegen die Deutschen. Was auch immer! Aber wie kann ein Verbrechen richtig sein?«

»Es ist Krieg, Lorenzo.«

»Das ist zu einfach! Dann sag mir bitte, was die richtige Sache ist? Auf dem Weg der Ehre Danieles Eltern an die Deutschen ausliefern? Oder Cassio foltern und erschießen, weil er Soldat der Faschisten war? Sant' Ansano und seine Bewohner verbrennen? Oder ganze Städte bombardieren? Sag's mir, ich weiß es nicht!«

»Das sind Kriegsverbrechen.«

»Bist du sicher?«, schrie ich, und meine Stimme erstickte in Zorn und Tränen. »Sind das alles Kriegsverbrechen oder nur die der Verlierer?«

Matteo machte den Mund auf, aber es kam keine Antwort. Er machte den Mund wieder zu. Es war lange still.

»Alles, was man uns beigebracht hat«, sagte ich, »all diese Werte und Wahrheiten und Ideen, alles für die Katz! Jetzt will keiner was davon wissen. Als sei geteilte Schuld halbe Schuld. Oder besser gar keine. Wie geht das denn? Man kann doch nicht seine Werte wie seine Unterhose wechseln! Oder habt ihr Erwachsenen nie wirklich daran geglaubt? Wieso habt ihr uns dann den Kopf damit vollgehauen? Warum erklärt ihr uns nichts?«

»Wir sind alle verwirrt.«

»Ich glaub kein Wort. Alle gucken nur, wer gewinnt, um danach mitzuschreien.«

Matteo sah mich lange an, erschrocken und traurig.

»Es ist schlimm, so viel Zynismus aus dem Mund eines Vierzehnjährigen zu hören.«

»Aber es stimmt.«

»Ja. Es stimmt. Aber an diesen Gedanken kannst du zerbrechen, Lorenzo. Sie können dich zur Resignation oder, noch schlimmer, zum Hass führen. Es ist Zeit, diesen Kreislauf zu durchbrechen.«

»Wie denn?«

»Denk an die Leute, die ein Stück Menschlichkeit gerettet haben. Auch hier in Siena.«

»Ach ja? Mir fällt gerade keiner ein.«

»Die Menschen, die Juden versteckt und Flüchtlinge aufgenommen haben zum Beispiel. Es waren viele. Alle, die dafür gekämpft haben, dass Siena als Lazarettstadt galt. Der französische General, der gegen seinen Stab und gegen die Amerikaner durchgesetzt hat, dass Siena nicht zerstört wurde. Und du.«

»Wieso ich?«, fragte ich wütend.

»Weil du Daniele gerettet, versteckt und versorgt hast. Und während Baffo nichts getan hat, um die Konsequenzen seiner Tat zu begrenzen, warst du bereit, dein eigenes Leben zu riskieren. Ich nicht. Ich war nicht so selbstlos und mutig.«

Ich versenkte mein Gesicht in der Armbeuge.

»Ich bin nicht selbstlos. Ich habe Daniele im Stich gelassen.«

Matteo zog mir den Arm vom Gesicht.

»Wann willst du ihn im Stich gelassen haben?«

»Als ich dir zu den Partisanen gefolgt bin«, krächzte ich.

»Ich konnte nicht mehr. Ich musste alles allein machen. Ihn versorgen, ihn schützen, sogar für ihn leben wollen! Ich wollte nur noch weg.«

»Aber du bist zurückgekommen. Nur das zählt.«

»Du verstehst es nicht. Ich habe bloß Glück gehabt. Ich war nur rechtzeitig da, weil du mich zurückgeschickt hast. Wenn du es mir erlaubt hättest, wäre ich dabeigeblieben. Und er wäre jetzt tot.«

Matteo drückte mir das Kinn nach oben.

»Aber es ist nicht passiert, Lorenzo. Du bist zurückgekommen, also hast du ihn nicht im Stich gelassen. Das Leben ist nun mal eine chaotische Masse aus Absichten, Entscheidungen, Zufällen und letztendlich Glück oder Pech. Aber ich bin absolut sicher: Du wärst auf jeden Fall zurückgekommen.«

»Du tust so, als wäre ich eine Art Engel«, schrie ich, während mich ein neuer Tränenschwall blendete. »Aber es ist nicht nur die Sache mit Daniele. Das, was die Goumiers gemacht haben … ich … ich … mit Ilaria …«

Ich konnte es nicht aussprechen. Verzweifelt rieb ich mir die Tränen mit dem Arm weg. Matteo sah mich konsterniert an.

»Was sagst du da?« Er blinzelte mehrmals. »O mein Gott. Jetzt verstehe ich.«

Er stand auf, ging vor mir in die Hocke und ergriff meine Hände. Ich wollte sie zurückziehen, aber er hielt mich fest.

»Du begehrst Ilaria, nicht wahr?« Ich senkte den Blick. »Schau mich an!«

Ich gehorchte widerwillig. Ich sah keine Verachtung in seinen Augen, nur Zuneigung.

»Und deswegen glaubst du, du würdest diese schrecklichen Dinge auch tun?«, fragte er leise. Ich nickte. »Nein, Lorenzo. Was die Goumiers Ilaria angetan haben, hat nichts mit Sex zu tun. Es ist eine barbarische Art, den Feind zu demütigen und zu vernichten.«

Ich brach in Tränen aus. Ich klammerte mich an ihn und schluchzte an seiner Schulter. Er streichelte mir den Kopf.

»Was du für Ilaria empfindest, ist Liebe. Es ist das, was deine Eltern füreinander empfinden. Es ist das, was Chiara und ich füreinander empfinden.«

Ich löste mich von seiner Umarmung und blinzelte die Tränen weg.

»Bist du sicher?«

»Ganz sicher.«

»Matteo?«, fragte ich nach einer Weile. »Zia Chiara und du, habt ihr …«

»Das geht dich eigentlich nichts an«, schmunzelte er, »aber es ist eine besondere Situation. Ja. Und wehe, du sagst es Cesarina!«

Ich lachte durch meine Tränen. Ich hatte den Eindruck, zum ersten Mal seit Monaten frei atmen zu können. Zwei perlgraue Tauben tänzelten auf dem Nachbardach gurrend umeinander. Es gab wieder Tauben in Siena.

»Ich habe etwas für dich«, sagte Matteo.

Er überreichte mir einen kleinen Briefumschlag. Eine Kinderhand hatte ihn in blauer Tinte an den Oberleutnant Walter Hoffmann adressiert.

»Er war in seinem Portemonnaie. Der Prof hat das wirklich Kostbare weggeworfen. Er wollte nur das Geld.«

Der Umschlag war sauber aufgeschnitten. Als ich den Brief herauszog, fiel ein kleines Foto auf meine Knie. Es zeigte einen etwa zehn Jahre alten Jungen mit knielanger schwarzer Hose und eng zugeschnürten Knöchelschuhen. Die Hände steckten halb in den Taschen, als wüsste er nicht, wohin damit. Er hatte weißblonde Haare mit Seitenscheitel und leicht abstehende Ohren. Und ein hübsches, ebenmäßiges Gesicht. Er sah dem Gespenst sehr ähnlich.

Die Bilder des Attentats, die mich nachts verfolgten und die ich tagsüber nur mit viel Mühe verdrängen konnte, platzten vor meinen Augen mit der Gewalt des Gewehrschusses, der das Gesicht des Gespensts zerstört hatte. Ich kniff die Augen zusammen, doch die Bilder wurden dadurch nur klarer.

Matteo legte einen Arm um mich.

»Denk an ihn, wie er war, nicht, wie er starb. Denk an das, was er für Daniele getan hat.«

Obwohl die Tränen das Bild immer wieder verschwimmen ließen, gelang es mir nach und nach, das furchtbare Bild zu verdrängen und aus dem Gesicht auf dem Foto die Züge von Walter Hoffmann zu rekonstruieren.

Ich faltete den Brief auseinander. Er war in einer kleinen, leicht nach rechts geneigten Schrift geschrieben. Ein kleiner Tintenfleck hatte nicht ganz entfernt werden können, und an der Stelle hatte der Radiergummi das Papier leicht geknickt. Die Buchstaben waren schwer zu erkennen, obwohl sie sorgfältig geformt waren. Die Deutschen benutzten ja eine etwas andere Schrift als wir. Nur der Name am unteren rechten Rand war für mich lesbar: Klaus. Das s beschrieb einen kleinen Schnörkel um das Wort.

Ich wusste nicht, was ich damit anfangen sollte. Ich hatte das Gefühl, in etwas Intimes einzudringen. Ich sah Matteo hilflos an.

»Walter Hoffmann hatte einen kleinen Sohn, der jetzt seinen Vater verloren hat«, sagte er. »Schreib ihm einen Brief. Erzähl ihm die Geschichte von Daniele. Es wird ihn trösten zu erfahren, dass sein Vater einen anderen Jungen gerettet hat.«

»Matteo, glaubst du, er hätte den Angriff gegen Sant' Ansano ausgeführt?«

Die Vorstellung, dass dem Retter von Daniele so viel unschuldiges Blut an den Händen hätte kleben können, war unerträglich. Matteo dachte lange nach, bevor er antwortete.

»Einen Befehl zu verweigern, wäre für einen deutschen Offizier undenkbar. Aber ein solches Massaker passt nicht zu dem Walter Hoffmann, der ein fremdes jüdisches Kind unbedingt retten wollte. Vielleicht hätte er versucht, die Aktion zu begrenzen. Auch wenn wir nicht sicher sein können, sollten wir ihn nicht für etwas verurteilen, was er hätte tun können.«

Wir waren lange still. Ich konzentrierte mich auf die Schreie der Schwalben, das Gurren der zwei Tauben, auf das ferne Schwirren der Zikaden und ließ die friedvollen Laute die Horrorgeräusche in meinem Kopf vertreiben.

»Zia Chiara hat einmal gesagt«, sagte ich, »für den Triumph des Bösen reicht aus, dass gute Menschen nichts tun. Aber gute Menschen tun meist nichts. Die meisten Menschen sind auch gar nicht gut.«

Matteo seufzte.

»Ja, ich kenne diesen Spruch, aber ich mag ihn nicht, er ist zu vereinfachend. Und viel zu negativ und pessimistisch. Ich habe einen besseren für dich: Wer einen Menschen rettet, rettet die ganze Welt.«

»Wer hat das gesagt?«

»Es steht im Talmud. Seit über zweitausend Jahren.«

Der Felsbrocken rollte von mir herunter.

Ich war lange still, bevor ich zu fragen wagte:

»Werden Danieles Eltern zurückkommen?«

»Ich weiß es nicht, Lorenzo. Man weiß nicht genau, was in Deutschland mit den Juden geschieht. Wir können nur hoffen.«

Die Sonne bewegte sich Richtung Westen. Ich setzte meine kaputte Brille wieder auf und zeigte sie ihm.

»Wir kaufen dir eine neue. Aber wie ich dich kenne, wirst du ein Leben lang darum kämpfen, klar zu sehen.« Er stand auf. »Komm mit. Ich muss dir was zeigen.«

Ich ließ mich hochziehen und zu einem kleinen Klappfenster auf der anderen Seite unserer Dachlaube führen. Es war leicht gekippt, und von innen hörte ich ein Geräusch. Ich schaute hinein.

»Khalil!«

Er lag auf diesem fremden Dachboden zusammengerollt in einer kaputten Kiste. Dicht an seinem Bauch kuschelten sich zwei winzige Fellknäuel, ein hellrotes und ein grau getigertes, die sich mit zartem, hohem Maunzen um eine Zitze stritten.

»Deshalb bist du so dick geworden«, rief ich überglücklich. Matteo lachte.

»Vielleicht solltest du ihn jetzt Khalila nennen.«

»Cesarina hat gesagt, dass rote Katzen männlich sind!«

»Tja, sogar Cesarina kann sich mal irren.«

»Wie hast du sie gefunden?«

»Ich habe die Kätzchen gehört, als ich dich gesucht habe.«

Ich schlüpfte durch die winzige Öffnung. Khalila fauchte, aber sie erlaubte mir doch, ihre Babys mit einem Finger zu streicheln. Inzwischen saugte jedes Kätzchen schmatzend an einer eigenen Zitze.

»Ich hab euren Papa gesehen. Ein schöner Kater.«

Ihr Fell war unglaublich weich. Ich fühlte ihre zarten Knöchelchen unter meiner Fingerkuppe. Khalila zog ihre Babys mit den Vorderpfoten enger an sich. Sie schloss die Augen und schnurrte.

21 Jahre später

Das Taxi fuhr mich bis vor das monumentale Gebäude aus hellem Stein und Gusseisen, die Stazione Centrale. Ich war spät dran. Ich bezahlte und eilte die lange Treppe hinauf zu den Gleisen. Die Schäden durch die Bombenangriffe der Alliierten waren längst beseitigt worden, wie überall in Mailand.

Ich kletterte gerade noch rechtzeitig in den Schnellzug nach Florenz, fand mein Abteil, legte Koffer und Aktentasche ab und setzte mich. Ich hatte einen Fensterplatz reserviert, wollte hinausschauen und in Ruhe nachdenken. Meine Reise nach Siena war nicht der übliche Familienbesuch, sondern eine Dienstreise zu einem Kongress, bei dem ich einen Vortrag halten würde. Aber sie war viel mehr als das.

Ich nahm den Brief aus meiner Tasche und las ihn noch mal, obwohl ich ihn schon auswendig kannte. Danach schaute ich lange aus dem Fenster und ließ die flache, regengraue Landschaft der Po-Ebene an mir vorbeiziehen.

An jenem 14. Juli 1944 ahnten wir nicht, dass der Krieg noch dreizehn lange Monate dauern würde. Dreizehn Monate, die alles in den Schatten stellen sollten, was die Menschheit je verbrochen und erlitten hatte. Erst nach und nach erfuhren wir die unvorstellbaren Ausmaße des Horrors, den dieser Krieg entfesselt hatte. Die Hölle muss in jener Zeit leer gewesen sein, denn die Dämonen weilten unter uns, bejubelt und angebetet von den Massen, die einander zerstörten.

Mein Vater kehrte nicht aus der Gefangenschaft zurück.

Erst Ende 1945 teilte uns eine knappe Benachrichtigung des Roten Kreuzes mit, dass er im Januar 1944 an den Folgen seiner schweren Verletzungen verstorben war. Als wir seinen einzigen Brief lasen, war er seit Monaten tot.

Am 2. Juni 1946 bestimmte eine Volksabstimmung, dass Italien fortan eine Republik sein solle. Die königliche Familie verließ das Land für immer.

Wir kehrten nie wieder nach Tripolis zurück. Libyen war keine italienische Kolonie mehr. Von Hakim erfuhr ich nichts. Aber es gelang mir, die wunderbaren Erinnerungen an ihn zu bewahren. Vielleicht hätte er sich nicht wie die Goumiers verhalten, wenn er in derselben Lage gewesen wäre. Vielleicht doch. Aber genau wie Walter Hoffmann konnte ich ihn nicht für etwas verurteilen, das er nicht getan hatte.

Nonno starb ein Jahr nach Kriegsende. Nach seinem Tod verwelkte Cesarina wie eine Blume ohne Wasser. Sie folgte ihm nur drei Monate später und wurde neben dem Familiengrab beerdigt.

Zia Chiara und Matteo heirateten Mitte Mai 1945. Matteo blieb am Krankenhaus Santa Maria della Scala, wo er seine Erfahrung mit Kriegsverletzungen nutzen konnte und Unfallchirurg wurde. Zia Chiara bekam ihre Stelle in der Schule wieder.

Und sie behielt recht. Nach dem Krieg war in Italien auf einmal niemand je Faschist gewesen. Das Land hatte neue Helden: die Partisanen. Und auf wundersame Weise war fast jeder Partisan gewesen oder hatte einen Vater, Bruder, Onkel, Cousin oder Freund, der im Widerstand gekämpft hatte.

In einem hatte Matteo leider unrecht. Hitler wollte doch alle Juden töten. Und es wäre ihm fast gelungen.

Die Eltern von Daniele kamen nicht zurück. Sie waren wie Tausende andere Unglückliche in Güterwaggons gepfercht nach Auschwitz deportiert worden, wo sie eine Woche nach ihrer Festnahme in den Gaskammern starben. Zwei von sechs Millionen Juden, die bis Mai 1945 ermordet wurden.

Die Hoffnung, die Daniele während der acht Monate Gefangenschaft auf dem Dachboden am Leben gehalten hatte, war dahin. Er bewies viel Tapferkeit und Würde, als er es erfuhr.

Meine Mutter ließ sich das Sorgerecht übertragen, und so wuchsen wir als Brüder auf. Er behielt aber seinen Namen, im Gedenken an seine Eltern. Seine Identität als Mitglied der Familie Neri und als Jude zu bewahren, war sein persönlicher Sieg über Hitler und alle, die ihm gefolgt waren.

»Man kann durchaus zwei Familien angehören«, sagte er.

Und er meinte es so. An Weihnachten gingen wir nach der Bescherung mit der Familie immer in unser Zimmer und feierten Chanukka, mit Kerzenstummeln, die wir in den Tagen zuvor sammelten.

Wir besuchten dasselbe klassische Gymnasium in Siena. Daniele zeichnete und malte weiter und wurde so gut, dass alle dachten, er würde Kunst studieren. Doch nach dem Abitur entschied er sich für Architektur. Er wollte Häuser entwerfen, großzügig und lichtdurchflutet. Er mochte keine kleinen Zimmer. Trotzdem versteckte er in jedem Haus einen kleinen, geheimen Raum.

Ich studierte Medizin. Häuser entwerfen und Kranke behandeln schienen uns Berufe, die auch im Falle eines Krieges ihren Sinn nicht verloren. Wir besuchten beide die Universität in Mailand und verbrachten nach wie vor unsere freie Zeit zusammen. Bis Verwandte von Daniele, die ebenfalls die Schoah überlebt hatten, ihn zu sich in die USA einluden. Es sollte nur ein Urlaub werden, aber dort traf er auf Rachel. Er blieb und beendete sein Studium in Amerika.

Ich war sehr traurig, ihn zu verlieren. Aber als ich Rachel zwei Jahre später bei der Hochzeit kennenlernte, verstand ich. Sie war nicht nur schön, wo sie auftauchte, ließ sie die Sonne aufgehen. Danieles Augen leuchteten, wie ich es seit dem 6. November 1943 nicht mehr gesehen hatte.

In Florenz stieg ich in den Zug nach Siena um, der von einer lauten, stinkenden Diesellok gezogen wurde. Zwischen Bologna und Florenz hatte ich gedöst, jetzt war ich hellwach. Es regnete nicht mehr. Einige Sonnenstrahlen drangen durch die Wolken und erweckten die toskanische Landschaft zum Leben. Ich konnte mich nicht daran sattsehen, egal, wie oft ich zurückkam.

Nach Kriegsende dauerte es acht Jahre, bis Franco und ich uns wiederbegegneten. Wir verbrachten die Osterferien in Siena, und die ganze Familie genoss die Frühlingssonne auf der Piazza del Campo. Ich kaufte gerade zwei Papiertüten mit Mais, damit meine kleinen Cousins die Tauben füttern konnten, als ich an einem Straßencafé ein bekanntes Gesicht entdeckte.

Er hatte mich längst gesehen und schmunzelte, als ich auf ihn zulief.

»Hallo, Principino.«

»Franco, endlich! Ich habe so oft nach dir gefragt, aber deine Mutter ist sehr zugeknöpft. Ich wusste nur, dass du lebst.«

»Unkraut vergeht nicht.«

Seine Arme und Beine waren länger geworden, sein Gesicht war kantiger und markanter als früher, und seine Augen schauten stechend aus einem Wald aus Wimpern. Der Bürstenschnitt von früher war weg. Sein leicht gewelltes fast schwarzes Haar glänzte in der Sonne. Jede junge Frau, die vorbeilief, schaute ihn länger an, als es sich schickte.

»Wo warst du die ganzen Jahre?«, fragte ich.

Er hatte Siena verlassen, noch während die Alliierten dort einmarschierten, erzählte er, um sich den Freiwilligen anzuschließen, die für die RSI kämpften.

»Ich hätte auf dich hören sollen. Was für ein Wahnsinn. Wir

träumten von ruhmreichen Schlachten gegen die Alliierten, so wie sie Cassio in Anzio erlebt hatte. Ich habe keinen einzigen Engländer oder Amerikaner gesehen. Wir wurden ausschließlich für den Kampf gegen die Partisanen eingesetzt. Es war nicht einmal ein Bürgerkrieg, nur ein dreckiges Gemetzel. Wenn man heute überhaupt von dieser Zeit spricht, sagt man, die Armee der Repubblica Sociale hätte aus einer Handvoll fanatischer alter Faschisten bestanden. Aber das stimmt nicht. Wir waren sehr viele. Zwei-, dreihunderttausend vielleicht. Alle blutjung, fast alle unter zwanzig, ich gehörte mit meinen vierzehn Jahren nicht einmal zu den Jüngsten. Eine Armee aus Kindern.« Er grinste wie ein Raubtier. »Wir waren die Balilla von früher, die von ihren Vätern und Lehrern seit dem Windelalter mit dem Lobgesang auf Ehre und Faschismus gefüttert und jetzt für eine verlorene Sache verheizt wurden. Und danach aus der kollektiven Erinnerung gestrichen.«

Der Kellner brachte uns zwei Tassen Espresso. Franco bestand darauf zu bezahlen. Er ließ einen Löffel Zucker in die kleine Tasse rieseln und rührte und rührte.

»Alle behaupteten, sie kämpften für Italien – wir für dessen Ehre, die Partisanen für dessen Freiheit. Es war eine Lüge. Wir waren alle gleich. Nach wenigen Tagen kämpften wir alle nur noch aus Hass. Wir haben schreckliche Dinge getan, auf beiden Seiten. Dinge, die du dir nicht vorstellen kannst, die selbst der Teufel …« Sein Blick wurde glasig. »Ich sollte eigentlich tot sein.«

Er lachte mit einer Bitterkeit, die mir einen Schauer über den Rücken jagte. »Ich wurde mit sechs Kameraden gefangen genommen, irgendwo bei Novara, nur Tage vor dem Ende. Wir hatten zwei Tage zuvor mehrere Partisanen getötet. Ihre Kameraden schlugen uns, bis wir kaum noch stehen konnten, dann warfen sie uns gegen eine Mauer und zielten mit ihren Gewehren auf uns. Ich gebe zu, ich habe angefangen zu weinen. Bevor sie schießen konnten, kam eine Frau aus dem Nachbarhaus, zog mich von der Mauer weg und schrie, ich sei doch noch ein Kind. Sie zerrte mich weg. Als wir weit genug waren, ohrfeigte sie mich rechts und links und sagte: ›Geh nach Hause, Junge.‹ Ich bin gerannt, so schnell ich konnte. Aber nicht schnell genug. Ich habe alle Schüsse gehört.«

Er legte endlich den Löffel auf die Untertasse. Er stierte in seinen Kaffee, als wüsste er nicht mehr, was das ist.

»Bist du nach Siena zurückgekehrt?«, fragte ich.

»Nein. Ich musste mich verstecken, denn das Töten ging nach Kriegsende erst richtig los. Es war eine bestialische Jagd auf echte oder angebliche Faschisten, Männer, Frauen, egal wie alt. ›Pietà l'è morta‹ war das Motto in diesen Wochen und Monaten. Niemand weiß genau, wie viele starben. Zwanzig-, dreißigtausend. Vielleicht mehr.«

»Was? Davon habe ich nie gehört!«

»Du wirst auch nie etwas darüber hören. Die Jungs der RSI haben sich für eine Sackgasse der Geschichte entschieden. Niemand will wissen, dass es uns gab. Wir sind die Hundescheiße der italienischen Geschichte, die man sich von der Sohle streift, damit die Welt nichts mitkriegt.«

Mein entsetzter Gesichtsausdruck brachte ein bitteres Lächeln auf seine Lippen.

»Die Verbrechen der Sieger werden gern unter den Teppich gekehrt. Schau, was meiner Cousine und so vielen anderen passiert ist. Manche Frauen wurden von ganzen Bataillonen vergewaltigt und sind daran gestorben. Na und? Es waren die Sieger, also wird über die ›Marocchinate‹ dezent geschwiegen.«

Mit diesem grässlichen Wort wurden die Zehntausende von Frauen, Mädchen und sogar Kindern benannt, die wie Ilaria von den französischen Truppen aus Marokko vergewaltigt worden waren.

Meine Familie schaute zu uns herüber, und ich bedeutete ihnen, nicht auf mich zu warten.

Ich dachte an Cassio, während Franco seinen Kaffee schlürfte. Seine Ermordung hatte kein politisches Motiv. Wie ich viel später von Matteo erfuhr, hatte Baffo zugegeben, dass es nur um ein Mädchen ging. Die anderen Burschen konnten Cassio nicht verzeihen, dass er das schönste Mädchen der Straße für sich gewonnen hatte. Alle wussten es, und alle schwiegen. Die Täter mussten sich nie dafür verantworten. Sie galten als Partisanen.

Ich dachte auch an den einfältigen und liebenswürdigen Grillo. Er starb nur einen Tag nach dem Attentat auf Walter Hoffmann, bei einem Scharmützel zwischen Partisanen und einer deutschen Einheit. Er zögerte einen Moment zu lang, vielleicht weil er bereits wusste, was es hieß zu töten. Der deutsche Soldat schoss zuerst.

Giorgio Alberto Chiurco, der Provinzpräfekt, wurde kurz nach dem Krieg von einem kommunistischen Volksgericht zum Tode verurteilt. Erst viele Jahre später wurde er freigesprochen. Seine Verdienste um die Stadt wurden nie anerkannt.

»Ich hatte Glück«, erzählte Franco weiter. »Eine Bauernfamilie hatte doch Erbarmen mit mir. Donata und Giuseppe Ferrara haben mich versteckt, obwohl ihr Sohn von Faschisten getötet wurde.« Er lächelte, und seine Augen füllten sich mit Tränen. »Das hat mich verändert, mehr als alles andere, mehr als die abstrakten Ideale, die ich hochhalten wollte, mehr als alle Gräueltaten, die ich erlebt und verübt habe. Ich habe viel nachgedacht, während ich mit ihnen auf den Feldern und mit den Tieren arbeitete, während ich ihr Essen und ihre Sorgen teilte. Zum ersten Mal in meinem Leben tat ich etwas Sinnvolles. Zum ersten Mal in meinem Leben war ich bereit, die Dinge durch die Augen anderer zu sehen. Ich bin vier Jahre bei ihnen geblieben. Sie sind meine zweite Familie geworden.«

Er richtete sich auf, als würde er aus einem schlechten Traum erwachen.

»Du hast es besser gemacht als ich«, sagte er mit einem leicht ironischen Lächeln. »Du warst von vornherein auf der richtigen Seite.«

Ich machte den Mund auf, um ihm zum x-ten Mal zu sagen, dass ich nichts mit den Partisanen zu tun hatte und haben wollte, aber Franco tätschelte mir beschwichtigend den Arm.

»Wie geht es Daniele?«, fragte er mit einem Zwinkern.

»Die Geschichte hat dich also auch erreicht.«

»Natürlich! Du bist jetzt ein Held, ein Giusto.«

So nannte die jüdische Gemeinde die Menschen, die viel riskiert hatten, um Juden zu verstecken und ihnen zu helfen. Ich sagte nichts. Ich fühlte mich unwohl bei diesem Wort.

»Ich habe es lange geahnt«, ergänzte Franco.

Ich blinzelte. »Wie bitte?«

»Deine ganzen Strategien, um an Nahrung zu kommen, und trotzdem wurdest du immer dürrer. Mein Onkel hat felsenfest behauptet, dich in der Nacht vom 6. November gesehen zu haben. Irgendwann ist mir der Verdacht gekommen, dass ihr tatsächlich Juden versteckt. Besonders vorsichtig wart ihr auch nicht gerade«, er schüttelte spöttisch den Kopf. »Mit Kerzenlicht auf dem Dach, ts-ts.«

»Du hast uns gesehen? Und hast trotzdem nichts gesagt?«

»Ich gebe zu, ich war ein bisschen beleidigt, weil du mich nicht eingeweiht hast. Am Anfang habe ich nichts gesagt, weil ich meinem Onkel eins auswischen wollte. Später habe ich verstanden, dass es zu gefährlich gewesen wäre. Für uns alle. Seit ich Dottor Castelli kennengelernt hatte, wollte ich mit dem Judenwahn nichts mehr zu tun haben.« Er grinste. »Und ich habe weiterhin Nachhilfe genommen. Und bezahlt!«

Ich musste lachen.

»Wie auch immer, deine allergrößte Tat ist eine andere: Dank dir habe ich das Gymnasium gepackt. Und studiert!«

»Toll! Was denn?«

»Agrarwissenschaften. Auf dem Bauernhof von Donata und Giuseppe habe ich meine Liebe für die Erde und die Tiere entdeckt. Ich brauche sie. Sie halten mich auf dem Boden und geben mir Sicherheit. In den ersten Monaten bei ihnen habe ich nur im Stall geschlafen. Ich hatte furchtbare Albträume, nur die Kühe mit ihrer Wärme und ihrem sanften Wiederkäuen vermochten es, sie zu vertreiben. Und jetzt bin ich fast fertig mit dem Studium. Ich will für unser Land und mit unserem Land arbeiten, und vielleicht gelingt es mir, meiner zweiten Familie das Leben etwas leichter zu machen.«

Zum ersten Mal leuchtete echte Freude in seinem Lächeln auf.

»Ich habe übrigens etwas für dich.«

Er kramte einen kleinen Gegenstand aus Metall aus seiner Hosentasche und legte ihn auf den Tisch. Ich lachte auf.

»Du hast es noch!«

Es war mein kleines Flugzeug.

Der Zug wurde langsamer und blieb mit knirschenden Bremsen stehen. Auf dem Metallschild unter der Bahnsteigüberdachung stand: Siena. Ich nahm mein Gepäck und stieg aus.

Ich hatte noch eine Stunde Zeit.

Der Wind trieb dicke Kumuluswolken vor sich her, weiß und bauschig, vor einem blendend blauen Himmel. Ich setzte mich auf eine Steinbank und genoss die Maisonne und den Duft der frisch gewaschenen Landschaft. Ich schloss die Augen.

Ich fand sie in einer kleinen Bar in der Nähe der medizinischen Fakultät wieder, in meinem fünften Studienjahr. Ich war nur da, weil die Bar, in die ich sonst ging, wegen Renovierung geschlossen hatte. Die Studenten drängten sich an der Theke, um noch schnell vor der Vorlesung Koffein zu tanken. Ich packte meinen Espresso, drehte mich um und sah sie. Die Tasse fiel klirrend auf den Boden und ergoss dabei den heißen Inhalt auf meine Hose.

Sie drehte sich um und sah mich. Sie lächelte in sich hinein.

»Noch einen Espresso für den tollpatschigen jungen Mann, bitte«, rief sie.

Der Barmann warf mir einen finsteren Blick zu. Ich hob die Tasse auf und wischte den Boden mit einer Papierserviette ab. Als ich mich aufrichtete, stand sie mit zwei dampfenden Tassen vor mir.

»Na, Zígolo?«

»Ilaria …«

»Komm, wir setzen uns.«

Ich bahnte uns einen Weg durch die Menge zu einem von zwei winzigen runden Tischchen, die am Fenster neben dem Eingang standen.

»Du hast dich ganz schön verändert«, sagte sie, und ich sah in ihren Augen, dass ich mich nicht verschlechtert hatte. »Du bist nicht mehr so blond. Aber du hast immer noch Augen wie Vergissmeinnicht.« Sie lachte. »Eigentlich darf ich dich nicht mehr Zígolo nennen, es ist respektlos.«

»Doch, ich mag das«, sagte ich viel zu schnell. Ich räusperte mich, dann fragte ich in einem neutraleren Ton:

»Was machst du hier in Mailand?«

»Ich studiere Medizin, natürlich. Wie alle in dieser Bar.«

»Aber ich habe dich noch nie gesehen.«

»Die Fakultät ist nicht gerade klein. Aber ich bin auch erst seit einem Jahr in Mailand.«

Sie begann zu erzählen. Sie war nicht mehr nach Siena zurückgekehrt. Mit ihrer Mutter hatte sie bei Verwandten in Grosseto Zuflucht gefunden, einer Stadt in der befreiten Zone südwestlich von Siena. Ihre Mutter fand Arbeit, sie ging aufs Gymnasium. Sie wurde sehr fleißig. Sie wollte studieren, als Erste in ihrer Familie.

Ich gab mir die größte Mühe, ihrer Erzählung zu folgen.

Aber es war unmöglich. Ich konnte sie nur ansehen und jedes Detail in mich aufnehmen wie ein Verdurstender, bevor sie wieder aufstand und ging. Ihr Gesicht war etwas schmaler geworden, aber ihre Brust hatte eine entzückende Rundung bekommen. Ihr üppiges Haar hing nicht mehr lose, sondern war am Hinterkopf hochgesteckt. Der goldene Schimmer, der früher wie eine Libelle in ihren Augen tanzte, hatte einen satteren, ruhigeren Ton. Ihre Stimme hatte ein samtiges Timbre. Aber ich verstand kein Wort. Ich verstand nur eins. Ich wollte sie nicht wieder verlieren.

Bevor sich mein Gehirn dazwischenschalten konnte, hatte ich die Worte schon ausgesprochen.

»Heirate mich, Ilaria. Ich liebe dich. Ich habe dich immer geliebt.«

Das Scheppern der Tassen, die Dampfstöße der Espressomaschine, die lauten Bestellungen, das fröhliche Schnattern der Studenten, alles rollte zurück. Ich nahm nur noch sie wahr. Auf ihrem Gesicht spiegelten sich erst Staunen, Zuneigung und am Ende, zu meiner Bestürzung, Rührung. Was hatte ich mir dabei gedacht. Ich senkte den Blick.

»Entschuldigung«, stammelte ich. »Ich weiß nicht, was in mich gefahren ist. Wie konnte ich nur denken … Du bist bestimmt schon verheiratet.«

»Nein, bin ich nicht. Ich habe auch keinen Freund. Ich hatte nie einen.«

Ich hob erstaunt den Kopf. Ihr Blick war hart. Ein Muskel zog sich an ihrem Kiefer zusammen. Als sie wieder sprach, war ihre Stimme wie ein Eiszapfen.

»Du hast keine Ahnung, was du dir da wünschst.«

Auf einmal fielen mir Details auf, die ich auf meiner Liebeswolke übersehen hatte. Wie fest ihre Haare gebunden waren. Wie lang ihr Tellerrock war, wie flach ihre Schuhe. Wie eng der Knoten der Schleife am Blusenkragen. Wie weiß die Knöchel ihrer zu Fäusten geballten Hände.

»Ich hatte noch Glück, sie kamen nur zu viert. Meine Großmutter hatte mich in einer Truhe unter Laken versteckt, aber sie wussten, dass ich irgendwo war. Sie schrien ›Ragazza! Ragazza!‹, wahrscheinlich das einzige italienische Wort, das sie kannten.«

»Ilaria, du brauchst nicht …«

»Du willst mich heiraten? Dann musst du wissen, wer ich bin.« Sie atmete in kurzen Stößen. »Sie taten Nonna weh, damit sie verriet, wo ich mich versteckte. Ich konnte ihre Schreie nicht ertragen. Ich kletterte aus der Truhe. Zwei von ihnen haben mich gepackt und festgehalten. Der dritte …« Sie blinzelte heftig. Ihre Kiefermuskeln waren wie Stricke. »Sie stanken. Nach Schmutz, nach Schweiß, nach Alkohol. Es tat weh. Sie lachten, mit ihren ekelhaften kaputten Zähnen. Der vierte schlug Nonna, bis sie still war. Dann kam er zu den anderen. Als sie endlich von mir abließen, war die Meute draußen noch nicht fertig. Aus den Nachbarhäusern hörte ich Schreie und Schüsse. Nonna war tot. Ich hatte panische Angst, dass noch mehr kommen würden. Ich verkroch mich im Keller. Erst am nächsten Tag trieb mich der Durst hinaus. Sie waren weg. Ich ging zum Pfarrhaus. Der Pfarrer war auch weg, aber sein Telefon funktionierte, und ich konnte meine Mutter anrufen.«

Sie sah mich herausfordernd an.

»Und jetzt? Willst du mich noch? Wohl kaum. Sie haben mich für immer besudelt.«

Ich ergriff ihre Hand. Sie zog sie zurück, aber ich hielt sie fest. Ich würde sie nie wieder gehen lassen.

»Sie haben nur sich selbst besudelt«, flüsterte ich, während ich ihre Hand zwischen meinen streichelte.

Ich schaute auf die Uhr. In einer Viertelstunde würde er da sein. Mein Herz begann, schneller zu schlagen. Ich zog den Brief aus der Tasche und las ihn zum hundertsten Mal.

»Sehr geehrter Dottor Guerrini,
lieber Lorenzo,
bitte verzeih mir, dass ich erst nach so vielen Jahren deinen Brief beantworten kann.
Er brauchte mehr als zwei Jahre, um mich zu erreichen. Die Adresse, die du von meinem Brief an meinen Vater übernommen hattest, existierte damals schon nicht mehr, denn Frankfurt an der Oder war bereits im Februar 44 vollständig zerstört worden. Meine Mutter, meine kleine Schwester Elke und ich mussten flüchten und sind danach mehrmals von Verwandten zu Verwandten umgezogen. Anfang 1945, mitten in einem eisigen Winter, erreichte die russische Armee das kleine Dorf, in dem wir Zuflucht gefunden hatten. Die Nazibehörden verboten uns zu fliehen. Wir flüchteten doch noch, überstürzt und viel zu spät, in panischer Angst, von den russischen Soldaten eingeholt zu werden. Wochenlang liefen wir durch gefrorene Felder und zerstörte Städte und Dörfer. Auf einem windgepeitschten Schneefeld starb Elke. Wir mussten sie im Schnee liegen lassen. Sie war erst vier Jahre alt.
Unsere Flucht dauerte Monate, von einem Flüchtlingslager zum nächsten. Als der Krieg endlich zu Ende ging, lebten wir in einem Lager bei Lübeck. Dein Brief erreichte mich dort, im Herbst 1946. In der Schule fand ich eine Lehrerin, die Italienisch konnte und ihn für mich übersetzte.
Es ist schwer, zum Ausdruck zu bringen, welche Bedeutung deine Worte für mich hatten. Meine Mutter und ich sprachen kaum über meinen Vater und Elke. Der Kampf ums Überleben fraß unsere gesamte Energie, vor allem am Anfang, als der Hunger jedes andere Gefühl verdrängte. Für Trauer und Fragen fehlten uns schlicht die Zeit und die Kraft.
Inzwischen konnte niemand mehr die Schuld am Krieg und die abscheulichen Gräueltaten Deutschlands leugnen. Aber es herrschte Schweigen. Niemand wollte seiner Verantwortung ins Auge sehen und schon gar nicht seiner Schuld. Für die Welt

war das gesamte deutsche Volk schuld am Krieg. Für uns Kinder war dies eine schwere Bürde, die wir nicht verstehen konnten und die durch das Schweigen der Erwachsenen noch schwerer wurde.
Ich habe deinen Brief unzählige Male gelesen. Zu wissen, dass mein Vater einem Kind geholfen hat zu entkommen, war ein großer Trost, auch für meine Mutter. Und ich möchte glauben, seine Geste bedeutet, dass er diesen Wahnsinn nicht teilte.
Ich fand nicht sofort die Kraft zu antworten. Ich brauchte Zeit, um alles wirklich zu begreifen. Als ich so weit war, hatte ich den Umschlag mit deiner Adresse nicht mehr.
In den folgenden Jahren machte ich Abitur und studierte Medizin. Ich bin Kinderchirurg geworden. Ich bin verheiratet und habe zwei Söhne und eine Tochter. Das Foto von dir und Daniele steht immer noch auf meinem Schreibtisch.
Vor einer Woche bekam ich eine Einladung zu einem Chirurgiekongress nach Siena. Mein Herz setzte einen Schlag aus, als ich unter den Referenten deinen Namen entdeckte.
Ich werde einen Tag vor Kongressbeginn anreisen. Mein Zug kommt um 16:38 Uhr in Siena an. Es würde mir eine immense Freude bereiten, dich endlich kennenzulernen.
Dein Freund
Klaus«

Noch zehn Minuten. Ich faltete den Brief wieder zusammen. Als ich ihn bekommen hatte, zwei Wochen zuvor, hatte ich sofort Daniele in Baltimore angerufen, denn ich war sicher, er würde dabei sein wollen. Doch er musste absagen. Die Geburt seines dritten Kindes stand unmittelbar bevor.

Aber als ich am frühen Morgen das Haus verließ, hatte ich einen Brief von ihm im Briefkasten gefunden. Ich nahm ihn ebenfalls heraus. Er war nicht lang.

»Lieber Lorenzo, liebe Ilaria,
ich hoffe, dieser Brief kommt noch rechtzeitig an. Es ist alles gut gegangen. Mutter und Kind geht es prächtig. Alba und Esther geht es auch gut. Wir sind sehr glücklich. Ich schreibe bald einen längeren Brief und erzähle euch alle Details, versprochen. Euch und den Mädchen einen dicken Kuss von uns allen.
Daniele«

Im Umschlag steckte das Foto eines pausbäckigen Säuglings mit dunklem Schopf und fest zugekniffenen Augen. Auf der Rückseite hatte Daniele seinen Namen geschrieben:

»Walter Neri, 8. Mai 1965«

Ich war angespannt, als der Zug einfuhr. Ich stand auf und versuchte, sein Gesicht durch die Scheiben der vorbeifahrenden Waggons zu erspähen. Würde ich ihn erkennen? Der Zug blieb mit einem langen Pfiff stehen. Die Türen wurden geöffnet, die Reisenden begannen auszusteigen. Mein Herz stolperte, während ich hektisch nach rechts und links blickte. Und dann sah ich ihn.

Er musste den Kopf einziehen, um durch die Zugtür zu passen. Seine Stelzvogelbeine nahmen die zwei Stufen zum Bahnsteig mit nur einem Schritt. Seine Haare leuchteten flachsblond in der Nachmittagssonne. Er drehte den Kopf zu mir. Es waren die gleichen Augen, hell wie Rosmarinblüten. Ich hob die Hand. Er sah mich.

Und lächelte.

Notizen zu diesem Buch

Niemand weiß, dass du hier bist ist ein Roman, sowohl die Geschichte als auch die Figuren sind meine eigene Schöpfung. Aber er ist in einen historischen Rahmen gebettet. Viele Episoden beruhen auf Fakten, und viele Figuren sind von historischen Personen oder mir bekannten Menschen inspiriert, deren Namen und Geschichten ich aus schriftstellerischen Gründen abgewandelt habe.

Das beschriebene Haus der Familie Guerrini in der Via Pantaneto existiert wirklich und gehörte bis ins Jahr 2002 der Familie Giampietro. Mein Vater lebte als Jugendlicher während des Krieges dort. Als Sohn eines Offiziers verbrachte er auch einige Jahre seiner Kindheit in Tripolis. Seine Erinnerungen an diese Zeit sind in den Roman eingeflossen. Aber mein Vater ist nicht Lorenzo. Lorenzo und die Guerrini sind eigenständige Figuren, die nur entfernte Ähnlichkeiten mit meinen Verwandten haben.

Die Figur von Daniele ist vom dreizehnjährigen Ferruccio Valech inspiriert, der in der Nacht zum 6. November 1943 mit seiner Familie festgenommen und nach Auschwitz deportiert wurde. Wie im Roman hatte sein Vater an den Faschismus und an die Gutmütigkeit der Sienesen geglaubt und alle Warnungen in den Wind geschlagen, bis es zu spät war. Vierzehn Mitglieder der Familie Valech starben in den Gaskammern. Nur eine Schwester überlebte.

Die Figur von Matteo geht auf den jungen jüdischen Arzt Igio Steinwurzel zurück, einen guten Freund meiner Großtante Lillì. Er fand während der Besatzung Sienas einige Wochen Zuflucht im Haus meiner Familie, bis ein sicheres Versteck gefunden wurde. Allerdings war er nicht im Widerstand aktiv. Er überlebte den Krieg, heiratete später die beste Freundin meiner Tante und wurde Augenarzt.

Die Familie Tacconi dagegen ist frei erfunden. Dort, wo ich ihren Laden angesiedelt habe, stand früher ein kleines Kino. Franco Tacconi ist jedoch den Memoiren von Prof. Roberto Vivarelli entlehnt, der aus einer Familie überzeugter Faschisten stammte und mit vierzehn Jahren von zu Hause ausriss, um als Freiwilliger für Mussolini zu kämpfen. Roberto Vivarellis älterer Bruder war ein Freund meines Vaters.

Der Arzt und Chirurg Giorgio Alberto Chiurco war überzeugter Faschist und aktives Mitglied der Partei seit 1922. Als Präfekt während der Repubblica Sociale engagierte er sich für die Anerkennung Sienas als Lazarettstadt, um die Stadt vor Zerstörungen zu schützen. Er bewahrte Siena durch seine guten Beziehungen zu den Besatzern – er sprach sehr gut Deutsch – vor Repressalien, und man geht davon aus, dass er die jüdischen Familien der Stadt vor der bevorstehenden Deportation warnen ließ.

Das Dorf Sant' Ansano al Colle ist meine Erfindung. Aber die beschriebenen Gräueltaten beruhen unter anderem auf dem Blutbad, das am 13. April 1944 im Dorf Vallucciole stattfand. Es war eines der unzähligen Massaker, die in der Toskana von der deutschen Wehrmacht verübt wurden. Auch dort war die Anzahl der Opfer besonders hoch, weil die Partisanen die Bevölkerung aus politischem Opportunismus nicht warnten. Auch dort handelte es sich um eine Strafaktion wegen zweier getöteter Offiziere.

Das Schicksal des Balilla-Übungsleiters Cassio basiert auf dem Mord an dem damals siebzehnjährigen Soldaten Walter Cimino, der nach tagelanger Folter durch eifersüchtige Jugendliche von dem kommunistischen Partisanen »Paolo« erschossen wurde.

Danksagung

Mein Dank gilt an dieser Stelle Hannes Ulbrich für sein wunderbares, sensibles und geduldiges Lektorat.

Ein ganz herzliches Dankeschön an meine Agentur, Arrowsmith Agency, und insbesondere an Leona Stahlmann, die mein Manuskript »aus dem Stapel gezogen« hat.

Danke an meinen Vater, Guido Giampietro, und an meine Tante, Marialuisa Giampietro, für ihre kostbaren Erinnerungen.

Viele Erstleser haben das Risiko auf sich genommen, das Rohmanuskript zu lesen, und haben es mit ihrer konstruktiven Kritik verbessert: Leonie Hartmann, Marius Kaffiné, Dina Mörth, Sonja Raible, Thomas Weiser, Michael Wendenburg, Monika Werner.

Ein ganz besonderer Dank gilt Thomas Rackow, der viel Zeit und Geduld in die Jagd nach Rechtschreib- und Kommafehlern investiert hat und mit seiner Spürnase für Logik- und Plotschwächen wesentlich zur Qualität des Romans beigetragen hat.

Für ihr psychologisches Fachwissen bedanke ich mich bei Charlotte Nicod.

Danke auch an Luca Luchini, der Himmel und Erde in Bewegung gesetzt hat, um sein überall vergriffenes und für meine historische Recherche unverzichtbares Buch *Siena 1940-1944 – Il dramma della guerra e la liberazione* aufzufinden und mir zuzuschicken.

Schließlich bedanke ich mich bei meinem Mann, André

Mörth, und bei meinen Kindern Frederic, Julian, Annick und Guénaelle für die guten Ratschläge und die enthusiastische Unterstützung.